詞學研究叢刊

臺灣詞社研究

蘇淑芬　著

本書獲得科技部專書計畫獎助

東吳大學倪氏基金會獎助出版，一併致謝。

目次

序言

　　自從進入中文系就讀，所讀到的詞，不是宋詞，就是明清詞，雖然歷代作者情性表達在詞中，有的柔媚婉約，寫景、抒情，纏綿悱惻，都能扣人心弦，涵泳其中。有的豪放沉鬱，敘事、懷古，憂國傷懷，可從弦外得知，亦能激發情志。但是屢經朝代的改變、地名的更換，加上時空距離的遙遠，詞中所提及的地點、作者行蹤，總覺得夢幻以及遙不可及的隔閡。直到接觸到臺灣詞，詞中的地名、所發生的事，都是從小熟悉生長的地方，也是我腳蹤可以去探索、采風與體悟的，這種貼心、親切又古典的感受，勝於我第一次到中國大陸看到地理課本中所描繪的長江，那麼激動。

　　我成長的年代並沒有學者專門研究臺灣古典文學，直到有些學者先進投入研究漢詩，成果豐碩，日後才引起學界注意。可是研究臺灣詞還是沙漠一片。清領、日治時代，寫詞的人本是不多，留下的詞更少。目前的研究與漢詩想比，還是少人問津。主要是詞要按譜填寫，臺灣當時少有詞譜，題襟亭填詞會是要靠賴柏舟油印詞譜，才能寫出詞來，加上日治後漢文被禁，填詞更是不易。而且經濟狀況，許多臺灣詞人並沒有出版專書，只有少數有經濟能力的，如張李德和有能力出版詞集，賴柏舟倡議籌編的《詩詞合鈔》，是靠書中作者自付經費，否則都是後代家屬幫忙出版，像巧社成員，身為文獻會主委的醫生李騰嶽，死後四年才由其妻代為出版。所以大部分詞人所填的詞都

散落各地，任由散佚，只能在《漢文臺灣日日新報》、《臺灣日日新報》、《詩報》、《臺南新報》、《臺北文物》、《臺灣文藝叢誌》、《南方》等等，一一蒐集，才能翻閱。記得多年前，我要看張李德和的《羅山題襟亭詞集》，是專程搭高鐵到嘉義找吳哲永先生借閱，還好二○一一年已由龍文出版社出版。二○一七年更有《全臺詞》的出版，讓研究者免於蒐集資料的艱辛。

由於對臺灣詞的喜愛，發現日治時代臺人竟有詞社的創立，首先從日治時的各報紙、雜誌、書籍中搜尋詞作品探析，歷經近一年的時間思考與醞釀，才於二○○九年在核心期刊《東文中文學報》發表〈日治時代臺灣詞社研究〉，又在二○一一年五月發表〈日治時代《臺灣日日新報》所刊載之詞研究〉，同年十一月又發表〈戰後題襟亭填詞會與鷗社詞作研究〉，因此向科技部申請專書寫作計畫《臺灣詞社研究》。

此書寫作困難重重，如巧社成員沒有生平資料，除林嵩壽與李騰嶽外，其他人都不詳，我曾託瀛社社友打聽瀛社耆老，是否有巧社黃福林、王鬮雯等其他資料，結果都是不詳，加上個資法，追究更難。而且詞社社員的作品大都散佚，也缺乏前人對臺灣詞社研究的成果。好不容易找到詞人作品，如小題吟會譚瑞貞的《心弦集》，也是到臺南國家文學館看別人捐贈的影印本，書中並沒有版權頁與出版年。這是臺灣古典文學長期受漠視與冷落的辛酸。記得多年前曾到大陸的大學演講臺灣詞社時，會後有學生發問：「我們政府有傾全力蒐集南社的資料，鼓勵南社社員家屬捐出祖先遺作、手稿等等，也鼓勵學者研究，臺灣有嗎？」相信日後會有更多對臺灣古典文學的關注與鼓勵。

此書在醞釀與撰寫作時間頗為漫長，其中有因為審查別所大學學報時，提供自己正在撰寫的研究成果，讓論文寫作者有所增補與修正。也有在口試碩論時，提供自己的想法，汲引後學。此書寫作期間

也承蒙多人的幫助，先前論文投稿於學報時，審查委員惠賜寶貴的意見與友人借閱圖書，幫忙校稿，均在此一併致謝。

第一章
臺灣詞學的發展

第一節　清領時期，游宦唱詠

　　臺灣地懸海隅，位置特殊，歷經荷據、明鄭、清、日治、民國等時代。中日甲午戰後，清廷在「臺灣雖重，比之京師則臺灣為輕」[1]的觀念下，同意割讓臺灣給日本，直到民國三十四年（1945），日本天皇宣布無條件投降，臺灣光復，結束了臺灣受日本統治時期長達五十年時間。異族文化的衝擊，帶給文人許多震撼。在過去的研究中，臺灣古典文學分期，多由明鄭時期起算，至日治時期結束，如黃得時在〈臺灣文學史序說〉中，將臺灣古典文學分為六期：一、鄭氏時代；二、康熙、雍正時代；三、乾隆、嘉慶時代；四、道光、咸豐時代；五、同治、光緒時代；六、改隸以後。[2]日人島田謹二：〈臺灣の文學的過現未〉以為日人治臺後，臺灣文學可分三期：一、光緒二十二年（1896）至日俄戰爭，十年間為第一期。此時以林朝崧《無悶草堂詞存》內容豐富，用調甚多，最為難得。二、光緒末年（1908）至民國十六、十七年，以連雅堂之《臺灣詩薈》為代表。三、民國十七至三十四年臺灣光復前。[3]而施懿琳在《從沈光文到賴和——臺灣古

1　參考王詩朗：《日本殖民體制下的臺灣》（臺北市：眾文圖書公司，1980年），頁38。
2　黃得時著，葉石濤譯：〈臺灣文學史序說〉，見《文學臺灣》第18期（1996年4月），頁60。
3　參考島田謹二：《華麗島文学志：日本詩人の臺湾体験》（東京都：明治書院，1995年），頁460-463。

典文學的發展與特色》一書中將臺灣古典文學分期如下：一、自明朝
遺老沈光文來臺起至明鄭二十三年結束（1661-1683）；二、清領二百
一十三年（1683-1895）；三、日治五十一年（1895-1945）；四、國府
來臺至今（1945-）。[4]

　　不管學者們的分期為何，臺灣的古典文學，都是比較重視詩、散
文、賦等，文人較少刻意填詞。臺灣文學史裡，明鄭時期完全沒有留
下任何詞，到了清領時期會填詞的，除了少數來臺游宦人士，填寫少
數應酬詞外，臺灣本籍能詞者更是少數，能詞而且有能力出版詞集
的，更是鳳毛麟角。到了日治時期，雖然詩社林立，會寫詩的較多，
能填詞者仍是少數，加上當局打壓漢文學，臺灣能有詞社創立，確是
難能可貴。以下是清領時期，游宦臺灣能詞者，還有臺灣本土文人能
詞者。

一　乾、慶年間游宦人士，能詞者

（一）六十七

　　六十七（生卒年不詳），號居魯，滿州鑲紅旗人。乾隆八年
（1743）以戶科給事中受任巡臺御史之職，隔年（1744）履新。在任
三年期間，曾與同官范咸纂輯《重修臺灣府志》。留心臺灣的奇風異
俗，並珍視海東文獻，編有《臺海采風圖考》、《番社采風圖考》及
《海東選蒐圖》各一種，另編有《使署閒情》四卷，乾隆十二年
（1746）出版。[5]范咸曾序《使署閒情》：「公本於使署之餘，作詩歌

4　施懿琳：《從沈光文到賴和：臺灣古典文學的發展與特色》（高雄市：春暉出版社，
　　2000年）。

5　六十七：《使署閒情・序》，《臺灣文獻史料叢刊》（臺北市：大通書局，1987年）第
　　8輯，卷2，頁1。以下再引《使署閒情》，皆此版本，僅夾注頁碼。

以適閒情，因有是集一卷」，[6]當六十七主政時，「作畫和題畫為官員酬唱往還的活動之一」。[7]《使署閒情》第二卷中，存有二首詞，其一為〈蝶戀花・戲題張司馬三盃草聖圖〉：

> 檻外名花階下草。草色花香，粧點春多少。此際三盃春正好。縱橫滿紙龍蛇繞。　　退食從容官事了。對酒揮毫，捧硯奚奴小。卻恐興酣搖嶽倒。無端又惹山靈惱。（《使署閒情》，頁78）

當時臺灣海防同知張若霑畫有〈三盃草聖圖〉，六十七有〈戲題張司馬三盃草聖圖〉，詞中開玩笑說春天草暖花香，張若霑下班後，對酒揮毫，小童僕捧硯，恐怕興致太高，搖倒山岳，無緣無故惹惱山靈。有一回六十七在同僚分巡臺灣道莊年的相邀賞菊後，寫有「畫菊」詩，以後又有題〈滿江紅・題莊觀察「瞻雲愛日圖」〉：

> 滿幅雲霞，認得是，先生道貌。超絕俗，美髯綠鬢，翛然長嘯。海國旬宣敷惠澤，文壇揮灑臻神妙。幸一時，舟楫共相將，心傾倒。　　見禾黍，開顏笑。進僚屬，開誠道、戒毋傷元氣，作忠移孝。志切瞻雲肝膽壯，情殷愛日風光好。祇明年，何處結相思，懷同調。（《使署閒情》，頁78）

詞用比較豪放的〈滿江紅〉調，讚美莊年的圖絕美超俗，讓人傾倒。下片歌詠物阜民豐，禾黍飽滿，並勸諸位同僚「毋傷元氣，作忠移孝。」而且要志切氣壯。「這兩首詞都繼承了宋詞的傳統，而且首先

把詞這種文學形式帶到臺灣。」[8]但六十七不是臺灣第一個填詞的人。而是本土詞人張儗客。（後面介紹）

（二）施枚

施枚（生卒年不詳），浙江杭州人，是乾隆時流寓臺灣的太學生。《使署閒情》書中收有施枚的兩闋詞，包括〈滿江紅・讀陶士行傳〉：

> 致力中原，不肯向，山城息歇。經國手，晨昏運覽，何其壯烈。深恨胡人窺廟寢，懶聽達士談風月。卻收藏，木屑竹頭兒，先施設。　　石城恥，無心雪。神州火，無心滅。思西歸，不管金甌殘缺。只為欲梟蘇逆首，幾乎說破溫郎舌。問當初，開口道中原，誠何說。（《使署閒情》，頁79）

詞的上片讚嘆陶侃（西元259-334年），字士行（一作士衡）。本為鄱陽郡鄡陽縣（今江西都昌）人，後徙居廬江潯陽（今江西九江）。他有經國能力，每天早晚搬磚，鍛鍊身體，他痛恨胡人的覬覦江山，不想聽達士談風月、弄花草的閒談，收藏一些木屑，以備不時之需。下片寫陶侃在石城進攻杜曾失敗的恥辱後，竟然不想雪恥，只想西歸。以後蘇峻之亂爆發，溫嶠堅決要求陶侃出兵，並推舉他為盟主，幾乎說破嘴，但陶侃態度很猶疑。他不管國土殘缺，就想殺死蘇峻。作者只想請問陶侃當初開口都是關心中原之事，現在到底要如何交代？又有〈踏莎行・病鶴〉：

> 乘翅郎當，發音蕭索。雲程久別渾迷卻。龐然困倚畫欄前，幾

　　回笑倒巢簷雀。　　俯首人間，馳情邱壑。長鳴的的傷飄泊。
一朝聲徹上天聞，金童玉女應來約。（《使署閒情》，頁78）

這首詞是詠迷路生病的鶴，振翅無力，聲音也不嘹亮，迷途在雲程
中，最後頹然困在畫欄前面，連屋簷的麻雀都嘲笑牠。下面寫鶴平時
是飛翔天空，俯首人間，感傷人間漂泊。當有天鶴鳴「的的」，響徹
雲霄時，金童與玉女受感，就會來赴約。

　　施枚雖然只有兩首詞，但詞風豪放，有思想而且沈鬱。

（三）朱景英

　　朱景英（生卒年不詳），字幼芝，一字梅冶，號研北，湖南武陵
人。乾隆三十四年（1769）四月二十日任臺灣海防同知，駐鹿耳門，
地為臺灣門戶，司海口商船出入，兼管四縣，極為險要。而臺北遼
闊，南北路兵單汛薄，請派兵防衛。當局韙其言。三十七年秩滿回
京。三十九年遷北路理番同知，署汀州邵武府。告歸，除圖書外，別
無餘蓄。工書法，能詩文，著有《畬經堂詩文集》二十三卷。又《海
東札記》四卷，共分八類，則專記其宦臺時之見聞，為治臺史者所取
資。[9]在《海東札記·記叢璅》記有：

　　己丑臘盡，同人集官齋度歲，余以鎖印無事，集杜句成五律十
　　三首，有序曰：「天涯薄宦，歲杪驚心。物候方新，盤桓不
　　廢。交親依舊，羈旅同然。頻此盍簪，因之授簡。昔少陵棲遲
　　劍外，厥有嘯歌；伊僕也落拓海邊，能無抒寫？爰用意於剪

9　張子文、郭啟傳、林偉洲編：《臺灣歷史人物小傳──明清暨日據時期》（臺北市：
　　國家圖書館，2003年），頁103-104。

綵，仍乞靈於浣花，始自臘宵，迄於人日，十三短律，參伍䨇
篇；要無殊於借酒澆愁，竊自比於引聲發興焉耳」。[10]

己丑是乾隆三十四年（1769），他在臺無事，集杜甫五律，見證自己
落拓臺灣的心境。附錄「〈東瀛署齋八詠〉，倚聲〈臨江仙〉，亦余暇
日戲拈也」。[11]也是閒暇無事的吟詠。八詠是記載「蕉窗話雨」、「竹榻
聞濤」、「紙閣揮毫」、「莎庭索句」、「小園馴鹿」、「別館來鷗」、「簧徑
納涼」、「榕陰度曲」等八件事，公餘時的生活記趣。〈臨江仙‧莎庭
索句〉云：

小院落花風細細，芊綿纖草香吹。放衙散步此間宜。蒼茫還獨
立，徙倚為尋詩。　　性癖少陵佳句得，登頭吟望低垂。閒中
意味有誰知。會心殊未遠，叉手已多時。[12]

他在衙門內散步吟詩，感覺一切得宜。下片自稱「性癖」，不想與人
周旋，深喜杜甫的詩句，吟詠詩箋中意味，在悠閒中誰能明白，只有
自己能體會。

（四）程師愷

　　程師愷（生卒年不詳）。《續修臺灣府志》是清臺灣知府余文儀所
主修，纂修時間在「乾隆二十五年至二十七年間（1760-1762），刊行時

---

10 朱景英：《海東札記》，《臺灣文獻史料叢刊》（臺北市：大通書局，1981年），卷4，
　　頁55-56。
11 朱景英：《海東札記》，卷4，頁55-56。
12 朱景英：《海東札記》，卷4，頁55。

間依書序所記當在乾隆三十九年（1774）後」。[13]此書收有程師恪〈滿江紅・登赤嵌樓懷古〉，因此判斷程師恪應為乾隆年間仕臺人士。

> 萬頃洪波，極目處，連天無在際。聞說道，當年螳臂，一隅睥睨。檣櫓灰飛荒故壘，鯨鯢浪靜聯新第。溯勛名，靖海震寰區，空碑碣。　　花爛熳，心如醉。人落莫，歸無計。對驚濤洶湧，憑何利濟。沙鳥迴翔頻聚散，雲山層疊成迢遞。問浮槎，去客幾時還。長凝睇。[14]

程師恪用豪放的〈滿江紅〉調，歌詠登赤崁樓時的感受，見一望無際的萬頃洪波，想當年有如螳臂擋車，趕走荷蘭，收復臺灣。看見如此豐功偉業，只剩下空空的石碑矗立。下片寫如此美好景色，花光爛漫，雲山層疊，自己卻十分落寞，歸鄉無計，飛鳥盤旋，對著驚濤洶湧，「憑何利濟」，指該靠什麼才能幫助自己，離鄉的遊子何時能歸回故鄉？詞中表達想歸中原的心。

二　道、咸年間游宦人士，能詞者

道光、咸豐年間游宦臺灣的詞人較多，根據《全臺詞》[15]的統計，共有八人，其中存詞四首以上的有：

---

13 余文儀主修、黃佾等輯：《續修臺灣府志・編印說明》（臺北市：成文出版社，1983年），頁1。

14 余文儀主修、黃佾等輯：《續修臺灣府志》，頁990。

15 許俊雅、李遠志編校：《全臺詞》（臺南市：國家文學館，2017年）。本書引用《全臺詞》，皆此版本，僅夾注頁碼。

（一）唐壎

唐壎（1800-1873後），字益庵，號蘇庵老人，浙江秀水人。道光二十年（1840）曾入鄧廷楨幕府。[16]後遊臺灣，為海東書院山長。以功銓浙江富陽訓導。太平軍下浙江，避走福建，再東渡至臺灣，先後居島二十年。詩文敏捷，工隸書。[17]著有《小桃花塢詞》、《乘槎詞》、《雙璨詞》、《鑷白詞》、《俟秋詞》各一卷，總名《蘇庵詩餘》。[18]他也精研文字學，著有《通俗字林辨正》。

他有名的〈大江東去·登紅毛樓望海弔鄭成功，用東坡赤壁韻〉：

> 鯨濤怒卷，卷不盡，一代滄洲人物。曾見東海雲氣湧，手拓扶餘半壁。漢使帆開，波臣艫獻，戈偃樓船雪。龍孫已矣，識時那愧英傑。　　當日碧眼陰謀，一牛地遠，荒草憑春發。戰壘分屯如列宿，一霎芒硝焰滅。地軸鯤身，天關鹿耳，屏翰張窮髮。茫茫宙合，永明空紀年月。（《蘇庵詩餘·乘槎詞》，卷2，頁4）

早期漢人稱荷蘭人為「紅毛」，而「紅毛樓」是當年荷蘭人在臺灣所建築。即今日的赤崁樓。唐壎登上紅毛樓，面對波濤洶湧的大海，彷彿見到當初鄭成功為扶持明室、堅決抗清的歷史。「手拓扶餘半壁」

---

16 朱德慈：《近代詞人考錄》（北京市：中國社會科學出版社，2004年），頁40。

17 盧德嘉纂輯，詹雅能點校：《鳳山縣采訪冊》，見《臺灣史料集成》（臺北市：遠流出版社，2007年），冊33，頁472。

18 唐壎撰：《蘇庵詩餘》，見《晚清四部叢刊》（臺中市：文听閣圖書公司，2011年）第5編。《蘇庵詩餘》有5卷，但此書僅收《小桃花塢詞》、《乘槎詞》等2卷。完整5卷本藏南京圖書館。

句，扶餘原是古代的少數民族名，此指南明。「漢使」以下指南明使節往來海上；「波臣」指海上諸島國，「贐獻」，指安南、日本、琉球諸國向南明朝廷進貢稱臣。這一帶兵戈偃息，皆為鄭成功之功。可惜「龍孫已矣」，指桂王兵敗身死，南明覆滅，真是愧對鄭成功。下片「當日」二字，寫順治十八年（1661）三月，鄭成功圍荷蘭據點，七個多月後終於趕走荷蘭。「碧眼陰謀」句，指荷蘭人耍陰謀，兩軍近距離對峙。「荒草憑春發」句，指此事已經久遠，當年鏖戰之地，已長滿野草，詞後寫鄭成功趕走荷蘭，開發臺灣，建設鹿耳門與鯤身，他的功績永垂不朽。[19]對鄭成功扶明抗清的事蹟，無限崇仰。

又有歌詠臺灣植物綠珊瑚，如〈玲瓏玉・詠綠珊瑚〉，在丁紹儀《聽秋聲館詞話》記載：「臺陽籬落間半植草柑，有名綠珊瑚者，不花無葉，而枝幹橫生，蔥翠可喜，亦海外異卉也。唐益庵廣文（壎）詠以〈玲瓏玉〉云云。益庵居秀水，余三十年前舊友也。」[20]

這首詞歌詠臺灣綠珊瑚，無花無葉，而蔥翠可喜，長得油亮而且高大，可以當籬笆用。

（二）興廉

興廉（1800-1866），原名興義，字宜泉，晚清大臣，工書畫，善填詞。嘉慶二十三年（1843）選授福建邵武光澤縣知縣，因故留省候補。二十八年（1848）由署漳平知縣補授官侯官知縣，旋因事革職，留省觀察。咸豐八年（1858）授鹿港同知，三年他擢。同治元年（1862）鹿港同知恩煜，因不備船隻運送臺灣壯勇到大陸以備調，而遭摘去頂戴。戴潮春事件發生，鹿港同知殷紹光膽怯畏敵，賊人洗劫

---

19 賀新輝主編：《清詞鑑賞辭典》（北京市：北京燕山出版社，2006年），頁990。

20 丁紹儀：《聽秋聲館詞話》，見唐圭璋：《詞話叢編》（臺北市：新文豐出版公司，1988年），冊3，卷12，頁2811。

同知署。同治三年（1864），興廉回任鹿港同知，興廉督兵勇義民，晝夜嚴守，鹿港城得以不陷。然因戴潮春事件後，鹿港兵防未撤，月餉數萬，經費不足，藉義輸與捐俸補助。十二月以疾卒。[21]

興廉今存五闋詞，其中四闋〈祝英臺近・自題待月圖〉、〈風入松・寫春明興夢圖，送吳伯鈞名府入都〉、〈金縷曲・題陳少香大令鷗汀漁隱圖〉、〈蘇幕遮・題漁婦曉妝作境畫扇〉，均為應酬題畫詞。僅〈蝶戀花・畫蝶〉寫蝶在春天飛舞，卻留春不住的悵然。唐壎也有和興廉的詞，如〈金縷曲・和興宜泉廉司馬過十四甲舊營感賦〉、〈祝英臺近・次運補題興宜泉司馬待月圖〉、〈風入松・用宜泉韻題春明興夢圖〉，[22]可見兩人有交情。

（三）黃宗彝

黃宗彝（1814-1865）[23]，初名燗，字肖岩，又字聖漠，號左鼓右旗山人，侯官（今福州）人。道光二十九年（1849），福州舉人。劉家謀任臺灣府學教諭，邀請黃宗彝同往。咸豐元年（1851）七月，黃宗彝曾從臺灣回福州參加鄉試，沒有考中舉人。現存之《婆娑詞》，為紀念其乃渡海來臺後，始填詞之因緣。此外，臺灣之地理位置乃面對大海，為「婆娑之洋」，故以此名其詞集。「然今日所見之《婆娑

---

21 臺灣省文獻委員會編：《重修臺灣省通志・人物志》（南投市：臺灣省文獻委員會，1992年），卷9，頁187。

22 唐壎：《蘇庵詩餘・鑷白詞》，卷3，頁3、6。

23 賴麗娟：〈道、咸年間寓臺詞人黃宗彝在臺詞作考〉，《成大中文學報》第14期（2006年6月），頁144。以為黃宗彝（1814-1863），然而嚴復長子嚴璩：《侯官嚴先生年譜》（北京市：北京圖書館出版社，2006年），頁2，中說：「同治二年（1863）「府君（嚴復）十一歲，先祖聘同邑黃少岩先生來授讀。先生諱宗彝，為閩之宿儒……府君十二歲，仍由黃少岩先生教授。府君十三歲，黃少岩先生逝世。以此算黃宗彝應卒於1865年。」

詞》，……雖收有黃宗彝詞作七十二闋，然其中僅有六闋寫於臺灣，
餘皆非也。」[24]黃宗彝於其《婆娑詞》第一首〈賀新郎〉自注中，寫
到：

> 余素不工減字偷聲之學，己酉，余友芑川劉家謀任臺灣府訓
> 導，招予同行，海外鮮藏書家，取篋中萬紅友《詞律》讀之，
> 學填此闋，寄示枚如謝章鋌。

己酉為道光二十九年（1849），黃宗彝隨劉家謀到臺灣，閱讀萬樹的
《詞律》，才興起填詞欲望。謝章鋌《賭棋山莊詞話》卷四：

> 肖岩自臺灣移書曰：「客裡無聊，取讀詞律，略有興會，依譜
> 填之，未知頑鐵可鑄否？詞調〈賀新郎〉曰：「抱盡風騷怨，
> 云云。」[25]

黃宗彝所著二首〈滿江紅〉詞，第二首〈滿江紅〉詞自注云：「辛亥
七月，余自臺灣艋舺買舟對渡五虎門，舟出觀音山，風駛如箭，夜過
黑水洋，風止，萬里茫茫，波平如鏡。云下有磁石，停久輒碎，舟已
戞戞有聲，同舟者皆失色，余至神前焚香默告，登柁樓唱姜白石〈滿
江紅〉，風復大作。次日，緣柁望西南，螺黛兩點，曰：『此福州五虎
門外之關潼、白犬也』。舟人皆賀，自度一曲，海神當亦許我耶！」[26]

---

24 賴麗娟：〈道、咸年間寓臺詞人黃宗彝在臺詞作考〉，頁159。本書引黃宗彝：《婆娑
　　詞》，皆出自此論文，因在臺灣各圖書沒有收藏此書。賴麗娟自謂：「承蒙福建師範
　　大學陳慶元教授告知黃宗彝今存《婆娑詞》一卷，並影印贈予筆者。」
25 謝章鋌：《賭棋山莊詞話》，見唐圭璋編：《詞話叢編》，冊4，卷4，頁3363。
26 同上注。

辛亥是道光三十一年（1851），詞中詳述回福州舟行危險，結論是
「論人生、富貴與功名，終吾有」，心中期盼能擁有功名，可惜沒考
上。《婆娑詞》中第二闋〈長相思〉「愛東風」，第四闋〈卜算子〉「雁
足繫無因」、第五闋〈步蟾宮〉「月華如水瑤階滑」，詞自注：「余過彰
化秋河皎潔，明月橫階。臺灣縣人許亦輝廷璧餞予，召伎侑席，伎方
二八許，丰姿綽約，凝眸欲淚，轉睇無言，但勸余進酒。香山所云：
『醉不成歡慘將別』者，此時此景，何以為情？及余在淡水，猶通魚
雁，情詞懇摯，有心人其能遣此耶？」是黃宗彝到彰化，受友人召伎
招待，伎欲淚凝眸，楚楚可憐，黃宗彝抵淡水後，該伎又寄來情詞錦
書，所以黃宗彝填此詞以誌。《婆娑詞》第六闋〈踏莎行〉，乃黃宗彝
與嘉義人李喬（蒼官）作，寫黃宗彝作客異鄉，既思念故鄉，又壯志
未酬，不知何時始能歸故鄉。這六首都是個人在臺灣的情懷，格局題
材比較狹隘。

　　咸豐年間游宦臺灣存詞二首者，有二位：

（一）王修業

　　王修業（生卒年不詳），字袖海，安徽六安人。咸豐十一年
（1861），任宜蘭頭圍縣丞，後擢升通判。因參與平定戴潮春事件有
功，同治四年（1865）獲授藍翎。[27]

　　王修業現存詞二首，都是以〈滿江紅〉[28]來哭悼高南卿司馬殉職
事。高鴻飛（1797-1853），在道光二十八年（1848）署臺灣府鳳山縣
知縣。咸豐二年（1852年）任臺灣縣知縣。翌年，臺灣發生民變，四
月，林恭攻陷鳳山城，高鴻飛在灣裡街陣亡殉職。咸豐五年（1855），

---

27 許俊雅、李遠志編校：《全臺詞》，頁111。
28 許俊雅、李遠志編校：《全臺詞》，頁111。

入祀京師昭忠祠，並於臺灣安平縣任所建立專祠。[29]王修業在詞中惋惜高鴻飛貴為翰林，卻因貶官到臺灣，並為平亂殉職，內心十分惋惜。這兩首〈滿江紅〉都是和唐壎的〈滿江紅・高南卿鴻飛大尹，勦賊陣亡，用劉芑川家謀學博韻弔之〉，可見唐壎的詞影響後人。

（二）楊浚

楊浚（1830-1890），字雪滄，一字健公，號冠悔道人。福建晉江人，遷侯官。早年受知於王蓮叔，王出徐宗幹之門，故後來徐氏招之以為籌糧。同治四年（1865），赴京任內閣中書及國史、方略兩館校對官。次年，左宗棠邀入福州正誼書局。六年（1868），左氏邀之入幕，隨同掃蕩捻軍。同治八年（1869），來臺，為板橋林本源家庭教師，淡水同知陳培桂聘纂《淡水廳志》。並應鄭用錫子嗣鄭如梁之請，編纂《北郭園全集》，首開清代北臺灣文學專著出版之先河。九年廳志甫成，因家遭祝融，匆匆歸里。光緒初年以後，致力講學，歷主漳州丹霞、廈門紫陽、金門浯江各書院，為有名藏書家，聚書至十餘萬卷，藏書室名「冠悔堂」、「行有信齋」。工詩，有「福建晚清第一詩人」及寓臺第一詩人之稱。著作甚多，有《冠悔堂詩鈔》、《冠悔堂駢體文鈔》、《冠悔堂賦鈔》等書。[30]

楊浚目前存詞二首，〈大江東去・題孫壽卿司馬曾經滄海圖兼送榮行〉、及〈滿江紅・題孫壽卿司馬曾經滄海圖兼送榮行〉（《全臺詞》，頁114），兩首都是題畫詞，詞中也有對孫壽卿的期許。

道、咸年間仕臺僅存一首詞的有四位，是黃鶴齡（1792-？）的

---

29 張子文，郭啟傳，林偉洲撰：《臺灣歷史人物小傳——明清暨日據時期》，頁872。

30 張子文，郭啟傳，林偉洲撰：《臺灣歷史人物小傳——明清暨日據時期》，頁620。
　　施懿琳：《全臺詩》（臺南市：國立臺灣文學館，2008年），冊9，頁177。

〈八聲甘州〉[31]，是依調回答來臺的學生丁紹儀的詞。謝穎蘇（1811-1864）只留下〈浪淘沙・題畫梅花扇面〉，[32]是一首題畫詞。許鈞龍（生卒年不詳）有一首〈御街行・題畫鶴立雞群扇面〉，[33]這也是題畫詞。至於劉家謀（1814-1853）著有《劉家謀全集彙編》，在臺的詩歌與臺灣有密切關係者，為《海音詩》及《觀海集》二書。至於詞有《開天宮詞》與《斫劍詞》，則與臺灣毫無任何相關。從出版說明記：「《開天宮詞》其內容仿宮體詩體例，詠唐開元天寶間事，七言絕句一百首，每詩一長注，說明所詠史事。」[34]「《斫劍詞》如寶劍無法出鞘，徒呼奈何，寄情於斫劍。」[35]然這二書，都是在寓臺前完成，所以裡面都沒有寫到有關臺灣任何事物。《全臺詞》收有三首詞，〈憶秦娥・過相思嶺〉、〈江城子・過涵江〉、〈浪淘沙・阻雨桃嶺〉，[36]其實這三首中的地點，相思嶺、涵江、桃嶺都在福建，非在臺作品。

三　同、光年間游宦人士，能詞者

（一）張景祁

　　張景祁（1827-1911以後），[37]原名左鉞，字孝成，又字孝威，一

---

31 丁紹儀：《聽秋聲館詞話》，見唐圭璋：《詞話叢編》，冊3，卷4，頁2618。

32 許俊雅、李遠志編校：《全臺詞》（臺南市：國家文學館，2017年），頁101。

33 許俊雅、李遠志編校：《全臺詞》，頁102。這也是題畫詞。

34 劉家謀：《劉家謀全集彙編・出版說明・開天宮詞》（新北市：龍文出版社，2012年），無頁碼。

35 劉家謀：《劉家謀全集彙編・出版說明・斫劍詞》。

36 許俊雅、李遠志編校：《全臺詞》，頁104。

37 關於張景祁的生卒年，生平資料極少，各家說法紛紜。參見蘇淑芬：〈清領時期游宦人士張景祁筆下的臺灣——以張景祁臺灣詩詞為例〉，《輔仁國文學報》第29期（2009年10月），頁211-238。

字蘩甫，號韻梅，或做蘊梅、靜梅，別號新薥主人，浙江錢塘人。同治三年（1864）拔貢。同治十三年甲戌（1874）進士，誥授奉政大夫翰林院庶起士，國史館協修。光緒九年（1883）十月，調淡水知縣，光緒十年（1884）四月蒞淡水知縣，乃撫瘡痍，慎折獄，頗有惠政。其「清操刻苦，慈惠愛民，暇則引諸生考課，勉以立品敦行，定月之朔望，巡行鄉里，問父老疾苦，人咸德之，旋因病內渡就醫，疾愈返任」。[38]時值中法戰爭，他對臺灣局勢了解頗深，次年內渡。光緒十二年（1886）九月，調任連江知縣。次歲，丁內艱去。之後擢衡州知府，調宣城知寧國府。民國建元，與林壽圖、鄭孝胥等結社唱和。民國後，主講於浙江法政學堂，應聘為東南大學教授，擅書法，工詩詞。有《挈雅堂集》、《新薥詞》、《秦淮八詠》、《蘩圃集》等行世。其中《新薥詞》十卷，外集一卷。目前存在上海圖書館，是光緒十三年百億梅花仙館本。臺灣所能看到的《新薥詞》六卷，外集一卷，是光緒九年的版本，收在《續修四庫全書》第一七二七冊中，由上海古籍出版。《續修四庫全書‧新薥詞》本，僅第六卷，記錄在臺灣的生活、氣象、特產等等，關於臺灣的詞，數量共四十六首。[39]民國一○一年，龍文出版社出版《張景祁詩詞集》。[40]

　　張景祁的詞中記載中法戰爭情形，如〈瑞鶴仙‧海國餞春兼感時事，黯然言愁〉上片：「綠燕渾似繡，漸海國春深，疏簾清晝，芳菲盡銷瘦。任餘寒在水，暮笳吹皺。新愁勝酒。」「回首金狨繫馬，紫曲調鶯，冶情如舊郊原望久，青旗影暗垂柳」（頁541）。又有〈望海

38　謝鴻軒：《近代名賢墨跡》（臺北市：謝啟大出版，1971年），頁22。另《臺北縣志》亦記載「四月，因病回閩就醫。」見林興仁主修；盛清沂總纂，《臺北縣志‧人物志》（臺北市：成文出版社，1983年），頁43。

39　蘇淑芬：〈清領時期游宦人士張景祁筆下的臺灣──以張景祁臺灣詩詞為例〉，見《輔仁國文學報》第29期（2009年10月），頁211-238。

40　張景祁：《張景祁詩詞集》（新北市：龍文出版社，2012年）。

潮〉，詞中云：「基隆為全臺鎖鑰，春初，海警狎至，上游撥重兵堵守，突有法蘭兵輪一艘入口游奕，傳是越南奔北之師，意存窺伺。越三日始揚帆去，我軍亦不之詰也。」全詞為：

> 插天翠壁，排山雪浪，雄關險扼東溟。沙嶼步棋，飆輪測線，龍驤萬斛難經。笳鼓正連營。聽回潮夜半，添助軍聲。尚有樓船，蠻帆影裡矗危旌。　　追思燕領勳名。問誰投健筆，更請長纓。警鶴唳空，狂魚舞月，邊愁暗入春城。玉帳坐談兵。有貙花壓酒，引劍風生。甚日炎州洗馬甲，滄海濁波傾。[41]

詞的上片前六句，點明基隆地勢的險要，「為全臺鎖鑰」，地擁天險。後五句寫清軍樓船高矗，裝備、軍容強壯。然而下片文筆一轉，「問誰投健筆，更請長纓」，邊防吃緊，感嘆當時無班超、終軍這樣英雄人物，為國建立功業。將帥們只是「玉帳座談兵」，毫無作為。當時戰情吃緊，「警鶴唳空，狂魚舞月」，指法軍軍艦「入口游奕」，詞人發出危機警訊，盼朝廷能警惕。

另有〈秋霽・基隆秋感〉，詞中擔憂國家的安危，痛心法海軍的窺探基隆，百姓不安。當風吹草動時，連守軍都意興闌珊，失去戰爭的鬥志。詞中「健兒罷唱從軍樂」（頁565），更深懷念漢時戰將衛青與霍去病，能為國立下彪炳的戰功。下片由衷感嘆，心想掛冠歸鄉，卻身不由己，讓人「最斷魂處」，斜陽西下，「數聲哀角」，聽到戰爭的悲鳴聲。有如辛棄疾〈摸魚兒〉：「休去倚危欄，斜陽正在、煙柳斷腸處」。故譚獻《篋中詞續》評：「笳吹頻驚，蒼涼詞史，窮發一隅，增成故實。」[42]

---

41 張景祁：《張景祁詩詞集》，頁543。
42 譚獻：《篋中詞》，見《歷代詩史長編》（臺北市：鼎文書局，1971年），冊21，頁453。

（三）胡傳

　　胡傳（1841-1895），原名守珊，字鐵花，號鈍夫，安徽省徽州府績溪縣上莊村人。光緒十八年（1892），奉調來臺任官。曾任臺灣臺南鹽務提調。光緒二十一年（1895），補授臺東直隸州知州，未幾，日兵侵境，乃抱病西去，卒於廈門。居臺居臺三年半。[43]胡傳為知名文史學者胡適之父，他存有二首詞，一首是〈疏簾淡月·詠雁〉，另一首是〈大江東去·初五日，蘇冶生設餞招飲。歸後，乘酒興題詞和孝廉贈別元唱〉（《全臺詞》，頁137）。兩首詞一首是詠物，另一首是贈別。

（四）王甲榮

　　王甲榮（1850-1930），原名厚培，字步雲，一作蔀昀，號次逸，晚號冰鏡老人，浙江嘉興人。光緒十五年（1889），舉人。十七年（1891），前後遊臺，以朝貴薦於唐景崧，留司記室，與胡鐵花多詩文唱和。光緒二十一年（1895），曾聯名上書，力反馬關和約。歷任廣西永淳、富川等縣知縣，兼署富川縣學教諭、鍾山理苗通判，候補直隸川知州，知府銜。工書法，善經史、雜家，尤工辭章，錢駿祥、金兆蕃等評其詩詞風格近似李商隱、陸游，詞義法以「清真」烏歸。畢生著述豐富，有《庚子京畿見聞錄》、《傜僮洞苗述略》、《行政紀要》、《二欣室隨筆》、《景行割記》、今醫術最錄》、《二欣室記事珠》、《冰鏡室詞》、《二欣室文存》、《二欣室聯語偶存》、《二欣室詞》等。[44]

---

43 張子文，郭啟傳，林偉洲撰：《臺灣歷史人物小傳——明清暨日據時期》，頁344。

44 浙江省人物志編纂委員會：《浙江省人物志》（杭州市：浙江人民出版社，2005年），頁251。

　　王甲榮現在存詞一首，〈大江東去〉，詞前附胡傳記云：「是夜，王蔀昀孝廉、范荔泉佐卿（即夢元）廣文，涇縣人也。王君作〈大江東去〉一闋贈行。」可見這首〈大江東去〉「海天滄莽」，是王甲榮要送別范荔泉的詞，胡傳是酒席歸後，「乘酒興題詞和孝廉贈別元唱」。

　　從乾隆到光緒年間，仕臺詞人的詞作，除張景祁，黃宗彝、唐壎外，填詞數量較多外，大都是：

　　1. 官員有詩、文集，但填詞數量極少，僅留下一、二首。

　　2. 仕臺官員所填的詞，大都是題畫、贈別等應酬詞。

　　3. 詞內容極少吐露心聲，如果有，也都是一心想離開臺灣回到中原，或者是自認失意，才流落臺灣。如朱景英：「伊僕也落拓海邊，能無抒寫？」覺得到臺灣是「落拓」。程師憩的「人落莫，歸無計。對驚濤洶湧，憑何利濟」，「問浮槎，去客幾時還。」覺得人很落寞，卻是歸無計，很想知道去客幾時能回去。詞中少有關心臺灣民生，以及關心臺灣風土民情等。他們心中認為臺灣是蠻荒未開化窮島，稱呼臺灣的一切都是用「獞花」、[45]「瘴雨」、「蠻花」，[46]象徵野蠻，而且是中國對少數民族的侮辱性口吻。

　　除了仕臺人士外，清領時期，臺灣本土也有少數能填詞者。

四　康、乾年間省籍人士，能詞者

（一）張僎客

　　張僎客（生卒年不詳），鳳山縣人。康熙三十四年（1769），與高

45　張景祁：《張景祁詩詞集・望海潮》：「有獞花壓酒」，頁544。

46　張景祁：《張景祁詩詞集・南鄉子》：「不見蠻花委地紅」，頁533。

拱乾共修《臺灣府志》。[47]在《臺灣府志・藝文志》，收張僎客〈木蘭
花慢・彌陀室避暑〉：

> 凌茫然萬頃，忽一葉、抵平蕪。正宴集南皮，觴飛河朔，時候
> 無殊。選勝遍尋樂國，望彌陀靜室汗收珠。好伴二三知己，應
> 教空谷維駒。　　偏從海外探蓬壺。誰論一身孤。任員嶠高
> 深、瀛洲縹緲，也是平途。欲上瓊樓玉宇。逢六月且暫息良
> 圖。兀坐蕭然有得。詠歸日已將晡。[48]

臺南彌陀室創建於明末永曆年間（1647-1661），因創建時規模較小，
所以稱「室」而不稱「寺」。清康熙五十七年（1718），重修擴建，改
稱彌陀寺。[49]詞中上片寫自己與二三好友，選遍各地，望見彌陀寺的
靜室中，能止汗安神。下片寫從外探索有如蓬萊仙山的臺灣，雖然高
聳，在虛無縹緲中，卻也平坦。想登上瓊樓玉宇，剛好逢上六月，就
暫時歇息，坐在寺廟中，心享寧靜，有所領受，回家時也近天黑，
（晡為三時到五時）。

（二）黃朝輔

黃朝輔（生卒年不詳），臺灣縣人。乾隆四十五年（1780），中舉
人，[50]存有〈滿江紅・登赤嵌樓懷古〉：

---

47 高拱乾纂輯、周元文增修：《臺灣府志》（臺北市：文化建設委員會，2004年），頁
506。

48 高拱乾纂輯、周元文增修：《臺灣府志》，頁506。

49 盧嘉興：《臺灣文化集刊・臺南古剎彌陀寺》（臺北市：出版者不詳，出版年不
詳），頁41。

50 謝金鑾、鄭兼才總纂：《續修臺灣縣志》（臺北市：文化建設委員會，2007年），頁
759。

落日孤城，頹垣上，荷蘭遺蹟。舒望眼，山川形勝，東南半
壁。鐵鎖海門天設險，縷標沙岸星分域。問滄桑，幾閱入輿
圖，頻沿革。　　雞大尾，勞翻拍。牛細段，留鐫刻。總海氛
無焰，劫灰須熄。夜月飛銀漁火鬧，戍煙簇翠蜃樓寂。祇今
來，瀛海沐恩波，歌皇德。[51]

　　全詞是登上赤崁樓懷古，看見荷蘭遺蹟，想到臺灣是山川形勝東
南半壁，有天險門戶，卻歷經滄桑，頻頻有沿襲與變革。下片「雞大
尾，勞翻拍」句，[52]指鄭芝龍，勞累鄭成功拍水而來，踞金、廈。「牛
細段」句，指荷人用牛皮換地，剝削漢人，藉以修建城堡，留下鐫
刻。結論是站在樓上，已經「海氛無焰」句，指海上雲氣，沒有造反
事件，沒有通海案件。在夜色下有漁火閃爍。「祇今來，瀛海沐恩
波，歌皇德」，結句是歌頌功德，在乾隆朝下，大家都沐浴在皇恩浩
瀚，頌揚皇德。

（三）韓必昌

　　韓必昌（1768-？），號石榴居士，臺南人。為人急公好義，熱心
造福鄉里。清乾隆六十年間（1795），歲貢生，以守城有功，加六品
銜，選武平縣導。嘉慶二年（1797），鳩資改建文昌閣，方志上多載
其鋪橋造路之事蹟。嘉慶十年、十一年間（1805-1806），蔡牽入鹿耳
門時，曾募義民守城，十二年（1807），參與《續修臺灣縣志》，其中
行誼與節孝得之於韓必昌等人之見聞者多，而列傳方面如〈張挺〉、
〈鄒應元〉、〈楊紹裘〉、〈董文駒〉、〈傅修〉、〈馬琬〉、〈陳林每〉、〈陳

---

51 謝金鑾、鄭兼才總纂：《續修臺灣縣志·藝文志》，頁759。
52 江日昇《臺灣外記》：「草雞夜鳴，長耳大尾，銜鼠干頭，拍水而起。」雞是
　「酉」，草頭加酉加大，右長耳，合為鄭字，指鄭芝龍。

必琛〉等皆出於韓氏之手筆。[53]

　　韓必昌有詞六首,〈南鄉子‧弔夢蝶園集句,第四體〉自注:園前有半月樓,蔣金筑太守所建)、〈虞美人‧贈林覺廬先生〉、〈念奴嬌‧海會寺懷古〉、〈踏莎美人‧送錢醉竹先生回吳縣〉、〈滿江紅‧與同社諸子渡安平,舟中晚眺,用尤悔菴韻〉,以及〈聲聲慢‧春日謁五妃墓〉:

> 蕭蕭海島,國破家亡,老臣以壽為戚(用宋順帝遜位時,齊王琨語)。惟有捐軀殉難,無容姑息。更憐五妃烈節,道相從、地下宜急。休忍辱,縱倉黃戎馬,大義應識。　　遺廟丹青已落,剩累累青塚,野花堪摘。況復春風舞草,四山雲黑。如訴當年怨恨,早使我、淚點同滴。空憑弔,待留題,□又未得。[54]

雖然是清乾隆時人,但對施琅攻下澎湖後,明寧靖王朱術桂決心殉國,感到敬佩。更憐惜五妃不願受辱,明識大義的節烈。下片寫五妃廟雖然顏色脫落,僅是累累的墳冢,還有長滿野花可摘。何況春風吹拂綠草舞動,四面雲層黑暗,有如再訴說當日的悲怨,讓憑弔者眼淚跟著滴下,對殉節的妃子,寄予同情與尊敬。

五　道、咸年間省籍人士,能詞者

　　李喬(生卒年不詳),字蒼官,嘉義人。道、咸間諸生。曾與黃

---

53 參考施懿琳:《全臺詩》(臺北市:遠流出版社,2004年),冊3,頁81。
54 謝金鑾、鄭兼才總纂:《續修臺灣縣志‧藝文志》,頁759。

宗彝一同賦詩。[55]李喬存有兩首詞，為〈風蝶令・春夢〉、〈蘇幕遮・自嘆〉。其中〈蘇幕遮・自嘆〉：

> 水雲緣，林壑趣。蝸角蠅頭，至竟何人悟。試看年光新又故。今古英豪，頭白應無數。　　美人遲，芳草暮。王粲依劉，空作登樓賦。十載飄零誰與訴。一片雄心，盡把東流付。[56]

這首詞靠謝章鋌的《賭棋莊詞話》保存下來。謝章鋌還評為：「俱覺清拔可誦，海外之英楚也。」奇怪的是臺灣的方志等都沒有著錄。詞中上片感慨世人無法領悟山水之去，只爭蠅頭小利。時光流逝，一年容易過，古今英雄都白了頭髮。下片自喻為美人卻遲暮，無人賞識，像王粲一般本想依附劉表，卻不受重視，十年飄零，只有空做登樓賦，嘆雄心如流水，不如歸去。

六　同、光年間省籍人士，能詞者

（一）黃中理

黃中理（約1835-1876），名重華、澄淮，字燮臣，號海州，臺北艋舺（今萬華）人。年十六，父以覆舟死，事母至孝。翌年垂帷授徒，及門多秀士。性剛介。工古文，善詩詞，金石精妙，書法亦遒勁。曾協輯《淡水廳志》，列名於「採訪」欄中。又好園藝，深諳草木栽植之法，家有園，可畝許，其上栽植佛桑、建蘭、茉麗及其他奇花異草，環列如陣。又嘗取蝶卵育於盦中，冬月梅花盛開，放蝶飛翔

---

55 施懿琳：《全臺詩》（臺北市：遠流出版社，2004年），冊5，頁106。

56 謝章鋌：《賭棋莊詞話》，見唐圭璋編：《詞話叢編》，冊4，卷4，頁3364。

其間，洵為奇觀。年四十二，以病卒。著有《海州集》一卷，存古今體一百四十首，所作格調高渾，饒有古音。末附《澄淮論印》及《澄淮印存》。[57]

黃中理現僅存詞一首〈蝶戀花〉，[58]是一首閨怨詞。

（二）邱光祚

邱光祚（1852-1908），號倬雲。祖籍廣東嘉應州，於壯年時來臺灣，定居於大嵙崁（今桃園大溪鎮）。其為人敦厚正直，博學多聞，精通典章制度，善寫文章，故受聘辦理鹽務總館竝防軍統營文案，問字者常滿門。明治三十四年（1901）因功授佩紳章。明治三十六年（1903），任命臨時臺灣舊慣調查囑託，應答諮問。明治三十八年（1905），轉任臺灣總督府國語學校教師。其談吐舉止文雅，名聲遠播。[59]

邱光祚現存詞二首，〈唐多令·慶饗老典〉、〈西江月·慶饗老典〉，兩首詞都屬應酬。刊載在明治三十三年（1900），臺灣總督府兒玉源太郎編的《慶饗老典錄》中。饗老典是日治時期，第四任臺灣總督兒玉源太郎與民政長官後藤新平實施「生物學的殖民地經營」策略之一，從明治三十一年（1898）年六月開始，至一九〇〇年十二月，共有四次分別在臺北、彰化、臺南、鳳山地區舉行「饗老典」，為培養對日本的情感，欲透過敬老尊賢的民情，藉著「老者」及「尊者」在地方上影響力，達到收攬民心之效。[60]

---

57 臺灣省文獻會：《重修臺灣省通志·人物志》，卷9，頁447。臺北市文獻會：《臺北文物》，頁171。

58 此詞載於曾迺碩編纂：《臺北市志·文化志》（臺北市：臺北文獻委員會，1991年），頁27。

59 桃園縣政府：《新修桃園縣志·人物志》（桃園市：桃園縣政府，2010年），頁56。

60 施懿琳：《臺灣文學百年顯影》（臺北市：玉山社，2003年），頁12。

（三）徐德欽

徐德欽（1853-1889），字仞千，號輝石。祖籍廣東嘉應州鎮平，寄籍臺灣他里霧埔姜崙（今雲林縣斗南），同治元年（1862）移居嘉義。同進士出身。光緒十一年（1885），乙酉科會試中式三百十五名舉人；光緒十二年（1886），丙戌科殿試三甲二名進士，賜同進士出身。致仕後，改修玉峰書院，又委辦嘉義清賦總局丈量事宜，兼辦團防局教練。十四年（1888），施九緞之變期間，徐德欽獨誘王煥至牛欄莊，報知營縣會同拿獲。劉銘傳稟稱：「查臺紳多通匪類，互相黨援，已成風氣。徐德欽獨能不避怨仇，誘拿匪類，應請一併優敘，賞加五品銜並賞戴花翎。」徐氏擅古文詩詞，卓然自成一家，著有《荊花書屋詩文集》，惜失不傳。[61]徐德欽留下〈沁園春·臺灣十景詞〉一詞：

> 西嶼飛紅，鬥曉東溟，奇乎景哉。更鹿門春暖，浪花奔放，沙鯤夜靜，星點徘徊。舉網得魚，歸舟若鶩，恐是臺江喚渡來。漫艤待，趁晚風欸乃，畫舫窗開。　　濤聲日夕驚猜。試踏斐亭邊左上澄臺。笑鯨波曾撼，圜仍蝶戲，犬牙交錯，墩且蜃堆。瀛島孤懸，奇觀疊出，誰道洪荒闢草萊。從北上，有雞籠雪積，淨絕塵埃。（《鷗社藝苑初集》，頁146）

「臺灣八景」[62]首先出現在康熙三十三年（1694），高拱乾纂修，康熙三十五年（1696）出版的《臺灣府志》。原本的「臺灣八景」有

---

61 張子文，郭啟傳，林偉洲撰：《臺灣歷史人物小傳——明清暨日據時期》，頁373-374。

62 高拱乾纂輯、周元文增修：《臺灣府志》（臺北市：遠流出版社，2004年），頁489。

「安平晚渡」、「沙鯤漁火」、「鹿耳春潮」、「雞籠積雪」、「東溟曉日」、「西嶼落霞」、「澄臺觀海」、「斐亭聽濤」。詞題是十景，但詞中僅提七景，作者巧妙把七景的名稱嵌鑲在詞中。在晚風徐來時，聽著搖櫓的欸乃聲，平安歸來。下片寫踏在高拱乾所建，在臺廈道衙署後院的斐亭上聽濤，在澄臺上觀海，感受水波震撼，石墩上還有蛤堆積：臺灣真是「瀛島孤懸」，北方的雞籠，還有雪景籠罩，一片潔淨。但他筆中臺灣的美景，幾乎都在臺南。

（四）許南英

　　許南英（1855-1917），字子蘊，號蘊白或允白，別號窺園主人、留髮頭陀、龍馬書生、毘舍耶客、春江冷宦，清朝官員，臺南安平縣人，同進士出身，是著名學者許地山（1894-1941）之父。他曾與蔡國琳、胡南溟、趙雲石、謝石秋、陳渭川、楊痴玉等人，日夕唱酬。臺灣巡撫唐景崧聘入通志局協修《臺灣道志》。乙未之役，統領團練局，維持治安，協助劉永福守臺南。淪陷後，西渡大陸，歷任三水等縣事。曾二度返臺。民國元年返臺南省墓，五年回臺參加共進會。大正四年（1915），林爾嘉（1975-1951），又名叔臧，為組織詩社，聘他為社友，略有生活津貼，但家境困窘。九月赴蘇門答臘棉蘭，為僑領張鴻南編輯生平事略，大正六年（1917），病卒於棉蘭，著有《窺園留草》集，[63]收詩一〇三九首。集中附有《窺園詞》一卷，收詞五十九首，包括抗戰、記游與豔詞，其中抗戰詞極為悲痛。

　　甲午戰敗後，清政府簽訂《馬關條約》，將臺灣割讓給日本，稱為「乙未割臺」（光緒二十一年，1895），許南英在〈東風齊著力・防海〉：

---

63 許南英：《窺園留草》（新北市：龍文出版社，2001年）。

> 刁鬥嚴城，元戎小隊，駐節江濱。滿天星斗，兵氣動鉤陳。方
> 冀文章報國，誰知戎馬勞身。難道是輕裘緩帶，主將斯文。
>
> 　海外起妖雲。拚轉戰，浪撼鹿耳沙鯤。登陣子弟，憤悃勉從
> 軍。翻恨庸臣，割地盟城下，何處鳴冤。九州鐵，問誰鑄錯，
> 成敗休論。（《窺園留草》，頁205）

《馬關條約》簽訂之後，臺灣人民不甘心做亡國奴，紛紛自組力量保
衛臺灣，許南英籌辦臺南團練局，率民軍守衛海防要地，以禦日寇隨
時來犯，這首詞即作於臺南海防前線。所謂江濱，是指臺江之濱；臺
江，即安平港。他本想文章報國，卻要大動干戈，加入從軍行列。氣
憤庸臣誤國，竟然要割讓臺灣，身為臺灣人卻無處申冤。這是第一首
由臺灣人想保衛臺灣的詞作，既有前線「兵氣動鉤陳」氛圍，又有內
心複雜的表露，更有對時人時事的褒貶，成為後人了解臺灣乙未抗日
史的生動文獻，堪稱「詞史」。他另有〈如夢令・別臺灣〉：

> 望見故鄉雲樹。鹿耳鯤身如故。城郭已全非，彼族大難相與。
> 歸去。歸去。哭別先人盧墓。（《窺園留草》，頁211）

〈如夢令・自題小照〉：

> 已矣舊邦社屋。不死猶存面目。蒙恥作遺民，有淚何從慟哭。
> 蒙恥作遺民，從俗。從俗。以是頭顱濯濯。（《窺園留草》，頁
> 211-212）

詞人看見臺灣被割讓日本，決定要離別臺灣，眼中的鹿耳、鯤身都沒
變，然而已經改朝換代，只能離別祖先墳墓，遠走他鄉。第二首寫眼

中的「舊邦社屋」，表示臺灣「已矣」，好像亡國般，感歎自己竟然「不死猶存面目」，只能羞恥的歸附新朝做個遺民，內心無比的悲痛。

（五）施士洁

施士洁（1856-1922），名應嘉，字澐舫，號芸況，又號喆園，楞香行者，鯤澥棄甿，晚號耐公，或署定慧老人。臺灣府城人，生於清咸豐五年（1855）十二月廿九，與蘇軾同月日出生，頗有蘇軾再世自況，遂以「後蘇龕」冠其著作。光緒二年（1876）進士，與其父施瓊芳（道光進士）是臺灣歷史上絕無僅有的一對父子進士，著有《後蘇龕詩草》、《後蘇龕詞草》，[64]其中詞作，僅存五十三調五十八闋，收輯在《後蘇龕合集》中。施士洁士雖小許南英一歲，卻是南英的老師，丘逢甲等亦為其得意門生，但他一生遭遇曲折，半生在臺灣度過，喜得功名，又受唐景崧賞識成為臺灣文人的領袖；後半生出走大陸，旅居福建沿海各地，也曾做過地方小官，但窮病失意，牢騷滿腹，卻很少用詞表達。他所填的詞主要以酬贈、應和之作居多，或以詞代簡，往來唱和，而這些唱和詞都是內渡以後作品，他的詩常出現「鹿耳」、「鯤身」等字眼，未嘗忘記臺灣。他的《後蘇龕合集·後蘇龕詞草》有詠懷詞兩首，一首是〈滿江紅·宣南旅愁〉寫年少功名未竟時的心情：

> 舊緒如麻，這部史、從何說起。甚無賴、斗然悲憤，斗然驚
> 喜。蘇季敝裘仍作客，馮生長鋏誰知己。看庭前草色醉東風，
> 魂銷矣。　　煙渺渺，鯤洋水。塵擾擾，燕山市。且琴書劍

---

64 施士洁：《後蘇龕合集》（新北市：龍文出版社，1992年）。

佩，自家料理。泥土征鴻空印爪，轅前劣馬頻加齒。算花猶一
歲一番開，人何似。（《後蘇龕合集‧後蘇龕詞草》，頁334）

從清代起北京宣武門以南地區被稱作「宣南」，此詞乃施士洁早年赴
北京趕考進士時，旅居宣南時思鄉愁緒。上片對自己旅居北京，透過
蘇秦的敝裘，馮諼長鋏的典故，表明自己不如意，不被重視，內心升
起「悲憤」、「驚喜」，錯綜複雜的情懷。「鯤洋」指安平外海，臺灣海
峽又叫鯤洋，家鄉卻煙渺遙遠，而北京卻塵俗紛擾，只好以「琴書劍
佩」自我排遣。結論以自己漂泊南北，一事無成，馬齒徒增，惆悵抑
鬱作結。他又有〈虞美人〉：

> 少年作客燕京市。春夢隨流水。中年作客鷺江城。小劫桑田滄
> 海可憐生。　　　如今作客龍溪縣。白髮危於線。況堪憂病更憂
> 貧。舞榭歌樓惘惘過來來人。（《後蘇龕合集‧後蘇龕詞草》，
> 頁332）

對自己一生的回首，年輕時到燕荊科考作客，有如春夢隨流水而逝。
臺灣割讓日本後，他攜眷歸泉州，民國六年（1917），他往福州入
「閩省修志局」，負責纂修史料，不久寄居鼓浪嶼。詞中寫現在龍溪
作客，已經髮白，而且貧病交加，一事無成，內心感懷身世，自己可
是從歌舞樓臺中，失意的過來人。他的詞作大都是唱和、酬贈以及壽
詞，對感懷身世者較少。

（六）洪繻

　　洪繻（1866-1929），原名攀桂，字月樵，感於家國淪亡，改名

繻，取《漢書·終軍傳》:「棄繻生之意」,[65]另有「棄地遺民」[66]之意，改字棄生。是南宋名臣洪皓、洪邁的後人，彰化鹿港人，早年就讀於臺灣著名的白沙書院，少有文名。清光緒十七年（1891）以第一名入學，甲午戰爭割臺後，絕意仕進，不再赴考，遂潛心於詩古文辭，把臺灣的社會和歷史刻劃於詩文中，發揮不屈不撓的抵抗精神。棄生民族氣節奇高，堅持不剪辮、不出任殖民當局官職、不與日人往來等原則，以清國遺民身分終其一生。他曾於大正十年（1921），遊歷中國十省，返臺後完成《八州遊記》、《八州詩草》二書。日本當局忌其豪縱狂放，能寫敢寫，大正十七年（1928）誣告他長子在信用合作社工作，捲款潛逃，日警逮捕他入獄，經年出獄，悲憤抑悶而病逝。楊雲萍說他是「近代臺灣的學人之中，博聞篤學，抱樸守貞，儼然有古大師之風。」[67]著有《寄鶴齋詩話》、《寄鶴齋文矕》、《臺灣戰紀》、《中東戰紀》等，著作甚豐。存詞九十闋，內容有酬贈，有的寫閨情相思，還有一部分比較有意義，他對時局、家國感慨，如〈意難忘·感事〉丙申十二月二十夜：

> 一夢黃粱。看世情似水，斷盡人腸。江山餘瑣屑，雲物換蒼茫。天黯黯，海浪浪。是黑劫紅羊。最不堪故鄉花草，都付斜陽。　　中原舉目淒涼。問伊誰破碎，失卻金湯。回頭非錦繡，轉瞬見滄桑。塵擾擾，事忙忙。豈電火流光。歎此生蓬

---

65 班固：《漢書·終軍傳》（臺北市：藝文印書館，不詳），卷64下，頁1286。軍曰：「大丈夫西游，終不復傳還。」棄繻而去。軍為謁者，使行郡國，建節東出關，關吏識之，曰：「此使者乃前棄繻生也。」軍行郡國，所見便宜以聞。還奏事，上甚說。

66 程玉凰：《嶙峋志節一書生 —— 洪棄生及其作品考述》（臺北市：國史館，1997年），頁68。

67 楊雲萍著：《歷史上的人物》（臺北市：成文出版社，1981年），頁273。

萊，已隔又作傖荒。[68]

丙申為明治二十九年（1896），為臺灣割讓後的第二年，詞人選擇留在臺灣作清朝遺民，只能用比興寄託的手法，以「低回要眇以喻其致」，[69]詞意蒼涼，感受到故鄉割讓日本，眼看世事如水，使人斷腸。最不堪故鄉花草在異族統治下，都失盡顏色，付與斜陽。中原舉目蒼涼，清朝無力保護在海一隅的臺灣，內心無力倍感蒼涼。洪棄生〈淒涼調・戊戌十二月二十六夜〉詞序云：詞紀近事，失於平質，蓋時方頭會箕斂，沿門挨戶，無能免者，故不覺其言之直也：

何來轆轆。淒涼甚，人人似坐刀鑱。不勝蒿目，謀生計盡，或歌或哭。洋氛怎惡，更沿戶咆哮怒蹴。好無情，天魔部曲，者輩果魚肉。　試看城村路，老幼號咷，孰堪敲撲。市場最苦，到如今，局翻棋覆。莫憶當年，想黃金都填壑谷。謾逋逃，已是家家上簿錄。（《寄鶴齋詩集》，頁1413）

明治三十一年（1898）至三十七年（1904），日本為使臺灣總督能有效掌控臺灣島內的可用資源，著手進行臺灣土地、林野等資源的各項調查作業。土地調查後，清出隱田，歸戶冊，「則以增稅為目的。」[70]戊戌是明治三十一年，日本政府清查土地造冊，開始增加稅收，因此百姓生活如坐在刀鑱上，謀生不易，而官府卻沿門挨戶徵稅，無能倖

68 胥端甫編輯，洪棄生：《洪棄生先生遺書・寄鶴齋詩集》（臺北市：成文書局，1980年），頁1413。

69 張惠言：〈詞選序〉，見唐圭璋：《詞話叢編》（臺北市：新文豐出版公司，1988年），冊5，頁1617。

70 臺灣省文獻委員會：《臺灣省通志・政事志・地政篇》（南投市：臺灣省文獻委員會，1971年），冊1，卷103，頁69。

免，百姓叫苦連天，有的甚至要脫逃，可是逃跑也沒有用，因為家家
都已經被登記上財產登記簿中。總體而言洪棄生的詞作較寫實，富有
社會意味，他關心殖民地百姓的生活，也伸張他們的痛苦。

（七）林朝崧

　　林朝崧（1875-1915），諱秋岳，字俊堂，號癡仙，一號無悶，臺
中阿罩霧（今霧峰）人，建威將軍林文明之少子，棟軍統領林朝棟之
從兄弟也。傅錫祺在〈無悶草堂詩序〉提其早年文才：「光緒辛卯
（1891），錫祺獲識林君癡仙於童子試場，時均年十七，早有能詩
名。以君之夙慧，繼以力學，其於詞林中出一頭地，早為當時能詩諸
先輩所期許。」[71]光緒十七年（1891），考取生員，本欲繼續博取功
名，不落發生乙未割臺事變，隨家族內渡大陸乙未之役，隨家人避亂
泉州。復北上申江，遍遊大陸名山大川，而羈旅飄零，助長詩思，文
名傳於京滬。二十八年（1902），奉母命返臺，旋與姪幼春及賴悔
之、傅鶴亭等倡設櫟社，並擔任首任社長，集諸同好，互為唱酬，一
時風靡中臺。又應從兄弟紀弟、烈堂、獻堂之情，發動地方士紳創設
「臺中中學」，並親撰〈籌設中學啟〉、〈中學校募集序〉二文。旋移
居霧峰聚興莊詹厝園，築草堂曰「無悶」，遂自號無悶道人。[72]與洪棄
生、連雅堂皆有交往。宣統三年（1911）春，梁啟超訪問臺灣，癡仙
熱情招待，兩人迭相唱和，結下深誼。惜乎四十一歲便英年早逝。櫟
社友人傅錫祺、陳懷澄輯為《無悶草堂詩存》，[73]民國八十一年

71　傅錫祺：〈無悶草堂詩存序〉，見林朝崧：《無悶草堂詩存五卷，附詩餘一卷》（新北
　　市：龍文出版社，1992年），頁1。
72　參考張子文、郭啟傳、林偉洲編：（臺灣歷史人物小傳──明清暨日據時期），頁
　　263。
73　林朝崧：《無悶草堂詩存）（新北市：龍文出版社，1992年）。

（1992），《臺灣先賢詩文集彙刊》第一輯，由龍文出版社影印。以及
民國九十五年許俊雅校釋的《無悶草堂詩餘校釋》由國立編譯館印
行。[74]林癡仙共存詞七十闋。他有〈望海潮・春潮〉：

> 春來春去，潮生潮落，年年歲歲相同。鹿耳雨晴，鯤身月
> 上，幾番變化玉龍。海國霸圖空。剩蘋州鋪練，桃漲翻
> 紅。吞吐江山，軍聲十萬勢猶雄。　　群飛亂拍蒼穹。願
> 楊枝入手，咒使朝東。弱水易沉，蓬山難近，騎鯨枉候天
> 風。萬感倚樓中。恨浪淘不到，塊壘填胸。判作隨波鷗鷺，
> 身世托漁篷。《無悶草堂詩餘校釋》，頁203）

這首詞作於乙未割臺之後，寫的是在鹿耳門的晴天、南鯤身的月晚，
幾番變化的海濤。二百多年前，鄭成功就是在鹿耳門借助潮水成功登
岸、收復臺灣。因此，鹿耳門的潮水對臺灣有著特殊的象徵含義。全
詞出入古今，借海潮哀歎臺灣跌宕的歷史命運。詞中也感嘆報國無
門，「塊壘填胸」許多鬱悶無法排遣，只有把身世寄託漁篷。他又有
〈小重山・辛亥九日萊園登高〉：

> 紅樹蕭疏謝傅墩。殘山餘一角，付閒雲。手攀叢桂憶王孫。登
> 高淚，歲歲灑清樽。　　望遠更銷魂。夕陽無限好，近黃昏。
> 可憐破碎舊乾坤。西風緊，南雁不堪聞。（《無悶草堂詩餘校
> 釋》，頁133）

---

74 林癡仙著：許俊雅校釋：《無悶草堂詩餘校釋》（臺北市：國立編譯館，2006年）。共
　輯詞67首，缺《漢文臺灣日報》所刊載的3首詞：〈嬌人嬌・贈李校書寶桂〉、〈少年
　遊・贈李校書寶桂〉（1版，1910年2月2日）、〈蝶戀花〉（3版，1911年8月22日）。

此詞寫作年代是民國元年，辛亥（1911），中國正在反清革命中。萊園是霧峰林家的林文欽所興建的庭園，當地居民俗稱為「林家花園」，現位於明臺中學校園內。林癡仙與陳貫曾在一九一一年重陽登萊園所寫的詞。上片寫在萊園所見。下片不忍登高望遠，只會更傷魂，感到夕陽美好只是近黃昏。可憐乾坤破舊，西風吹緊，南雁不堪聞，惹來許多登高淚。整體觀之，林癡仙的詞作情感細緻，然而格局較小，除了上述二首外，大多具有贈別、詠物，沈湎聲色之感，有關家國感懷者較少。

第二節　日治初期，同化籠絡

光緒二十年（1894），甲午戰後，馬關條約中，臺灣割讓日本，二十一年（1895），日軍接收臺灣，以後長達五十年的統治，被分為三期統治策略，不同時段的對臺教育策略，有時漢書房被禁，有時漢文被禁，加上詞譜的缺乏，因此真正土生土長的臺灣詩人幾乎是專門作詩，很少填詞，所以臺灣詩壇、詩社興盛，而日人也會作詩，常有歌筵酒畔，娛賓遣興，相互酬酢之作，所以詩壇非常活躍。相對的詞壇就非常沈寂，有關詞的唱和，常因日本當局統治策略而有所不同。

日本統治臺灣，可分為以下三期：[75]

第一期綏撫時期（1895-1919），設法安撫居民，對臺胞原有風俗習慣，無暇干涉，名為「尊重」，實漸進方式統治。所以不干涉漢文、詩寫作，對詩人活動多以支持態度，在明治二十九年（1896），

---

75 階段劃分眾說紛紜，此為參考王詩琅：《日本殖民體制下的臺灣》（臺北市：眾文圖書公司，1980年），頁11。

由加藤重任（雪窗）、水野遵（大路）等成立玉山吟社。[76]第四任總督
兒玉源太郎（1852-1906）建別邸於臺北城南古亭莊，稱「南菜園」
後，己亥夏（明治三十二年，1899），園成邀全臺詩人，有日人、臺
人、清人（章太炎）三十餘人。開聯吟大會，並自賦詩一首，「古亭
莊外結茅廬，畢竟情疏景亦疏。雨讀晴耕如野客，三畦蔬菜一床
書。」[77]以後由籾山衣洲編《南菜園唱和集》。[78]

　　當時所發行的報紙漢文欄，也都保有「文苑」、「詞林」、「詞苑」
等，供臺灣文人抒發情感，當時報紙主編除籾山衣洲（1855-1919）
外，尚有三屋大五郎（1857-？）、尾崎秀真（1874-1952），又有漢文
編輯魏清德（1886-1964）、謝汝銓（1871-1953）透過報紙的文學交
流，介紹日本以及中國的作家作品，達到兩國交流。

　　寓臺日人中村忠誠（約1852-1921），字伯實，號櫻溪。明治三十
二年（1899），參加玉山吟社的雅集，有〈玉山吟社宴會記〉：

> 獻酬交錯，談笑互發，乃宴酣興旺，杯盤狼藉，謳吟琅鏘。或
> 為僛僛之舞，或成玉山之傾，……人人既醉，不復知為天涯千
> 里之客矣，而斯土人士亦忘其為新版圖之氓也。[79]

76 賴子清：〈古今臺灣詩文社（一）〉，《臺灣文獻》，第10卷第1期（1959年9月），頁91-
　　92。

77 兒玉源太郎：〈己亥六月結廬於城南古亭莊名曰南菜園偶作一絕〉，見王松：《臺陽
　　詩話》（臺北市：大通書局，1987年），頁44。

78 《漢文臺灣日日新報》，3版，1906年7月31日。本書所引用《漢文臺灣日日新報》，
　　都以漢珍電子版為主，簡稱《漢臺日報》，再引用時，不再出注，僅夾注日期，版
　　次。

79 中村忠誠：《涉濤集・玉山吟社宴會記》（臺中市：文听閣圖書公司，2007年），頁
　　124。

中村忠誠在文中表明詩社宴飲，觥籌交錯時的氣氛，使統治者與被殖民者，在酒酣耳熱的催化下，忘掉彼此間的階層與恩怨，一起藉文學詠懷心靈，聯絡情感。詩社吟詠成為消弭對立的最好良方。由此可見日本當局藉著詩社吟詠的籠絡方法，達到控制心靈的目的。此時詩社林立，本土詩人紛紛成立詩社。如明治三十五年（1902）林朝崧、賴紹堯等人成立櫟社，社名取意：「吾學非世用，是為棄材；心若死灰，是為朽木今夫櫟，不材之木也，吾以為幟焉。」[80]明治三十九年（1906），由連橫、陳渭川邀集謝石秋、趙鍾麒、鄒小奇、楊宜綠所組成的南社。[81]明治四十二年（1909）農曆二月十六日，《臺灣日日新報》[82]漢文部記者謝汝銓，連同洪以南、倪希昶、趙一山、林蘭馨創立瀛社，召集北臺灣詩人一百五十餘人，於艋舺平樂游酒樓舉行成立會。公推洪以南為首任社長，謝汝銓為副社長。[83]臺灣三大傳統詩社都是創立在綏撫時期，處於日本當局設法安撫籠絡時期。此時期詩社聚集都以寫詩為要。從明治三十年（1897）五月十八日的《臺灣新報》文苑版，看到日人館森袖海以〈江南春・春江送人仿寇萊公〉揭開詞壇創作，[84]到明治三十一年（1898）八月二十五日，筆名完顏叔子所填〈水調歌頭〉、〈南歌子〉後，明治三十二年（1899）一月十四日，殷守黑送章太炎到日本，有〈摸魚兒・用稼軒先生晚春原韻送枚

---

80 林幼春：〈櫟社二十年間題名碑記〉，收於傅錫祺：《鶴亭詩話・櫟社沿革志略》），頁353。

81 連橫：《臺灣詩薈・臺灣詩社記》（南投市：臺灣省文獻委員會，1992年），1924年3月，第2號，頁98。

82 本書所引用《臺灣日日新報》，都以漢珍電子版為主，簡稱《臺日報》，再引用時，不再出注，僅夾注日期，版次。

83 林正三、許惠玟：《瀛社會志・瀛社活動記事》（臺北市：文史哲出版社，2008年），頁62。

84 《臺灣新報》，1版，1897年5月18日。原名為春江送人仿寇萊公江南春，詞作：「江渺渺，柳冥冥。雨勻芳草路，潮滿綠蘋汀。孤帆遠入煙波去，惜別何勝。傾玉瓶。」

叔東渡），接著詞壇空白。要到明治三十六年（1903）十一月二十二日，陳用六的〈沁園春·三十初度自壽〉，以及明治三十七年（1904）十一月二十日，才有毛受真一郎（號綠軒）記載〈搗練子·旅順將陷〉二首[85]與明治三十九年（1906）的〈沁園春·嘉義震災記事〉，還有許梓桑的〈蘇幕遮·弔故前總督兒玉大將〉，可見雖然政治寬鬆，文學開放，臺灣文人卻少有填詞，發表在報上。

明治三十八年（1905）起，《漢臺日報》雖然獨立發行漢文版，因為日俄戰爭，國際局勢動盪不安，詞壇僅仍是無聲無息。經過四年，到明治四十二年（1909）八月十三日，才有林癡仙與王少濤（1883-1948）唱和的「淡水留別」以及陳槐庭「北游戲贈癡仙」，三人皆調寄〈浪淘沙〉，相互唱和。

明治四十二年（1909）十月，漢文版從四開擴版到對開一大張。「十一月，報社購買新式輪轉機，漢文版增至二大張。」[86]加上瀛社的創立，整個詩壇熱鬧非凡，光是《漢臺日報》刊載「瀛社詩壇」就有一七三三筆，數量可謂驚人。瀛社定期的社集與吟唱，不僅使漢詩蓬勃，同時帶動詞的填寫。在明治四十二年（1909）九月，《漢臺日報》記載「瀛社例會」：

> 該例會已如期於去星期日，開之於枋橋林本源別墅。當值東之向林家之借用也。林爾嘉長公子景仁亦係會員，即與其令弟等，共寄附金拾圓助備茶果之需，並令園丁掃徑烹茗，足見林氏之熱心也。惜乎因前夜暴風雨，赴會者寥寥無幾。惟艋舺十名，稻江二名，合之值東六名，共十八名而已。開會時，值東

---

85 此二首見《臺日報》「詞林」，1版，1904年11月20日。原報沒有詞牌名，有三首，第三首不按格律。

86 王天濱：《臺灣報業史》（臺北市：亞太圖書出版社，2003年），頁41。

者倡言，不論在何處開會，諸社友務必齊到，藉資談心，云
云。畢，一同入席。酒間諸友聯柏梁體，用十一尤韻。而課題
則定為「板橋別墅即事」，不拘體，不限韻，嚴限一星期內繳
卷云。(《漢臺日報》，5版，1909年9月21日)

雖然例會前夜暴風雨，故與會者不多，但社友踴躍投稿。九月《漢臺
日報》的「瀛社詩壇」，陸續刊出題名「板橋別墅即事」二十八首
詩，三首詞。一直到明治四十三年（1910），又有詠霓詩社四散的社
員，另組「瀛東小社」，成員定期社集，如七月二十三日，《漢臺日
報》刊出題名為「瀛東小社雅集」：

去十七日（7月）瀛東小社諸詩人雅集於板橋。敦請本社記者
雪漁、湘沅赴會，雪漁有故不赴。是日午後一時，在朱四維君
樓上開宴。席間湘沅口占一絕句，各員皆依韻和之。宴罷，李
石卿君導遊板橋別墅。諸社員即假來青閣為會場，商議一切社
務。石卿氏起而演說，倡議推選湘沅氏為社長。以後課題歸其
選定，並評點斧削。諸社員皆贊成，至午後五時半乃散。亦一
雅事也。(5版，《漢臺日報》，1910年7月23日)

在《漢臺日報》中刊載「瀛東小社月課」就有五筆，「瀛東小社詩
壇」就有二十五筆，「瀛東小社課題」八十四筆。其中在明治四十三
年（1910）五月二十四日「瀛東小社課題」，為「桃花扇傳奇書後」，
有詩十八首，另有黃潛淵（1878-1945）〈歸朝歡〉、林維龍〈滿庭
芳〉各一首，黃潛淵另有〈采桑子・送兒山詞伯歸內地）、〈一剪梅・
清明日踏青詞不拘體〉一首。蔡啟運有（1855-1911）〈秋波媚・消夏

閨詞〉、〈惜分飛〉[87]詞。

明治四十四年（1911），《臺日報》尚有黃潛淵〈尋芳草・已亥元旦試筆〉、〈賀聖朝・祝斷髮會〉，以及《漢臺日報》李如月（1890-1980）的〈東風齊著力・詠櫻花〉二首詞。

明治四十四年（1911）十一月三十日，報紙恢復以往於日文版中添加兩頁漢文版面的作法，這時詞發表的最多，是謝星樓四首以及大正二年（1913）二月十日，王大俊〈賣花聲・嶼江晚興〉，同年五月十三日，王坤泰（太瘦生）〈蘇幕遮・夜半〉、〈蘇幕遮・感別〉及高重熙〈瑞鷓鴣・閨情〉、〈浪淘沙・閨情〉，以及林菊塘〈鷓鴣天・感懷〉等抒發生活感受。十月十九日有太瘦生〈錦帳春〉大正三年（1914）到七年（1918）的第一次世界大戰，詞壇幾乎全沉寂，只大正四年（1915）十月三十日，張鵬〈滿江紅〉一首壽詞，以及大正五年（1916）以及鄭作型〈秋波媚・消夏閨詞〉。

這段期間的文人除報紙發表詞外，幾乎沒有出版單本書籍，只有林朝崧《無悶草堂詩存》附《無悶草堂詩餘》，在他去世十餘年後，由櫟社詩友合力編輯，由鹿港信昌社印行，於昭和八年（1933），分成兩冊出版。

第三節　日治末期，漢文被禁

日治之初，執政當局對臺灣傳統書房、詩社都採取放任，後來發現書房對漢人的影響，因此在明治三十一年（1898）頒布「書房義塾規則」後，當時書房都以臺灣話（含閩南語、客家話）教授、自然都是閱讀和書寫漢文，並且傳授中國舊有的傳統禮教，亦即灌輸幼童中

---

87 《臺日報》，5版，1910年7月10日。

華思想文化。如此的教育方針，自然不見容於臺灣總督府，便要求取
締書房活動，除要求書房加授日語，並禁止使用中國出版的教科書。
其目的在斬斷臺灣與中國的文化臍帶，強迫灌輸日本文化。光緒二十
三年（1895），書房數有一二七處，學生數一七〇六六人，然至昭和
十四年（1939），全臺僅存十七所書房數，學生數九三二人。蓋此時
日人加強推行公學校教育，極力壓迫書房、義塾，使其無法存立。迨
至昭和十八年（1943），總督府頒布廢止私塾令後，書房、義塾乃完
全停辦。[88]連橫對此感嘆：

> 臺灣漢文日趨日下，私塾之設復加限制，不數十年將無種子。
> 而當局者不獨無振興之心，且有任其消滅之意。此豈有益於臺
> 灣也哉。[89]

隨著書房私塾的消滅，意味著傳統漢學，將面臨後繼無人，冰消瓦解
的命運。

　　日本治臺第二期為同化時期：（1919-1937），這段時間日本統治日
趨穩固，因此日本政採府採籠絡臺人，高唱「內地（日本）延長主
義」，也積極爭取臺灣人在政治上的參與。[90]大正八年（1919），在中
國則有五四運動的啟蒙，對臺灣文學也有影響。在新思潮的影響下，
漢詩創作仍是蓬勃。這時日人與臺人也常唱和。第八任總督田健治郎
（1855-1930），大正十年（1921），在官邸招待全臺詩人五十餘人，席
上自賦七絕一首，與會詩人紛紛唱和，以後輯成《大雅唱和集》。[91]大

88　臺灣省文獻會編：《重修臺灣省通志・文教志・教育行政篇2》，頁83。
89　連橫：《臺灣詩薈》，第20號，頁532。
90　參考葉榮忠等：《臺灣民族運動史》（臺北市：學海書局，1979年），頁110。
91　鷹取田一郎編：《大雅唱和集》（臺北市：臺灣日日新報社，1921年）。

正十三年（1924），第九任總督內田嘉吉（1866-1933）在臺北江山樓舉行全臺詩人聯吟大會，並於官邸茶敘賦詩。大正十五（1926），日本駐臺灣第十一任總督上山滿之進（1869-1938）邀請日本著名詩人國分青厓、勝島仙坡二人來臺遊歷，並邀全臺詩人共聚於官邸吟唱交流，輯成《東閣唱和集》。[92]大正十三至十四（1924-1925），連橫出版的《臺灣詩薈》共二十二期，連氏於〈發刊序文〉中云：

> 內之為正心脩身之學，外之為齊家治國平天下之道，我詩人之本領固足以卓立天地也。不佞騷壇之一卒也。……互相勉勵，臺灣文運之衰頹藉是而起，此不佞之懺也。孔子曰：詩可以興，可以觀，可以群，可以怨。尤願我同人共承斯語，日進無疆，發揮蹈屬，以揚臺灣詩界之天聲。[93]

由上可知連雅堂為發揚中國詩界之天聲，保存中華詩文之命脈而苦心積慮。又在〈右哀祭·致臺灣詩薈讀者書〉：

> 鄙人發刊詩薈，原非營業之計，以臺灣今日之漢文廢墜已極，非藉高尚之文字，鼓舞活潑之精神，民族前途，何堪設想？[94]

《臺灣詩薈》發刊原因，主要是當時漢文已隳墜，必須藉高尚文字來鼓舞振興，否則後果不堪設想。所以除了漢詩創作外，尚有詩餘版面，刊載少數詞人作品，如櫟社社員陳貫（1882-1936），字聯玉，號豁軒，苗栗苑裡人。陳懷澄（1877-1940），字槐庭，號沁園，一號心

---

92 豬口安喜：《東閣唱和集》（不詳：出版者不詳，1927年）。

93 連橫：《臺灣詩薈·發刊序》，頁2。

94 連橫：《雅堂先生集外集》（南投市：臺灣省文獻委員會，1976年），頁17。

水，鹿港人。任雪崖（1907-1990），字瑞堯、真漢等人作品。如連雅棠〈如此江山・將去吉林，楊怡山囑題寫真冊子，倚此志別〉：

> 青山一髮憐憔悴，傷春賦詩何處。離恨天中，澆愁海上，多少英雄兒女。年華如許。便把盡滄桑，畫圖收取。蝶夢鵑魂、相逢作淒涼語。　　多君激昂慷慨，祇一簫一劍，自來自去。走馬風流，屠龍身手，莫怨天涯遲暮。征驂且住。為君且高歌，為君起舞。為問他年，鬢絲如舊否。[95]

〈如此江山〉是永遇樂的別名，例用仄聲韻。連雅堂要去吉林，眼見青山如髮，要離開故鄉徒生許多離愁。下片提到自己只一簫一劍，來去自如，心中不怨天涯遲暮。且停下要遠征的車馬，為君高歌，為君起舞，問他年再見時，是否鬢絲跟以前一樣，還是衰老。

　　這段時間《臺日報》刊出漢詩極多，但詞作也不多，特色是偏用長調。除大正九年（1920）八月十三日，陳槐庭〈望海潮・題環鏡樓唱和集〉、大正九年（1920）十一月十九日，趙一山（1856-1927）〈滿庭芳〉。大正十年（1921），臺北大稻埕江山樓酒樓落成，有新竹宜陵山人〈錦帳春〉及大正十一年（1922）林述三（1887-1957）〈滿江紅〉的慶賀詞。此時中部的櫟社詞人發表詞最為活躍，有大正十二年（1923），陳懷澄（1877-1940）〈離別難〉、大正十三年（1924），蔡鐵生（1881-1929）〈貂裘換酒〉、及陳貫（1882-1936）〈長亭怨〉，以長調歡送蔡伯毅辭官遠赴大陸，慷慨激昂，成為對比。大正十三年（1924）起，漢詩與新文學開戰，詞壇尚有楊嘯霞（1876-1968）〈江南春・苦雨〉、陳明卿（蘇幕遮・九日登山用宋范文正公原韻）〈蝶戀

---

95 連橫：《臺灣詩薈》，第7號，頁423。

花・用蘇東坡原韻〉、昭和三年（1928），有郭江波〈春光好・遊青草湖〉、鄭香圃（1891-1963）〈清平樂・遊青草湖〉等人發表詞作。另有不受臺灣時局影響，為旅居上海的臺灣醫生廖煥章（1883-1937），從昭和四年（1929）起到昭和十一年（1936），七年內共發表五十一首詞，述說鄉愁與國恨，以及國共交戰的不滿。

　　大正十三年（1924），在《臺南新報》發表的有，林子香的〈臨江仙〉、[96]〈滿庭芳・遣懷〉、[97]〈滿庭芳〉二首詞。大正十四年（1925），林子香又在《臺南新報》〈清平樂・春曉〉。[98]昭和二年（1927），有吳裕溫發表〈滿庭芳・東都玩雪〉。[99]

　　這時期曾在報紙發表詞的作家，有陳懷澄（1877-1940）在大正十年（1921）曾出版《沁園詩存》附《無悶詞》。[100]陳貫在昭和五年（1930）將自己在雅集唱和時所吟詠的詩與擊鉢唱和自行結集為《豁軒詩集》，迨其卒後，「所遺詩稿經其哲嗣陳南邦抄錄，釐為詩三卷、詞一卷，於民國五十九年排印行世，仍名《豁軒詩集》。」[101]趙一山有《劍樓詩稿》，可惜未刊。廖煥章在昭和七年（1932）出版《寒松詩詞集》，可惜已佚。

　　昭和五年（1930）十月到昭和七年（1932），由桃園周石輝獲盧纘祥、魏清德、邱筱園等人支持，發行《詩報》到四十四號止，才由他人發行，主要刊載日治時期各地漢語文言詩詞作品，全臺各地詩社吟會、徵詩，大部分屬擊鉢吟之作品，也有少部分詞作。昭和五年（1930），《詩報》所刊前三篇詞作的都是轉載中國文人的詞作，包括

96　林子香：〈臨江仙〉，《臺南新報》，8043期，1924年7月12日，頁5。

97　林子香：〈滿庭芳・遣懷〉，《臺南新報》，8177期，1924年11月23日，頁5。

98　林子香：〈清平樂〉，《臺南新報》，8299期，1925年3月25日，頁5。

99　吳裕溫：〈滿庭芳・東都玩雪〉，《臺南新報》，8971期，1927年1月26日，頁6。

100　陳懷澄：《沁園詩存・附無悶詞》（新北市：龍文出版社，2006年），頁1。

101　陳貫：《豁軒詩草》（新北市：龍文出版社，1992年），頁1。

陳寅恪〈臨江仙〉、仲雲〈八聲甘州〉、胡適〈臨江仙〉，第四篇刊杜
香國〈浪淘沙・吟香將往神戶來別詞，以紀之〉：

> 門外雨聲收。寒透重裘。驪歌欲唱暫勾留。斜倚竹爐懷往事，
> 不是溫柔。　　幽思在心頭。欲語還休。蓬萊他日弄扁舟。浩
> 蕩煙波人去也，無限離愁。[102]

這是一首贈別詞，仿李後主的〈浪淘沙〉，押十二部平聲韻，只是寫
兩人離別的悲傷，並沒有觸及社會問題。接著是楊雪滄與杜香國
（1894-1946）以〈綺羅香〉詞牌相互唱和。昭和七年（1932），又有
林欽賜編輯《瀛洲詩集》，全是漢詩，沒有詞作。

　　日本治臺第三期：皇民化時期（1937-1945），蘆溝橋侵華戰爭後，
日本企圖使臺灣人「日本化」，鼓勵人民說日語，改從日本姓氏，穿
著和服，用日本禮俗等。漢文書房遭取締，報紙及刊物廢止漢文欄，
主要目的是「在斷臺灣與中國之間的聯繫管道」。[103]又於昭和十六年
（1941）成立「皇民奉公會」，將臺灣六百萬人民納入此組織，來箝
制臺民的行為，並徹底擴充生產力，人人以「完成聖戰」為目標。[104]
這時由臺北大稻埕地區的舊文人組織「風月俱樂部」發行，逢每月
三、六、九日發刊，每期版面篇幅為四頁，這本臺灣日治時期漢文通
俗文藝雜誌，為一九三七年報刊漢文欄廢禁後唯一的漢文刊物。其前
身《風月》（1935年5月9日至1936年2月8日）、《風月報》（1937年7月

102　《詩報》，2號，1930年11月30日，頁4。再引用時，不再出注，僅夾注日期與頁碼。
103　臺灣總督府：《臺灣日誌》（大正8年至昭和9年）（臺北市：南天出版社，1994年復
　　刊版）。
104　見王詩琅：《日本殖民地體制下的臺灣》（臺北市：眾文圖書公司，1980年），頁57-
　　58。

20日至1941年6月15日）、《南方》（1941年7月1日至1944年1月1日）、
《南方詩集》（1944年2月25日至1944年3月25日），仍有漢文刊載，其
中仍有少數詞作。

這段時間雖然漢文被禁，但是昭和十二年（1937）四月一日，
《臺日報》卻開闢「漢詩壇特設」專欄，陸續接受漢詩。到昭和二十
年（1945），日本戰敗，詞僅發表三首，為昭和十五年（1940）莊幼
岳的〈菩薩蠻·為雙意學妹題櫻花綉額〉、黃福林的〈滿庭芳·重
陽〉，以及〈少年遊·中秋〉詞，內容狹隘，以後再也沒有詞發表，
詞又回到言情功用。明治四十三年（1910），梁啟超來臺，期許臺灣
文人當積極關懷臺灣的未來，對櫟社社員影響頗深。而昭和十八年
（1943），櫟社苦心所編文集第二集交新民報排印者，竟遭當局以
「該集內容多與現下非常時局不合，應與沒收」，而禁止發行。[105]

雖然漢文的命運在日本局勢越來越險惡險惡，受壓抑的情形更
嚴，但這段時間臺灣社會仍設許多詩社。昭和十二年（1937），有
中州敦風吟會等十家詩社。昭和十三年（1938），仍有萍聚吟社等二
家詩社。昭和十四年（1939），有曉鐘吟社等五家。昭和十五年
（1940），有聲社等五家。昭和十六年（1941），有鯤水吟社九家詩
社，昭和十七年（1942），有鵬社等四家。昭和十八年（1943），有蕉
香吟社等四家詩社，統計在皇民化時期（1937-1945），一共新成立四
十家詩社。[106]

---

105 葉榮鐘，李南衡：《臺灣人物群像》（臺北市：時報文化出版公司，1995年），頁
149。

106 賴子清：〈古今臺灣詩文社（二）〉，《臺灣文獻》，第10卷第3期（1959年9月），頁
89-97。

第四節　理念相通，共振詞風

　　日治時期，臺灣傳統漢詩蓬勃發展，據賴子清〈古今臺灣詩文社〉統計，臺灣詩社極多，包括：星社、劍樓吟社、淡北吟社等等，共有二百四十四社。[107]此外詩社創設時間如曇花一現者，尚有許多，據黃美娥教授統計目前已得三七〇個以上。[108]

　　詩社雖多，然而日治時代臺灣詞社卻稀少，全臺僅有二詞社——巧社與小題吟會。戰後有題襟亭填詞會，還有原是詩社，但有社員喜愛以詞唱和的鷗社。巧社設立在臺北，小題吟會設立在嘉義，兩社成立相差近十年。光復後有題襟亭填詞會和鷗社都設立在嘉義，前者是戰後成立，後者是戰後復社，兩社成立相差二年，其中成員大都重疊，都是熱愛鄉土與詩詞者。

　　本書所探討的詞社，是指一群熱愛填詞的詩人，以詞的創作，彼此唱和吟詠為創作形態的文學社團組織。臺灣詞社數目比不上詩社繁多，而且也沒有比較嚴謹的組織，包括明確的社規、社章、詞人資歷、定期集會等等。大致而言，臺灣詞社成員大都是相同或不同詩社成員，不僅有興趣填詞，且有心興旺詞學，所以另組成專以填詞為聚會活動的詞社，他們以詞牌相同逐句和韻，或有主題的聯吟、酬唱等方式唱和，並取有社名，則稱為詞社。在日治時代只有臺北的巧社、嘉義的小題吟會，戰後只有嘉義的題襟亭填詞會。但也有些詩社成員會填詞者，但沒組詞社，但也有定期聚集填詞唱和，雖不能稱為詞社，但基於臺灣長期受異族統治，漢文受禁，缺少詞律與詞韻之書等特殊環境背景，對於這些組織包括鷗社詞人也一併列入討論。

107 賴子清：〈古今臺灣詩文社（二）〉，《臺灣文獻》，頁89。
108 黃美娥：〈臺灣古典文學發展概述（1651-1945）〉，海峽兩岸臺灣史學術研討會論文，頁12。

這些詞社都不是突然設立，而是由詩社同人，因志同道合，再另行設立詞社。昭和九年（1934），在臺北成立全臺第一個詞社，巧社創立於農曆七月七日，所以稱巧社。巧社成員為王霽雯、黃福林、賴獻瑞、林嵩壽、李騰嶽。其中黃福林與賴獻瑞、李騰嶽都是瀛社成員。以後李騰嶽也創立研社，改為星社。

昭和六年（1931）三月，王霽雯首先在《詩報》發表〈菩薩蠻〉三首，其一：

> 空郊紅葉秋風緊。粧樓過雁人無信。消瘦比黃花。夕陽亂暮鴉。　　碧天千萬里。明月光如水。漏永倍思君。衾寒易斷魂。（《詩報》，1931年3月16日，8期，頁14）

內容是屬於閨晴、相思。同年十月十五日，他填〈拂霓裳·呈周士衡先生〉「控簾鉤」。[109] 十一月一日，他又填〈少年遊·呈周士衡先生〉「忽看青鳥」[110]，然後要求周士衡疊韻。昭和六年（1931）十二月，與同是瀛社的黃福林看見《詩報》上，周士衡的〈少年遊〉，也寫一首〈少年遊·重陽日敬步士衡先生瑤韻〉[111] 來和周士衡的詞，從此黃福林也加入王霽雯、周士衡的唱和。黃福林本是瀛社成員，大正八年（1919），與艋舺施明德、周自然（士衡）、黃坤維等設「鶴社」，社員別號皆以「鶴」為名，黃福林別號古鶴，周士衡叫野鶴。可惜周士衡早逝，王霽雯只好找黃福林唱和，接著王霽雯也找鍾瑞聰唱和，起初鍾瑞聰也填詞，直到昭和七年（1932），王霽雯以〈高山流水·呈

---

109 《詩報》，22號，1931年10月15日，頁13。周士衡早在大正十三年（1924）10月10日就在《臺灣詩報》9號，填〈攤破浣溪沙·寄友〉。

110 《詩報》，23號，1931年11月1日，頁15。

111 《詩報》，23號，1931月11月1日，頁15。

鍾瑞聰先生〉詞，要求鍾瑞聰和詞，詞為：

> 月明萬里撫焦琴。況春宵、銀漏寒侵。三弄試梅花，驚鴻暗落
> 花陰。其聲壯，鐵騎齊臨。悠揚處、遠是晴空鶴唳，虎嘯龍
> 吟。忽低來一跌，沒海幾千尋。　　而今。欣逢子期在，能解
> 得素志雄心。流水奏何慚，天涯有箇知音。奈芳晨興致難禁。
> 瑤徽外、應是陶潛寄意，白傅沾襟。看人情世態，誰似咱交
> 深。（《詩報》，30期，1932年2月24日，頁15）

根據《御製詞譜》：「〈高山流水〉調見《夢窗詞》。吳文英自度曲，贈
丁基仲妾作也。妾善琴，故以〈高山流水〉為調名。」[112]同樣的王霽
雯把鍾瑞聰當成知音，「而今欣逢子期在。能解得素志雄心」，覺得鍾
瑞聰了解他的心志。琴音中應解陶潛歸隱的心意，也有白傅即白居
易寫琵琶行的淚沾襟，看透人情世故，無人像兩人的交情深。可能此
詞是長調，對當時臺灣文人而言是太困難了，鍾瑞聰並沒有任何回
應。王霽雯不因詞學困難而灰心，反而邀請林嵩壽與李騰嶽參加巧
社。李騰嶽也不是一來就加入巧社，而是大正四年（1915），他曾與
黃春潮等人創立「研社」，倡導詩學運動。大正六年（1917），「研社」
改組為「星社」。社員皆改「星」，李鷺村別號夢星。[113]他自己說他和
林嵩壽是受邀加入巧社。林嵩壽應該是受同為瀛社的黃福林邀請進入
巧社。

　　小題吟會、羅山題襟亭填詞會、鷗社等社員幾乎大部分重疊，也
都曾參加過許多詩社，如小題吟社的社長賴惠川（悶紅）與林玉書

---

112 王奕清奉敕輯：《御製詞譜》（臺北市：洪氏出版社，1980年），卷35，頁24。

113 賴子清：〈古今臺灣詩文社（一）〉，見《臺灣文獻》，第10卷第1期，頁95。

（臥雲）等早在明治四十四年（1911），就加入「羅山吟社」。每月聚會吟詩，也常與臺北、新竹、臺中、臺南的吟友一同詩酒酬酢，有「諸羅懷古」、「吳季子掛劍」等詩。成立於大正四年（1915）的玉峰吟社，社員就有賴惠川、許然（藜堂）、林緝熙（荻洲）、王殿沅等，每週課題擊缽，放懷文酒。

成立於大正八年（1919）的鷗社（尋鷗吟社）以及成立於大正九年（1920），由賴柏舟、蔡水震、等人組織無名吟會，起初是以「無名」結合，從事吟詠；尋鷗吟社成立，自樹一幟，有社員十五名，選方輝龍為社長，幾乎每日吟詩。大正十二年（1923）年仲秋，五週年紀念時改稱「鷗社」。賴柏舟等人加入鷗社。

張李德和曾加入荻社、羅山吟社，原本在昭和五年（1930），與蘇孝德、林玉書、吳文龍、賴尚遜諸人設「連玉詩鐘會」，不置會長，不定會期；創辦琳琅山閣吟會、鴉社書畫會等，活躍於藝文界，為何要組題襟亭填詞會，她的理由寫在〈題襟亭填詞會跋〉：

> 臺灣為保持一線之斯文而發揚和民族之精神，是以書房義塾，隱焉，現焉。撲而復起。詩社林立，……但於填詞一道之鼓勵，尚賦缺如，故吾輩同仁，爰感及此，約以課題，月聚一次，名曰題襟亭詞填詞會。（《羅山題襟亭詞集》，頁178）

癸巳年即民國四十二年（1953），她寫此跋為鼓勵志同道合的同人填詞一道，可以保持臺灣一線之斯文，而且能發揚民族精神。施景琛在〈羅山題襟亭詞集序〉亦提及：

> 近又得嘉義李德和女士，惠贈羅山題襟集，花團錦簇，璧合珠聯，為鯤南詩社發一異彩，又乞弁《羅山題襟亭詞集》，霓裳

羽衣，竟念及漁歌樵唱，得毋貽續貂附驥之譏乎？然志同道
合，聲應氣求，為千載難逢之機會，豈可一葉蔽目，不見泰
山，兩豆塞耳，不聞雷霆乎。……以詞為淑性陶情，扢雅揚風
之寄託品焉。」（《題襟亭詞集》，頁147）

施景琛的序也提到了這些詩社人，雖然寫許多詩，集成《羅山題襟
集》，但是因為志同道合，聲應氣求，所以組成詞社，以填詞為樂，
並「以詞為淑性陶情，扢雅揚風之寄託品」，以詞來陶冶心性，並且
發揚風雅，用以陶冶性情。所以臺灣詞社是由一群志同道合的詩人，
他們從詩社中尋找喜愛填詞的人，另組詞社，想藉著詞社來陶冶性
情——精進填詞之道，並品評詩文，可惜因為戰爭因素，社員跑警報
而結束。

　　臺灣光復後由於白話文以及新文學的推波助瀾，專門填詞的詞
社，幾乎絕跡，只留下少數喜愛填詞的詩人，相互唱和以為怡情悅性
而已。

第二章
日治時代的詞社

第一節　巧社

　　日治時期，臺灣傳統漢詩蓬勃發展，據賴子清〈古今臺灣詩文社〉的統計，臺灣詩社極多，當時約有二百四十四社。[1]許多詩社的創設時間如曇花一現者，據黃美娥教授統計目前已得三七〇個以上。[2]詩社雖多，然而日治時代臺灣詞社卻稀少，全臺僅有二詞社——巧社與小題吟會。戰後有題襟亭填詞會，還有原是詩社，但有社員喜愛以詞唱和的鷗社。日治時代巧社設立在臺北，小題吟會設立在嘉義，兩社成立相差近十年。

一　創社緣起

　　昭和九年（1943），全臺第一個詞社——巧社創立於臺北。巧社的創始人為王霽雯、黃福林、賴獻瑞、林嵩壽（絳秋）、李騰嶽（鷺村），通訊處設於李鷺村延平北路宏仁醫院內。巧社成立原因與宗旨，根據李鷺村在民國四十五年《臺北文物‧巧社》的說法：

1　賴子清：〈古今臺灣詩文社（二）〉，見《臺灣文獻》，第10卷第3期，頁89。
2　黃美娥：〈臺灣古典文學發展概述（1651-1945）〉，《海峽兩岸臺灣史學術研討會論文》，頁12。

　　本省詩社雖多，但從來很少看見有詞社的設立。或因是筆者的
固（孤）陋寡聞，至少，巧社可說是臺北唯一標榜填詞為中心
小組織吧。但因它的存續期間較短和參加的人數也很少，所以
就很多（恐怕是大部分）人，不知道過去有這個小組織的存
在。……在當時大多向作詩方面趨之如鶩的當中，巧社可說是
不趁時尚而別樹一幟的，當然不應看作是標奇立異，而也不能
看作是一種推行填詞的小運動，但在於搜索於抱存地方色彩的
文藝風尚，嗜好表現的每一個角度之史實上，自不能完全付之
埋沒了。[3]

可見巧社因為參加人少，而且時間短，以致很少人知道這一填詞組
織。創設目的是，因為大家對作詩都趨之若鶩，故巧社要「別樹一
幟」，不是要「標奇立異」，也不是「推行填詞的小運動」，主要是要
保存「地方色彩」的文藝風尚，也要「表現的每一個角度之史實
上」，他認為詞有表現「史實」觀念，而這些意念是不能被埋沒。
　　巧社成員黃福林、賴獻瑞本是瀛社成員，大正八年（1919），與
艋舺施明德、周自然、黃坤維等設「鶴社」。社員別號皆以「鶴」為
名，黃福林別號古鶴。大正四年（1915），李鷺村與黃春潮等人創立
「研社」，倡導詩學運動。大正六年（1917），「研社」改組為「星
社」。社員皆改「星」，李鷺村別號夢星。[4]昭和九年（1920），王霽
雯、黃福林、賴獻瑞等成立巧社，以後李鷺村與林嵩壽再加入巧社。
李鷺村說：

3　李鷺村：〈巧社〉，見臺北文獻委員會編：《臺北文物》，第4卷第4期（臺北市：成文
　　出版社，1983年），頁92。

4　賴子清：〈古今臺灣詩文社（一）〉，見《臺灣文獻》，第10卷第1期，頁95。

筆者最初是被邀請去做社員的，後來也正式參加為社員。[5]

李鷺村、林嵩壽也都是瀛社會員，可能因為這層社友關係，李鷺村、林嵩壽被邀進巧社。巧社創立初期，極有企圖心，他們要保存史實，所以開始有雅集與聯吟，可惜自昭和十年（1935）後，巧社成員因為社員的病逝與遭遇不幸，就很少在報章發表詞作。根據李鷺村說：

> 不久因社員林絳秋去世，本社從此失去他的很大支持，後來便很少聚會。而最不幸的是，翌年創立者的一人王霽雯因家庭變故，竟赴基隆蹈海自殺了。再數年後賴獻瑞及黃福林，又相繼辭世，現在筆者便是該社的唯一殘存者，回想前塵，真可說是感慨無量。[6]

巧社成員林嵩壽（1884-1934），字絳秋，是板橋林家第三代，因是心臟病突然過世。[7]王霽雯（？-1935），遭遇更悲慘，因「家庭變故」赴基隆跳海自殺。所以昭和十一年（1936），賴獻瑞只好另組松鶴吟社。[8]但不久賴獻瑞與黃福林相繼辭世，所以巧社「未幾即告解散」。[9]因此除了有李鷺村的《李騰嶽鷺村翁詩存》外，巧社成員目前沒有任何詩集、詞集存留。巧社成立情形茲列表如下：

---

5 李鷺村：〈巧社〉，見《臺北文物》，第4卷第4期，頁92。

6 同上註。

7 見《臺日報》，7版，1934年11月10日。

8 賴子清：〈古今臺灣詩文社（一）〉，見《臺灣文獻》，第10卷第1期，頁104-105。

9 王詩朗、王國華編：《臺北市志·文化志·文學篇》（臺北市：成文出版社，1983年），頁61。

社名	巧社,因創設日為七夕,故取名巧社。
時間	昭和九年(民國23年,1934)
地點	臺北
創始人	王霽雯、黃福林、賴獻瑞、林嵩壽(絳秋)、李騰嶽(鷺村)。通訊處設於李鷺村延平北路宏仁醫院內。
社集活動	不定時
詞作主題	傷逝、詠懷、節序

二 詞社名稱

　　巧社創立於昭和九年(1934),因創設日為七夕,故取名巧社,亦為臺北唯一之詞社。[10]成立之日極為盛重,還開筵慶祝。據昭和九年《臺日報》題「翰墨因緣」記載:

> 臺北巧社幹事黃福林、王霽雯、賴獻瑞諸氏訂來(在)十六日(古曆七夕)午前九時,於太平町三丁目,大世界食堂,填詞賦詩,以祝開式,正午開宴云。(《臺日報》,4版,1934年8月15日)

巧社是因為古曆七夕成立,所以訂在八月十六日,開筵席慶祝,並吟詩頌詞。雖然是詞社,但同年八月二十五日,《臺日報》就有社友以詩吟誦。如李鷺村〈祝巧社創立〉:

> 社創雙星節,詞填字字金。神仙多眷屬,吟侶舊知音。鏤玉雕

---

10 王詩琅、王國華編:《臺北市志・文化志・文學篇》,頁61。

瓊手，淺斟低唱心。佳篇傳誦日，聲價重儒林。

又黃福林〈巧社創立式賦〉：

巧夕良宵祝，悠悠望斗辰。雙星歡會乍，吾輩築壇新。才拙詞
難巧，詩成意卻真。相期勤努力，大雅共扶輪。

又王霽雯〈巧社創立式賦〉：

盍簪逢巧節，會友結詩盟。語莫論工拙，人先正性情。筵堆瓜
果盛，杯貯茗漿清。烏鵲橋何在，銀河一道橫。

又賴獻瑞〈巧社創立式賦〉：

偶逢佳節日，文字共開筵。牛女欣重會，鷺鷗喜結緣。涼風簾
幕動，雅興喜杯傳，莫話滄桑事，詩成共擘箋。（《臺日報》，8
版，1934年8月25日）

四人賦詩都以七夕良宵為旨，要趁此佳節，「會友結詩盟」，更重要的
是共振詞風，「聲價重儒林」，而且要「大雅共扶輪」。同年九月一日
《詩報》第八十八號，又有〈祝巧社創立〉詩篇，其中李鷺村的詩句
與《臺日報》除第二句「詞填重疊金」外，其餘皆相同，其餘三人又
各寫賀詩。如黃福林〈巧社創立式賦〉：

巧夕良宵祝，星光列鬥辰。上天增福澤，陸地築壇新。詞譜修
盟契，硯池締性親。東瀛立大雅，一致振文輪。

王霽雯〈巧社創立式賦〉：

> 交歡逢巧節，騷客作壇名。以文來會友，立社為修盟。鏤玉留
> 餘韻，雕瓊發定聲。興詞扶大雅，風化振東瀛。

賴獻瑞〈巧社創立式賦〉：

> 欣逢七夕日，咸集共開筵。文社今舒幟，詞壇此著鞭。金蘭成
> 契合，翰墨作因緣。圖繪胸成竹，言談舌吐蓮。聚揮韋陟紙，
> 齊誦薛濤箋。島瘦郊寒輩，班香宋艷編。詩情同脈脈，經笥各
> 便便。擊鉢吟聲起，堂堂振大千。（《詩報》，88號，1934年9月
> 1日，頁7）

可見四位巧社創始人用心良苦，在七夕良宵要「以文會友」，並要
「聚揮韋陟紙」，[11]是指韋陟愛用一種特製的五色彩箋作信紙，寫出美
好書法。「齊誦薛濤箋」，[12]是指薛濤設計的箋紙，是一種便於寫詩，
長寬適度的箋。又要以「翰墨作姻緣」、「詞譜修盟契」，使得詞學大
興，方能「堂堂振大千」。分別在《臺日報》與《詩報》連續發表成
立賀詞。又在同年九月十五日，《詩報》「巧社詩餘」欄，有黃福林、
王霽雯、賴獻瑞各填寫七夕詞二首，如黃福林〈菩薩蠻・七夕〉：

> 空清如洗煙塵杳。良宵耿耿金風嫋。牛女傍河東。鵲橋今夜通。
> 騷壇欣樹立。詞友聯盟值。喜氣自洋洋。風流樂未央。

---

11 馬宗霍輯：《書林記事》（北京市：文物出版社，2003年），頁302-303。
12 蘇易簡等撰：《文房四譜》，見《景印文淵閣四庫全書》（臺北市：臺灣商務印書
　館，1983年），冊843，頁14。

又

> 長天接水飛星急。金風凋露羅衣濕。天上會雙星。人間無限
> 情。　　家家爭乞巧。還憶兒時好。螢火下空階。秋聲特地
> 來。(《詩報》,89號,1934年9月15日,頁9)

「騷壇欣樹立。詞友聯盟值」,詞人心中雀躍詞社之成立,以詞
會友。賴獻瑞則發表〈菩薩蠻・七夕〉二首:
之一

> 盈盈一水千重恨。別離心苦何須問。今夜會雙星。銀河徹底清。
> 　　半鈎新月現。萬里浮雲散。把臂莫相違。相憐有幾時。

之二

> 雙情脈脈還緘口。良宵今夕同攜手。猶是鵲填橋。牽牛織女
> 邀。　　卿卿愁幾許。夜夜相思苦。不可弄支機。明朝又別
> 離。(《詩報》,89號,1934年9月15日,頁9)

王霽雯〈菩薩蠻・七夕〉:
之一

> 碧空如拭無雲霧。神仙齊上銀河路。佳節暗銷魂。澆愁借酒樽。
> 　　天上逢今夕。人間成會日。吟友共追陪。詞壇趁夜開。

之二

> 銀河萬里情無限。鵲橋暗度神仙眷。梧葉報新秋。隨風上畫
> 樓。　　音問何由送。佳期還似夢。斜月倚欄干。悽涼未敢
> 言。(《詩報》,89號,1934年9月15日,頁9)

《御製詞譜》:「〈菩薩蠻〉唐教坊曲名,……唐蘇鶚《杜陽雜編》云大中初,女蠻國入貢,危髻金冠,瓔珞被體,號菩薩蠻。」[13]詞作都是圍繞著七夕佳節,抒發兩情相悅,或別離的痛苦相思。

三　社集活動

巧社的社集活動沒有留下確切的文字資料,可能不定時、或不在固定的地點聚集。目前有紀錄的是在七夕或重陽節時,社員相約在歌樓酒店相聚,而且聚會後以詞記事。如巧社創社,是選在昭和九年(1934)大世界食堂開會,「七夕午前九時,於太平町三丁目,大世界食堂,填詞賦詩,以祝開式,正午開宴。」[14]八月十五日在《詩報》又有以〈巧社〉為名的鶴頂徵聯,由李鷺村選,共刊載十名,所謂鶴頂嵌名,就是把「巧社」二字嵌在上下聯的首字位置。由李鷺村選出十名,其中:

第一名為賴獻瑞

　　巧社鍼樓瓜果節,社栽松柏夏殷時。

第三名福林

　　巧織珠璣流韻事,社交翰墨振文風。

第四名霽雯

　　巧言庾詞皆杜派,社朋黨友盡蘇流。

---

13 王奕清奉敕輯:《御製詞譜》(臺北市:洪氏出版社,1980年),卷5,頁1。
14 《臺日報》,夕刊,4版,1934年8月15日。

第五名獻瑞

　　巧言令色無仁者，社鼠城虎有狡童。

第七名善明（王霽雯）

　　巧立騷壇回末俗。社開大雅振斯文。（《詩報》，88號，1934年8
月15日，頁8）

以後的社集是在昭和九年（1934），創社後的重陽節，社員在北投新
薈芳旗亭雅集，會後每人都填寫〈滿庭芳·重陽〉詞，並於同年十二
月一日，發表在《詩報》，標題為「甲戌重陽於北投新薈芳旗亭雅
集」，填詞的有李嶽騰（鷺村）、黃福林、王霽雯、賴獻瑞。另有寫
詩，記載其事。又有徵詩活動，以〈虞美人·述懷〉為題，全體社員
各填詞一首（《詩報》，1934年12月1日，頁14）。巧社成員也有齊聚，
舉辦燈謎活動，如昭和十年（1935）二月，在《詩報》刊登名「巧社
徵詞」：

　　題：臺北竹枝詞
　　期日：至上元截收
　　詞宗：未定
　　交卷：臺北市永樂町二／四三賴獻瑞
　　十名內均有薄贈云。（《詩報》，98號，1935年2月1日，頁1）

同年二月，雖然林嵩壽已經過世，但巧社又在永樂町，舉辦「稻江燈
謎」，據《臺日報》報導：

　　臺北市永樂町，二丁目（元鴨仔寮街）怡芳堂和藥店口於本十
七日起三日間，每頁七時起，懸賞燈謎，主催者為巧社社員黃
福林、李騰嶽、王齊雯、賴獻瑞四氏。（《臺日報》，8版，1935
年2月17日）

昭和十年（1935）七月，《風月報》有「乙亥元宵巧社製」，共十首燈
謎，[15]這跟《臺日報》所報導的應是同一組燈謎。可見一九三五年，
他們仍有社集活動，還包括猜燈謎，活動地點大都在稻江永樂町一
代，主催者都是巧社創社人，以後就再也沒有社集活動。

四　詞作主題

　　昭和七年（1932），臺灣總督府下令禁止開設漢文書房，臺人不
能公開學習中國語文。昭和八年（1933），日拓務省會議否決臺民所
提出之臺灣地方自治案。中川總督並對臺灣議會設置請願表示反對。
昭和九年（1934），臺灣總督府景物局長召見林獻堂等，勸停止臺灣
議會設置請願活動。[16]在這種氛圍下，巧社成員的創作，是看不到反
應民生社會，或慷慨激昂的詞，他們以抒情、詠懷、節序為創作主
題，如：

（一）傷逝詞

　　巧社成員林嵩壽（1886-1934）加入巧社後，三個月後即過世，
根據《臺日報》記載：

15　《風月報》，17期，1935年7月13日，頁3。再引用時僅夾注日期，版次、頁碼。
16　葉榮鐘：《日據下臺灣大事年表》（臺北市：晨星出版有限公司，2000年），頁322、
　　328。

林本源氏第三房，林嵩壽因為心臟病，已於八日午後十一時，在自宅逝世，享年四十九歲。（《臺日報》，7版，1934年11月10日）

林嵩壽（林維德三子），字絳秋，一號玉鏘，林本源第三房，性風雅，喜吟詠，書法亦頗潤秀。[17]明治三十一年（1898）由大陸回臺，日後掌管林本源家的財產，家道富裕。明治四十二年（1909），創辦博愛醫院。大正八年（1919）曾創辦臺華興業信託公司。[18]因為林嵩壽為人熱心，常捐贈貧困，在《臺日報》就多處報導其善行，如：

林嵩壽氏，賦性慈祥，而樂施與。日前觀內地賑災慘劇所報，即慨然捐出救助金三百圓云。（《臺日報》，4版，1927年3月15日）

又

林本源三房主人林嵩壽氏，者番因板橋幼稚園設立，特寄附三百金，為備品設立諸費，聞對該園每月經常費不足者，亦有相當援助，美舉也。（《臺日報》，6版，1928年8月20日）

巧社成員四人都有傷逝詞，如黃福林〈清商怨・輓巧社社友林嵩壽先生〉：

---

17 黃文虎：〈臺北謎學史〉，見《臺北文物》，第4卷第4期，頁124。
18 林進發：《臺灣官紳年鑑》（臺北市：成文出版社，1999年），頁48。

風流崇尚大雅。好結交文社。慷慨生平，仁慈多施捨。　　登
仙騎鶴去也。卻教人，何處迎迓。一束芻香，哀詞和淚灑。[19]

〈清商怨〉根據《御製詞譜》：「古樂府有清商曲辭，其音多哀怨，故
取以為名。」[20]詞調是屬於哀怨的曲子。詞中「風流崇尚大雅，好結
交文社」，指林嵩壽的雅好文學。「往日臺北富豪，能尊重斯文者，除
林嵩壽先生外，寥寥無幾。」[21]林嵩壽尊重斯文，慷慨樂捐，所以黃
福林稱他為「慷慨生平，仁慈多施捨」。王霽雯〈清商怨・輓巧社社
友林嵩壽先生〉：

登高時節共盞。記譜尊秦觀。絕調重彈，琵琶絃頓斷。　　殘
蟬聲咽氣短。怎耐到，霜凋秋晚。月照丹楓，精靈難再返。

賴獻瑞〈清商怨・輓巧社社友林嵩壽先生〉：

哀哉詞友逝矣。痛喝天呼地。頓足搖頭，悲酸長未已。文星沈
地暗噎。百萬里，關山黑閉。獨坐秋齋，無言空自淚。

又如李鷺村〈清商怨・輓巧社社友林嵩壽先生〉：

羅帳應共淚濕。覺心愁難壓抑。月冷疏離，花殘人面隔。
重陽回首又即。嘆勝事，空成陳跡。檢點遺篇，音容何處覓。[22]

---

19 李鷺村：〈巧社〉，見《臺北文物》，第4卷第4期，頁92-93。
20 王奕清奉敕輯：《御製詞譜》，卷4，頁28。
21 黃文虎：〈臺北謎學史〉，見《臺北文物》，第4卷第4期，頁124。
22 以上詞出自李鷺村：〈巧社〉，見《臺北文物》，第4卷第4期，頁92。

他們都提到重陽時節，巧社社集時，大家登高望遠，曾填詞誌慶，「登高時節共盞」、「重陽回首又即」，如今往事已成陳跡。又提到林嵩壽的文采，「記譜尊秦觀，絕調重彈」，填詞尊崇秦觀的詞風，如今天人永隔，往事成陳跡，「檢點遺篇」令人悲痛。

（二）詠懷詞

巧社在重陽節社集時，曾以標題為「甲戌重陽於北投新薈芳旗亭雅集」，發表〈虞美人‧述懷〉詞，所有社員都各填一首詞，甲戌是昭和九年（1934），這些詞在十二月一日同時刊載在《詩報》中，如林絳秋〈虞美人‧述懷〉：

> 楊花柳線傷離別。耐到秋時節。小樓人靜獨徘徊。喜見雙雙相識燕歸來。　　韶光倏忽催人老。共訴相思苦。從今聚首勝鴛鴦，舊恨銷除長樂未央宮。（《詩報》，94號，1934年12月1日，頁14）

李鷺村〈虞美人‧述懷〉：

> 萬千幽恨填胸臆。望斷重簾隔。西風庭院晚涼天。孤枕最難挨得夜如年。　　蓬山回首成縹緲。一片柔情繞。繁華夢裡酒杯空，腸斷怕看殘照亂雲中。（《詩報》，94號，1934年12月1日，頁14）

黃福林〈虞美人‧述懷〉：

> 花辰月夕璇流轉。壯志平生願。芸窗繼晷讀悠悠。直上蟾宮攀

桂覓封侯。　　雕瓊鏤玉心猶在。莫把情懷改。始終一貫樂無窮。雅似一團和氣藹春風。(《詩報》,94號,1934年12月1日,頁14)

王霽雯〈虞美人‧述懷〉:

攜琴欲奏高山調。只是知音少。春花秋月幾時休。踏雪尋梅聊共解閒愁。　　滿腔熱血多情淚。未把龍泉試。鷦鷯暫借一枝安。待上風雲霹靂震青天。(《詩報》,94號,1934年12月1日,頁14)

賴獻瑞〈虞美人‧述懷〉:

風光月霽胸襟豁。仰視秋天闊。男兒意氣自雄豪。鎮日檢書看劍舉杯高。　　斬兵殺將中原久。逐鹿人奔走。掀天揭地競奇才。勝敗於今難決更含枚。(《詩報》,94號,1934年12月1日,頁14)

其中林絳秋寫七夕相逢的喜悅,但是「韶光倏忽催人老」,其中的「老」出韻。李鷺村寫相思的愁懷。黃福林則以「始終一貫樂無窮」,表達自己讀書悠悠之樂。王霽雯「只是知音少」,感嘆知音少,以「鷦鷯暫借一枝安」,對自己的際遇不平,「待上風雲霹靂震青天」,期待自己能夠飛黃騰達,詞風較奔放。賴獻瑞以「男兒意氣自雄豪」,表達出豪放情懷,「斬兵殺將中原久。逐鹿人奔走」,表達日軍發動攻擊上海,中原逐鹿競雄,已長期的不安,可惜卻勝敗未決,詞風也屬豪放。

（三）節序詞

　　巧社因為是在七夕成立，所以詞社創立後的重陽節，他們在北投薈芳館以〈菩薩蠻・七夕〉，各填詞二首，五人又各以〈滿庭芳・重陽〉歌詠重陽節。詞中都運用「重陽登高」典故，黃福林（古鶴）〈滿庭芳・重陽〉：

> 籬菊芳芬，江楓灼爍，天高衰草凝霜。月明南浦，塞外雁飛翔。露濕銀塘疎柳，羅幃裡枕冷衾涼。正逢值重陽佳節，誰不憶滕王。　　時良。當此際登高作賦，把酒傾觴。應攜筆題糕記取風光。莫負龍山勝會，喜吟侶擊鉢吹箎。開懷處高歌起舞，滿座樂洋洋。（《詩報》，94號，1934年12月1日，頁14）

詞押第二部陽唐韻，屬於情緒比較高昂。詞中上片舉王勃在重陽時節，到江西南昌的滕王閣寫下登滕王閣序。下片以重陽佳節，「應攜筆題糕」，出自《歲時雜記》：「二杜重陽尚食糕，而重陽為盛，大率以棗為之，或加以栗，亦有用肉者。」[23]又以晉書中「龍山勝會」，孟嘉燈龍山聚會時，帽落而依然風度翩翩的典故，表達重陽登高飲酒之風雅，與登高之喜悅，與吟友「擊鉢吹箎」，把酒吟詩，「開懷處高歌起舞。滿座樂洋洋」，心中充滿喜樂。又如賴獻瑞（書雲）〈滿庭芳・重陽〉：

> 過了中秋，又迎九月，城頭風雨重陽。茱萸插鬢，賞識好風光。料想山中兄弟，登高去渠亦思卬。故園菊今開也未，佳節

---

23 張英、王士禎、王惔等人編撰：《御定淵鑑類函》，見《景印文淵閣四庫全書》，冊982，卷20，頁11。

最思鄉。　　柔腸。愁欲斷蓬窗蕭瑟，露井淒涼。怎階下梧桐
葉盡秋霜。東壁圖書萬卷，西園內翰墨猶香。記今日避災桓
景，好箇費長房。(《詩報》，94號，1934年12月1日，頁14)

詞中使用「茱萸插鬢」典故，取自，《西京雜記》中記西漢時的宮人
賈佩蘭稱：「九月九日，佩茱萸，食蓬餌，飲菊花酒，云令人長
壽。」又葛洪《西經雜記》：「遍插茱萸」之典。以及「避災桓景，好
箇費長房」，用《續齊諧記》所言，「汝南桓景隨費長房遊學累年，長
房謂曰：九月九日汝家中當有災，宜急去令家人各作絳囊盛茱萸以繫
臂，登高飲菊花酒此禍可除。」[24]來抒發重陽友人相聚、避災之事。
　　林嵩壽（絳秋）〈滿庭芳·重陽〉：

黃草低迷，白雲綿杳，寒蟬淒咽秋聲。天高地迥，一片野煙
青。幾度魂銷陌上，茱萸摘雙手難停。匆匆處烏飛兔走，蕩子
怨無情。　　衣輕。臨夜冷月侵高閣，風透疏櫺。對初綻黃花
人捲簾旌。漫說荻花楓葉，年年也應候相生。但贏得羅浮夢
醒，惆悵歲頻更。(《詩報》，94號，1934年12月1日，頁14)

林嵩壽因為是貴公子，沒經歷與生活奮鬥的痛苦，因此詞上片表達天
高地遠，一片野煙青，登高望遠想念親人，手摘茱萸的蕩子，在時光
飛逝中，怨天地寥渺而自傷魂，下片表現閨怨，「荻花楓葉」更增添
蕭瑟，並以唐人柳宗元《龍城錄》中的「羅浮夢」，比喻人生好景不
常，人生如夢。
　　王霽雯〈滿庭芳·重陽〉二首之一：

---

24 吳均：《續齊諧記》，見《景印文淵閣四庫全書》，冊1042，頁6。

煙冷黃花，霜然紅葉，梧桐落盡空林。寒蟬聲咽，日暮急秋
砧。屈指西風幾度，重陽節、少見霜禽。薈芳館、曲江學士，
今日盡來臨。　　　而今。填就了，新詞舊曲，戞玉敲金。安排
著、花前月下同斟。聊把三杯兩盞，便銷得、磊落胸襟。難辭
卻、殷勤翠袖，中酒臥花陰。

這首詞是寫秋天正逢重陽，霜葉滿天，林子裡梧桐落盡，寒蟬聲咽。
現在重陽節安排在薈芳館，所有好友都到臨。大家在花前月下，就飲
酒賦詩，銷盡胸中塊壘。歌妓們殷勤勸酒，大家就醉倒花前。李騰嶽
〈滿庭芳・重陽〉：

雨灑疏籬。風侵簾幙。薄暮驟覺微寒。北投形勝。佳節共登
攀。最喜吟朋接席。舉杯看紗帽雲鬟。秋燈下硫煙裊娜，環珮
聽珊珊。　　　盤桓。當此日茱萸遍插，菊蕊堪餐。嘆斯世何
人，能駐朱顏。此會明年應再，莫空負花謝香殘。魂銷處凝脂
洗罷，羅帶試輕寬。

李騰嶽寫在北投地勢優美，而重陽微雨，到傍晚時分感到微寒。在如
此佳節，與好友吟詠，拿起酒杯看著紗帽山，在秋燈下因為火山有硫
磺煙霧裊裊，聽著雨聲如佩環聲。下片寫在此佳節茱萸遍插，也是
菊蕊堪餐的季節下徘徊。感嘆這世上誰能抵擋時光朱顏永存呢？明年
應還會有如此佳會，不要辜負花香時節，傷魂時泡溫泉洗凝脂，輕解
衣衫。

　　王霽雯與李騰嶽的詞都點明聚會地點是北投，有硫磺溫泉。聚會
時間是重陽佳節。而李騰嶽內容傷感時光的流逝，無人能永駐朱顏，
比王霽雯詞有深度。

　　巧社因為成立時間短，加上成員不多，也都是學填詞不久（巧社成立前，都沒有填詞的紀錄），所以巧社的詞題、詞境都較窄，詞作數量當然不多，這個社團因為社員的死亡，很快就解散，僅在臺灣詞學史短暫發光。

第二節　小題吟會

　　巧社在臺北創社後，因為社員的變故，很快在詞壇上銷聲匿跡。相隔十年後，整個時代已進入皇民化時期，日本不斷鼓勵臺人說日語，改從日本姓氏，穿著和服，用日本禮俗等，小題吟會能創立詞社，確是在艱困中保存一線斯文。

一　創社緣起

　　昭和十八年（1943），賴惠川在嘉義成立小題吟會。這個詞社也不是突然成立的，而是由詩社同人賴惠川、賴柏舟、譚瑞貞，因志同道合，再另行設立詞社。茲將小題吟會列表如下：

社名	小題吟會
時間	昭和十八年（民國32年，1943）
地點	嘉義
來源	〈悶紅小草序〉：「題詠皆小庭花木」都為興懷之作，或因此取名小題吟會。
創始人	賴惠川、賴柏舟、譚瑞貞發起，社員有林緝熙、李德和、吳百樓、蔡水震、許然等數十文人參加。
社集活動	每週社集、以後改為每月社集。
詞作主題	懷古、題贈、詠物、寫景、反戰

　　小題吟會在昭和十八年（1943）元月，由嘉義賴惠川所設。根據
賴柏舟〈嘉義縣詩社沿革〉說明：

> 小題詞社民國三十二年元月十一日。賴尚益惠川、賴柏舟秋
> 航、譚瑞貞康英三氏發起。邀林緝照荻洲、許然藜堂、李德和
> 連玉、吳百樓文龍、蔡水震明憲、黃水文梅溪等十餘名，成立
> 小題吟會。詩詞並行，當時苦無詞譜，未由著手。幸賴柏舟索
> 得詞譜一部。遂由賴柏舟逐期抄錄詞譜及題目。分與會員。每
> 週聚首交稿，互相傳閱，不分甲乙。海外鄒魯，淺斟低唱。不
> 減東吟之樂。民國三十四年，盟機轟炸劇烈，民生凋敝，會員
> 星散，吟詠中輟。同年秋間，臺灣光復。民國三十五年，諸會
> 員均有股髀肉復生之慨，一經號召，聞風擁至，專為填詞集
> 會，不課律絕。仍由賴柏舟逐期油印詞譜，分發各會員，直至
> 民國四十年，乃告中止。臺灣三百年間。詩文社多至三百餘
> 社，未有填詞會，詞社以此為嚆矢。[25]

從這段記載可以發現：

（一）小題吟會早在昭和十八年（1943）創立，社員包括賴惠川、
　　　賴柏舟、譚瑞貞，以後才邀請林緝熙、李德和、吳百樓、蔡
　　　水震、許然等數十文人參加。賴惠川與林緝熙，曾在大正四
　　　年（1915），創辦過玉峯吟社。大正十四年（1924）改名為
　　　鷗社，譚瑞貞、吳文龍也參加。張李德和也曾加入西螺菼
　　　社、羅山吟社為社員，時與嘉義文士擊鉢聯吟，馳騁藝苑，

25 嘉義縣文獻委員會：《嘉義文獻・嘉義縣詩苑・嘉義縣詩社沿革》（臺北市：成文出
　　版社，1983年），頁592。

也曾組琳瑯山閣詩會、鴉社書畫會、連玉詩鐘社，最後加入
小題吟會。[26]

（二）昭和十八年，小題吟會是詩詞並行，直到臺灣光復後，民國
三十五年，才專為填詞會，不課律絕，這裡的填詞會應指題
襟亭填詞會。

（三）小題吟會的成立年是從民國三十四到民國四十年，其中還因
盟機轟炸，會員星散暫停社集。

（四）小題吟會是「每週聚首交稿」，而且每份詞作都「互相傳
閱」，「不分甲乙」。

（五）因為資訊傳遞不易，賴柏舟等人都以為小題吟會是全臺第一
個詞社，其實早在民國二十三年（1934），就有專為填詞的
巧社成立。

二 詞社名稱

「小題吟會」（又稱「小題詞社」）。[27]所謂小題者，乃明清時期的
科舉考試，「於四書文中，任擇一句為題」，[28]指運用小題目寫作，並
引申為以後的「小題大作」。詞社的命名，並無確切資料。從賴惠川
〈悶紅小草序〉：

是編，名以悶紅小草，取綠悶紅愁之意也。卷中應刪而不刪

---

26 王國璠：〈琳瑯山閣吟草提要〉，見張李德和：《琳瑯山閣吟草》（新北市：龍文出版
社，1992年）第1輯，冊20，頁1。以下所引張李德和詞皆此版本，並以江寶釵編：
《張李德和詩文集》（臺北市：巨流圖書公司，2000年）為參考。

27 雷家驥纂修：《嘉義縣志·教育志》（嘉義縣：嘉義縣政府，2009年），卷8，頁
524。

28 劉禺生撰，錢實甫點校：《世載堂雜憶》（北京市：中華書局，1997年），頁2。

者，蓋擊吟以外，凡所題詠皆小庭花木，風風雨雨，珍重栽
培，愛屋及烏，故仍置之。其他或偶涉筆，大抵興懷之作，語
無倫次，大雅貽譏，無如何也。[29]

賴惠川自稱自己的詩集稱悶紅是「取綠悶紅愁」的意思。自認為「凡
所題詠皆小庭花木」，都為「興懷之作，語無倫次」。因此書出版，既
然詩都是興懷，語無倫次，詞更是末流小道。所以同年詞社成立，便
將詞社命名為「小題吟社」，也有自謙在詞社中的酬唱，是以小題目
來吟詠、遣興之意，不是十分看重。在當時漢文、漢詩受壓抑，詞又
沒有詞譜，只有少數詞人奮力填詞，所以在詞人心中，又回到「末
流」、「小道」、消遣、興懷，不登大雅之堂的地位。

三　社集活動

　　小題吟會從昭和十八年（1943）創立以來是每星期聚會，填詞、
交稿。起初是詩詞並行，就在這年十二月，黃石衡來訪時，小題吟會
同人包括賴惠川、林緝熙、譚瑞貞、許藜堂、朱芾亭、黃鑑塘等十三
人，在《崇聖道德報》寫詩歡迎，如賴惠川〈嘉義小題吟會歡迎黃石
衡、謝駕鰲兩先生寒冬小集齊韻〉：

回頭我已鬢將絲。十載風塵意別離。相對樽前呵凍筆，梅花猶
抱歲寒姿。[30]

---

29 賴惠川：《悶紅館全集‧悶紅小草序》（新北市：龍文出版社，2006年），頁9。
30 《崇聖道德報》，58號，1943年12月28日，頁324。本書再次引用時，僅夾注，日
　 期、版次，不再出注。

詩中所指的黃石衡，乃黃贊鈞（1874-1952），字石衡，號立三居士，臺北市大龍峒人。清同治十三年（1874）生。幼聰穎好學，窮究經史，為老師宿儒如黃覺民、周鳴鏘等所稱許。嘗赴宜蘭童子試，結取前列第七名，唯以越籍跨考，未與院試。曾入公學校執教。未幾轉入報界服務，為《臺日報》記者。[31]此次他前往嘉義小題吟會拜訪，同人在社集中寫詩歡迎。賴惠川寫他們兩人在十年前離別，相會時已經雙鬢發白，在這十二月天非常寒冷，在樽前再相見，而寫詩要呵氣，唯有梅花仍是傲霜雪。

林緝熙〈嘉義小題吟會歡迎黃石衡謝駕鰲兩先生寒冬小集尤韻〉：

> 雞黍無多一笑留。輕呵凍筆盡名流。遠來更有山陰客，朗朗詩星照小樓。（《崇聖道德報》，58號，1943年12月28日，頁324）

山陰客指晉王徽之。劉義慶《世說新語‧任誕》：「王子猷（王徽之）居山陰，夜大雪，……忽憶戴安道（戴逵），時戴在剡，即便夜乘小船就之，經宿方至，造門不前而返。人問其故，王曰：「吾本乘興而行，興盡而返，何必見戴？」[32]詩中以歡迎客人遠道而來，雖雞黍不多，但誠心留客，在寒冷天氣中呵氣吟詩，大家好像詩星閃爍，照耀小樓。

昭和十九年（1944）甲申一月十一日，雖然二次大戰其間，小題吟會仍照常社集。其中有詩題為〈悶紅館聽雨〉共有九人唱和，三月十一日有「歡迎王養源先生」共有九人唱和，又有〈悶紅館席上賦呈諸公〉七人唱和、〈悶紅館小酌〉有王養源等五人唱和，可見這時是

---

31 張子文、郭啟傳、林偉洲編：《臺灣歷史人物小傳——明清暨日據時期》，頁611。

32 劉義慶著，余嘉錫箋疏，周祖謨等整理：《世說新語‧任誕》（上海市：上海古籍出版社，1995年），頁759。

在賴惠川的悶紅館舉行社集。又有〈過延平郡王祠〉共有十人唱和。[33]
十月二十一日林緝熙隱居鹿滿山，[34]同人以〈為林荻洲君之鹿滿山歸
隱〉為題唱和，林荻洲也以〈將隱鹿滿山留別羅山諸君子〉為題回
應，從此社集暫停，詩稿中並沒有唱和詩。直到「戊子年二月十一日
新曆三月廿一日琳琅閣主人德和女士開擊鉢吟會，事變以來，小題吟
會第一回集會也。」[35]戊子年為民國三十七年（1948），事變指民國三
十六年的二二八事變。

　　經過這場白色恐怖後，小題吟會首次聚會，課題有〈無池硯〉、
〈玩世〉、〈瓶菊〉、〈擠米〉、〈茶當酒〉」、〈甕頭春」〉、〈品茶〉、〈緇
魚〉、〈鸚鵡舌〉、〈題襟亭賞梅〉、〈花朝〉諸題[36]，儘量避開時局與政
治。其中許藜堂詩〈題襟亭賞梅〉：「一月聯吟集一回，諸峰院裡鉢聲
催。」[37]可見小題吟會改為一月一次社集，社集地點也從賴惠川悶紅
館搬到張李德和的琳瑯閣。而且參與寫詩的社員，並不是全都有詞
作品。

四　詞作主題

　　日治時代會寫詩者，不一定會填詞，因為詞譜與物資的缺乏，可
能當時身處亂世，轟炸期間，所寫的詞亡佚，也因詞社沒有出版詞

---

33 林文龍：〈賴惠川先生手抄小題吟會詩稿〉（嘉義市：嘉義市文獻，1989年），第5
　　期，頁32。

34 林緝熙：《狄洲吟草‧將隱鹿門山留別羅山諸君子》，自注：甲申十月二十一日。見
　　賴柏舟輯：《詩詞吟鈔》（新北市：龍文出版社，2006年），第5輯，頁29。再引用
　　時，僅於正文夾注，不另出注。

35 林文龍：〈賴惠川先生手抄小題吟會詩稿〉，頁32。

36 林文龍：〈賴惠川先生手抄小題吟會詩稿〉，頁32-39。

37 同上注，頁38。

集，因此在判定上有困難。至今可以找到社集時，明顯提到是小題吟會社集時創作的詞，只有昭和十八年（1943）賴柏舟在《南方》刊載的〈解佩令‧春懷〉一首，其他的認定是以小題吟會存在時，同社詞人唱和為主。小題吟會作品內容：

（一）詠懷

賴柏舟在《南方》刊載的〈解佩令‧春懷〉：

> 十年離索，滿懷別恨，好韶光猶是天涯滯。利鎖名疆，縱花月江南佳麗。也應憐斷袂零袄。　　香盟仍在，錦書莫託，悄憑欄寸心千里。乳燕聲中，又惹起重重情緒。被東風織成愁綺。[38]

〈解佩令〉：「調見《小山樂府》，按《楚辭》捐予佩兮澧浦。《韓詩外傳》鄭交甫遇漢皋神女解佩調名取此。」[39]後世以「解佩」為男女定情之詞。這首〈解佩令〉「春懷」，是懷念遠方佳人之詞，兩人已經分離十年，心中滿有別恨，卻仍停滯天涯，就算是為名利綑綁，或其他佳麗誘惑，也應該速速歸來，憐愛家鄉孤單的人。下片寫兩人的山盟海誓仍在，心思仍在千里外，在乳燕聲中，惹起許多相思的情緒

又譚瑞貞〈解佩令‧春懷〉：

> 陌頭風緊。懶梳雲鬢。小池邊落紅成陣。屢欲傳情，鯉雙雙更誰憑訊。硬心腸嗔渠薄倖。　　晚潮有信。歸期無準。恨東風與愁相競。九十韶光，黯魂銷，被他磨盡。寫新詞花愁月病。
> （《心弦集》，頁65-66）

---

38 《南方》，183期，1943年9月15日，頁33。再引用時，不再出注，僅夾注日期、頁碼。
39 龍沐勛：《唐宋詞格律》（臺北市：里仁書局，1995年），頁94。

都是屬於閨情式的酬唱，抱怨遠行的一方不歸來，內心傷心難耐，只能「恨東風與愁相競」，令人傷魂。賴惠川和林玉書也有〈解珮令〉唱和，兩人押同韻，只不過詞題改為春思。林玉書〈解珮令・春思〉：

> 胡床半據。玉闌斜倚，罵東風怎斷相思路。夢淺梨雲，又安得
> 鏖傳情緒。衹痴看蜂迷蝶去。　　山盟固爾，魚沉甚故。那堪
> 聽小窗蕉雨。滴醉芳心尚記得，隔花私語。怪春光，未容低
> 訴。[40]

賴惠川〈解佩令・愁春〉：

> 蝶狂蜂鬧，鶯嬌燕婉，春何在、春在天涯路。病酒愁春，寫不
> 盡惜春情緒。卻匆匆、送將春去。　　香盟猶在，啼痕未泯，
> 怎禁得、連天風雨。好夢無憑，回頭半、是傷心語。恨東風、
> 不堪低訴。（《悶紅館全集・悶紅詞草》，頁197）

林玉書與賴惠川這二首詞都是押第四部，魚模韻，兩人明顯的是和韻。寫春愁病酒，又連天下雨，最讓人傷心。春將離去，又怎耐得「連天風雨」，把花都吹落，想到盟約尚在，可是啼痕未消，漠然回手都是傷心語。

　　這組以〈解佩令・愁春〉詞牌，雖然只有賴柏舟詞題名小題吟會課題，而其他三人以同詞牌寫春愁、春懷、春思，應該都是小題吟會時的作品。

（二）題贈詞

　　民國三十二年（1943）元月，詞社成立時，小題吟會社集時，一共留有三組題贈詞，包括賴惠川的《悶紅小草》、賴柏舟的《淡香園吟草》出版，以及許藜堂的花朝雅集，都有許多詞人唱和。賴惠川的《悶紅小草》出版時，題辭者最多，有以下九人寫序，首先有：

許藜堂〈鶯啼序・悶紅小草〉（《詩報》，296號，1943年5月25日，頁3）

譚瑞貞〈賀新郎・題悶紅小草〉（《詩報》，297號，1943年6月7日，頁3）

賴柏舟〈金縷曲・題悶紅小草〉（《詩報》，297號，1943年6月7日，頁3）

蔡漁笙〈念奴嬌・題悶紅小草〉（《詩報》，298號，1943年5月9日，頁4）

李笑林〈多麗・題悶紅小草〉（《詩報》，304號，1943年10月11日，頁4）

林荻洲〈霓裳中序第一・題悶紅小草〉（《詩報》，304號，1943年10月11日，頁4）

朱芾亭〈解珮令・題悶紅小草〉（《詩報》，299號，1943年7月12日，頁5）

王芷汀〈歸朝歡・題悶紅小草〉（《詩報》，300號，1943年7月27日，頁13）

張李德和〈最高樓・題悶紅詩草〉《琳瑯山閣吟草》，頁68）

　　許藜堂題辭半年後，賴惠川也以〈鶯啼序・題悶紅小草〉自題，（《詩報》，305號，1943年11月1日，頁2）。這九位小題吟會的同人都是在創社初期就以長調寫題辭，創下臺灣詞史的紀錄。

　　從《詩報》看見諸位友人為《悶紅小草》寫序，時間為昭和十八年（1943），可見這書那時應已打算出版，然而賴惠川《悶紅小草》，目前出版的有關著錄，都說該書出版於民國三十九年（1950），而且民國九十六年（2007）龍文出版社出版複刻賴惠川的《悶紅館全集・悶紅小草》都是根據民國三十九年（1950）油印、鉛印合訂本，這和事實有些出入。原來從賴惠川〈悶紅小草序〉得知：

> 孔子二千四百九十二年，辛巳，故友賴茂才、玉屏先生令息柏舟君，屢以繕本為言，自顧心為形役，何遑及此，……屢次婉辭，而君情詞悃摯，為欲概任其責，感佩之餘，遂忘固陋，雜稿糊塗，盲然出示，卑卑鄙語，彙而輯之。……似不必昇天入地，方可寫其襟懷也。孔子二千四百九十七年，歲丙戌，知友譚瑞貞、將前繕本，摘取一部，災諸梨棗，工甫畢，猶未制本，偶因他故，原狀取回，乃命門人，草草訂之，孔子二千五百零一年，歲庚寅，譚君又將付梓後所作文字，再加繕本，雖為數不多，而校正之勞，仍藉賴柏舟之力。……
> 孔子二千五百零一年，古曆庚寅十月
> 陽曆一千九百五十年十一月

賴惠川又在《續悶紅墨屑・跋》：

> 余自乙未詩人節，編悶紅小草，合訂《詩詞合鈔》內。[41]

從以上這些序中可知：

41　賴惠川：《悶紅館全集・續悶紅墨屑跋》，頁40。

（一）辛巳是指昭和十六年（1941），賴惠川的《悶紅小草》已經
結集成冊，賴柏舟屢次催促油印出版，因為事忙，賴惠川屢
屢以「內容貧弱」，累次婉拒，但是賴柏舟態度誠懇，願意負
擔所有責任，他就糊里糊塗出示自己結集的書稿。但這中間
可能有些延誤，直到昭和十八年（1943），書才打算出版，所
以賴惠川本人的〈自題悶紅小草〉，還有同人包括賴柏舟、林
緝熙等多人，都在這年的《詩報》上寫〈悶紅小草題詞〉。

（二）但比較奇怪的是，譚瑞貞在昭和十四年（1939）出版的《心
弦集》，就收有譚瑞貞〈金縷曲・題悶紅小草〉。[42]懷疑賴惠
川在昭和十四年（1939）就想出版，可能油印，直到昭和十
六年（1941），賴柏舟催促，才真的想出版。

（三）但是到昭和十八年（1943），不知何故，書仍未出版，直到
丙戌年，即昭和二十一年（1946），譚瑞貞又想把它出版，
最後也因故沒有出版，原稿取回。

（四）第三次是民國三十九年（1950），即乙未詩人節五月，從以
前的繕本，加以擴充，藉賴柏舟之力校正，合訂在《詩詞合
鈔》[43]內出版。

（五）目前所看到龍文出版的《悶紅小草》版本，都是第一次出版
繕本後加以擴充，在民國三十九年（1950）出版。所以小題
吟社的同人在社集時，將《悶紅小草》這本詩集，第一次繕
本出版時，以詞寫題詞寫成。當時同人除朱芾亭〈解珮令〉
小令外，其餘都是長調，對小題吟社的作者可是勇敢的嘗
試，可以這些作者除賴惠川、林緝熙、李德和外都沒詞集單

---

42 譚瑞貞：《心弦集》（不詳：出版社不詳，1939年），頁66。

43 賴柏舟：《詩詞合鈔》，見《臺灣先賢詩文集彙刊》（新北市：龍文出版社，2006年）
第5輯，冊8。

行本，譚瑞貞、賴柏舟詞收在《詩詞合鈔》、有出版詩集如
王殿沅的《脫塵齋詩稿》中，也沒收詞。朱芾亭的《雨聲草
堂吟草》也沒有收詞。

目前看到的《悶紅小草》版本，都是第一次出版繕本後加以擴
充，在民國三十九年（1950）出版。最早的題詞是刊載在《詩報》
中，為賴惠川同學許藜堂的〈鶯啼序‧悶紅小草序〉：

> 惠川雅友，稽族譜潁川舊籍。托身海外古諸羅，成性喜弄文
> 墨。朗月和風擬襟度，湘蘭沅芷懷心迹。費半生吟詠，草就悶
> 紅詩集。　　班固留香，江淹寄恨，妙倩生花筆。格調琳瑯韻
> 鏗鏘，金斯聲玉其質。寫香奩過雨行雲，抒綺情繪神描色。最
> 銷魂，筆底黛痕，紙中蒜澤。　　溫柔無那，藻采紛披疑裁雲
> 客。磨歲月蹉跎鬱抑。不落文章魄。銅琶鐵板，酒酣耳熱，毛
> 錐叱咤鋒鎧迫。撩人雷霆慷慨淋漓極。枉拋心血成滴瀝。任賸
> 馥殘膏，委棄篋中堪惜。　　尚存微脈。漢學維持，算匹夫有
> 責。稿本付諸編輯。文字因緣，豈敢炫才，求無懟德。毀之譽
> 之，匪關榮辱。雪泥中印些爪跡。昭和癸未季春三月。隱桃城
> 舊東門，綠樹陰中，藜堂拜泐。（《詩報》，296號，1943年5月
> 25日，頁3）

鶯啼序又名〈豐樂樓〉，計二百四十字。[44]是詞調中最長的調子，共有
四片。但許藜堂這首詞有二百三十四字，用的是楊慎體。第一片稱賴
惠川祖籍是河南潁川，卻托身在嘉義，本性喜愛舞文弄墨，費半生功
夫寫成《悶紅小草》。第二片寫他有一枝生花妙筆，寫香奩體可以遏

44　王奕清奉敕輯：《御製詞譜》，卷39，頁17。

雨行雲，寫抒情也善於描繪神色。第三片寫他另有其他題材的作品，也有慷慨激昂的，所有作品都是嘔心瀝血。第四片寫漢學一脈相承，匹夫有責，賴惠川不求榮辱，是為盡己責才出版書籍。

經過半年，賴惠川也以〈鶯啼序‧步許藜堂題悶紅小草韻即以自題〉：

> 風塵小草，愁綠悶紅留一籍。埋頭硯北老韶華，爭得廢紙殘墨。郊鄙之音原無取，久拼破篋終湮迹。瑣碎編初就，未可遽謂佳集。　　美月吟風，書生習氣，辜負題春筆。不履不冠類疏狂，不文焉得勝質。願和光長求寡過，於人何敢呈驕色。況茫茫，學海靡涯，未沾餘澤。　　無情無緒，禍棗災梨，堪笑盲心客。都只為滄桑過眼，驚斷天涯魄。浮沉身世，江山依舊，白雲蒼狗匆匆迫。問前途奚似知何極。蠹殘署存心血瀝。文字縱無靈，敝帚未妨憐惜。　　若言詩脈。省識難消，大雅方家責。更添妙詞題詠，仙籟天風，美女嬌言，寵膺芬德。斗筲非才，群公珠玉，實難全體追足跡。把鶯啼一序惺惺度，覺東施效矉顰，妄謬荒唐，惠川自泐。（《詩報》，305號，1943年11月1日，頁2）

詞中謙虛自己的詞原可鄙無可取，只湊集一些瑣碎的篇章，絕不可能稱為佳作。第二片說，自己有些疏狂，只求和光同塵，不要有過錯就好，不敢對人有嬌奢態。第三片轉為感懷身世，江山依舊。浮沉身世，前途茫茫只求自己珍愛自己的筆墨，最後求大家批評自己的嘔心瀝血的作品，給自己詞作更多題詠，而自己寫這篇〈鶯啼序〉實在是東施效矉。兩人好像在較勁般，都運用長調，賣弄自己才學。

其他有譚瑞貞〈賀新郎‧題悶紅小草〉為例：

好句籠紗護。溯當年旗亭按曲，雙鬟傾顧。寫集安排三千卷，以外皆同塵土。孰領署用心良苦。清夜毋煩紅袖伴，影兒孤獨向殘燈訴。此中意，向誰語。　　新詩讀後詞填補。彩毫端依稀帶得，離離禾黍。綠悶紅愁俱有托，理盡千頭萬緒。且莫問扶餘誰主。燕子春燈歌舞歌，想危樓怎禁風和雨。魂欲斷，天涯路。（《詩報》，297號，1943年6月7日，頁3）

指出本書誰能領略其用心良苦，只有在殘燈下，對孤影低訴，書中旨趣是「帶得離離禾黍，綠悶紅愁俱有托」，說明賴惠川詞作意有亡國之悲，有所寄寓，並非僅附庸風雅，試圖在詞中理盡千頭萬緒。又賴柏舟〈金縷曲·題悶紅小草〉：

韻事江郎繼。羨彩筆生花，藻繪蓬萊神秘。錦繡心腸，清新處，鏤月裁雲文字。有幸是奇葩靈卉。園日涉酬朱寵粉，展香牋題遍春佳麗。名共貴，洛陽紙。　　孤芳自古傷蘭芷。況即今滄桑變幻，斯文廢弛。夢醒酒酣，空回首，憤世憂時相濟。只信手俱成真諦。錯落縷金珠一串，問茫茫塵海誰青睞。留不盡，卷中味。（《詩報》，297號，1943年6月7日，頁3）

兩人都用〈賀新郎〉詞牌，讚頌賴惠川的《悶紅小草》，「彩筆生花，藻繪蓬萊神秘」，「綠悶紅愁俱有托」，指出賴惠川心中的綠悶愁紅都有寄託，因此他的詩中，「依稀帶得，離離禾黍」，亡國的悲哀，並有「憤世憂時相濟」，感慨滄桑變化，必會洛陽紙貴。蔡漁笙〈念奴嬌·題悶紅小草〉：

斐亭遺響，百年來始見方人重出。繪色繪聲窮意匠，恰是化工

之筆。綠悶紅愁，珠圓玉潤，好句探驪得。性靈如許，幾疑扛
鼎餘力。　　慷慨弔古懷今，淋漓滿紙，俱是傷心色。海詠婆
娑山美麗，點綴全憑妙墨。管領風騷，拋殘心血，久抱扶輪
責。斯文今日，雄篇珍過奎璧。（《詩報》，298號，1943年5月9
日，頁4）

朱芾亭〈解珮令・題悶紅小草〉：

故家喬木，騷壇巨匠，把平生萬丈長虹志。寫入新詞，似帶幾
分離黍。怎禁他感愁如此。別饒清麗，別饒雄健，彩毫端湘蘭
沅芷。　　淺諷微吟，具無限溫柔之旨。似飛仙飄飄遺世。
（《詩報》，299號，1943年7月12日，頁5）

王芷汀〈歸朝歡・題悶紅小草〉：

自是平章風月手。怪底佳人傳繡口。佳人老去綺情賒，昔時香
艷今無有。護花銷靜晝。薰籠獸炭長相守。畫堂深，天寒席
暖，絕好覓詩候。　　如椽大筆揮双肘。黃繭新詞還幼婦，芒
鞋瀟灑步行遲，烟霞嘯傲吟哦久。嘔心千百首。珠璣璀燦爭星
斗。最關情，屋梁落月，風義敦師友。（《詩報》，300號，1943
年7月27日，頁13）

李笑林〈多麗・題悶紅小草〉

憶江淹。生花彩筆尖尖。壯年期題橋題桂，漫疑語近香奩。主
騷壇雄爭一幟，感時事口竟三緘。爽朗胸懷，清高氣象，詣人

懶喜客來探。飽世味才華未減。白髮幾時添。存佳什別裁新
調，格律森嚴。　　古江山殘碁半局，贏得冷眼遙瞻。世堪避
侯門不願，窮可固陋巷無嫌。寫禿毛錐，磨穿鐵硯，燈前月下
抱清談。五株柳羲皇以上，自署老頭銜。加餐飯斯文未泯，總
賴功罩。(《詩報》，304號，1943年10月11日，頁4)

李笑林並不是小題吟會的社員，他是鯤水吟社的成員，亦曾加入鷗社
與麗澤吟社。他和賴惠川在詩詞上互相切磋，只留下這首詞。詞中上
片寫賴惠川像年輕的江淹，有生花妙筆，所寫的詞近香奩體，而且還
是詞壇高手。可惜賴惠川雖個性爽朗，但對時事都三緘其口。詞人個
性懶散，並喜愛友人來訪，現在飽經世味，才華不減，存下好詞篇，
格率非常森嚴。另有林緝熙（荻洲）〈霓裳中序第一・題悶紅小草〉：

羅山賴第四。壁壘詩城雄一幟。播得詩名遠邇。羨才調清新，
裁雲妙技。縷金巨臂。難能處，柔情豪氣。卻深怪，銅駝離
黍，干卿有底事。　　誰比。西崑堪擬。別懷抱，傷心子美。
風塵偃蹇身世。算三代書香，家聲不墜。箕裘應相繼。挽狂
瀾，中流砥柱。存泥雪，斯文今日，展卷嘆觀止。(《詩報》，
304號，1943年10月11日，頁4)

提到賴惠川詩名遠播，實在是才調清新，有柔情又有豪氣。詞中還感
嘆賴惠川偃蹇身世，有三代詩香門第到現在仍有家聲。蔡漁笙〈念奴
嬌・題辭〉：「慷慨弔古懷今，淋漓滿紙，俱是傷心色。」都指出賴惠
川的詞有的如杜甫般有身世之感，有的如西崑體。可知他的詞作風格
多樣，張李德和〈最高樓・題悶紅小草〉：

桃爛熳，古邑一詩仙。福澤正綿綿。清高妙品珍金玉，鋒鋩健
筆掃雲烟。等寒松，同老柏，節尤堅。　　愛的是，尋梅冬踏
雪。喜的是，臨淵秋弄月。回首處，憶華年。風風雨雨情偏
重，愁紅悶綠夢魂牽。惜花心，吟好句，耀霞箋。[45]

小題吟會成立時，日本已推動「皇民化」運動，所以臺灣詞人的詞題
都是寫些不觸犯時局的詞。所有的同人為《悶紅小草》題詞，都提到
賴惠川有「三代書香」，「古邑一詩仙」，「詩名遠邇」，「格律森嚴」，
在「古江山殘碁半局」之後，仍是「氣節尤堅」猶如同松柏。因為
「偃蹇身世」，卻居「陋巷無嫌」，存下「斯文今日」。對他有極大的
肯定。

　　包括賴惠川在內一共十人題詞，已經是臺灣詞史的最多人寫題詞
的紀錄。

　　這年賴柏舟的《淡香園吟》也出版，所以《詩報》刊出賴子清與
賴惠川共兩首題辭。賴子清與賴柏舟是同宗，賴柏舟曾有〈步賴子清
先生原韻〉：

白首重逢又幾年。花前酌酒萬愁牽。人間烽火天難問，世外韶
華老可憐。無價文章同糞土，得時雞犬亦神仙。車塵馬迹明朝
別，共抱松筠晚節堅。（《詩詞合鈔》，頁68）

賴子清因為在臺北的《臺日報》工作，賴柏舟在嘉義，致力編輯《鷗
社藝苑》，都是從事文字工作者，感到得時則雞犬升天，而人間多烽
火，明日就要離別，更要抱持如松筠般不屈的氣節。賴子清的〈淡香

---

45 張李德和：《琳瑯閣吟草》，見《臺灣先賢詩文彙刊》（新北市：龍文出版社，1992
　年），第1輯，冊20，頁78。以下引《琳瑯閣吟草》，皆此版本，僅夾注頁碼。

園吟草題後〉：

> 家學淵源萃一函。興觀端賴此編探。光前父祖遊庠再，裕後書
> 香累代三。奮翮鵬搏君得意，託孤蚊負我滋慚。清詞麗句猶餘
> 事，報本堪誇孝道參。（《詩報》，296號，1943年5月25日，頁
> 4）

先從賴柏舟的家世說起，他的父祖輩都是嘉義庠生，曾經遊泮者，家
中可謂書香門第。現在已經能奮翅得意，自己感到慚愧，沒有盡到賴
氏父祖託孤的責任，稱讚賴柏舟謹守孝道。賴惠川〈淡香園吟草〉云：

> 蠹餘重見舊精神。海外書香淡處真。鼎沸乾坤留一卷，嘔心文
> 字嘔心人。
> 自序：柏舟君祖父琢其先生「玉屏先生，年皆十九遊泮，者番
> 集其遺稿，及君佳作彙纂成冊名淡香園吟草，三代書香後先媲
> 美，雖人事變遷而道範長存，蠹倫足式故並誌之。（《詩報》，
> 第296號，1943年5月25日，頁4）

賴惠川的序先讚他三代書香，道德長存。詩中寫他懷有舊精神，做人
處事都淡薄求真，在時局混斷的時代，仍專心寫詩，是嘔心瀝血下的
詩人。張李德和〈早梅芳・淡香園吟草題後〉：

> 好文章，承祖武。錦繡披鯤嶼。斑香宋豔，出一家天付機杼。
> 學業兼德業，望重欽才鉅。美書香郁馥，代代貴庠序。　　悟
> 人生，如逆旅。蟄蟄羅山處。銷磨豪氣，學海浮槎泛經史。遠
> 名纒利鎖，只喜盟鷗侶。樂逍遙，石秤棋正午。

自注：甥柏舟君，乃茂才玉屏翁令嗣，即家伯公元祿先生之外
孫，自少聰穎，從家翁元榮讀書，過眼成誦，性果敢勵行，家
翁輒首肯之，及長，雅擅長詩棋音樂，實輩中之翹楚，凡騷檀
吟稿，多由其慫恿，或予督造，始克成軼，蓋不忍吉光片羽，
歸于煙沒，有功文教，確非淺鮮，回溯家伯公以拔元才譽，家
翁以明經，並鳴於世，宜乎有此外孫外姪孫也，喜而誌之。
（《琳瑯山閣吟草》，頁73）

詞序說明張李德和自己與賴柏舟是姻親，是自己伯公的外孫。賴柏舟
曾跟著自己的公公張元榮讀書。柏舟聰明果敢，過目不忘，擅長詩
詞、琴、棋。賴柏舟是出身書香門第，不僅有才也有德，他的才華令
人稱羨，更重視教育。下片寫他體悟人生如逆旅，太短暫的人生，因
此蟄居在羅山-嘉義，以讀經詠史來消磨豪氣，遠離名韁利鎖，只喜
歡如海鷗般在海邊逍遙，並以下棋為樂。譚瑞貞〈一斛珠‧題淡香園
吟草〉：

克繩祖武。文章得失傳千古。智珠在握驪龍舞。一脈書香，絕
業名山補。　　家國艱難誰共語。豪吟多半悲禾黍。黃鐘毀棄
雷鳴釜。流水高山，留待知音侶。（《鷗社藝苑初集》，頁248）

譚瑞貞讚嘆賴柏舟能繼承祖先的功業，在國家艱困時，他的詞有禾黍
之悲，而這是黃鐘毀棄、瓦釜雷鳴的時代，期望他的詞有知音來共賞。
　　從昭和七年（1932），邱攸同在《詩報》所填〈水龍吟‧花朝雅
集〉，一共有五人唱和，可見小題吟會尚有花朝時雅集歌詠詞，如許
藜堂〈水龍吟‧花朝雅集〉：

百花生日今朝，輕寒薄暖韶光霽。高張翠蓋，平鋪茸席，盍簪
修禊。一段吟情，半醺昫酒意，攤箋拈題。抒淋漓興致，鉤心
鬥角，算雅會蘭亭繼。　　太息斯文廢替。有才誰肯垂青睞。
批風抹月，調鶯弄燕，閒情堪遞。草草生涯，花花時時，蜉蝣
身世。況撩人、正是紅酣綠醉，二分春麗。[46]

所謂花朝即「花神節」、「百花生日」、「花神生日」、「挑菜節」，一般
於農曆二月初二、二月十二或二月十五舉行。節日期間，人們結伴到
郊外遊覽賞花，稱為「踏青」，姑娘們剪五色彩紙粘在花枝上，稱為
「賞紅」。是紀念百花的生日。[47]
　　這首詞押第三部平聲韻。上片先寫到初春時節百花生日，天氣清
寒薄暖，大地好像張起綠傘，鋪上綠油油的地毯，應該舉辦修禊活
動，喝酒吟詩，好像是接續著蘭亭盛會。下片感嘆寫斯文已經衰落，
有才誰會來青睞呢？只能批風抹月。調弄鶯燕來消遣閒情，寄託自己
短暫身世，何況這每美好春天正如此撩人。賴惠川也有〈水龍吟‧步
許黎堂花朝雅集韻〉：

人間撲蝶芳底，輕陰醞釀開新霽。強攜蠟屐，無情無緒，無聊
春禊。逝水韶光，蘭亭回首，問誰留題。笑葫蘆依樣，吟儔一
二，把勝會、匆匆繼。　　終古榮枯互替。六朝山色空凝睇。
緬懷當日，哀絲毫佇，春來秋遞。濟濟衣冠，彬彬文物，繁華
之世。到而今，寂寞天涯煙柳，夢中佳麗。(《悶紅館全集‧悶
紅詞草》，頁198)

---

46 賴柏舟輯：《嘉義縣詩苑》，見《嘉義文獻》(嘉義縣：嘉義縣政府，1972年)，頁80。
　凡後所引用詩詞，皆夾注頁碼，不再出注。
47 秦嘉謨：《月令粹編》(臺北市：廣文書局，1970年)，卷5，頁227。〈陶朱公書〉：
　「二月十二日為百花生日。無雨，百花熟。」

既然是賴惠川步許藜堂韻，可見是許藜堂先寫的。這個水龍吟詞牌，
與花朝雅集的題目，目前所呈現的有四個人寫。賴惠川詞中寫春天的
修禊是無聊賴的，只是和一、二吟友依樣畫葫蘆，延續著蘭亭盛會。
下片指出榮枯必會交替，對六朝山色凝望，緬懷當年，以前濟濟文
士，繁華的時代到如今只剩寂寞煙柳與夢中佳麗。另有邱攸同〈水龍
吟・花朝雅集〉：

> 鶯簧燕剪紛紛，番風廿四花年紀。釵光鬢影，熙來攘往，十分
> 歡喜。撲蝶良辰，輕揮羅扇，庭前園裡。賭酒輸金谷。鄉愁淘
> 盡，春意緒，何能已。　　會嘉賓東南美。禊蘭亭，交情如
> 水。牡丹富貴，傾城傾國，吾當賀你。欲寫牢騷，文章綺麗，
> 非關朱紫。放懷天地外，歌聲滿座鉢聲盈耳。（《詩報》，296
> 號，1943年5月25日，頁17）

邱攸同雖不是鷗社社員，但他們都是好友。他也押第三部平聲韻，詞
中上片也是寫到春天宜人，花園裡釵光鬢影，遊人極多，大家心中歡
喜。庭前也有以金谷酒數賭酒，可以洗盡鄉愁。下片同樣提到蘭亭修
禊之事，大家放懷天地之外，有人歌唱，也有擊鉢聲盈耳。還有林緝
熙〈水龍吟・花朝雅集〉：

> 萬人如海花朝，六朝金粉空回首。相逢儘說，輕羅撲蝶，江山
> 錦繡。香國千秋，芳齡如許，駐顏依舊。正二分春色，鶯捎燕
> 剪，須記取，休辜負。　　準備流觴泛酒。繼蘭亭，二三吟
> 友。牽愁柳絮，斷腸芳草，新詩角鬥。物換星移，吟身猶健，

謾傷蒼狗。訂年年今日，重尋此會，為花稱壽。[48]

詞中下片亦提到蘭亭修禊之事，二三好友在芳草中相鬥詩吟詠。感到時光流逝，還好自己身體仍健在，然而世事變化莫測，期待以後年年此日，都能相聚，可以為花稱壽。這五人中都按譜填詞。最特別的林臥雲的〈水龍吟‧花朝雅集〉：

> 春濃香國題襟，壽花佳節聯裙屐。分箋鬥韻，逢場作戲，乾坤為窄。盟鷺尋鷗，淺斟低唱，興酣心適。正筆歌墨舞，爭妍競麗，風韻事，堪追昔。　　同是浮生作客。好韶光更須憐惜。騷情勃發，吟肩高聳，鴻泥爪跡。興會淋漓，雅緣難再，漫嗟何益。況陽春假我，文章烟景豈等空擲。（《臥雲吟草續集》，頁158）

〈水龍吟〉詞牌，按照詞譜要押仄韻，可以包括上、去聲。但這首詞林玉書押十七部入聲韻，在宋詞中入聲獨用，不可與上、去韻混押，有可能是當時缺韻書。他以為仄聲與入聲沒多大差別。詞中仍是以花朝盛景，好友相聚，大家以筆墨競豔。下片要大家珍惜高會雅緣，不用嗟嘆時光飛逝。

從許藜堂詞發表在《詩報》的年日，是昭和七年（1932），又有三人押同部韻，可知這是小題吟會的課題。

（三）懷古

賴柏舟在創小題吟會後就努力填詞，他所填最早之詞是〈滿江紅‧郊行〉：

48　林緝熙：《荻洲吟草》（新北市：龍文出版社，2001年），頁16。

八掌溪邊，又將近清明寒食。疏雨霽鶯簧蝶板，遊人如鯽。一
角斜陽芳草外，纍纍荒塚恐聲唧。任賢愚到此總無分，同幽
窗。　　　人易老，歡難覓。雲煙過，成今昔。縱英雄蓋世，絕
佳巾幗。秋月春風回首處，晨鐘暮鼓悲塵骼。願吾儕莫把好韶
光，輕輕擲。（《詩報》，288期，1943年1月18日，頁4）

此詞應該是小題吟會創立時所填，同時收入《鷗社藝苑初集》[49]與
《鷗社藝苑四集》[50]。八掌溪，位於臺灣中南部，是臺南市與嘉義縣
的縣界溪及嘉義縣與嘉義市的縣市界溪。詞中指出清明時節的八掌
溪，有疏雨鶯蝶。在斜陽下，有纍纍荒塚及蟲鳴唧聲，無論賢愚到此
都一樣，都是呈荒塚一堆，感嘆人生易老，歡樂難尋。下片寫時光飛
逝成古今，縱使是英雄豪傑，或者是巾幗美女，一回首已是過往，要
好好把握時光。這是賴柏舟在八掌溪所看到的感嘆，有逝者如斯之
嘆。到赤崁樓寫下〈滿庭芳・赤崁懷古〉：

開闢荊榛，消除瘴癘，歷盡多少艱難。瓊宮貝闕，虎踞與龍
蟠。回首婆娑洋上，笙歌夜金粉秋煙。荒祠裡寒梅老幹，未減
昔時妍。　　　看看。今古恨潮翻鹿耳，人物淘殘。縱天意茫
茫，節義攸關。堪歎斜陽孤島，三百載海外長懸。問當日雄風
何在，香火卻依然。（《詩報》，290號，1943年2月21日）

赤崁樓是臺南古蹟。荷據時期荷人在赤嵌地方建築一座具有防衛功能
的普羅民遮城（赤崁樓）。據《重修臺灣省通志・土地志・勝蹟篇》：

---

49 賴柏舟編：《鷗社藝苑初集》（新北市：龍文出版社，2009年），頁135。
50 賴柏舟編：《鷗社藝苑四集》（新北市：龍文出版社，2009年），頁39。

明永曆十四年（1660）（鄭成功率師登陸赤崁樓東北方禾寮港圍困荷軍，荷軍因布防單薄，求援安平熱遮蘭城未成，終不支而投降，鄭成功乃以赤崁樓為承天府，以為治理臺島之根據地，鄭經時，以赤崁樓為武器火藥庫。日據初期利用赤崁樓上諸建築物充「陸軍衛戌病院」，及臺南師範學校學生宿舍。[51]

上片寫到經營臺南赤崁的艱辛，「開闢荊榛，消除瘴癘」，經歷過多少艱辛。建築成一個「虎踞與龍蟠」，可以抵抗外患的重要城市。回想以前的繁華盛況，連荒祠中的老梅，都不減當時的妍麗。下片寫到「今古恨潮翻鹿耳，人物淘殘」，當戰爭都是從鹿耳門攻來，臺灣被荷據、日據，潮浪吞滅歷史人物，「縱天意茫茫。節義攸關」，雖然天意難問，但人之節義仍要力守，攸關民族存亡。最後感嘆臺灣，「堪歎斜陽孤島。三百載海外長懸」，三百年來，孤伶伶懸在海外，結句沉鬱悲涼，「問當日雄風何在」，問當日擊退荷軍之雄風何在？為何仍在外族的統治下。

（四）壽詞

　　許藜堂以〈壽樓春・五十自壽〉為題刊在《嘉義文獻》，從他出生推算五十歲，可見這可能在昭和十八年（1943）小題吟會時所寫：

> 知非羨先賢。歎光陰虛度，五十周年。身世幾經兵燹，滄海桑田。雙鬢白，千愁牽。搔首飛蓬向蒼天。問大好寰球，紛紛擾擾，何日忍烽煙。　　生有恨，景無邊。任河山破碎風月依然。最好琴棋遣。詩酒留連。澆塊磊，締因緣。雅集吟朋啟綺

---

51 臺灣省文獻會編：《重修臺灣省通志・土地志・勝蹟篇》，頁223。

筵。算月夕花晨，偷閑便是小神仙。(《嘉義文獻・嘉義縣詩
苑》，頁79)

〈壽樓春〉，詞牌名。「始見史達祖《梅溪詞》，題為「尋春服感念」，
殆是悼亡之作。雙調一百零一字，前後片各六平韻。中多拗句，尤多
連用平聲之句，聲情低抑，全作淒音。有用以填壽詞者，大誤。」[52]
臺灣詞人與大陸相隔甚遠，既缺韻書，又無詞譜，所以顧名思義把
〈壽樓春〉當祝壽詞牌。這首詞應該是許藜堂剛好五十歲，為自己祝
壽。此詞中押第七部平聲韻。詞中感嘆光陰虛度，五十歲時已經過幾
次戰爭，雙鬢發白，惹動千愁。不禁要抬頭問天為何世界紛紛擾擾，
何時才能不要有烽煙的太平歲月。下片寫到人生有許多遺憾的事，但
風景依舊美麗，就只能任由山河破碎，自己以閒情欣賞風光。最好詩
酒、琴棋相伴，消除胸中塊壘，與各位好友，在花前月下，偷閑就是
如神仙般過活。賴惠川也有〈壽樓春・步許藜堂韻〉：

> 且休問愚賢。把韶華屈指，恰眼官年。悔十斛胭脂水，注到心
> 田。鴛繭縛，藕絲牽。分付離愁奈何天。所得者何如，梧楷葉
> 冷，細雨復疏煙。　　歌扇外，舞裙邊。而今回首處，大不雲
> 然。始信形骸傀儡，悲恨相連。好收拾，舊詩緣。薄醉吟尊月
> 滿筵。樂府譜新腔，芒鞋筇杖地行仙。《悶紅館全集・悶紅詞
> 草》，頁191)

這首詞是賴惠川步許藜堂五十自壽韻，可見是許藜堂先寫。詞中賴惠
川寫，不管是賢愚之人，數算自己年華，所得到的都是，在生命過程

---

52 龍榆生：《唐宋詞格律》(臺北市：里仁書局，1995年)，頁50。

中有情愁牽絆，得到卻是成空。下片醒悟到在歌舞外，才相信身體如
傀儡，常有悲恨相續之事，從今起收拾心情，重續詩緣，「樂府譜新
腔」，佇著杖穿著芒鞋，做快樂的長壽者。

　　小題吟會的社集時間很短，所填的詞大都沒有專人蒐集，內容僅
侷限在題贈、詠懷、懷古與壽詞上，可能是創社時間已將到皇民化後
期，對比較敏感的詞題，不敢多做琢磨。

第三章
戰後詞社

第一節 題襟亭填詞會

　　題襟亭填詞會成員大都是來自原本小題吟會的同人，光復後小題吟會不再寫詩，專門填詞，稱題襟亭填詞會。鷗社戰後復社。題襟亭填詞會和鷗社復社，相差二年，其中成員大都重疊，都是熱愛鄉土與詩詞者。

一　創社緣起

　　戰後初期臺灣成立詞社的，僅有題襟亭填詞會，而戰後復社的是鷗社，兩社都設立在嘉義。兩社成立相差二年，都是熱愛鄉土與詩詞者。雖然鷗社是詩社，但兩社社員大都重疊，只是題襟亭填詞會結束後，成員仍在鷗社中繼續填詞，所以放在詞社中一起討論，茲將兩社列表如下：

設立	題襟亭填詞會
創社時間	民國三十七年（1948）秋天，民國四十年（1951）結束。
創社地點	嘉義
社名意義	「題襟」，指抒寫胸懷。詞社設在李德和家逸園之題襟亭，故取名題襟填詞會。
創始人與社員	張李德和（連玉）所設，社員有賴尚益（惠川）、林緝熙（荻洲）、吳文龍（百樓）、許然（藜堂）、譚瑞貞（恤紅、

	康英）、賴柏舟（秋航）、朱木通（芾亭）、黃振源（鑑塘）、蔡水震（明憲）、汪敬若等十一人。
社集時間	不定時
社集活動	專為填詞，不課律絕
詞作主題	題詞、懷古、詠物

　　題襟亭填詞會是小題吟社的延伸，小題吟社創立在昭和十八年（1943），由嘉義賴惠川所設。社員有賴惠川、賴柏舟、譚瑞貞、林緝熙、張李德和、吳百樓、蔡水震等數十文人參加。[1]因為昭和二十年（1945）盟機轟炸劇烈，會員星散，到各鄉下避難，吟詠中輟。直到日本投降，才由張李德和在自家逸園之題襟亭創題襟亭填詞會。至於填詞會到底創立何年？有以下四種說法：

（一）創立於民國三十四年（1945）

　　賴子清〈古今臺灣詩文社〉記載：

> 昭和二十年一九四五年八月十四日，日本昭和天皇發表〈終戰詔書〉，二次大戰結束。同年秋天，社員興起，集合於李德和的題襟亭，重整旗鼓，繼續填詞集會，後改名曰題襟亭填詞會，專為填詞，不課律絕，仍由柏舟逐期油印，詞譜，分發各會員。民國四十年（1951），乃告中止。[2]

根據賴子清的說法，題襟亭填詞會創立於民國三十四年（1945）秋天。但是此年，日本剛投降，同年秋天「集合於李德和的題襟亭」，可是此時題襟亭根本還未建造。

1　賴子清：〈古今臺灣詩文社（二）〉，見《臺灣文獻》第10卷第3期，頁97。

2　同上注，頁97。

（二）創立於民國三十五年（1946）

根據簡瑞榮編纂《嘉義市志・人物志》記載：

> 昭和二十年（1945）四月初，美軍機連續轟炸是繁華區，致琳瑯山閣於五月十一日被炸成灰燼。八月中旬日本投降戰爭結束，（李德和）自疏散地回家，即住進幸未被炸毀的和風館內。由於戰爭使身心俱疲，更常年掛慮昭和十四年即被徵召至南洋服軍醫之長子兒雄安危，導致眼疾難癒。惟至民國三十五年（1946）六月，長子終於安然返家，頓使心情開朗。是年秋重建琳瑯山閣，以重開諸峰醫院並供長子開業張外科醫院；在逸園新建「題襟亭」，以供文人雅士共聚吟詠填詞。[3]

因為大戰時，社員都疏散各地，琳瑯山閣也因戰火「炸成灰燼」。直到民國三十五年（1946）六月，張李德和的兒子安然返家後，李德和心情開朗，秋天才在逸園新建「題襟亭」，供文人雅士吟詠，但沒有指出題襟亭是何時蓋好。

（三）創立於民國三十六年（1947）

根據張婉英、施懿琳〈張李德和生平年表〉：

> （張李德和）一九四七年，五十五歲，重建琳瑯閣題襟亭。長子兒雄從南洋返鄉開業。長年掛慮其安危，身體健康受損。[4]

3　見顏尚文總編纂、黃金山撰：《嘉義市志・人物志・李德和》（嘉義市：嘉義市政府，2002年），頁257。

4　江寶釵、張婉英：〈張李德和生平年表〉，見江寶釵：《張李德和詩文集》，頁605。

張婉英是張李德和之七女，記錄民國三十六年（1947），重建琳瑯閣
題襟亭，應該比較正確。並非如《嘉義市志・人物志》所言是民國三
十五年（1946）建造。而且張李德和〈琳瑯山閣聯吟會沿革〉：

> 迨日治末期，大東亞戰激烈，晝夜空襲，自然風流雲散。樓屋
> 亦受轟炸灰燼。光復第三年之秋，始克服百般之困憊，恢我自
> 由之襟抱，復組織成吟。於草創之題襟亭，積極展開填詞之一
> 道。[5]

張李德和言「光復第三年之秋」，「復組織成吟，於草創之題襟亭，積
極展開填詞之一道」，指題襟亭填詞會設立於光復第三年，即民國三
十六年（1947）秋。

（四）創立於民國三十七年（1948）

〈賴惠川先生手抄小題吟會詩稿〉一文中錄有：

> 戊子年二月十一日，新曆三月廿一日，琳瑯閣主人德和女士開
> 鉢擊吟。事變以來小題吟會第一回集會也。[6]

戊子年即民國三十七年（1948），新曆的三月二十一日，由琳瑯閣主人
張李德和開鉢擊吟，並註明事變以來（二二八事變），第一回集會。

　　從上述可知張李德和積極復社，因「遇戒嚴令施行，遂集合中

5　江寶釵、張婉英：〈張李德和生平年表〉，頁291。
6　林文龍：〈賴惠川先生手抄小題吟會詩稿〉，《嘉義市文獻》第5期，1989年，頁19及
　　頁32。

止」。[7]戒嚴令是民國三十六年二二八事變，陳儀發布戒嚴令。可知題襟亭填詞會是民國三十六年開始。雖然賴惠川仍寫「小題吟會」，但社集名稱已改為題襟亭填詞會。因此施景琛〈題襟亭詞集序〉言：「（題襟亭填詞會）立社僅三年，社址羅山題襟亭，羅山女士主之。」[8]民國四十年（1951），張李德和當選第一屆臨時省議會議員後，[9]可能太忙碌，題襟亭填詞會宣告解散，才由戰後復社的鷗社，繼續填詞。

二　詞社名稱

題襟亭填詞會因為設立在張李德和命家中的題襟亭，故稱「題襟亭填詞會」。所謂「題襟」，指抒寫胸懷。唐溫庭筠、段成式，余知古常題詩唱和，有《漢上題襟集》十卷。[10]後遂以「題襟」謂詩文唱和抒懷。庚寅春日林玉書有〈題題襟亭〉樂府詩：

> 題襟亭。題襟亭。亭在城西逸園之芳庭。翼然結構幽且潔，石案石凳何瓏玲。圖書千古韻，花木四時青。主人尤好客，入座盡忘形。車不斷，馬頻停。酬唱有佳士，往來無白丁。笠影釵光，可談可笑，花晨月夕，宜醉宜醒。作畫宗南派，鏖詩重性靈。或鼓琴，琴聲錚錚。或圍碁，子聲丁丁。盤桓忘卻月穿櫺。逍遙每到天落星。動如難角力，靜若鶴梳翎。互稽今古史，同闡聖賢經。雅以文會友，恆抱德斯馨。靡隨末俗趨名

7　張李德和編：《張李德和詩文補遺四種・題襟亭填詞集跋》（新北市：龍文出版社，2011年），頁178。

8　張李德和編：《張李德和詩文補遺四種・羅山題襟亭詞集》，頁149。

9　江寶釵、張婉英：〈張李德和生平年表〉，頁606。

10　歐陽修：《新唐書・藝文志》（臺北市：鼎文出版社，1998年），頁1624。

利，直與時潮別渭涇。超然能擺俗，卓爾且垂型。老拙長充不速客，時攜吟杖叩柴扃。二十餘年如一夢，偶聚感浮萍。難得雪泥鴻爪印，緣深翰墨影娉婷。妙在臭味相投，膽肝相照，又不啻詩逢李白，酒遇劉伶。知音未易得，惺惺真個惜惺惺。嗟乎！世遭末劫遘陽九，碩果漸凋零。縱教慚讕陋，守口肯如瓶。敢藉一枝管城子，儘把武陵消息，譜翻新樂府，付與大家聽。題襟傳韻事，石上好留銘。[11]

並有序：

題襟亭為芸世兄，張錦燦先生令夫人德和女史，煮史烹經，嘯傲煙霞之絕好處。故每遇佳辰令節，騷人墨客，群屐蹁躚，雅集題詠已有年矣。（《羅山題襟集》，頁3）

可知題襟亭是在張李德和家中逸園內，幽潔雅致，而此地主人好客，可談可笑，宜醉宜醒，或圍棋、或琴音，使人盤桓忘歸。每遇佳辰良景，騷人墨客趣味相投，都在此雅集題詠，趣味相投，而二十餘年如一夢。加上「世遭末劫遘陽九」，遭遇世上窮厄的時運，耆老凋零，指藉著筆寫新詞，「題襟傳韻事」，賦予眾人聽聞。

　　張李德和家中逸園內的題襟亭，每遇佳辰良景，騷人墨客都在此雅集題詠。賴惠川〈題襟亭序〉：

諸羅八景六勝之外，復有題襟亭焉。亭為德和女史吟香處也。（《羅山題襟集》，頁5）

---

11 張李德和編：《羅山題襟集》（新北市：龍文出版社，2009年），第7輯，冊4，頁3。以下所引《羅山題襟集》之詩詞，皆為此版本，不再加注，僅夾注頁碼。

吳百樓〈題題襟亭〉：

> 亭立諸峰之涯，歌起琳瑯之閣，掃石彈琴，倚花弄月，冠諸羅
> 之雅會。（《羅山題襟集》，頁8）

莊拓園〈題題襟亭〉：

> 亭號題襟寓意長。主人好客富文章。菸茶果餅皆佳品，詩畫琴
> 棋盡大方。術擅回生張學士，才誇詠絮謝家娘。堂中領略鮮花
> 氣，半是書香半墨香。（《羅山題襟集》，頁9）

賴柏舟〈漢宮春·題襟亭詞〉上片：

> 亭號題襟，羨奇花異卉，香襲衣衾。來往騷人詞客，雅契苔
> 岑。攤箋鬥韻，唾珠璣妙墨狂吟。消日月一枰未已，呼茶更有
> 先禽。（《羅山題襟集》，頁9）

林緝熙〈題題襟亭〉亦云：

> 憶昔樓閣參差，曾經兵燹，幸喜天心眷顧，重看花紅。……乘
> 興則拈韻題詩，獨坐則焚香煮茗。（《羅山題襟集》，頁7）

都可看出題襟亭是張李德和「拈韻題詩，焚香默坐」之處，也是騷人
墨客雅集題詠的好所在，而題襟亭內種滿百合花、梅花、菊花，從張
李德和〈題襟亭賞梅〉：

横斜枝傍小亭幽，喜萃文星互唱酬。撲鼻暗香清寂寂，騁懷玉質淡悠悠。師雄幻夢閒情逸，和靖孤山韻事留。我亦效顰尤繾綣，伴花待月每遲休。[12]

詩中都寫出題襟亭中種滿植物，當梅花盛開。暗香撲鼻，聯想林和靖愛梅之雅韻，每待月伴花，一番雅趣。以及〈滿庭芳・題襟亭賞百合花〉：

玉疊諸峰，中庭堆雪，彷彿似鶴梳翎。珊珊婀娜，嬌舞醉初醒。騷客聯翩濟濟，拔元閣，逸趣橫生。歌吟嘯，珠喉婉轉，餘韻繞空溟。　　風輕。春浩蕩，美人笑靨，月下雙清。薄那傾城國，羞那明星。正氣馨揚世界，揮素手，整理瑤箏。香如海，年年壯健，擊缽震鯤瀛。[13]

詞提下有注：癸巳春季。癸巳是民國四十二年（1953）。題襟亭中的百花盛開，滿眼雪白，彷彿「中庭堆雪」、白鶴梳翎，騷客來訪，增添逸趣橫生，題襟亭中有聲、有歌、有詞，能「正氣馨揚世界」，更勝「傾國」、「明星」，希望在此擊缽聲震鯤瀛，對在題襟亭填詞，能振興詞學，有很大的期許，因此詞社取名「題襟亭填詞會」。

---

12 張李德和：《琳瑯山閣吟草》（新北市：龍文出版社，1992年），頁77。

13 張李德和：〈滿庭芳・題襟亭賞百合序〉，見賴柏舟：《鷗社藝苑次集》（新北市：龍文出版社，2009年），頁141。以下所引《鷗社藝苑次集》之詩詞，皆為此版本，不再加注，僅夾注頁碼。

三　社集活動

　　題襟亭填詞會社員共有十一人。《羅山題襟亭詞集》前有八十一歲的施景琛序言：

> 壬辰冬，……近又得嘉義李德和女士，惠贈羅山題襟集……。又乞弁羅山題襟亭詞集，……展讀詞集，都數百千闋，作者十四人，立社僅三年。社址羅山題襟亭，羅山女士主之。[14]

　　壬辰是民國四十一年（1952），張李德和將所出版的《羅山題襟集》贈送施景琛，並要求寫序，因為施景琛看到的是《羅山題襟集》，所以寫「展讀詞集，都數百千闋，作者十四人」。其實真正題襟亭填詞會會員名單，是列在《羅山題襟亭詞集》的首頁中，[15]並寫上編輯此書時社員的年齡。有賴尚益（惠川）、林緝熙（荻洲）、吳文龍（百樓）、許然（藜堂）、張李德和（連玉）、譚瑞貞（恤紅）、賴柏舟（秋航）、朱木通（荋亭）、黃振源（鑑塘）、蔡水震（明憲）、汪敬若，共十一個人。茲羅列題襟亭填詞會成員表及詞作：

作者	字號	生卒年	詞作
賴尚益	惠川	1887-1962	〈千秋歲引·題襟亭雅集〉、〈蕙蘭芳引·阿里山檜〉、〈金菊對芙蓉·月下懷人〉、〈搗練子·紙鳶〉、〈摘得新·秋雨〉、〈瀟湘神·萱草〉、〈早梅芳·過延平郡王祠〉、〈驀山溪·觀海〉

14　張李德和編：《張李德和詩文補遺四種·羅山題襟亭詞集》（新北市：龍文出版社，2011年），頁3。

15　張李德和編：《張李德和詩文補遺四種·羅山題襟亭詞集》，頁4。

作者	字號	生卒年	詞作
林緝熙	荻洲	1887-1962	〈千秋歲引・題襟亭雅集〉、〈蕙蘭芳引・阿里山檜〉、〈金菊對芙蓉・月下懷人〉、〈搗練子・紙鳶〉、〈摘得新・秋雨〉、〈瀟湘神・萱草〉、〈早梅芳・過延平郡王祠〉、〈驀山溪・觀海〉
吳文龍	百樓	1887-1960	〈千秋歲引・題襟亭雅集〉、〈蕙蘭芳引・阿里山檜〉、〈金菊對芙蓉・月下懷人〉、〈搗練子・紙鳶〉、〈摘得新・秋雨〉
許然	藜堂	1892-1975	〈千秋歲引・題襟亭雅集〉、〈蕙蘭芳引・阿里山檜〉、〈金菊對芙蓉・月下懷人〉、〈搗練子・紙鳶〉、〈摘得新・秋雨〉
李德和	連玉	1893-1972	〈千秋歲引・題襟亭雅集〉、〈蕙蘭芳引・阿里山檜〉、〈金菊對芙蓉・月下懷人〉、〈搗練子・紙鳶〉、〈摘得新・秋雨〉、〈瀟湘神・萱草〉
譚康英	恤紅、瑞貞	1890-1958	〈千秋歲引・題襟亭雅集〉、〈蕙蘭芳引・阿里山檜〉、〈金菊對芙蓉・月下懷人〉、〈搗練子・紙鳶〉、〈摘得新・秋雨〉、〈早梅芳・過延平郡王祠〉
賴柏舟	秋航	1904-1972	〈千秋歲引・題襟亭雅集〉、〈蕙蘭芳引・阿里山檜〉、〈金菊對芙蓉・月下懷人〉、〈搗練子・紙鳶〉、〈摘得新・秋雨〉、〈瀟湘神・萱草〉、〈早梅芳・過延平郡王祠〉
朱木通	茀亭	1905-1977	〈千秋歲引・題襟亭雅集〉、〈搗練子・紙鳶〉
黃振源	鑑塘	1905-1978	〈千秋歲引・題襟亭雅集〉、〈搗練子・紙鳶〉、〈摘得新・秋雨〉

作者	字號	生卒年	詞作
蔡水震	明憲	1905-1988	〈千秋歲引・題襟亭雅集〉、〈摘得新・秋雨〉
汪敬若		1919-？	〈千秋歲引・題襟亭雅集〉、〈摘得新・秋雨〉

　　題襟亭填詞會的社集活動，即在張李德和家的題襟亭吟詠，每期專為填詞，不課律絕，而且「約以課題，月聚一次」，「互相批論」，仍由賴柏舟逐期油印，詞譜，分發各會員。但因「遇戒嚴令施行，遂集合中止」。

四　詞作主題

　　題襟亭填詞會詞作，共用八個詞牌吟詠，包括〈千秋歲引・題襟亭雅集〉、〈惠蘭芳引・阿里山檜〉、〈金菊對芙蓉・月下懷人〉、〈搗練子・紙鳶〉、〈摘得新・秋雨〉、〈瀟湘神・萱草〉、〈早梅芳・過延平郡王祠〉、〈驀山溪・觀海〉等詞題。其中只有〈千秋歲引・題襟亭雅集〉，由十一位社員全都吟詠，社員中只有賴惠川、林緝熙兩人，把八個課題全都吟詠，其他社員僅吟詠部分課題，其吟詠作品，列表附文後：

（一）題詞

　　題襟亭填詞會創臺灣詞史上最大的紀錄，有十一個社友以〈千秋歲引・題襟亭雅集〉聯吟，張李德和在〈千秋歲引・琳瑯山閣雅集〉下注有：「填詞會成立紀念」：[16]

---

16 張李德和編：《羅山題襟集》，頁294。

社結鶯花，襟題翰墨。敝帚千金自珍惜。裙屐齒留米粉井，[17]
琳瑯疊築騷人宅。月中簫，樓頭笛，宴佳客。　　銀燭夜深吟
嘯溢。星耀玉崕春無極。網到珊瑚集狐腋。慧珠可從驪頷摘，
瓊林不待蟾宮植。遯名山，遍蠻貊，生花筆。

如賴惠川〈千秋歲引‧題襟亭雅集〉：

序屬三秋，時維九月。有客題襟擊詩缽。狂吟忒驚檻外燕，攤
書共祭窗前獺。句猶敲，詩難就，酒當罰。　　堪笑是顏紅耳
熱。可憐是枯腸搜竭。半為風騷半饕餮。驪珠夜來探腦海，無
端作此無端孽。覺涼深，尚忙殺。涎空咽。（《羅山題襟亭詞
集》，頁2）

詞中點明社集時間是九月秋天，社集地點是「題襟」亭，大家都「枯
腸搜竭」，推敲詞句。其他詞人也都提到「題襟」亭，如譚康英〈千
秋歲引‧題襟亭雅集〉：「社結鶯花，<u>襟題</u>翰墨。」（《羅山題襟亭詞
集》，頁4）蔡水震〈千秋歲引‧題襟亭雅集〉：「禊事重修，幽人雅
集。好趁<u>題襟</u>菊開日。」（《羅山題襟亭詞集》，頁5）林緝熙〈千秋歲
引‧題襟亭雅集〉：「籬邊菊開競紫豔，樽前酒滿忘賓主。繼蘭亭，依
金谷，壓今古。（《羅山題襟亭詞集》，頁3）說明雅集時，如蘭亭般，
群賢畢至，少長賢集，如詩吟不出，要罰依金谷酒數。吳文龍〈千秋
歲引‧題襟亭雅集〉

---

17 「米粉井」，《琳琅山閣唱和集》註云：「米粉井在題襟亭之西角，水清而淡。昔時
　無水道，造米粉業者皆取此水用之。」《琳瑯山閣吟草》註云：「米粉井乃嘉義昔之
　名井，現屬德和女史之庭園裡。」

月霽天心，梅飄遠邇。振筆題襟國華里。林泉隱亭對玉枕。經書滿室迎珠履。拔元樓，琳琅閣，雅無比。　難得主人能禮士。難得主人通經史。檢韻推敲藐名利。閒尋舊家東社址，同淘古井蘭泉水。滌塵心，益香髓，靈光喜。（《羅山題襟亭詞集》，頁2）

許藜堂〈千秋歲引‧題襟亭雅集〉：

亭號題襟，才誇繡虎。韻事風流試回顧。陽關不歌折柳曲，騷壇續擊催花鼓。劫餘琴，春前酒，莫耽誤。　堪嘆是詩中李杜。堪惜是文中徐庾。訕笑憑人說陳腐。銷磨些閒中歲月，維持些海邊鄒魯。竹林風，裴亭月，同千古。（《羅山題襟亭詞集》，頁2）

張李德和〈千秋歲引‧題襟亭雅集〉：

四喜堂前，琳瑯閣角。鉢韻吟聲響城廓。索腸欲敲柳絮詠，無鬚率弄霜毛落。菊花風，亭頭月，興如昨。　堪羨是閒雲野鶴。堪厭是塵寰囂俗。莫把流光直拋卻。當年謫仙狂得好，而今愧我才偏約。鷺鷗盟，酒詩樂。逍遙著。（《羅山題襟亭詞集》，頁3）

詞上片點出題襟亭，在琳瑯閣的一角，四喜堂前面。常常有騷人雅士在此吟詠。在「菊花風」、「亭頭月」的秋季裡，有擊鉢也有填詞，大家都搜索枯腸。她最羨慕的是過「閒雲野鶴」，最厭惡的是「塵寰囂俗」的生活，稱羨當年謫仙「狂得好」，能與眾吟友鷗盟，宜逍遙過

日，以詩酒為樂。又如朱木通〈千秋歲引·題襟亭雅集〉：

> 劫後良辰，塵中勝地。墨客騷人踵交至。黃花裡談舊雅緒，幽
> 亭畔覓新詩思。酒初酣，耳初熱，若初試。　　無復舊時豪俠
> 氣。無復舊時凌雲志。只把牢騷托文字。題襟共寫生花筆，攤
> 箋共續師友誼。悟曇華，感蟲臂，皆如寄。（《羅山題襟亭詞
> 集》，頁4）

詞中點出「劫後良辰」，當時離大戰已經多年，因此應指二二八事變
後，終能覓得此「塵中勝地」。「黃花裡」指秋天，能與眾詞友敘舊吟
詩，已經不復年輕，只有把滿腹牢騷，託付文字，以生花妙筆來吟詠
遣興，延續詩友間的情誼，而且感悟人生如曇花般，「感蟲臂」，感嘆
人生微小如寄，無法掌握。又如蔡水震〈千秋歲引·題襟亭雅集〉：

> 禊事重修，幽人雅集。好趁題襟菊開日。佳詩恰宜雅俗賞，高
> 吟盡是風騷客。桂花間，薔薇下，鉢聲溢。　　東席獨操吟絮
> 術。西席悉饒生花筆。韻事無妨繼今昔。何人手能牛耳執，諸
> 峰院內賢巾幗。每良辰，與佳夕。思量及。（《羅山題襟亭詞
> 集》，頁4-5）

詞中點明秋天菊花開之日欣逢社集。大家相聚有如重辦修禊之事。吟
詩誦詞盡是人生風雅，在桂花中，薔薇花下，擊鉢之聲洋溢於耳。東
席在吟詩，西席不斷寫詩，如此風雅韻事今昔流傳。每想起到底誰能
寫出最好的詞，張李德和家中諸峰院內賢人、女士相聚。在良辰佳夕
中，都會想起這往事。

（二）懷古

　　詞人經歷從清領、日治、到民國的改朝換代，內心感受極多，因此在懷古詞中，感受特深。明永曆十六年（1662），鄭成功去世後，臺民為感念鄭氏驅逐荷蘭人、開發臺灣的功績與精神，特在此地立廟奉祀，卻因政治顧慮，而稱「開山王廟」。清同治十三年（1874），欽差大臣沈葆楨來臺籌辦防務，深入了解民意後，上書朝廷，強調鄭成功是「明室遺臣」，而不是清「亂臣賊子」，並奏請為鄭氏立祠。官民籌募經費，從福州載來工匠、材料，將開山王廟擴建成臺灣少見的「福州式」建築，於清同治十四年（1875）竣工。名稱也改為「明延平郡王祠」。賴惠川〈早梅芳・過延平郡王祠〉：

> 　　祠宇尊，滄桑飽。兀兀悲孤島。強胡未泯，馨香俎豆戀殘照。此身生以外，故國魂長繞。昔年興與廢，興廢已同渺。　　月宵明，血灑思陵草。乾坤板蕩，愈覺孤臣寸心皎。浪翻鯨去急，氣浩梅開早。早梅芳，異芳留海嶠。（《鷗社藝苑初集》，頁9）

　　詞的上片是延平郡王祠何等尊崇，卻飽經滄桑，目前仍然「強胡未泯」下，孤獨的為臺灣孤島悲傷。在夕陽餘暉下，延平郡王祠的馨香俎豆，與鄭成功忠魂，仍然繚繞，而朝代的興廢，已經緲遠難尋。下片寫由景轉情，「血灑思陵草」，思陵原指位於陵區西南隅的鹿馬山（又名錦屏山或錦壁山）南麓，是明朝崇禎帝朱由檢及皇后周氏、皇貴妃田氏的合葬陵墓。鄭成功效忠明朝，當國家混亂時，更感到孤臣忠心皎潔，如此浩然正氣，使鄭成功手植的梅花提早綻放芬芳，且芬芳留在臺灣海隅。又有譚瑞貞〈早梅芳・過延平郡王祠〉：

草雞鳴，將星落。父書端和確。詞嚴義正，捨孝全忠費心度，覆巢無顧卵，此語真超卓。可憐金與廈，遍地警風鶴。　據臺澎，存正朔。一戰分強弱。揮戈指日。直擁旌旗向京洛。偉人稱一代，異姓宜王爵。廟巍峨，論功酬尚薄。(《鷗社藝苑初集》，頁41)

詞上片說明天將亮時，鄭芝龍在洪承疇承諾給予三省王爵的利誘下，不顧鄭成功、鄭鴻逵義正辭嚴的反對，決意帶著其他幾位兒子北上向清朝投降。鄭成功勸阻父親不成，只好捨孝全忠，說出感天動地的「覆巢之下無完卵」，如此卓越的話。帶著部分兵固守金門、廈門，同時將廈門（當時稱中左所）改名為思明州，並建造演武亭，以便親自督察官兵操練。下片指出在一六六一至一六六二年間，鄭成功率軍渡過臺灣海峽，擊敗荷蘭在臺灣的駐軍，取得較大的根據地，並改赤崁地方為東都明京，設一府二縣，以府為承天府，天興縣、萬年縣。打算在臺灣保存明的正朔，可稱為一代偉人，永曆帝封他為「延平郡王」是合宜的。此廟宇雖然巍峨，但論起鄭成功的貢獻，對他的獎賞還算薄。詞中歌頌鄭成功之功績。又有賴柏舟〈早梅芳‧過延平郡王祠〉：

抱貞忠，懷大義。國祚傷傾毀。牛皮片土，灑盡孤臣痛心淚。雄風尊俎豆，亮節悲神鬼。嘆茫茫浩劫，難挽蒼天意。　正朔存，清廟徙。臣道昌三世。南來文物，一代衣冠竟無繼。鯤身風力惡，鹿耳濤聲屬。古蓬萊，英靈長蒞止。(《鷗社藝苑初集》，頁42)

詞上片歌詠鄭成功懷抱忠貞，胸懷大義，感嘆南明的毀滅。「牛皮片

土」[18]是指當年荷蘭人問臺灣人，能否賣一張牛皮大小的土地棲身，哪知荷蘭人耍詐把牛皮剪成長長細繩，圍成一大片土地，即日後的熱蘭遮城。讓鄭成功這位海外孤臣淚灑臺灣。他的高風亮節讓神鬼悲泣，感嘆經過亡國的浩劫，難挽回蒼天心意。下片歌頌鄭成功在臺灣存南明正朔，然而一代衣冠卻後繼無人。「鯤身」即指安平。鹿耳門，位於臺南市安南出海口。因十七世紀以前島上遍布鹿群，鹿耳上尖下寬，故人便稱此出海口為鹿耳門。作者緬懷鄭成功，聽到南臺灣的風聲淒厲，濤聲險惡，而鄭氏英靈永遠蒞止臺灣。

（三）詠物

題襟填詞會的詠物詞較多，有詠萱草、秋雨、紙鳶等，其中以阿里山檜木最具地方特色。嘉義阿里山附近盛產臺灣檜木，日人常砍伐為雕刻以及建造皇宮與神社，阿里山檜木幾乎被砍伐一空。題襟亭填詞會共有賴惠川、林緝熙、吳文龍、許藜堂、張李德和、譚瑞貞、賴柏舟七人填〈蕙蘭芳引〉歌詠阿里山檜木。賴惠川的〈蕙蘭芳引・阿里山檜〉：

> 樑棟巨材，託根處，是山阿里。傲雪復淩霜，搖落絕無此理。茫茫雲海，真個柱向狂濤砥。嘆得時雜木，不啻山中奴婢。
> 　飽閱滄桑，重逃刀鋸，勁節完美。靦顏笑東風，寧共妖桃媚李。寒煙涼露，任其所以。榮與枯，塵世界伊胡底。（《羅山題襟亭詞集》，頁6）

詞中以阿里山是檜木的託根處，在蒼茫雲海中，檜木如狂濤砥柱，並

---

18 盧白主人：《臺灣小志》，見陳支平主編：《臺灣文獻匯刊》（北京市：九州出版社，2004年），第5輯，頁322。

諷刺得時的雜木就像「山中奴婢」。下片歌詠阿里山檜，飽經滄桑，屢次逃脫被刀鋸的命運，更顯出其蒼勁，也嘲笑東風厚著臉皮，寧可與妖媚之桃李，任天氣寒煙涼露，「榮興枯」的更替，要到什麼地步才停止，冷眼看凡塵世界，「伊胡底」，指要到什麼地步？林緝熙的〈蕙蘭芳引‧阿里山檜〉：

> 人傑地靈，玉山下，密林蒹鬱。鎮大海洋中，高聳六千海拔。接天巨木，莫不是，廟廊文物。節勁堪用世，迥異尋常樗櫟。
>
> 　萬古雲封，千秋神秘，一旦塗說。嘆當日牛山，朝夕斧斤砍伐。人間華屋，樹殘藥絕。無奈何，空剩一山明月。（《羅山題襟亭詞集》，頁6）

讚嘆阿里山的檜木，長在高聳六千海拔的玉山下，林木蔚翠。這些「接天巨木」，都是「節勁堪用世」，成為國家廊廟文物，也不是「尋常樗櫟」，可以比擬。下片感嘆檜木遭受「朝夕斧斤砍」，人們為裝飾自己的華屋，把檜木砍伐殆盡，眼見禿山，明月下，讓人無可奈何。

　譚瑞貞〈蕙蘭芳引‧阿里山檜〉：

> 楓染霞紅，望無際，葉參天綠。信一柱擎天，撐住東南半幅。十年種樹，想不到，利民興牧。笑舊時櫟散，今已聲聞全國。
>
> 　阿里山頭，百年邂迹，若抱荊璞。更崖壁如屏，雲樹幾層聳矗。婆娑在望，賞心悅目。星斗橫，遺世自佳人獨。（《羅山題襟亭詞集》，頁5）

又如賴柏舟〈蕙蘭芳引‧阿里山檜〉：

眠月沼平，冒霜雪，愈增濃翠。把直幹貞心，長抱萬年節氣。
生於今日，但翁瞖側身阿里。閱許多盛替。祇有嫦娥知己。

影動蒼龍，陰籠仙鶴，雅趣相契。嘆刀鋸何來，身涸塵寰
濁世。都因材大，不容小試。松柏姿，廊廟棟梁堪擬。(《羅山
題襟亭詞集》，頁7)

上片歌詠阿里山檜雖冒霜雪，但更增加翠綠，而且氣節長存，高聳在
阿里山側，親眼目睹「許多盛替」，只有嫦娥才是知己。暗寓看過臺
灣的滄桑，受荷蘭、清朝、日本、民國治理。詞中語氣沉重。下片更
感嘆檜木因為「材大」，身處汙濁人士，受匠人覬覦，難逃「刀鋸」
命運，結句更是頌詠檜木是廊廟與棟梁之材，唯有松柏能與之比擬。

又有〈搗練子・紙鳶〉，一共九個人填寫，如賴惠川〈搗練子・
紙鳶〉：

翔碧漢。唉晴空。操縱車絲任矮童。彩翅輕飛雲外路。無須怒
目擊秋鴻。(《羅山題襟亭詞集》，頁8)

賴惠川自認紙鳶雖然飛到天空，任由小童操控，但也不需要對秋鴻怒
目相視，安分守己就好。吳文龍〈搗練子・紙鳶〉寫：

紅樹地，碧雲天。總角兒童放紙鳶。問汝絲綸權在手，幾時風
轉太平年。(《羅山題襟亭詞集》，頁8)

雖然是填詞會的課題，但他藉著孩童拿紙鳶的手，問道手拿著絲線，
表示有掌握權，到底何時能有太平時候。許然〈搗練子・紙鳶〉：

千里翼，九秋風。直欲扶搖上碧空。只恨牽身添弱線，卻教操
縱付兒童。（《羅山題襟亭詞集》，頁8）

許然感嘆的是紙鳶雖騰空而上，遺憾的是牽繫著是條弱線，而且由兒
童掌控，擔心飛不到遠方。又如賴柏舟〈搗練子·紙鳶〉：

深院裡，彩欄前。嘹喨箏聲戾晚天。健翮不嫌雲漢遠，只愁風
外一繩牽。（《羅山題襟亭詞集》，頁8）

賴柏舟認為在深院裡，彩色闌干前，風箏好像飛鳥一樣飛翔遠天，當
翅膀羽翼健壯，就不怕雲漢太遙遠，可惜是誰把風箏用一線牽住，期
望能自由飛翔。

（四）抒情

題襟亭填詞會有一組抒情的詞作，包括賴尚益等七人以〈金菊對
芙蓉〉詞牌，抒寫「月下懷人」。如賴惠川〈金菊對芙蓉·月下懷
人〉：

免脫雲罝，蛩鳴露砌，沉沉小院清秋。想當年舊恨，此日新
愁。人間勞燕東西路，望不到、古渡歸舟。華箋重疊，洪喬薄
倖，消息悠悠。　　坐一坐五更頭。覺宵涼如水，裘上添裘。
玉人眠也未，意揣心籌。爭不得，共樂同憂。銀河寂寞，雙星
遠隔，一樣綢繆。（《羅山題襟亭詞集》，頁6）

詞中首句用《詩經·周南·兔罝》[19]典故，指在沉沉的秋院裡，兔子

---

19 屈萬里：《詩經釋義·周南·兔罝》（臺北市：華岡出版有限公司，1973年），頁6。

逃脫，寒蛩鳴叫。想到人間勞燕東西飛，卻看不到古渡頭的歸舟，引發新愁舊怨。洪喬典故出自《世說新語・任誕篇》，指殷羨字洪喬，生性孤高，行事特立獨行，把眾人託他的信丟掉。[20]這裡指許多信箋遺失，以致沒有對方消息。下片只一坐坐到五更，（早上三點到五點）。感受到秋宵涼如水，天上冬裘。自己揣測玉人到底睡了沒？為何兩人不能同憂同樂？雖然銀河上寂寞，兩顆星遠遠相隔，卻是一樣綢繆。

　　許然〈金菊對芙蓉・月下懷人〉：

> 銀漢無聲，玉盤瀉影，春宵一刻千金。正笙歌細細，楊柳陰陰。陽關別後魚鱗杳，望故人，消息沉沉。高山流水，不彈久矣，誰是知音。　　辜負爨後焦琴。把絲桐收拾，獨自沉吟。舉杯邀明月，慰我孤斟。離懷未飲心先醉，天涯淪落到如今。相思兩地，相憐一樣，同談青衿。（《羅山題襟亭詞集》，頁7）

詞上片寫景，以夜晚寂靜，正是「春宵一刻千金」。然而兩人分別後，卻是音訊全杳。「消息沉沉」，惹起無限相思。因為缺少知音，以致「高山流水，不彈久矣」。下片寫離別之後，「爨後焦琴」。用《後漢書・蔡邕傳》：「吳人有燒桐以爨者，邕聞火烈之聲。知其良木，因請而裁為琴，果有美音，而其尾猶焦，故時人名曰焦尾琴焉。」[21]後因稱琴為焦桐。此次指不再彈琴，獨自沉吟。有時舉杯邀明月，自我安慰心中的孤寂，未飲先醉。天涯淪落到今，只有兩地相思，同樣相憐，期待一同談論年輕往事。

---

20 劉義慶著、余嘉錫箋疏、周祖謨等整理：《世說新語・任誕篇》，頁745。
21 范曄撰、李賢注、王先謙集解：《後漢書・蔡邕傳》（臺北市：藝文印書館，出版時不詳），卷60，頁711。

又有張李德和〈金菊對芙蓉・月下懷人〉：

> 何處簫聲，醒儂蝶夢，憑窗眺望凝思。奈金風蚓笛，玉鏡蟾
> 幃。偏移花影闌杆上，念故人，雪案同時。駒光荏苒，成蔭綠
> 葉，子各盈枝。　　堪嘆一旦分飛。任是如膠漆，聚首難期。
> 況山遙水遠，雲嶂樹迷。新翻怨曲愁悰結，要恨誰。牽惹情
> 絲。茶談酒話，三更院落，霜華侵肌。（《羅山題襟亭詞集》，
> 頁7）

上片寫夜晚有簫聲醒人蝶夢，就起床憑窗凝思。古代傳說蚯蚓夏夜能
發出鳴聲，其鳴聲叫作蚓曲。也稱「蚓笛」。[22]無奈秋風傳來陣陣響
聲，月色照在帷幕，偏偏花影在欄杆上斑駁。想念故人，「雪案」指
利用雪光伏案讀書，想到時光過往，現在雙方已各自結婚生子。下片
感嘆一旦男女分手，縱使以前如膠似漆，如今卻聚首難期，更何況兩
地相隔，路程遙遠。想到分離之事，就惹動情思。三更時分，在庭院
中，獨自徘徊，露水都點涼肌膚。

　　從以上四人的抒情詞，可見都喜愛用典，來表達相思的情懷。

五　出版書籍

（一）《羅山題襟集》

　　臺灣的詞社幾乎沒有專書出版品，但題襟亭填詞會與鷗社都有自
己的出版品。民國四十年（1951），題襟亭填詞會的張李德和先出版

---

22 葛洪：《抱朴子・博喻》：「鱉無耳而關頭善聞，蚓無口而揚聲。」見《景印文淵閣四
　庫全書》，冊1059，卷3，頁49。

《羅山題襟集》，其中有詩有詞。書前的序都是「庚寅」寫的，「庚寅」為民國三十九年（1950）秋，張李德和有「庚寅秋月」〈憶舊遊・羅山題襟集附序〉：

> 記風清月朗，聚首諸峰，書畫琴棋。鬥韻花邊日，或腸歌短嘯，擊缽聲遲。几案滿堆珠玉，鸚鵡鮮吟詩。歎拋擲雙丸，霜華壓鬢，蝶夢迷離。　　尋思。災梨棗，把挖雅心聲，驅魅奔魑。一捲珊瑚網，再謁靈光殿，分付諸兒。恰好友朋同感，連日事探驪。更忙煞騷場。珠聯璧合收拾之。（《羅山題襟集》，頁10）

可見本書已於民國三十九年完成，民國四十年出版。書前有魏清德等七人的序，序有的以詩、詞、散文呈現。書後以及張李德和的〈羅山題襟集書後〉都以散文為之。張李德和寫出版《羅山題襟集》的目的：

> 然而累牘聯篇，徒事韞櫝而藏，或祇束諸高閣，何若一災梨棗，以公同好。傳與不傳，固未敢自信，毋奈慘淡經營，又不許視同雞肋，任其湮沒耶。者番鄙人有鑑及此，爰藉騷壇聯絜為宗旨，編作《羅山題襟集》。（《羅山題襟集》，頁262）

她說怕這些詩人、詞人的作品湮滅，也怕作品徒然束之高閣，或藏在木匣裡，等待高價出售。她決定慘淡經營，「以公同好」，把它們出版，希望大家不要把出版的書當雞肋，任其湮滅，至於傳不傳世，她也無法預知，只想藉著出版來聯繫騷壇情感為宗旨。書後有許然的〈羅山題襟集跋〉：

> 託綺懷於紙上，文字多情，寓勝景於篇中，江山生色，詠史則
> 銅駝飲泣，狂歌則珊樹敲殘，時則聯翩裙屐，東閣攤箋，不管
> 瀰漫風雲，西窗刻燭，半生吟詠，十載交游，毀之斷檢殘縑，
> 飄零可惜，集之吉光片羽，斐亹成章。(《羅山題襟集》，頁
> 261)

他認為《羅山題襟集》的詩詞人，有的寫綺情，有的寫江山美景，有
的詩人詠史，有的是亂世之泣，詩中有激憤、有婉約，而這些詩人
都是十年交往的人，如果他們的作品毀壞是多麼可惜，集結成書必能
斐然成篇。書中收集七十八位詩人的詩詞作品，以編者張李德和詩
詞作品最多，共一二○多首，少者一首。書後還有附錄有一些詩人的
題詞。

(二)《悶紅詞草》

　　《悶紅詞草》是賴惠川的詞集，象徵落寞寡歡的一生。裡面的詞
有部分刊在《鷗社藝苑初集》，同時收在《悶紅詞草》中，在詞草
中，序即明確點明時間為「庚寅古曆一月三日」，即民國三十九年
（1950）舊曆一月，約國曆二月。《悶紅詞草》共收錄一七四首詞，
填詞會的好友以及詩詞同道，一共有九個人寫詞道賀。其中寫題詞者
都是用長調，僅張李德和用〈最高樓〉、朱芾亭用〈解佩令〉為中
調。其中最有趣的是賴惠川的好友用詞中最長調，四片的〈鶯啼序〉
題贈後，過半年賴惠川也寫〈鶯啼序‧自題悶紅小草〉步許藜堂先生
韻，說「風塵小草，愁綠悶紅留一籍，埋頭硯北老韶華。」解釋命名
《悶紅》之意，是自己像風塵中小草，微不足道，用詞寫心中有許多
愁悶，留在人間。賴、許填詞較勁成分居多。

（三）《羅山題襟亭詞集》

　　民國四十二年（1953），張李德和又自印《羅山題襟亭詞集》，此書封面是藍色書皮，貼有「癸巳夜連玉簽」。封面頁首用毛筆寫「竹邨兄」。癸巳是民國四十二年（1953），可能是張李德和將這書送給鷗社旅北社員簡竹村。[23]民國九十九年（2011），經臺北龍文出版社出版。書中共分五部分：

　　第一部分有題襟填詞會會員十一人名字、雅號、年齡，接著有「福鹿八十一叟」施景琛的〈羅山題襟詞集序〉。

　　第三部分有社員所填寫的，寫〈千秋歲引・題襟亭雅集〉、〈蕙蘭芳引・阿里山檜〉、〈金菊對芙蓉・月下懷人〉、〈搗練子・紙鳶〉、〈摘得新・秋雨〉、〈瀟湘神・萱草〉、〈早梅芳・過延平郡王祠〉、〈驀山溪・觀海〉等八種詞牌，共六十三首詞。其中〈驀山溪〉詞牌抄錯，誤為〈驀溪山〉，且〈早梅芳・過延平郡王祠〉、〈驀山溪・觀海〉都缺收譚瑞貞作品。

　　第四部分為施景琛《泉山詞》共十六首詞。

　　第五部分為張李德和的二十四詞。封底註：「就中有圈點者，乃從李德和琳瑯閣藝苑抄出也」。最後有張李德和的跋：

> 　　臺灣為保持一線之斯文而發揚和民族之精神，是以書房義塾，隱焉，現焉。撲而復起。詩社林立，抉雅揚風，時敲鐘，時擊缽，修心養性，刻燭傳箋，俾人生觀，加以興趣怡然。但於填詞一道之鼓勵，尚賦缺如，故吾輩同仁，爰感及此，約以課題，月聚一次，名曰題襟亭詞填詞會。互相批論。惜以不多

23　此書本人在黃哲永先生府上見過。

時，欲戒嚴令施行，遂集合中止，刻意因之心冷矣。茲將付
梓。（《羅山題襟亭詞集》，頁178）

在《羅山題襟亭詞集》跋中，張李德和提到幾件事：
　一、因為日治時代，臺灣是維繫發揚漢民族的文化精神堡壘，所以
　　　有書房、義塾，也有詩社林立。唯一可惜的是，沒有成立詞
　　　社，因此出書鼓勵大家填詞。
　二、因為有保持一線斯文的觀念，因此社集時互相批評討論，提倡
　　　詞學為主，並補足詞史的前提下，所以同仁成立詞社。
　三、詞社是每月相聚一次，約以課題，名為題襟亭填詞會。可惜因
　　　為二二八戒嚴令施行，因此心灰意冷，只好停止填詞會的聚會。
　四、詞社雖停止，但把詞人作品收集付梓。因為張李德和的收集、
　　　編印，使得許多詩人的詩詞作品可以傳世。

第二節　鷗社

一　創社緣起

　　鷗社始創於大正七年（1918），起初由方輝龍、王甘棠等以「無
名」結合，幾乎每日吟詩，後改為尋鷗吟社。五週年後，大正十二年
（1923）秋，賴柏舟、蔡水震主領的「無名吟會」加入，並改稱鷗
社。昭和十二年（1937），抗日肇起，社員星散，或西渡大陸，或遷
居各地，缽聲沉寂。這時的鷗社都沒人填詞，民國三十八年（1949）
在省立嘉義醫院內孔廟碑故址重集。根據方輝龍〈鷗社沿革〉：

　　民國八年，梅魂方輝龍，無涯王甘棠，炳輝蔡酉，南勳黃助，

始以無名之結合，從事吟詠，繼作有體之尋鷗吟社，自樹一
幟，得社員拾五名，民國十二年仲秋，為五週年紀念，改稱鷗
社，……民國二十六年燹火中，社員星散，或雄飛大陸，或遷
居各地，一時鉢聲沉寂，迨民國三十八年在省立嘉義醫院孔廟
碑故址重集，再整旗皷，力圖復興。[24]

因為戰爭，鷗社成員星散，大戰結束後，民國三十八年復社於省立嘉
義醫院孔廟碑故址。因為鷗社與題襟亭填詞會的社員大都重疊，在題
襟亭填詞會結束後，成員仍在鷗社中繼續填詞，所以放在詞社中一起
討論，茲將鷗社列表如下：

社群名稱	鷗社
創社時間	民國三十八年（1949）復社於省立嘉義醫院孔廟碑故址。
創社地點	嘉義
社名意義	鷗盟之意，指一群淡泊名利，喜愛吟詠，並熱愛鄉土，「忠貞報國、以為民率」的群體。
創始人與社員	戰後由賴柏舟、蔡明憲招聘新生，並聘賴惠川、張李德和、黃文陶、吳文龍為顧問，成員有方輝龍、王甘棠、蔡炳輝、黃水文、譚瑞貞等，同時旅北社員林玉山、簡竹村、黃鷗波等十四名設臺北分社。
社集時間	每月社集
社集活動	月課、擊鉢、與其他詩社聯吟
詞作主題	懷古、詠物、寫景

---

24 見方輝龍：〈鷗社沿革〉，見賴柏舟編：《鷗社藝苑四集》（新北市：龍文出版社，
2009年），頁10。以下所引《鷗社藝苑四集》之詩詞，皆為此版本，不再加注，僅
夾注頁碼。

二　社群名稱

　　鷗社，即鷗盟之意，指一群淡泊名利，喜愛吟詠的群體相聚集。黃文陶〈鷗社藝苑四集·序〉寫出「鷗社」名稱：

> 我嘉諸君子，心同隱逸，人盡風流。於民國八年因慕沈公之遺風，爰集同志，聯組詩社，而訂名曰鷗。蓋取其來往隨潮，自由有信，寓意詩人應披心示誠，忠貞報國，以為民率。（《鷗社藝苑四集》，頁4）

說明鷗社諸君子「心同隱逸、人盡風流」，因仰慕沈斯庵的遺風，籌組詩社，取海鷗之「來往隨潮、自由有信」，是個淡泊名利，並要「忠貞報國、以為民率」的詩社群體，故取名「鷗」。蘇孝德〈祝鷗社創立五週年〉：

> 獨愛閒鷗結雅羣。騷壇擅立鸛鵝軍。此間自是忘機地。何必他鄉覓水雲。[25]

鷗社是使人忘卻心機之處，而這些喜愛悠閒者，又能成為騷壇上的「鸛鵝軍」，指列陣的軍隊。吳百樓〈辛卯秋季鷗社大會有感賦呈席上諸君子〉：

> 明月蓬萊淺水灣。苔岑卅載鷺鷗閒。忘機尚有侶多少，海嶠狂波浪撼山。（《鷗社藝苑初集》，頁137）

---

25 賴柏舟編：《鷗社藝苑初集》，頁36。

　　辛卯是民國四十年（1951），這首詩是吳文龍在鷗社秋季大會所寫，詩中以鷗社是交友的好地方，也是有許多是忘機之友伴，團結起來力量如波浪震撼。黃鑑塘也有〈鷗社藝苑題詞〉：「名標藝苑寔堪羞，鷗鷺忘機互唱酬。」[26]又蘇鴻飛〈席上呈鷗社顧問諸先生並諸同人〉：「江山自古多離恨。鷗鷺忘機歷刼灰。」（《鷗社藝苑四集》，頁38）林緝熙〈祝鷗社五週年誌盛〉：「騷壇五載沐餘薰，鷗鷺忘機締水雲。」[27]陳劍魂〈呈鷗社諸友〉：「鷗鷺羅山續舊盟，利祿忘懷甘淡薄。」（《鷗社藝苑四集》，頁132）都指鷗社是個令人忘卻心機，生活閒適，淡泊名利，相互酬唱之處。

三　社集活動

　　民國三十八年（1949），鷗社復會，得賴柏舟、蔡明憲廣募新生，聘賴惠川、張李德和、黃文陶、吳文龍為顧問，成員有方輝龍、王甘棠、蔡炳輝、黃水文、張明德、莊啟坤、鄭啟諒、施正明等，同時旅北社員林玉山、簡竹村、黃鷗波、盧雲生、黃啟棠、賴尚剛、袁史修等十四名設臺北分社，舉何木火為總幹事，蘇鴻飛、李詩全為幹事，月會一次，課題擊缽，竝行無間，繼續六、七年，聘賴子清為顧問，南北響應，聲氣互通。「民國四十四年（1955）十二月，社員統計，嘉義市內四十名，旅北分社十四名，駐市外各地八名，已故十三，共七十五名」。[28]鷗社在當時是陣容堅強的社群。

　　鷗社喜愛與其他詩社結盟，在昭和二年（1927）《臺日報》報導：

26　賴柏舟編：《鷗社藝苑次集》，頁94。

27　賴柏舟編：《鷗社藝苑三集》（新北市：龍文出版社，2009年3月），頁84。以下所引《鷗社藝苑三集》之詩詞，皆為此版本，不再加注，僅夾注頁碼。

28　雷家驥總纂修：《嘉義縣志・教育志》，頁525。

翰墨因緣：第七回嘉社大會，翰值嘉義街鷗社主開，其日決定來二十四日，午後一時，開於公會堂。會費二圓，當日袖交，午後七時擬於宜春樓開宴。翌日午前八時鷗社將於同所開創立五週年念會。邀請嘉社與會。正午假宜春樓宏開祝宴。現時嘉社加盟吟社有羅山玉峰吟社（嘉義）；月津（鹽水）；新柳（新柳柳營）；枕山（番社）；炎社（西螺）；汾津（北港）；毅音（新巷〔港〕；樸雅（朴子）；鶯社（布袋）等。[29]

又如昭和六年（1931）十月有〈祝樸雅吟社創立十週年紀念大會〉：

牛耳騷壇已十年。文星高射大羅天。二南詩紹扶輪責。八斗才徵擊缽緣。（《詩報》，22號，1931年10月15日，頁2）

鷗社是積極活躍的社團，不僅與全臺其他著名詩社往來，社員也會參與其他社團活動。如昭和四年（1929）《臺日報》就記載賴柏舟有事到臺北，順道參加瀛社例會：

瀛社例會，去廿二日午後三時，開於萬華三仙樓，出席者三十多人。嘉義鷗社社員賴柏舟氏，適以事涖北，因邀之與會。是日風片雨絲，寒威凜烈（冽），因命題擁爐，體七決，韻七陽，每人二首，五時交卷，發榜後晚餐，七時過，盡興散會。[30]

賴柏舟因事到臺北，還被邀參加瀛社社集，可見兩社密切往來。除了社集活動，鷗社也從事社會活動，如：

---

29 《臺日報》，夕刊，4版，1927年9月14日。

30 《臺日報》，夕刊，4版，1929年12月24日。

（一）主辦花選

　　鷗社曾主辦過花選，根據昭和五年（1930）八月二十六日《臺日報》標題「嘉義鷗社主催花選並刊銷魂集」，[31]並且藉機說「嘉義花選開始並向島內徵詩」，[32]鷗社舉辦花選，除振興經濟為口號，還標舉捐助公益的高旗，使整個活動合理化、正當化，顯得有意義。據《漢臺日報》記載：

> 緣以經費支絀，竝圖選制公開，先舉美人投票。純益金一部分，寄附愛愛寮，殘額備充該社十週年紀念。……豫定古曆七月十五日投票開始，中秋夜發榜，現正籌備一切云。（《漢臺日報》，夕刊，4版，1930年8月26日）

這次花選的純收益，不是全歸鷗社所有，而是其中一部分收益，要捐給愛愛寮（專收容貧苦無依的乞丐），剩下的充當鷗社十週年紀念花費。[33]

（二）公益活動

　　昭和七年（1932），在《臺日報》的標題為「嘉義鷗社發施療券，八月起一年間」報導：

> 晚進不況，殊如嘉義，山產農產，每年初莫大，自昨年來，除失收以外，又不能出輸大陸，居民苦痛無以名狀；貧病久無力

31 《臺日報》，夕刊，4版，1930年8月26日。
32 《臺日報》，夕刊，4版，1930年9月17日。
33 《三六九小報》，4版，1930年11月3日，17號。

就醫者，指不能屈。嘉義鷗社有鑑於此，因前年中，同社曾主催花選，其純益金，至日前方能收益請處，乃有發行施療券。去十六日，午後八時假弘仁醫院內，開總會。(《漢臺日報》，8版，1932年7月20日》

嘉義山產因為失收，無法外銷，沒有收入，百姓痛苦，貧病無法就醫。鷗社看見如此慘狀，發揮公益精神，要在弘仁醫院裡面開鷗社總會，同時肩負社會關懷，關心民眾孤苦者，貧病無法看醫生者，發醫療券，免費到弘仁醫院看病。在同年九月，《漢臺日報》又報導「鷗社發施療券，分文不取藥代」：

嘉義鷗社所籌設發施券，經日前，先以三百枚，分配於社員二十餘名。字昭和七年九月一日，至同年八月三十一日，滿一年間，市內貧病者，可向社員領取。一週間內，受元町博愛醫院王甘棠，西門町弘仁醫院方輝龍二氏治療，並患者全部不徵藥代。(《漢臺日報》，8版，1932年9月6日）

發醫療券是以鷗社名義，原本只有一家醫院發醫療券，又加入王甘棠所開博愛醫院，義診時間長達一年。這樣的義舉在臺灣的詩社是少見的仁心仁術。因戰爭使鷗社成員星散，直到民國三十八年在省立嘉義醫院孔廟碑故址重集，再整旗皷，力圖復興。[34]復社後的鷗社，雅集方式可分為三：

---

34 方輝龍：〈鷗社沿革〉，見賴柏舟編：《鷗社藝苑四集》，頁10。

（一）定期例會

鷗社有定期例會，戰前就常有雅集，根據昭和九年（1934），《臺日報》記載：

> 嘉義鷗社。自癸亥中秋，數幟以來，已歷十二星霜，目下社員三十餘名，訂一月四日下午一時，在嘉義市溫陵媽廟畔，木生藥房層樓，開催大會，會費一圓五十錢。同日袖交，因是日有發刊同人集，其他議案甚多，恐議事遷延，有礙擊缽時間。受先擬定宿題。秋鐙五律不拘韻，同日交卷，而同日再拈一題，共付評選發表，望地方社員，全部出席云。（《臺日報》，夕版，4版，1934年11月1日）

可見鷗社從日治大正十二年（1923）創社以來，經歷十二載，都定期社集，甚至要交會費一圓五十錢。社集時會有開催大會，有擊缽，要先擬定題目。每次由蔡明憲、黃水文主持小集，從鷗社出版的《鷗社藝苑初集》，可知從民國四十年二月起，有月課以及擊缽。而書後「補遺」，列有自民國三十九年九月至民國四十年一月的作品。起初只有擊缽四次（頁297），到十月起就有月課，課題為〈秋思〉與三次擊缽，並收錄譚瑞貞的〈瑤花〉、〈玉女搖仙佩〉詞。十二月起，月課開始有課題與擊缽各二題。到民國四十四年《鷗社藝苑四集》，第五期，月課題目〈古戰場〉後，再也沒有詞作出現。

鷗社雅集除社員定期、定點，相互唱和吟詠外，也會到野外去，如至賴雨若壺仙花果園。據賴巽章〈鷗社藝苑三集序〉云：

> 歲甲午（1954）五月、鷗社仝人、雅集於壺仙花果園、撮影紀

念、蒞會者、四十餘人、得詩九十四首、主人巽章、亦鷗社末
席一分子也、叨此餘光、銘感之下、願陳固陋。（《鷗社藝苑三
集》，頁1）

民國四十三年（1954）五月，鷗社成員四十多人，到賴雨若壺仙花果
園雅集，包括攝影、吟詩，其樂融融。當日寫〈遊壺山花果園〉詩就
有九十四首之多，刊在《鷗社藝苑三集》有三十八首。（《鷗社藝苑三
集》，頁223）賴巽章寫〈歡迎鷗社諸君子蒞花果園〉，有吳百樓等十
七名社友寫〈次社友賴巽章原韻〉。（《鷗社藝苑三集》，頁230）

（二）南北唱和

民國四十一年（1952），鷗社成立臺北分社。[35]嘉義鷗社成員就有
四人，寫詩相賀，如賴柏舟〈鷗社臺北分社成立寄懷諸社兄〉：

結隊鷗群聚首都。悠揚鉢韻響雲衢。稻江別有壺天在，彩筆曾
經藻繪無。（《鷗社藝苑次集》，頁12）

黃水文也有〈鷗社臺北分社成立呈諸君子〉：

鷗群北聚麗華箋。藝苑新添第幾篇。每向窗前吟妙句，欣期社
運繼綿綿。（《鷗社藝苑次集》，頁29）

社員雅集時，同祝南北鷗社社運昌盛，有時也南北相互唱和，方輝龍
〈鷗社沿革〉：

---

35 賴柏舟編：《鷗社藝苑初集・代束》，頁254。「旅省垣諸吟侶設鷗社臺北分社經於元
  宵夜成立」。

同時旅北社員十名設旅北分社，月集一次，分題鬥韻，聘鶴洲
賴子清先生為顧問，南北響應互通聲氣，為詩界放異彩。(《鷗
社藝苑四集》，頁10)

旅北社員也是月集一次，並且「南北響應互通聲氣」。

(三) 多社聯吟

　　鷗社不僅社員吟唱，並且定期在春秋二季，與全國其他詩社聯
吟，民國三十九年 (1950)，春季正式召開第一屆聯吟大會。[36]民國四
十年 (1951)，鷗社舉辦秋季雅集大會，參加詩社則有「鷗社」五十
五名、「淡交吟社」九名、「麗澤吟社」二十七名⋯⋯計共十三詩社，
二七一名。[37]《聯合報》就曾報導：

　　嘉義鷗社，係此間詩人所組織。已為卅餘年之悠久歷史，擁有
　　社員五十多人，每年春秋二季，均召開大會，今年亦於中秋節
　　翌日假座弘仁醫院舉行秋季雅集，嘉義縣聯吟會，及市區羅
　　山、玉峰、淡交、麗澤等各吟社均派代表與會，且有遠自臺
　　南、鹿港、北港前來參加之詩人六十餘人，大會由社長方梅魂
　　主持，⋯⋯繼即拈題首唱「試寒」，推舉林臥雲、吳紉秋兩氏
　　為左右詞宗，次唱「月餅」，選賴惠川，黃文陶為詞宗，既而
　　搜索枯腸，至六時交卷，旋即聚餐，並朗吟嘉義縣聯吟會黃文
　　淘，羅山吟社李德和女史，吳文龍諸氏詩詞，八時揭曉，首題
　　雙元為許蔡堂、蔡如笙，次題雙元為陳波、蔡明憲等，席間觥

---

36 賴柏舟編：《鷗社藝苑初集・補遺》，頁302-302，都記載民國39年就開始嘉市聯
　　吟會。
37 引自雷家驥纂修：《嘉義縣志・教育志》，頁526。

籌交錯，談笑風生，至十時許，各盡興而散。[38]

鷗社定期開春、秋雅集大會，及嘉義縣聯吟。這次規模更大，躬逢其盛的除嘉義縣市羅山、玉峰、淡交、麗澤等各吟社均派代表與會，還有外縣市如臺南、鹿港、北港前來參加詩人六十多人，可謂盛況空前。張李德和曾有〈桂殿秋・鷗社秋季大會〉詞：

> 鷗鷺侶。樂悠悠。浮沉學海趁中流。清風明月無窮竭，肯讓當年赤壁遊。（《鷗社藝苑初集》，頁139）

指鷗社秋季大會社員們，都如鷗鷺般快樂悠遊，在清風明月之下，不輸給當年東坡與友人的赤壁之遊。

鷗社社員都很看重聯吟雅集，《鷗社藝苑次集》也記載旅北分社社員賴子清、梅圃、蘇鴻飛、簡竹村等人未能參與聯吟的道歉詩，如簡竹村〈嘉縣聯吟未能赴會賦此道歉〉，對詩道未能盡一份力，感到愧對同仁，期待到場諸君能興旺詩道。

民國四十二年四月十九日，鷗社舉辦鯤南七縣市聯吟大會（雲林縣、嘉義縣、臺南縣、臺南市、高雄縣、高雄市、屏東縣），在《鷗社藝苑次集・代東》記載：

> 鯤南七縣市春季聯吟大會，經於四月十九日在嘉義中山堂舉行四月十九日在嘉義中山堂舉行，參加二十四詩社，一六〇名。（《鷗社藝苑次集》，頁268）

---

38 《聯合報》（臺北市：聯合報社），7版，1951年9月19日。

民國四十二年十一月十四日《聯合報》報導：

> 嘉義市聯吟會，曾由鷗社、麗澤、淡交等三社詩友籌創業已就
> 緒，十二日下午假第一信用合作社二樓召開成立大會，參加的
> 計有本市詩人及三社詩友等六十餘人，由籌備主委方輝龍主持
> 並報告籌備經過……，禮成後並開紀念吟會，擬題「心聲」，
> 七絕麻韻，公推朱茆亭為左詞宗，吳敬明為右詞宗，限四時半
> 交卷，既而開始詩作，鉤心鬥角，搜索枯腸，至鐘鳴三下，爭
> 相交卷，錄呈兩詞宗評選。[39]

這次是嘉義雅集由鷗社、麗澤、淡交三詩社籌創，先報告籌備經過，
再審議章程並推選委員。禮成後，並有限題、限韻、限時的吟唱，並
推舉左右詞宗，繼而開始詩作，限定下午四時半交卷。

　　鷗社也有很人情味的地方，除了文學目的的社集外，他們也會到
各處交遊，或是祭祀已故老友。民國四十七年（1958）十月二十六
日，假城東楞嚴山圓福寺，備筵致祭故社友李石旺（蘊玉）、譚康英
等十七名。[40]

四　詞作主題

　　有關鷗社月課時，從《鷗社藝苑》初集到四集所記，有關詞創作
的時間以及主題，創作者，茲列表如下：

39　《聯合報》，4版，1953年11月14日。
40　嘉義縣文獻委員會：《嘉義文獻‧嘉義縣詩社沿革》，頁588。

社集時間	月課	詞牌	詞題	作者
1950年10月（補遺）		〈瑤花〉、〈玉女瑤仙佩〉		瑞貞
1950年11月（補遺）		〈長相思〉		柏舟、連玉、林緝熙、賴惠川
		〈戀繡衾〉		賴惠川、柏舟、林緝熙
		〈揉碎花箋〉		柏舟、林緝熙
		〈歸去來〉		柏舟
1950年12月（補遺）		〈摘得新〉、〈金菊對芙蓉〉		柏舟
1951年1月（補遺）		〈江南好〉	蘭潭訪秋	賴惠川、譚瑞貞、連玉、賴柏舟
1951年1月（補遺）		〈西溪子〉、〈青玉案〉		賴柏舟
1951年2月	過遊廓故址	〈憶少年〉	過遊廓故址	賴惠川、林緝熙、譚瑞貞、賴柏舟（詩：瑞貞、柏舟）
1951年2月	鐵馬	〈調笑令〉	鐵馬	賴惠川、林緝熙、譚瑞貞、德和、賴柏舟（詩：瑞貞、柏舟）
1951年3月	五妃墓	〈河滿子〉	五妃墓	賴惠川、林緝熙、譚瑞貞、賴柏舟（詩：瑞貞、柏舟）
		〈青玉案〉	戰場	賴惠川、林緝熙、譚瑞貞、賴柏舟
1951年4月		〈早梅芳〉	謁延平郡王祠	賴惠川、林緝熙、譚瑞貞、賴柏舟（詩：瑞貞、柏舟）

社集時間	月課	詞牌	詞題	作者
1951年6月		〈驀山溪〉	觀海	賴惠川、林緝熙、譚瑞貞
1951年7月		〈千秋歲〉	玉鉤斜	賴惠川、林緝熙、譚瑞貞、賴柏舟
		〈連理枝〉	採茶	賴惠川、林緝熙、譚瑞貞、賴柏舟
1951年8月		〈如夢令〉	紅豆	賴惠川、林緝熙、賴柏舟
		〈戀情深〉	採蓮	賴惠川、林緝熙、譚瑞貞、賴柏舟
1951年9月		〈採桑子〉	本意	賴惠川、林緝熙、譚瑞貞、賴柏舟
1951年10月		〈玉連環〉	憶舊	賴惠川、林緝熙、賴柏舟
		〈春光好〉	紅梅	賴惠川、張李德和、賴柏舟、譚瑞貞
1951年11月		〈南浦〉、〈踏莎行〉、〈夜行船〉	諸羅八景	林緝熙
1951年11月		〈風入松〉	惜春	賴惠川、林緝熙、賴柏舟
1951年12月	牛溪晚渡	〈賣花聲〉、〈河傳〉、〈減字木蘭花〉	牛溪晚渡	賴惠川、林緝熙
1952年1月	檜沼垂綸	〈秦樓月〉、〈山花子〉	檜沼垂綸	賴惠川、林緝熙
		〈錦堂春〉	浣衣	賴惠川、賴柏舟
		〈惜分飛〉	本意	林緝熙、賴柏舟

社集時間	月課	詞牌	詞題	作者
1952年2月		〈金縷曲〉		瑞貞
		〈一斛珠〉	題淡香園吟草	瑞貞
1952年3月		〈柳稍青〉、〈滿江紅〉	郊行	柏舟
1952年4月		〈臨江仙〉	送寒衣	柏舟
		〈明月逐人來〉	太子樓	賴惠川、林緝熙、柏舟
		〈淡黃柳〉		柏舟
		〈柳稍青〉	竹亭茅	賴惠川、柏舟
1952年4月		〈東風第一枝〉	呈賦嘉市聯吟會席上諸君子	許藜堂、賴惠川
1953年4月（次集）		〈中興樂〉、〈畫堂春〉		賴惠川
1953年6月		〈滿庭芳〉	題襟亭賞百合序癸巳春季	張李德和

從以上詞題，可以發現：

一、從民國四十年七月〈鸞山溪·觀海〉以前的詞作，即所謂的「補遺」部分，詞都是《羅山題襟亭詞集》重疊，可見賴柏舟在蒐集時，可能認為「題襟亭填詞會」和「鷗社」基本上是同一社團，也有可能他的目的僅是存詞而已，以致兩本書都收有部分相同詞作。

二、再就譚瑞貞的《心弦集》與《鷗社藝苑初集》比較，收入民國四十年（1941）《鷗社藝苑初集》補遺的〈瑤花〉、〈玉女瑤仙

佩〉，早就收入在昭和十四年（1939）出版的《心弦集》中。
另《心弦集》中，已經收有〈金縷曲・題悶紅小草〉，然而卻
再在詩報刊出。

三、在《鷗社藝苑次集》，只有賴惠川〈中興樂・祝施天福君銀婚
式〉、〈畫堂春・祝施天福君令郎新婚〉，以及張李德和的〈滿
庭芳・題襟亭賞百合序癸巳春季〉，但都沒有其他同人唱和。

四、《鷗社藝苑四集》中，常出現許多已經收錄在《鷗社藝苑初
集》的詞，經過比對發現賴柏舟所有的五十首詞，全部再收錄
於《鷗社藝苑四集》之中，如民國四十四年第三期賴柏舟〈滿
江紅・郊行〉、〈浪淘沙〉、〈繡帶子〉（以上頁65），〈長相思・
秋閨〉〈戀繡衾・寒夜〉（以上頁65）；民國四十四年第四期的
〈小重山・籠鶴〉、〈傷情怨〉、〈歸去來〉（以上頁82），〈滿庭
芳・赤崁懷古〉、〈淡黃柳〉（以上頁83）；民國四十四年第五期
〈菩薩蠻〉、〈好事近〉、〈春光好・紅梅〉（以上頁100），〈高陽
臺・懷古〉、〈醉蓬萊・對鏡〉（頁101）；民國四十四年第六期
〈虞美人・新秋〉、〈金縷曲・題悶紅詩草〉、〈解珮令・春懷〉
（頁119），〈醉江月・自題鷗社同人集〉、〈玉堂春・題文廟故
址……〉（以上頁120），〈瀟湘神・紅梅〉、〈西溪子・夜坐〉、
〈連理枝・採茶〉（以上頁176），〈戀情深・採蓮〉、〈採桑子・
本意〉（以上頁177），〈玉連環・憶舊〉（頁198）等等。看來不
是要補白，而是有計畫的收錄自己所有詞作。

從《鷗社藝苑》一到四集，以及《詩詞合鈔》等書，收集有關鷗社的
詞作，內容非常豐富，包括有：

（一）懷古

1 五妃廟

五妃廟位於桂子山（也叫魁斗山），是明寧靖王朱術桂從死姬妾（袁氏、王氏、秀姑、梅姐、荷姐等五人）[41]的墓塋。乾隆十一年（1746），巡臺御史范咸等人感於五妃忠貞氣節，尊稱「五妃」，命當時臺灣海防同知方邦基大力修建，並立墓碑，上題：「明寧靖王從死五妃墓。」[42]五妃的主題，被「視為有所寄託的符碼，借古諷今，以過往史事，寓寫自己的懷抱。」[43]

民國四十年（1951），鷗社課題為「五妃墓」，共有十五位鷗社社員寫詩，兩位社員填詞，其中林緝熙有〈河滿子・過五妃墓〉：

> 零落天涯帝胄，落花風雨酸辛。錦繡河山明社稷，獨留海外孤墳。話到西風離黍，空歸夜月貞魂。　　華表千秋烈婦，裙釵一代完人。知否強胡天不恤，幽冥堪慰朱門。桂子山頭秋老，萋萋芳草猶存。（《鷗社藝苑初集》，頁23）

〈河滿子〉，唐教坊曲名。一名〈何滿子〉。王灼《碧雞漫志》云：

---

41 五妃並非全部為朱術桂的侍妾，其中秀姑和梅姐應是殉主的侍女。」見李家瑜：〈殉國殉夫淚有痕──臺灣古典詩對殉節五妃的詮釋〉，《成大中文學報》，第14期（2006年6月），頁173。

42 臺灣省文獻會編：《重修臺灣省通志・土地志・勝蹟篇》，卷2，頁235。

43 李家瑜：〈殉國殉夫淚有痕──臺灣古典詩對殉節五妃的詮釋〉，《成大中文學報》第14期（2006年6月），頁205。「在脫離清帝國的統治後，臺灣文人對於五妃形象的詮釋，除了殉夫外，更強化其殉國面向，使五妃呈唯一兼具殉夫殉國意涵的忠義典範。而日治時期具反日意識的臺灣文人在書寫五妃主題時，往往非單純詠史，視為有所寄託的符碼，借古諷今，以過往史事，寓寫自己的懷抱。」

白居易詩云：「世傳滿子是人名。臨就刑時曲始成，一曲四詞歌八疊，從頭便是斷腸聲。」自注云：「開元中，滄州歌者姓名，臨刑進此曲，以贖死，上竟不免。」[44]

詞上片以寧靖王朱術桂是明朝後裔，卻流落臺灣，在落花風雨中，令人倍覺心酸。曾擁有錦繡山河的帝王後裔，如今僅存海外孤墳讓人憑弔。在西風下，想到亡國之恨；在月夜下，僅剩殉節妃子的貞魂歸來。下片讚揚這五位烈婦，有如「一代完人」。雖然上天不憐恤明朝，使外有強胡，然而九泉之下烈婦的貞節，可堪安慰明朝朱氏。詞中以「桂子山頭秋老，萋萋芳草猶存」作結，以此時已是秋深，而埋葬五妃的桂子山上頭，仍是芳草萋萋。有如杜甫所寫昭君的「獨留青塚向黃昏」，點出客死異鄉的悲愴與縷縷怨恨。又有賴柏舟〈河滿子‧過五妃墓〉：

坏土長埋玉骨，夕陽空照佳城。只為乾坤悲板蕩，芳心始見貞誠。舉目朱明何在，回頭社稷全傾。　　白練遙酬故主，紅顏寧惜餘生。浩氣千秋昭宇宙，子規啼血聲聲。幾度人間興替，九泉堪慰英靈。（《鷗社藝苑初集》，頁23）

詞上片寫在夕陽西下的臺南古城，山頭上埋著五妃的玉骨。當時只為悲傷著時局的混亂，才更看出五妃的忠貞。舉目觀看朱明已經不在，一回頭國家全傾毀。下片歌頌五妃「白練遙酬故主」，遠在臺灣，卻以白綢上吊殉死，不愛惜自己的紅顏餘生，甘願為朱明守節。結句以

---

44 王灼：《碧雞漫志》，見唐圭璋編：《詞話叢編》（臺北市：新文豐出版公司，1988年），冊1，頁107。

「幾度人間興替」，看盡朝代的變遷，在子歸啼血的哀聲中，想到九泉之下的五妃，最值得安慰的是她們的浩氣長存。

2 太子樓

嘉義有座太子樓，太子到底指誰？有兩種說法：

（1）嘉慶君

民間一直有流傳著嘉慶君遊臺灣的故事。在明治三十八年（1905）在《漢臺日報》的報導：

> 嘉義東西南北四城樓，巍峨高曠，甚壯觀瞻。俗傳乾隆年間，林逆倡亂。嘉慶皇帝為太子時，曾過臺灣巡視，駐蹕嘉義，所以蓋造雄壯，為全臺城樓之冠。嘉人呼為太子樓。[45]

可知日治時代仍傳著嘉慶君遊臺灣的民間故事。已經有不少專家學者考證，嘉慶君不可能遊臺灣。

（2）王得祿

指紀念太子太師王得祿的樓。道光十二年（1832），臺灣張丙起義，在福建養傷的王得祿，僱募義勇五百人，會同福建水師官兵渡臺，平息民亂，次年賞加太子少保銜。六十七歲（道光十六年），嘉義沈知造反，王得祿又督率兵丁平亂、捐糧，越年加太子太保銜。七十二歲（道光二十一年），鴉片戰爭爆發後，英艦闖入雞籠，他又奉旨再度入伍，駐守澎湖，十二月二十八日，因積勞成疾，病逝行營，

---

45 《臺日報》，6版，1905年8月6日。

朝廷追贈伯爵，晉加太子太師銜。[46]

這座太子樓現已移到嘉義公園。鷗社的賴惠川有〈明月逐人來‧登太子樓〉：

> 荒堦繡蘚。空樑巢燕。輕陰外，一樓秋滿。彫甍乍換。依舊華而皖。卻怪天心難挽。　　真個興亡過眼。憑欄望斷。鄉心碎，寒鴉噪晚。古今歷史，積萬重公案。都付漁樵嗟嘆。
> 自注：臺灣所有城樓，稱太子樓者，嘉義而已。聞古老云，前清嘉慶帝，為東宮時，曾涖斯樓故也，今移築於嘉義公園入口。戊子年重修，竟改名王樓，數百年古蹟，毅然廢之，可謂亟應時潮。（《悶紅館全集‧悶紅詞草》，頁203）

賴惠川認為民間傳說「嘉慶帝，為東宮時」，曾經到此樓，所以稱為太子樓。戊子年是民國三十七年（1948），重修後竟改名為「王樓」，而且移到嘉義公園，百年古蹟就因此荒廢。賴惠川以為太子樓是紀念嘉慶而不是紀念王得祿的。下片寫「興亡過眼」，對太子樓的疏於維護，感到「鄉心碎」。而且古今的歷史，都成為漁夫樵夫談起時的感嘆。又有林緝熙〈明月逐人來‧登太子樓〉：

> 危欄土蝕，空樑塵積。蝸涎篆、寫東西壁。江山改易，帝子無消息。誰弔諸羅古蹟。　　惟有年年紫乙，似曾相識。前朝事、呢喃竟日。夕陽樓外，舉目傷心色。那更堪思往昔。（《荻洲吟草》，頁33）

---

46 徐明德：〈論清代臺灣籍水師提督王得祿〉，《杭州大學學報》第20卷第1期（1990年3月），頁90。

林緝熙詞中亦認為太子樓是紀念嘉慶，提到「江山改易，帝子無消息」，朝代從情、日治、到民國的改易，「帝子無消息」，誰來憑弔古蹟。下片寫只有似曾相識的紫燕年年到來。在夕陽樓外，呢喃終日，往事真不堪回首。

又有賴柏舟〈明月逐人來‧登太子樓〉：

> 一樓封建。百年悽惋。到今日鵑啼紅怨。苔沿綠減。閱盡滄桑憾。真個繁華荏苒。　　爪跡痕留慘澹。垣頹日黯。危堦上憑欄俯瞰。桃花滿樹，不解興亡感。依舊迎風招颭。（《淡香園吟草》，頁71）

賴柏舟也是以改朝換代，來憑弔危樓。在閱盡滄桑，百年易代後，無限淒惋。他以滿樹桃花，迎風招展，不能明白人間易代之傷感。從詞中可見他們很感嘆朝代的興替。

3 遊廓

遊廓是指日治時代設置的合法風化區。日治時代鷗社曾投入主辦花選，目的是振興經濟。根據昭和五年（1930）八月二十六日《漢臺日報》標題「嘉義鷗社主催花選並刊銷魂集」：

> 南部花柳，嘉義最盛。年來不景氣，市內店鋪，倒閉爭出。惟旗亭二十餘處，日夜車馬，倍加紛紜，如西廓外松子腳，素稱鬼穴。每當夕陽西下，至者戰慄。自設萬花閣，即漸繁昌。未幾西薈芳、第一樓、文明樓，接踵新築，各據一隅，蓋屬洋樓。今春宜春樓，又建三階，已居然別開一都市。西方數武，近連貸座敷，附近部落，妓家鱗次，比屋而居，遂有南部美人

窟之稱。亦如內地之有吉源，比及黃昏，簪花約鬢，攜手閒行，偶遇彼妓，言宴宴。入夜電光照耀，箏琶之聲不絕。回顧向之荒煙蔓草，曾幾何時，倏然成太平樂園。[47]

文中指出嘉義是南部花柳最盛之地，因為經濟不景氣，店鋪倒閉，西廓外松子腳已成為鬼鎮。每到夕陽西下，到訪者感到陰森戰慄。但是自從設立萬花閣以後，開始復甦，逐漸繁盛。稍後西薈芳、第一樓、文明樓，一家接一家蓋，宜春樓也蓋到第三樓。這一帶成為南部美人窟之稱。每當黃昏時電光照耀，箏琶之聲不絕，以前的荒煙蔓草，現已經變成太平樂園。鷗社認為設立酒樓招徠酒客，可以活絡城市，振興經濟。然而光復後，遊廓成為故址。所以賴惠川〈憶少年·過遊廓故址〉：

> 香銷金粉，魂銷鶯燕，聲銷絲竹。蠻煙繞荒草，只是傷心目。
> 　舞榭歌臺人似玉，回頭處，忽嗟陵谷。而今夕陽外，愴悽寒鴉哭。（《悶紅館全集·悶紅詞草》，頁229）

林緝熙〈憶少年·過遊廓故址〉：

> 銷愁美酒，銷金繡帳，銷魂西子。樓臺已陳跡，寶釵塵埃委。
> 　昔日繁華成隔世，誰人省識、笙歌地。重來白司馬，夕陽方西墜。（《鷗社藝苑初集》，頁9）

賴柏舟〈憶少年·過遊廓故址〉：

---

47 《漢文臺灣日日新報》，夕刊，4版，1930年8月26日。

輕描翠黛，輕歌金縷，輕彈清瑟。層樓燭紅處，儘魂迷心惑。
一代繁華成陳跡。美人鄉（日人稱為美人鄉）遍生荊棘。
悲風起荒徑，祗烏啼霜白。（《鷗社藝苑初集》，頁10）

賴柏舟另有〈過遊廓故址〉詩：

艷迹脂痕夕照低。頹垣敗瓦草萋萋。香消北里桃花落。血洒東
風杜宇啼。三月笙歌春夢斷。六朝金粉晚煙迷。可憐不數殘壘
在。回首繁華賸雪泥。（《鷗社藝苑初集》，頁3）

〈憶少年〉，由晁補之創調。「雙調四十六字，前片兩仄韻，後片三仄
韻，亦以入聲部為宜。」[48]賴惠川、賴柏舟都謹守以「入聲部為宜」
的詞律。其他人以仄聲韻填詞。他們所寫的都是感嘆遊廓的繁華已
過，都為陳跡。林緝熙還用白居易與琵琶女的典故，感慨以前的輕歌
曼舞處，已經無人省識，一切都恍如隔世。從這詞題可見當時詞人心
態，「狎妓」似乎是文人的正常行為，對失去的溫柔鄉，感到遺憾與
懷念。

4 玉鉤斜

玉鉤斜在江蘇江都縣西，相傳是隋煬帝葬宮人處。楊廣三次下揚
州，每次都帶來十六院嬪妃及無數宮女，其中一千個殿腳女牽挽龍舟
「漾彩」。殿腳女因勞累過度，迭有死亡，埋葬於此。鷗社賴惠川等
三人，以〈千秋歲〉來歌詠玉鉤斜。賴惠川〈千秋歲‧玉鉤斜〉：自
注：在江都縣西隋煬帝葬宮人處也。

---

48 龍榆生：《唐宋詞格律》（臺北市：華正書局，1983年），頁74。

香魂悄悄。望斷隋宮渺。深夜月，當秋皎。可憐寒食路，惟有
啼春鳥。埋愁處，裙腰十里紅心草。　　風雨悲華表。泉壞無
昏曉。荒塚沒，寒煙繞。佩環猶在否，贏得遊人弔。應勝似，
江山錦繡餘殘照。（《悶紅館全集・悶紅詞草》，頁246-247）

玉鈎斜位在江蘇江都縣境，相傳為隋煬帝葬宮人處。後泛指葬宮人
處。宋陳師道《後山詩話》：「廣陵亦有戲馬臺，其下有路，號玉鈎
斜」。[49]賴惠川指出寒食節只有啼春鳥，在葬宮人處，荒塚被草堆淹
沒，佩環是否還存在？只贏得遊人憑弔，應勝似斜陽殘照。林緝熙
〈千秋歲・玉鈎斜〉：

淡烟疎雨。戲馬臺邊路。芳草綠，殘碑古。春風寒食節，野徑
梨花暮。誰祭掃，月明環珮歸魂苦。　　問荒淫隋主。金屋多
嬌貯。世幾易，魂誰護。悵三千粉黛，臏幾坏黃土。千載下，
白楊猶作宜腰舞。（《鷗社藝苑初集》，頁99）

詞的上片指出玉鈎斜位置，在寒食節時，兩徑梨花開，且芳草碧綠。
日暮時分還有誰記得當年受苦，埋葬在此的宮女，以致月明時，仍遙
聽佩環聲，可知宮女「歸魂苦」。下片指責隋煬帝的荒淫無道，金屋
多藏嬌，寵妃甚多。人世變易，感嘆三千宮女，如今只剩下「幾坏黃
土」，她們的魂魄有誰愛護？詞語沉痛，批判力強。千年過後，路旁
楊柳還不解人間慘劇，依舊搖臀擺腰，彷彿跳著當時的宜腰舞。批判
荒淫亡國，足為後世警戒。賴柏舟〈千秋歲・玉鈎斜〉：

---

49 陳師道：《後山詩話》，見《景印文淵閣四庫全書》，冊1037，頁15。

江都西路。荒塚堆無數。虫語亂，苔痕聚。應憐春夢斷，空把
韶華誤。深院裡，承恩多少紅顏妒。　　玉骨埋黃土。興替成
千古。休徙倚，重回顧。離宮嬌舞地，西苑清歌處。金粉盡，
蕭條鴉噪斜陽暮。（《鷗社藝苑初集》，頁100）

賴柏舟指出江都西路荒塚無數，有苔痕、蟲語，感嘆深宮把多少青春
耽誤，承恩時又被人嫉妒。而今黃土掩埋玉骨，千古興廢，金粉已消
近，只剩斜陽下蕭條寒鴨鳴噪。

（二）詠物

鷗社詠物的題材，包括民國四十年二月，鷗社有四人以〈調笑
令〉歌詠鐵馬，如賴惠川〈調笑令・鐵馬〉：

頑鐵。頑鐵。得意行空足捷。嘶風檐下昂頭。一陣丁東早秋。
秋早。秋早。馳騁之間人老。（《悶紅館全集・悶紅詞草》，頁
50）

林緝熙〈調笑令・鐵馬〉：

搖動。搖動。屋角丁東擾夢。崚嶒骨相神駒，展足迎風騁馳。
馳騁，馳騁。曲檻迴廊日永。《鷗社藝苑初集》，頁10）

張李德和〈調笑令・鐵馬〉：

簾響。簾響，惹得兒童擾攘。丁冬聲遞書齋。卻與咿唔韻諧。
諧韻。諧韻。一任輕風吹運。《鷗社藝苑初集》，頁10）

賴柏舟〈調笑令·鐵馬〉：

> 嘶月。嘶月。檐角錚瑽弗絕。不知人懶愁生。自向西風玉鳴。
> 鳴玉。鳴玉。香夢何時重續。（《鷗社藝苑初集》，頁10）

又有〈鐵馬〉詩：

> 輕搖珠絡響瑽琤。來往霜蹄逐隊行。戰破西風嘶落月。昂頭檐
> 角作秋聲。（《鷗社藝苑初集》，頁4）

詞中所歌詠的鐵馬是指掛在屋簷下，用鐵片做成的裝飾品，風吹時叮
噹作響。在〔元〕王實甫《西廂記》：「莫不是鐵馬兒簷前驟風。」[50]
所以林緝熙特地寫：「搖動，搖動。屋角丁東擾夢」。賴柏舟也寫：
「檐角錚瑽弗絕」。詞中都寫出掛在屋簷下的風鈴，在風中「丁東」
作響，轉眼間時光飛逝，歲月催人老。從《鷗社藝苑初集》中看寫鐵
馬詩的有多人，僅賴柏舟詩詞並作。

　　民國四十年八月，有賴惠川等三人，以〈如夢令〉歌詠紅豆，
（即相思子），如林緝熙〈如夢令·紅豆〉：

> 摘得凝珠如許。纖手背人偷數。待欲寄郎邊，天遠不知何處。
> 辜負。辜負。索性飼他鸚鵡。（《鷗社藝苑初集》，頁119）

此詠物詞，捨形取神，不就紅豆之外貌描寫，而是寫自古紅豆最相

---

50 王實甫撰、莊燕瑾校注：《西廂記》（北京市：人民文學出版社，1998年），頁113。
　　第二本·第四折。鐵馬是風鈴。在《臺灣古典詩詞讀本》（臺北市：五南出版社，
　　2006年），頁267。將鐵馬解釋為腳踏車是錯誤的。

思，結句用杜甫〈秋興〉之八：「紅豆啄殘鸚鵡粒」，既然不知郎身何
處，為免辜負最令人相思的紅豆，不如就餵給鸚鵡吃。又賴柏舟〈如
夢令‧紅豆〉：

> 枝上隨風搖曳。顆顆玲瓏紅膩。一掬寄相思，豈不是空憔悴。
> 心碎。心碎。怎忘得多情地。（《鷗社藝苑初集》，頁119）

詞上片點出紅豆長在樹上隨風搖曳，顆顆都是紅色最為相思可愛，而
此物最為相思，人卻因多情而心碎。

民國四十年十月，又有賴惠川、李德和、賴柏舟、譚瑞貞、林玉
書以〈春光好〉歌詠紅梅。賴惠川〈愁倚欄令‧紅梅〉（又名〈春光
好〉）：

> 烘斜日，燦冰枝。影遲遲。悄立胭脂春嶺雪，耐寒時。　　丹
> 砂骨換瓊肌。東風外、醉舞霞衣。畢竟是逋仙福艷，絳仙肥。
> （《悶紅館全集‧悶紅詞草》，頁197）

賴惠川用林逋的「梅妻」典故，寫梅在寒冷的冬天，耐寒還開出嬌紅
色彩，在風中跳舞，讚嘆林逋有福，「絳仙」肥，只梅花長得豐美。
賴柏舟〈春光好‧紅梅〉

> 橫斜影，雪霜姿。暈胭脂。鶴子餵甜丹餌，體豐肥。　　霞滿
> 孤山山外，幾多買酒人迷。醉臉搖風嬌不語，蘸清溪。（《鷗社
> 藝苑初集》，頁158）

張李德和〈春光好‧紅梅〉：

疏影裡，月明中。暗香濃。莫怪廣平情意重，醉嫣紅。　桃
腮杏臉雖穠，我偏道遜此花容。一見似胭脂瑪瑙，點芳叢。
（《鷗社藝苑初集》，頁158）

譚瑞貞〈春光好・紅梅〉：

橫斜影，月昏黃。滿園香。珊枕睡酣紅雨落，燦宮妝。　桃
李輸他身世，冰霜冷豔心腸。林下師雄入夢，佳麗無雙。（《冷
紅室詩鈔》，頁54）

賴柏舟〈春光好・紅梅〉：

橫斜影，雪霜姿。暈胭脂。鶴子餵甜丹餌，體豐肥。　霞滿
孤山山外。幾多買酒人迷。醉臉搖風嬌不語，蘸清溪。（《鷗社
藝苑初集》，頁158）

林玉書〈虞美人・紅梅〉第一體：

嬌作態，艷凝粧。放幽香。映水橫斜憐醉臉，雪初融。　應
料急煞逋郎，孤山外未許輕狂。遙遙向灞橋招鶴子，共扶將。
（《臥雲吟草續集》，頁158）

詞中都用林逋隱居在西湖孤山，梅妻鶴子的典故，譚瑞貞用趙師雄醉
臥梅花下以及南朝宋武帝劉裕的女兒壽陽公主，被含章殿前飄落的梅
花，黏在額上的「燦宮妝」，來表達梅花的幽香，遠勝桃李的美艷。

（三）酬贈

　　鷗社因為都是嘉義人，同鄉情誼。昭和十九年（1944），林緝熙隱居鹿滿山，[51]吟會同人前去相訪，林緝熙有〈滿庭芳‧吟友聯袂來臨賦此誌之〉：

> 墨客騷人，清秋佳日，到處風景留連。近郊覽勝，遠岫帶雲看。爛漫丹楓似錦，吟旌駐、春在秋山。那知道、荒村僻地，今日屆多賢。　　羣仙。何所見，芝蘭氣味，文字因緣。問生平抱負，詩膽如天。說甚村沽淡薄，澆腸好、斗酒千篇。斜陽外、停雲一片，惆悵望歸鞭。（《荻洲吟草》，頁32）

賴惠川有〈蘇幕遮‧鹿滿山訪林處士〉：

> 日微微，風嫋嫋。鹿滿山頭，覓個詩人老。雞黍有約來趁曉。菊綻黃花，三徑迎秋早。　　漸徘徊，深打擾。大醉籬邊，拍手而狂笑。都為雅人齊到了。忽徨一陣驚嬌鳥。（《悶紅館全集‧悶紅詞草》，頁204-205）

詞前有序：「處士姓林氏，號荻州，字緝熙，嘉之望族也。爆擊時，避難鹿滿山，後遂家焉。耕讀自足，耽吟詠，不以貧累。性狷潔，明大義，鄉人重之。惟其滑稽，老尤甚，蓋世之隱者也。歲庚寅，古曆十月三日。余偕友人，結隊訪之。不遠十里而來，踐雞黍之約耳。戲填小令。聊存泥雪。」

---

51 林緝熙：《荻洲吟草‧將隱鹿門山留別羅山諸君子》，自注：甲申十月二十一日。見　賴柏舟輯：《詩詞吟鈔》（新北市：龍文出版社，2006年），第5輯，頁29。再引用　時，僅於正文夾注，不另出附注。

　　庚寅指民國三十九年（1950），在林緝熙隱居七年後，好友相約來訪。張李德和有〈洞仙歌・同人遊鹿滿山訪荻洲處士即林緝熙先生〉詞，前有序：「先生居桃城，即林慎修茂才令郎，博學、性不拘，而滑稽。事繼母至孝，母乃巾幗才人，彝德慈心，設帳傳經，是以媳婦與女弟子，皆孝順欽敬之。」

　　　　白雲深處，最難忘舊雨。消息飛來菊香吐。袂連翩，各袖訪戴新詞，難黍約，旨酒安排無數。　　出桃城路北，竹崎前頭，一片平疇點鷗鷺。聞道鹿漫山，鹿影何尋，遊仙洞，風騷日暮。儘喜是，盈鬟插黃花，願此會年年，健康無誤。[52]

可見他們有時是同人相約去探訪「桃城路北，竹崎前頭」，住在鹿滿山的林緝熙。桃城指嘉義，竹崎在嘉義東北處，並期待年年有如此的聚會。譚瑞貞有〈水調歌頭・訪鹿林山莊賦呈荻洲先生〉：

　　　　煙靄菜花白，夕照古楓紅。先生閉門修養，高臥鹿林東。為憶舊時鷗鷺，重話當年猿鶴，扶杖樂山中。十日平原飲，春釀莫辭豐。　　風滿樓，聲戛玉，韻丁冬。黃花為我一笑，不管鬢如蓬。坐對清泉白石，聽到漁歌樵唱，鼓腹羨鄰翁。一點浩然氣，吟笑聳肩峰。（《冷紅室詩鈔》，頁54）

譚瑞貞寫社友歡聚，「為憶舊時鷗鷺，重話當年猿鶴」，當時鷗鷺為盟，如猿鶴般自在，大家相聚仍然談論聲韻之事。林緝熙則因社友相

---

52 張李德和：《琳瑯山閣詞集》（新北市：龍文出版社，2006年），頁49。再引用時，不再出注，僅夾注書名、頁碼。

訪，十分高興，寫下〈滿庭芳‧吟友聯袂來臨，賦此誌之〉：「今日屈
多賢，群仙何所見，芝蘭氣味，文字因緣，問平生抱負，詩膽如
天。」（《狄洲吟草》，頁32）指出大家相聚都因文字因緣，喜愛寫詩
填詞。從所發表的詞作觀察，小題吟會社集次數比較密集，詞作亦
多；詞內容亦較豐富。可惜中日戰爭後，詞的數量減少。

（四）寫景

　　鷗社詞作中，最值得注意的是，民國四十年一月，以賴惠川、譚
瑞貞、李德和、賴柏舟等人的〈江南好‧蘭潭訪秋詞〉。以及一組民
國四十年十一月分三期至四十一年一月，由林緝熙與賴惠川用八個詞
調來歌詠「諸羅八景」詞。

　　乾隆三十九年（1774）《續修臺灣府志》中記述，諸羅八景有
一、玉山雪淨，二、北沼荷香，三、蘭井泉甘，四、檨圃風清，五、
南浦草青，六、梅坑月霽，七、月嶺曉翠，八、牛溪晚渡。[53]林緝熙
〈踏莎行‧北沼荷香〉：

> 十里方塘，半篙淺水。香風送暖吹人醉。六郎誰信好丰姿，凌
> 波自是天仙子。　　歌起湖中，花開社尾（沼在城北社尾）。
> 採蓮人共花相似。莫教狼藉墜紅衣，莫教減卻詩滋味。（《鷗社
> 藝苑初集》，頁178）

北沼荷香今名埤仔頭，「時輝司馬於咸同間，出資墾築，立有石碑，
灌溉附近農田數百甲，下流旱田，多被其澤。」[54]詞中寫北沼的面

---

53 余文儀主修、黃佾等輯：《續修臺灣府志》（臺北市：成文出版社，1983年），頁48。
54 顏尚文總編纂、江寶釵編纂，《嘉義市志‧語言文學志》，卷8，頁213。

積、水位，還有撲鼻的荷香。「六郎」為荷花別稱，[55]指荷花好風采，
有如六郎般好風姿，也像凌波仙子般美妙。下片寫沼中蓮花盛開，採
蓮人歌聲四起，且貌與花嬌。結論是期望荷花不凋殘，詩味莫減。賴
惠川〈南歌子・北沼荷香〉：

> 湖水潺潺處。荷花馥郁聞。種荷人去一湖存。回首芳徽猶在。
> 愧為孫。（《悶紅館全集・悶紅詞草》，頁207-208）

此詞前有小序：「北香湖。即外土城流域。今名埤子頭。先祖父。夢
修先生所置。距今百餘年矣。乙未之變。因計渡廈。賤售之。後屢易
主。余貧不能贖回。抱憾而已。石碑尚在。野老猶能言之。」賴惠川
特別把北沼荷香擺第一景，主要是此為其祖父所置，因為乙未割臺，
逃往廈門，賤價出售後，又幾度易主，已經無法贖回。詞中寫荷花在
湖水潺潺中，散發清香，可惜種荷人已去，只有湖存在。慚愧身為子
孫卻無能為力贖回家產。他在〈北沼〉：

> 北沼荷香，採蓮歌，珠喉婉轉趁斜陽。輕舟蕩漾，認不出，是
> 荷葉，是羅裳。　　兩岸上，綠陰冉冉，垂柳垂楊。泉清水
> 淡，終古洋洋，人說是，源遠流長。（《悶紅館全集・悶紅墨
> 瀋》，頁425）

在北沼中輕舟蕩漾，珠喉唱著採蓮曲，已經認不出荷葉或羅裳。兩岸
上楊柳低垂，水仍是一樣清澈，人們都說這是源遠流長。有如林緝熙
〈夜行船・牛溪晚渡〉：

---

55 程登吉、司守謙撰，琮瓊譯注：《幼學瓊林》（太原市：書海出版社，2001年），頁
243。「齊景公以二桃殺三士，楊再思謂蓮花似六郎。」

遠遠孤舟橫古渡。悄無人，數重烟浦。隔岸秋菰，夾隄疏柳，
隱約認條歸路。　　怕聽城頭摧暮鼓。趁斜陽，三三五五。臺
斗坑前，茗藤宅後，消盡行人今古。（《鷗社藝苑初集》，頁178）

「牛溪晚嵐」的牛溪是指牛稠溪，當時此溪兩岸多牛棚而名。地點為
彌陀寺現址前。詞上片寫景，牛稠溪中安靜無人，有孤舟橫渡，夾隄
有楊柳，隔岸有秋菰，溪谷兩旁倒影，晚霞變幻莫測，成為一幅絕美
西岸景致。下片寫「臺斗坑」、「茗藤宅」，都位在牛稠溪支流旁，因
昔日種著茗藤而得名。[56]日暮時分，三五行人趁夕陽西下前趕路，路
上已不見人影，展現農村的寧靜。

賴惠川〈憶江南‧牛溪晚渡〉：

人喚渡，岸上夕陽明。借問渡頭來往客，牛溪溪水幾時清。溪
路幾時平。（《悶紅館全集‧悶紅詞草》，頁208）

此詞著重在牛溪旁的渡口，人來人往的過渡，問溪水何時清湛，路何
時修平？他另有詩作〈晚渡牛溪〉：

遠望桃城日漸低，長橋橋上渡牛溪。眼前不盡興亡感，輸與山
鳩自在啼。（《悶紅館全集‧悶紅墨餘》，頁491）
牛溪水漲是迷津，滅頂凶占木不仁。今日往來浮竹筏，不愁晚
渡病行人。
當年義渡蹟猶殘，一碣隆隆石膏斑。溪是牛稠逢大水，往來竹
筏濟其間。（《悶紅館全集‧悶紅墨屑》，頁299）

---

56 顏尚文總纂修、吳育臻編纂：《嘉義市志‧人文地理志》，頁116。

又有〈牛溪〉曲：

> 牛溪晚渡，竹筏安全。不愁滅頂，那怕浪滔天。往來人，交通
> 利便；在當時，無老無少，皆謂賴時輝、陳熙年，首倡先。不
> 惜金錢，提供義捐，結此一方善緣。碣石皇然，屹立溪邊。百
> 年來，時事變遷，遺蹟化春煙。即此諸畢八景，俚詞一篇，藏
> 諸敝笨，留典後人傳。（《閱紅館全集‧閱紅墨瀋》，頁426）

自註：「先祖父夢修先生，號時輝，與陳熙年倡捐義渡。」陳熙年，嘉
邑士紳樂於公益。同治元年（1862）戴潮春事件時，城人至城隍廟，
誓死守衛。陳弄、嚴辦連戰數日，乘勝迫近城下。陳熙年同紳士王朝
輔等，率鄉勇開門出，圍始解。同治十三年（1874）代表邑民懇請巡
視臺灣欽差大臣沈葆楨奏請朝廷加封城隍。[57]指出陷在牛溪旁竹筏安
全，交通便利，都是當時祖父之功，石碑還立在溪旁，留得典範。」
而嘉義的義渡有八掌溪、牛稠溪兩處，其中賴惠川特別記載了牛稠溪
義渡，因為他的祖父賴時輝就是倡設此一義渡的推動者。《嘉義縣
志》卷首也詳記此事：「嘉義與民雄之間牛稠溪，距嘉義五、六里，
夏秋山洪爆發，溪水陡漲，阻礙交通」，邑紳賴時輝，捐資造竹筏，
雇工濟渡行旅，不收分文，民無病涉。」[58]
　　林緝熙〈河傳‧蘭井泉甘〉：

> 靈泉湛湛。是何人巧鑿，名同赤崁。三百年來，今日依然堪
> 鑑。水甜甘。光瀲灧。　　齊東人語應無驗。井底鯔鰍，浪說

---

57 連橫：《臺灣通史‧戴潮春列傳》（南投市：臺灣省文獻委員會，1992年），卷33，
　　列傳5，頁993-994。
58 雷家驥纂修：《嘉義縣志‧社會志》，頁122。

延平劍。且吸品茶。莫與浣衣人占。憶荷蘭。憑井檻。(《鷗社
藝苑初集》,頁202)

蘭井位於嘉義蘭井街上。據《諸羅縣志·雜記志·古蹟》條:

> (紅毛井)在縣署之左。開自荷蘭,因以為名。方廣六尺,深
> 二丈許,泉較他井甘冽於他井。相傳居民汲飲是井,則不犯疫
> 癘。[59]

此井泉水甘美,可抗瘟疫,且為方形。乾隆二十七年(1762)知縣衛
克堉將原諸羅八景中的「龍目泉甘」,改定曰:「蘭井泉甘」。[60]因此紅
毛井更名蘭井。詞中讚嘆蘭泉水清,先設問是何人巧手開鑿?此井可
以和臺南赤崁樓一樣有名。經過三百年仍然水清如鏡,水質甘甜,水
光可照人。下片利用傳說,以井底的鮪鰍浪說,此井可能是鄭成功插
劍求水解渴的井,才會如此甘甜。且不管這些傳言,先汲飲井中水泡
茶,不要與洗衣婦爭占井水,且在井邊想念荷蘭人挖鑿之功。

賴惠川〈搗練子·蘭井泉甘〉:

> 人已去,井猶殘。移到西歐難更難。一脈寒泉辛苦得,未聞今
> 日謝荷蘭。(《悶紅館全集·悶紅詞草》,頁209)

也有〈蘭井泉甘〉詩:

---

59 周鍾瑄主修,臺灣史料編輯委員會編:《諸羅縣志》(臺北市:遠流出版社,2005
年),卷12,頁355。

60 余文儀、黃俊等輯:《續修臺灣府志》(臺北市:成文出版社,1983年),頁48。

水桶雙肩汲水時，轆轤旋轉添絲。紅毛一井稱蘭井，特別泉甘飲料宜。（《悶紅館全集・悶紅墨屑》，頁298）

詞中說明荷蘭人已經離去，這脈清泉水甘得來不易，卻沒有人感謝荷蘭人的挖泉之恩。

林緝熙〈減字木蘭花・玉山倒影〉：

一泓春水，倒浸山頭扶不起。白璧裝成。夕照斜時上下明。
　　水中曝玉。未許人來偷一掬。山上浮鷗。知有詩情畫意不。
（《鷗社藝苑初集》，頁203）

康熙五十五年（1716），諸羅縣令周鍾瑄招聘陳夢林來臺灣編修《諸羅縣志》，陳夢林曾遊過中國名山，當時從縣治遠眺玉山，對其勝景深感震撼。從所撰寫《諸羅縣志》中的〈望玉山記〉[61]，可以具體了解，因此「玉山雲淨」成為諸羅八景的第一景。林緝熙歌詠水中玉山倒影，有如碧玉點妝而成，當夕陽西照時，更顯得美麗分明。下片寫玉山倒映在水中潔淨如白玉，不許他人來偷掬一把。並用設問句，請問山上鷗鳥，能否體會這一切的詩情畫意。詞中強調遠眺玉山之美如詩如畫。賴惠川〈南鄉子・萬山倒影〉：

遠岫方池。山光醮水影參差。世事花花君莫問。滄桑恨。真個山窮兼水盡。（《悶紅館全集・悶紅詞草》，頁209）

自注：嘉義。東門派出所後。昔時。一片空地。名內校場。中有小

---

61 周鍾瑄主修，臺灣史料編輯委員會編：《諸羅縣志・藝文志》，卷11，頁327-328。

沼。每當風日清和。四面遠山。醮影沼中。殆地脈感通也。作此奇觀
也。今則人煙稠密。勿論山影渺然。沼亦埋矣。又有〈玉山倒影〉詩：

> 內較場中一小陂，玉山倒影快晴時。不如地脈還靈貴，只道遭
> 衣裳洗濯宜。(《悶紅館全集‧悶紅墨屑》，頁298》)

自注：玉山倒影：快晴時，玉山影照池中……照池巾婦女洗濯於此。
詞中寫在東門派出所後，有一片方池，婦女在此洗滌，風和日麗，遠
山倒影，當快晴時，玉山倒映水中。然而世事多變，滄桑轉換的恨
事，剩下的是山窮水盡。

林緝熙〈秦樓月‧梅坑月霽〉：

> 霜天闊。清寒一片梅坑月。梅坑月。南枝纔放，可稱雙絕。
> 　數聲鐵笛。行雲過。冰姿越顯神仙骨。神仙骨。乘風歸去，
> 廣寒宮闕。(《鷗社藝苑初集》，頁229)

梅坑是指今梅山鄉，梅山鄉原名梅仔坑庄，日治時代大正九年
（1920）改名為小梅庄，戰後改為梅山鄉。[62]詞上片寫景，指梅山鄉
丘陵區，雨後晴朗，明月清寒，明月與花枝，兩相輝映。下片寫夜晚
笛聲幽雅，高亢嘹喨，響徹雲霄。「冰姿越顯神仙骨」，梅花冰姿更顯
脫俗，讓人想乘風奔月。詞中有聲有色，清絕雅致，呈現雨後梅坑絕
美月景。賴惠川〈桂殿秋‧梅坑月霽〉：

> 梅乍放，月初臨。姮娥未改護花心。山中月色今猶古，山外梅
> 花古似今。(《悶紅館全集‧悶紅詞草》，頁209)

---

62 雷家驥纂修：《嘉義縣志‧地理志》，頁766。

詞中寫梅坑在月下初綻，姮娥愛護梅花的心沒改變過，這麼多年來山中月色相似，梅花也今古相同。他也〈梅坑月霽〉詩：

> 來共姮娥顧彩遲，三分月色一分肌。光明世界香成國，恰是梅坑月霽時。（《悶紅館全集·悶紅墨屑》，頁298）

詩中頌揚月下的梅坑，一片光明還香氣滿溢，真是有明月、有清香的美好國度。

林緝熙〈山花子·月嶺曉翠〉：

> 一片山容雨後鮮。高低掩映小樓前。曙色初開眉兩道，淡橫烟。　　更愛青蔥嬌欲滴。無人賞識曉風天。翠黛朝朝分一半，到城邊。（《鷗社藝苑初集》，頁229）

「月嶺曉翠」的月嶺，其確切的地點已不可考，有一說是在中埔鄉中庄番子寮月嶺山。[63]詞上片寫雨後山色清新，尤其是晨景特別為人欣賞，小樓前層山高低，日光照耀有如美人雙眉展開，山煙清淡。下片以清晨破曉，風景更綺麗青翠，可惜今日此景已不復見。賴惠川〈甘州子·月嶺曉翠〉：

> 空濛曙色古城西。路高低。天然蒼翠畫屏齊。　　況復草萋萋。留此景，今日人詞題。（《悶紅館全集·悶紅詞草》，頁210）

---

63 雷家驥纂修：《嘉義縣志·教育志》，頁766。

自注：「月嶺在埤斗湖子內之間一小村名半月中庄者是。」又有詩〈月嶺曉翠〉詩：

> 鍾靈地脈始為奇，絕巘巉巖且任伊。半月中莊名月嶺，長留曉
> 翠待題詩。（《悶紅館全集・悶紅墨屑》，頁298》）

詞中寫月嶺在城西，雖然路高低崎嶇，但有著天然的蒼翠美景，又芳草淒淒，留給後人題詞。

　　林緝熙〈南浦・南浦草青〉：

> 無賴是東風，又將他，去歲燒痕吹苗。一片綠萋萋，城南路，
> 惹起春情脈脈。王孫未老，天涯地角無消息。廿四番風寒食
> 後，只剩三分之一。　　　年年綠上裙腰，想倦繡佳人，對思歸
> 遠客。此際最魂銷，斜陽外，都是斷腸顏色。長亭十里，奈輕
> 鬆馬蹄無力。萬種春愁何處寫，辜負了生花筆。（《荻洲吟
> 草》，頁21）

南浦原指送別之處。嘉義南浦在今朝陽街和民國路交會處附近，原為一片草原青青，當時有迎春禮，今已全是建築物。[64]詞中上片寫到東風把去年燒過野草的燒痕，吹出一片綠油油的草地。寒食後二十四番風只剩下三分之一，而思念的人仍遠在天邊，料想春閨佳人，此時最傷魂，萬種春愁都一湧而出，以致辜負生花妙筆。賴惠川〈漁歌子・南浦草青〉：

---

64 顏尚文總纂修、吳育臻編纂：《嘉義市志・人文地理志》，頁170。

南浦依然細草齊。迎春無復綠萋萋。風共雨，雪和泥。傷心惟有杜鵑啼。(《悶紅館全集・悶紅詞草》，頁208)

自注：「前清時迎春處也。今五穀王廟附近。」他在《悶紅墨屑》有：

城隅一望碧油油，不管經冬又歷秋。南浦草青存勝蹟，迎春時節飼春牛。(《悶紅館全集・悶紅墨屑》，頁298)

自注：南浦草青，昔時迎春處也。因為以前的南浦是迎春地，詞中寫南浦依然綠草細細，只是迎春不再是綠油油，有風雨和雪泥，惟有聽到暮春時節杜鵑淒淒啼叫。林緝熙〈賣花聲・檨圃風清〉：

消夏客爭先。知縣衙邊。蔥蘢檨子樹參天。小院涼生秋未到，團扇先捐。熱汗一時乾。羽化登仙。好風時送鳥聲喧。最愛此間詩味好。市井林泉。(《荻洲吟草》，頁21)

檨圃是當時周鍾瑄和陳夢林等纂修諸羅縣志之處，《諸羅縣志・封域志》即記載：

檨園在縣署後，康熙五十五年修志，立局於此地。廣可六、七畝，高燥爽塏，為邑志內第一。外環修竹，中大檨數株，屈曲、亭直、偃仰，各有奇妙。盛夏酷暑，涼風暫至，披襟灑酒，不減羲皇上人也。[65]

檨，即芒果。檨園，指種滿芒果樹的園圃，位於今日文昌里雙忠廟

---

65 周鍾瑄主修，臺灣史料編輯委員會編：《諸羅縣志・封域志》，卷1，頁91。

旁、鄰中正路、忠孝路一帶。[66]詞上片指出樣圃地點在知縣衙邊，每
到夏天高大的芒果樹參天，秋天未到，樹下陰涼。熱汗都消，好風下
還有好鳥鳴叫，最愛此間風味，好像都市中享林泉之樂，讓人有羽化
登仙之感。賴惠川〈憶王孫‧樣圃風清〉：

> 琴堂歷盡刦灰餘。風帶腥羶樣已枯。一圃平分半里閭。市聲
> 呼。座上揚威半老屠。（《悶紅館全集‧悶紅詞草》，頁210）

自注：樣圃，乃諸羅縣地。乙未以後，半為民家，半為嘉義東市場。
時周鍾瑄和陳夢林等纂修諸羅縣志之處，《諸羅縣志‧封域志‧六
景‧樣圃風清》記載：

> 樣圃在縣署後，康熙五十五年修志，立局於此地。廣可六、七
> 畝，高燥爽塏，為邑志內第一。外環修竹，中大樣數株，屈
> 曲、亭直、偃仰，各有奇妙。盛夏酷暑，涼風暫至，披襟瀟
> 酒，不減羲皇上人也。[67]

詞中抱怨經過戰爭，官署已成灰燼，連樣圃中的芒果也枯死，有的被
剷平，有的成為民家，有的成為菜市場，市場呼叫客人的聲音，有些
是半老屠夫。

從賴惠川和林緝熙的八首諸羅舊景，兩人顯著的相異點是：

（一）賴惠川全用小令表達諸羅的舊八景，而林緝熙大多用長調
抒情，詞中全是他觀賞八景的情形。

（二）賴惠川的諸羅八景，都是一詞一詩，甚至多詩出現，林緝
熙只有詞沒有詩。

---

66 顏尚文總編纂、吳育臻編纂：《嘉義市志‧人文地理志》，頁167。
67 周鍾瑄主修，臺灣史料編輯委員會編：《諸羅縣志‧封域志》，卷1，頁90。

（三）賴惠川對舊時諸羅八景的消失，表現的是悲觀，面對美景改變感到無奈與無助。如〈南歌子・北沼荷香〉中「愧為孫」，對祖業賤賣無法贖回的難過。林緝熙〈踏莎行・北沼荷香〉卻說：「香風送暖吹人醉」，香風襲人，心中充滿愉悅。賴惠川在〈憶江南・牛溪晚渡〉中「牛溪溪水幾時清。溪路幾時平」，對建設沒有進步，路上不平的無奈。賴惠川〈南鄉子・萬山倒影〉中寫「滄桑恨，真個山窮兼水盡」，詞人因滄桑易換感到山窮水盡的傷痛。林緝熙的詞就顯得樂觀許多，同樣是玉山倒影：「山上浮鷗，知有詩情畫意不？」問浮鷗是否能體會詩情畫意？感受到詞中的浪漫。如同樣寫檨圃，賴惠川：〈憶王孫・檨圃風清〉：「琴堂歷盡刼灰餘。風帶腥羶檨已枯」，看到刼後餘灰，檨樹已枯死的悲苦，而林緝熙〈賣花聲・檨圃風清〉卻說：「最愛此間詩味好，市井林泉」，用心靈感受此間美好風味，截然不同感受。

（四）賴惠川要訴說諸羅舊八景時，大都有詞序，簡介諸羅八景的歷史、地理與現況，讓後人讀來較容易明白歷史發展。林緝熙幾乎沒有序，而賴惠川詞題中，都解釋諸羅八景的典故。

諸羅八景	賴惠川／詞牌	林緝熙／詞牌
玉山倒影	〈南鄉子〉萬山倒影	〈減字木蘭花〉
南浦草青	〈漁歌子〉	〈南浦〉
北沼荷香	〈南歌子〉	〈踏莎行〉
檨圃風清	〈憶王孫〉	〈賣花聲〉
蘭井泉甘	〈搗練子〉	〈河傳〉
萬山倒影	〈南鄉子〉	〈踏莎行〉
梅坑月霽	〈桂殿秋〉	〈秦樓月〉
月嶺曉翠	〈甘州子〉	〈山花子〉

（五）戰爭

　　鷗社詞人都經歷過第二次世界大戰，以及二二八事變，他們在寫戰場時格外深刻。有賴惠川〈青玉案・戰場〉：

> 黃沙白草關山路。往事不堪回顧。鬼哭松楸天欲暮。蒼茫雲樹。迷離煙雨。朽骨悲無主。　　烏啼廢壘人何處。惟有殘燐自來去。興替之間知幾許。一番烽火，百年焦土。莫問今和古。（《悶紅館全集・悶紅詞草》，頁201）

譚瑞貞〈青玉案・戰場〉：

> 戰雲彌漫西風急。經歲渺無人跡。萬馬奔騰閭巷赤。稱帝稱王，封侯封伯。盡是溝中瘠。　　泥塗肝腦沙埋戟。無定河邊餘馬革，舊鬼悽惶新鬼泣。亂墳衰草，斷崖殘壁，終古無春色。（《冷紅室詩鈔》，頁53-54）

林緝熙〈青玉案・戰場〉：

> 山巒起伏陂如砥。好個用兵形勢。聞道古時曾對壘。爭蠻爭觸，稱王稱帝。洒盡英雄淚。　　江山依舊人興替。剩此荒涼一片地。地下英靈呼不起。幾堆枯骨，老兵主帥，一樣他鄉鬼。（《荻洲吟草》，頁32）

賴柏舟〈青玉案・戰場〉：

> 風悲日黯平沙，山崩處愁雲結。原子聲中災慘絕。滄桑頻換。興亡更迭。陳跡傷泥雪。　　黃昏鬼哭神號咽。生沐何恩死何

孳。魂魄奚依嗟白骨。茫茫烽火。淒淒烟月。未忍從頭說。
（《淡香園吟草》，頁71）

漢張衡〈四愁詩〉詩中：「美人贈我錦繡緞，何以報之青玉案」，調名
取此。[68]是屬於仄聲韻，但是譚瑞貞、賴柏舟都押入聲韻。每首詞中
都有寫「舊鬼」、「新鬼」「他鄉鬼」、「枯骨」、「白骨」、「朽骨」、
「哭」、「淚」，賴柏舟還寫到「原子聲中」，即指廣島原子彈一事，把
大戰時事都寫入，道盡戰爭的可怕與悲慘，實在不忍說。

　　鷗社填詞時，可能已是光復以後，所以寫作的題材與內容都比較
寬廣，包括豪放與婉約詞，兩種風格而以婉約詞較多。在寫情方面，
也是含蓄蘊藉。而所謂的豪放，屬於沈鬱而非飄逸。

五　出版書籍

　　鷗社發行刊物，可分為戰前與戰後，戰前刊物有。

（一）《鷗盟》

　　鷗社同人都是有心振興詩學、詞學者，他們社員雅集時，不斷的
交代社員要負責寫稿，他們雖然曾說「發行雜誌《鷗盟》詩詞以外，
添刊小說論文。」期望以後要增刊小說，但《鷗盟》中並未看到小說
作品，目前所能看到的都是詩。從目前在臺灣圖書館所藏《鷗盟》，
共有不連號十三號，其中一月號是一九三六年二月十八日發行，共二
十二頁，印刷者發行人都是朱木通，第二號缺，第三號是九月十四日
出版，發行人改為方輝龍。《鷗盟月刊》是油印本，剛創刊號，在二

68　王奕清奉敕輯：《御製詞譜》，卷15，頁7。

月出刊，但第二號亡佚，不知何時出刊，到第三號已是九月十四日出刊，第四號十月二十日出刊，出版時間不一定，有時會脫期，像十、十一、十二號都是十二月二十九日出版。新年號也是是十二月二十九日出版，可見這天一共出版四期。目前能看到的最後一號稱「二月號」，發行時間為一九三七年二月七日。不知是否因為這年已靠近蘆溝橋中日戰爭，才停止出刊。

(二)《鷗社同人集》

據昭和八年（1933）十月，《漢臺日報》標題「鷗社大會議刊同人集」：

> 嘉義鷗社秋季大會，……，決議事項三件。一聘林臥雲、陳文石二氏為顧問。二來年八月，值創立十週年紀念，編輯「鷗社同人集」舉方梅魂、陳雲谿、蔡自明、譚恤紅」朱苨亭，賴秋航氏，從事編輯。三、發行雜誌《鷗盟》詩詞以外，添刊小說論文。社員輪流，負擔作稿，方梅魂、朱苨亭，賴秋航諸氏編輯，每月頒布於社員。（《漢臺日報》，夕刊，4版，1933年10月19日）

鷗社在昭和八年（1933）發行的《鷗社同人集》，有譚瑞貞〈聲聲慢・題鷗社同人集〉題詞：

> 蘭亭載酒，曲水盟鷗，回頭廿載星霜。契雅苔岑，消受幾許韶光。倘得雙鬟傳唱，數才華，小草餘香。聯長幼，我輩順序，前後端詳。　　未忍篇殘簡斷，重收拾，萬千情緒堪傷。淒迷人海，陳跡獨覓詞場。珍藏千金敝帚，任等閒，覆瓿糊漿。非

敢望，重雞林，翰墨流芳。（《詩報》，309號，1944年1月19日，頁2）

柏舟〈酹江月·題鷗社同人集〉：

武巒山上，禊蘭亭何幸翩躚裙屐。聲氣相聯，憑俯仰趁著春秋佳日。硯北批風，窗南抹月，樽酒忘形跡。繁華夢醒，不堪回首今昔。　　重疊斷簡零編，蠹餘文字，卻是當年墨。末技雕虫，二十年心血拋殘堪惜。收拾前塵，災梨禍棗草草成篇怏。雪泥鴻爪，碧紗寧望籠壁。（《詩報》，309號，1944年1月19日，頁2）

〈酹江月〉是念奴嬌的別名。鷗社在昭和十九年（1944）編鷗社同人集，可惜目前這書已經亡佚。這年一月十九日的詩報，同時有賴柏舟與譚瑞貞，所填的詞。武巒山在嘉義，詞中指出他們這群詞學同好在武巒山上修禊，因為志同道合，就在窗前研墨寫詞，如今繁華夢醒，不堪回首。下片寫看到以前所寫的斷簡殘編，如果把二十多年寫作的心血都拋棄，實在是非常可惜的事，因此收集同人作品，付之印刷，結句用唐代王播少孤貧，客居揚州惠招寺木蘭院，隨僧齋食，為諸僧所不禮。後播顯貴重游舊地，見昔日在該寺壁上所題詩句，僧已用碧紗蓋護，因題曰：「上堂已散各西東，慚愧闍梨飯後鐘。三十年來塵撲面，如今始得碧紗籠。」心中也期待有天能有成就。引來朱芾亭〈刻《鷗社同人集》有感賦似瑞貞秋航兩同社〉：

君不見此道今人棄如土。山谷陵夷變今古。後生小子瞠目對，可憐數典竟忘祖。正始將終風雅歇，災梨禍棗又何苦。廿年膾

得蠹魚痕，敝箒千金空自詡。惜昔朋儕同盍簪，道義切磋契苔
岑。雞鳴不已風雨晦，前塵如夢感慨深。天涯鴻爪忽聚散，殘
篇斷簡傷人琴。黃公酒壚鄰家笛，神游故舊淚沾襟。生憎我輩
飄零早，逝者已矣存者老。華屋山丘指顧間，遂使斯文墜蓬
草。丁茲欲絕未絕日，與君共挽狂瀾於既倒。（《詩報》，311
號，1944年3月1日，頁3）

朱芾亭認為陵谷變遷，時代轉移，後輩小子瞠目相對，已經忘卻祖先
的智慧結晶。對以前一起吟詩的好友，前塵如夢，聚散匆匆，有的已
逝，存者已衰老，遂使斯文如蓬草衰墜，正好遇上如此欲絕未絕時
刻，要與君共同力挽狂瀾。

（三）《鷗社擊鉢錄》

大正十三年（1924），嘉義「尋鷗吟社」改名鷗社。由陳朝渠擔
任社長，與社員林玉書、陳文石協助下發刊《鷗社擊鉢錄》。目前這
書已經亡佚。

戰後鷗社復社，在賴柏舟不遺餘力下，出版刊物有：

（一）《鷗社藝苑》初集至四集

賴柏舟在民國四十年（1951）主編《鷗社藝苑》。張李德和有
〈浪淘沙・辛卯仲春祝鷗社藝苑發刊〉：

雅契鷺鷗盟。學海澄清。新編藝苑植吟旌。競向夢中傳彩筆，
珠玉圓明。　　藻繪古桃城。藻繪昇平。詩聲嘹喨播蜚聲。流
水高山留，世外公卿。（《張李德和詩文集》，頁286）

　　詞中首句點出在桃城這美地，有鷗社新編的藝苑刊物，書中競相傳彩筆，寫出昇平盛事，歌聲嘹喨傳播四方。另賴惠川也有〈高山流水・祝鷗社藝苑發刊〉：

> 緬懷蓬島古南州。沐敦風、鄒魯嘉猷。駿足仰前賢，天衢不數驊騮。催詩鉢，東社風流。幾何日，歷盡紅羊浩劫，逸響悠悠。人文欣有繼，騷壇契群鷗。　　良儔。西窗剪銀燭，貲麗澤、伐木聲求。和氣滿，擷葩抒藻。唱和相酬。集狐之腋以成裘。用心周。錯落零珠碎玉，泥雪長留。願從今，韓潮蘇海美兼收。（《鷗社藝苑初集》，頁11）

詞前有序：「嘉之詩社有五：羅山、玉峰、鷗社、淡交、麗澤也。今番，鷗社同仁，柏舟君因該社創立，已逾三十載，努力發刊鷗社藝苑，喜而誌之，工拙不計。」賴惠川讚賞賴柏舟因鷗社創社三十多年，其中雖歷經「紅羊浩劫」，甲午之戰的浩劫，臺灣割給日本，但臺人保存文化，仍是「逸響悠悠」。嘉義人文氣息興盛，騷壇群鷗契合。好友們西窗剪燭，吟詩唱詞，抒發美藻，唱和相酬，希望日後能兼收如韓愈和蘇軾文章的氣勢磅礴，如海如潮。其他鷗社成員也寫許多詩來祝賀。

　　賴柏舟主編《鷗社藝苑初集》、次集、三集、四集，雖然是每人拿出作品，仍是需要妥善編排，書中兼載前人遺幅遺墨。分「鷗社月課、擊鉢」、「臺北分社作品」、「雛盟作品」、「鷗社社友投稿作品」，由詞宗評選，另有「集錦、拾零、拾碎」、「詩餘」、「嘉義縣聯吟會作品」、「前輩遺稿遺墨」、「詩話」如《鶴洲詩話》、《荻洲詩話》，每期附「代柬」等專欄公布消息。在吳文龍〈鷗社藝苑四集序〉：

溯鷗社藝苑，初集次集，都靠手民謄寫而成。至三集改用鉛字
活板，整約編幅，加揷相畫，暫臻完善。(《鷗社藝苑四集》，
頁2)

可知當初編輯之困難，初集、次集都是靠手抄寫，至第三集以後才改
鉛字印刷。吳文龍又云：

今觀鷗社藝苑，始創於民國三十九年九月至四十三年甲午十二
月。僅歷四載三箇月。每月發刊一冊。至今總紙數累計有五百
二十四頁。誌中大小詠題有一千四百四十八題。登刊字數已過
二十六萬二千餘言。(《鷗社藝苑四集》，頁2)

鷗社出版圖書長達二十六萬多字可謂豐富，因為是手民謄寫的自印
本，因此流通不廣，至民國九十八年，經龍文出版社公司翻印，方可
長久保存。但檢閱《鷗社藝苑》一至四集中，常有詞作重複現象，賴
柏舟在《鷗社藝苑初集‧代束》：

茲循社友提議，將鷗社復興至藝苑發刊前，（自民國卅九年九
月至四十年一月）詩稿重新油印，附於藝苑初集，並予結束。
先後順序，不無倒置，然末如之何也。(《鷗社藝苑初集》，頁
306)

從這段記載可知，一、自民國卅九年九月至四十年一月，《鷗社藝
苑》發刊前的詞作，經社友建議，收入《鷗社藝苑初集》後面。二、
詞作發表的時間，可能有先後倒置的問題。所以《鷗社藝苑四集》常
與《鷗社藝苑》初集的詞作重複。而自民國三十九年九月至四十年一

月。記載在《鷗社藝苑》初集補遺的詞,也和《羅山題襟亭詞集》有部分重複。到第四集時,雖然困難重重,仍想奮力出刊。賴柏舟〈鷗社藝苑四集感言〉:

> 鷗社創立三十六年矣,光陰忽忽,殊堪浩歎,在此三十六年之間,滄桑變幻,略一回顧,榮枯得失,寧無今昔之感,況同仁,逝者已十三人,求其遺稿,百不得一,畢生心血,幾付流水,而人事推遷,今後如何,誠難逆料。……而所謂藝苑者,稍存泥雪而已,非必珠璣錦繡也。蒙我同仁多方援助,且不見責於方家大雅,此鷗社所為幸甚,而編者所為深謝也。……惟藝苑,揭載古人遺墨遺稿一欄,或有疵議,謂古人遺墨遺稿,盡人皆知,盡人皆識,藝苑載之,不為藝苑榮,且冗費而蛇足云云。吁,以編者之不才,蒐求遺墨遺稿,竭厥精神,僅得片鱗寸爪,而謂盡人皆知,盡人皆識,則編者之固陋,不敢辭也。……遺墨遺稿者,藝苑之陪賓也,而廢之乎,且所費無多,讀者得窺古人梗概,用資參考,闡發幽光,於藝苑價值,似亦無損,此編者,所以孜孜也。不然,則編者於古人,既非親戚之故,亦無杯酒之歡,何其愚,而任勞任怨,所以任勞任怨者,欲存鷗社泥雪也,鞠躬盡瘁,不可維持而後已,其諒之否耶。[69]

從感言可知,當時鷗社同人已有十三人過世,實在是人事變遷,怕他們的心血付之東流,所以要蒐集。但有人批評「古人遺墨遺稿一欄」,

---

69　賴柏舟主編:《鷗社藝苑四集》,頁8-9。

是「冗費蛇足」。賴柏舟認為蒐集古人之遺作已經很艱辛了，此書之編纂是要保存文獻，用以參考，闡發幽光，這是他孜孜於此之因。他和這些古人非親非故，所以任勞任怨，乃是希望「存鷗社泥雪」罷了。

　　雖然編者有心，創作者也努力耕耘，無奈現實殘酷，要面臨經費短缺的窘境。從《鷗社藝苑初集》「代束」中就大聲疾呼，要早早繳交會員費：

> 自四十一年五月起，發行《鷗社藝苑次集》，惟乏基金，經營困難，請將下半年會費十元（前半年未納者二十元），提前擲下如何。（《鷗社藝苑初集》，頁306）

又

> 每月藝苑費用浩繁，難於繼續，爰減紙張，一俟支絀，即予中輟，不另通知。（《鷗社藝苑初集》，頁18）

因為《鷗社藝苑》每月要印百部，經費浩繁，時常捉襟見肘，所以在《鷗社藝苑次集》「代束」中：

> 藝苑會費已繳清者，僅達半數，經費支絀，無法維持，第三集停刊。惟每月課題仍擬繼續源源交稿為荷。（《鷗社藝苑次集》，頁310）

雖然經費不足，月課仍要源源不絕。《鷗社藝苑三集》，經濟更慘澹，「代束」中：

藝苑費用浩繁，請各社友早繳四十三年份會費三十元，俾得維
持，如能多寄，猶為歡迎。（《鷗社藝苑三集》，頁38）

《鷗社藝苑》代柬中，幾乎都在催促交會費。四十三年八月又在「代
柬」中聲明：

藝苑經費不足，難於繼續發刊，請各社員早納會費如何。（《鷗
社藝苑三集》，頁152）

《鷗社藝苑》在刊行第四集後停刊。可見以一個地方詩社，縱使努力
欲維持發行一份詩刊雜誌，但在經費上的困難，沒有奧援，是很難永
續經營。這也是臺灣詩社、詞社面臨的問題與無奈。

（二）《詩詞合鈔》

　　鷗社在民國四十四年（1955）年出版《詩詞合鈔》，根據賴子清
《詩詞合鈔・序》的說法：

今者從兄惠川，與其同志林荻洲，李連玉，譚瑞貞，賴柏舟諸
吟侶，共編《詩詞合鈔》。[70]

賴子清以為《詩詞合鈔》是賴惠川與林緝熙、賴柏舟等諸位鷗社同仁
一起編輯的。但是賴惠川在《詩詞合鈔・序》說：

歲乙未孟春，同仁偶會於閌紅館，茶餘談及，互為惋惜。時在

---

70 賴子清：《詩詞合鈔・序》，頁1。

座，賴君柏舟，則謂蒐集同仁舊稿，稍加以詩。斷簡殘篇，合
纂可成小冊。倘或共同付梓，義務各自負擔，既無編輯之勞。
亦無校對之責。且免鳩資之議，簡單明瞭，事非萬難，胡不出
此。徒作無補空談。究何謂哉。……同仁深以為然，爰有《詩
詞合鈔》之舉。[71]

序中記載在民國四十四年，鷗社同人相聚時，由賴柏舟提議，將同人
舊稿包括詞與詩蒐集後，合纂成冊，出版費用各自負擔，自行校對，
也不用編輯勞苦，因此就編成一本《詩詞合鈔》。所以每個人都是編
輯，也是創作者，更是出版者，只因為是賴柏舟提議籌編，所以書封
面掛賴柏舟名。而這書編成的目的，正是「因有感於臺灣文獻之泯滅
失傳，貽藝林羞，茲有斯編既成」。[72]

　　這本書的出刊，正是保存嘉義地區文人詞作的重要文獻。書中收
錄嘉義地區老中青三代文人，以及已故詩人作品共三十多家，詩約有
二千多首，詞有二百多首，其他雜作十一首，舉凡嘉義地區之歷史地
理、民情風物之作品，琳瑯滿目，俯拾皆是。[73]書末附有林緝熙的
《仄韻聲律啟蒙》七十六韻，是仿邵陵車萬育平韻聲律啟蒙之體，
「對仗工整，運典自然」。[74]

---

71 賴惠川：《詩詞合鈔・序》，頁2。
72 賴子清：《詩詞合鈔・序》，頁1。
73 賴柏舟：《詩詞合鈔・提要》，頁1。
74 賴惠川：《詩詞合鈔・仄韻聲律啟蒙附言》，頁107。

第四章
詞社社員傳略及作品

第一節　巧社社員生平與作品

　　巧社創立於民國二十三年（1934）七夕，主要成員為王霽雯、黃福林、賴獻瑞、林絳秋、李鷺村等。根據李騰嶽〈巧社〉：

> 本省詩社雖多，但從來很少看見有詞社的設立。或因是筆者的
> 固（孤）陋寡聞，至少，巧社可說是臺北唯一標榜填詞為中心
> 小組織吧。但因它的存續期間較短和參加的人數也很少，所以
> 就很多（恐怕是大部分）人，不知道過去有這個小組織的存
> 在。[1]

雖然巧社是個小組織，設立時間很短，但它可是全臺第一個詞社，可惜許多人都不知道這個詞社，更何況是其中社員生平，他們彷彿淹沒在人群中，他們的生卒年大都不詳，少有資料記載。社員中除了有李鷺村有《李騰嶽鷺村翁詩存》外，巧社成員目前沒有任何詩集、詞集存留。本節從各方面資料，簡要梳理，探知他們的生平與其他作品。

1　李鷺村：〈巧社〉，見《臺北文物》，第4卷第4期，頁92。

一 繁華非我願,富貴不堪求[2]的王霽雯

　　王霽雯(1903-1937?),字善明。王霽雯的生年不詳,只知他是臺北萬華人。他在昭和九年(1934)七夕與黃福林、賴獻瑞成立巧社。平時常唱和之詩友,有周士衡、鍾瑞聰、黃坤地等人,根據李鷺村說:

> 不久因社員林絳秋去世,本社從此失去他的很大支持,後來便很少聚會。而最不幸的是,翌年創立者的一人王霽雯因家庭變故,竟赴基隆蹈海自殺了。再數年後賴獻瑞及黃福林,又相繼辭世,現在筆者便是該社的唯一殘存者,回想前塵,真可說是感慨無量。[3]

王霽雯的自殺,是在林嵩壽過世第二年,因此卒年應為昭和十年(1935)。但是昭和十二年(1937)《臺日報》標題「祖師廟口燈謎」寫:「臺北市內新起町祖師廟,訂自新十三日起,三夜間懸設燈謎,任人往射。主稿王善明(王霽雯);王先進;謝金淵;黃坤維。」[4]王霽雯與黃坤維不是第一次合作燈謎,在昭和九年(1934),《臺日報》「西園町燈謎」,就有「黃福林;黃坤維;王霽雯」合辦燈謎的記載。[5](《臺日報》,夕刊,10版,1934年4月22日)如果《臺日報》記

2　王霽雯:〈拂霓裳‧呈周士衡先生疊韻〉,《詩報》,23號,1931年11月1日,頁15。

3　李鷺村:〈巧社〉,見臺北文獻委員會編:《臺北文物》,第4卷第4期,頁92。

4　關於王霽雯卒年是根據李鷺村說法,林嵩壽在1934年去世,翌年蹈海,應該是1935年。但是《臺日報》,夕刊,4版,1937年3月13日。標題「祖師廟口燈謎」:臺北市內新起町祖師廟,訂自新十三日,三夜間懸設燈謎,任人往射。主稿王善明(王霽雯);王先進;謝金淵;黃坤維。」如果《臺日報》報導正確,王霽雯應該1937年3月還在人間。

5　《臺日報》,夕刊,4版,1934年4月22日。

載無誤的話，王薦雯在昭和十二年應還在人間。他沒有留下詩詞集，從《臺日報》、《詩報》、《臺南新報》等蒐集，現存有詩三十六首，詞七十五首，聯文二首。詩鐘一首，詩多首，燈謎五十八件。燈謎與高國定、黃坤維、周水柳諸氏撰作，有「芳原綠野恣意行。（猜詞目一）踏青遊」，「國正天心順，官清民自安。妻賢夫禍少，子孝父心寬。（猜詞目一）太平時」。

　　王薦雯的詩最早出現在昭和三年（1928）《臺日報》，詩題為〈敬步莊怡華先生原韻〉：

> 落魄年來似斷絲。半生潦倒負前期。素心未得逢明主，乖運何堪運否時。豈為簫聲悲逐客。多因儒服誤男兒。荊州欲識奚由達，屈蠖無能且賦詩。（《臺日報》，4版，1928年7月9日）

莊棣蔭（1882-1931），字怡華，號瘦民，福建惠安人，板橋富紳林維源之外甥，為林柏壽之表兄。初客廈門鼓浪嶼林菽莊氏，與施雲舫、許南英、汪杏泉結社吟詠；繼受聘於本源彭記，為家庭教師；羈寓臺北數十年，功課餘暇，即耽詩學，嘗與連雅堂、謝雪漁、魏清德等分箋鬥巧，相互唱和。其詩有悱惻之情，曠逸之抱，被推為南國騷壇巨擘。昭和六年（1931）歿於臺北，年五十餘，著有《耕餘吟草》。[6]

　　莊怡華原詩刊載在昭和三年（1928）的《臺日報》漢文版，為〈殘春旅感〉：

> 眼昏齒豁鬢成絲，憔悴天涯豈素期。六載坐愁春盡日，百年會有夢醒時。登樓賦動思歸客，束閣書傳後起兒，一飽外無奢望事，貪頑未了為吟詩。（《臺日報》，4版，1928年5月20日）

6　張子文，郭啟傳：《臺灣歷史人物小傳——明清暨日據時期》，頁452。

莊詩寫來到臺灣的不遇，六年坐困愁城，已成為眼昏齒豁、雙鬢成絲的老人，登樓賦後想歸故鄉福建，並想將束之高閣的書傳給後代。人生只求一飽便無事，以吟詩為樂。此發表後詩引起許多和韻，包括巧社林嵩壽有〈殘春旅感次韻〉[7]，連雅堂也曾〈次韻和莊怡華殘春旅感〉[8]。也引起王霽雯的共鳴，「荊州欲識奚由達」，雖然自己和莊怡華無由相識，但自己也是半生潦倒，「乖運何堪運否時」，指命運乖舛，「屈蠖無能」，以屈蠖用彎曲來求得伸展，以退為進的策略，表達自己委屈不得志。王霽雯三十六首詩中，大都離情、別恨與相思。

王霽雯在他未創立入巧社前，從昭和六年（1931）起，就開始填詞，從《詩報》中得悉他發表的情形，他有心推廣填詞，除自己填寫外，也鼓勵友人創作詞，並與他們唱和，接著就創立巧社唱酬的詞外，除前章所述在巧社的詞作外，他的詞作分有兩部分探討：

（一）詞作內容

王霽雯因為是初嘗試，所以詞境都很狹窄，所用的詞牌也是常重複使用，如〈菩薩蠻〉、〈蝶戀花〉，都是他喜愛用的詞牌。他的詞可分：

1 閨情

王霽雯最喜愛用〈菩薩蠻〉、〈蝶戀花〉各十五首，來歌詠閨情與相思，如〈菩薩蠻〉：

　　蟾光斜映冰肌雪。枕欹玉簟人如月。推起聽吹簫。懵騰睡臉

7　《漢臺日報》，4版，1928年5月20日。

8　連橫：《劍花室詩集》（臺北市：文海書局，1974年），頁75。

嬌。　　惱將香夢破。故意背郎坐。慰得笑顏開。問郎何早
回。（《詩報》，15號，1931年7月1日，頁12）

寫到夜晚美人冰雪肌膚，枕在竹席上人如月般的美好，起來聽簫聲，
滿臉嬌羞樣。美人生氣香夢被吵醒，故意背郎而坐，而郎好言相勸，
致使美人消怒而笑問，為何今日早回家？又如〈蝶戀花〉：

四壁蟲聲催夜漏。鎮日西風，冷怯輕羅袖。把盞治愁翻中酒。
斷腸何處笙歌又。　　垂下珠簾焚寶獸。一枕雲屏。醉臥雙眉
縐。好夢偏來人去後。床前明月燈如豆。（《詩報》，12號，
1931年5月15日，頁13）

這詞同樣是寫閨怨，在夜半人靜，僅聞蟲鳴。西風中獨守空閨，羅袖
清寒，只能飲酒治清愁，卻又耳聞笙歌聲。垂下簾櫳，然後再焚香斜
臥，在人離去後，有好夢來，床前明月低照。

2 詠物

　　詠物詞可分體物與託物詞，王霽雯的詠物詞很少，既不屬於體物
也不屬於託物，而是借詠物，來表達趣事，如〈調笑令・麻雀〉：

麻雀。麻雀。最可消閑鬥博。一時高興勃然。忘卻黃昏夜連。
連夜。連夜。直到平明方罷。（《詩報》，10號，1931年4月15
日，頁12）

　　這首詞初讓人以為是歌詠麻雀，其實取國人的打牌──麻雀的諧
音「麻將」。大正十四年（1925）年三月刊登於《臺日報》，解釋何謂
「麻雀」：

　　麻雀（本來稱麻雀或稱麻將）在日本內地流行已是二、三年前
的事；但最近從去年（按：1924）開始，臺灣也開始沸沸騰騰
地流行起來。這段期間，來往於內臺間的郵輪、商船的定期航
程上，都備有麻雀牌以解消旅人航海中的寂寥。在本島內會打
麻雀的人還只是極少數人的情況下，包括臺銀、電力公司和三
井物產這些大型機關，有十多位熱心人士，特別選在週末晚
上、週日全天，甚至每天下班後，大玩特玩。而在大稻埕那一
帶的臺灣人，聽說從更早以前就已開始玩了。[9]

本文記載日本麻雀已在（1924）年的二、三年前流行，而臺灣也逐漸
流行，來往日本與臺灣間的郵輪，都有人藉打麻將消除無聊。並指出
臺灣各銀行和會社之間，週六、週日都進行麻雀對抗戰，可見當時流
行打麻將。王霽雯參加寫打麻將雖可以「消閒鬥博」，可是也使人忘
記卻讓人沈迷，打牌到通宵達旦，從詩中可以看出他想針砭沈迷麻將
的缺點。又有〈風入松·詠風箏〉：

　　阿儂體態任君裁。何必疑猜。玉肌如紙瀟湘骨，誰憐輕薄身
材。攜手郊原遣興，無情遂放天涯。　　風塵飄泊獨悲哀。離
思難排。只因一縷情絲在，為君瘦卻形骸。能得幾時解脫，乘
雲直上瑤臺。（《詩報》，25號，1931年12月1日，頁14）

上片以擬人手法，寫風箏的外型，「玉肌如紙瀟湘骨」，是由紙裁成，
背面有竹枝為支架，因為以紙糊成，故體態輕盈，隨風飄動，只要一
放手就得解脫。下片把風箏比喻如墮入風塵女子，只因感情的相繫，

9　〈麻雀流行臺北でも弗々〉，《臺日報》，第7版，1925年3月24日。

何時才得解脫,「乘雲直上瑤臺」,自由飛逐天涯。

3 懷古

　　王霽雯生平事蹟都不詳,從詞中可知他曾在昭和六年（1931）,到過廈門鼓浪嶼,曾因鼓浪嶼的地形與歷史寫〈念奴嬌‧廈門古浪嶼日光岩懷古〉:

> 鷺江東去,入滄溟千里,波濤重疊。此地延平初起義,多少英雄豪傑。檣艪連雲,旌旗蔽日,士氣英英烈。得來聲勢,一時連戰連捷。　　回憶二百餘年,興亡如夢,廿載胡人滅。舊恨新潮流不去,古浪淘沙無絕。落日樓鴉,寒蟬暮靄,漁火沿江列。多情岩上,那堪無限風月。（《詩報》,10號,1931年4月15日,頁12）

廈門鼓浪嶼的日光岩在鷺江之東,波濤重疊,俗稱「岩仔山」,別名「晃岩」[10],鄭成功曾經駐守的地方,相傳明崇禎十四年（1641）,鄭成功來到晃岩,看到這裡的景色勝過日本的日光山,便把「晃」字拆開,稱為「日光岩」。並在此屯兵紮寨、訓練水師,起初聲勢極盛,連戰皆捷。下片回憶鄭成功當初反清復明,離今已經二百多年。而王霽雯到鼓浪嶼時,已經推翻滿清,改朝換代二十年,真是「興亡如夢」,想到興衰更替,舊恨新潮流不去。如今只剩江岸漁火成列。

4 傷逝

　　莊怡華在昭和六年（1931）過世後,王霽雯寫〈三奠子‧輓莊怡

---

10 葉時榮編:《廈門掌故》（廈門市:鷺江出版社,1999年）,頁105。

華先生〉：

> 悵空閒甲馬，天殞文星。孤月照，白雲橫。詩存傳後世，棺蓋
> 定前生。只添得平原賦子山銘。朝陽落鳳，臨笛傷情。　　　丹
> 旐濕，素帷清。心香惟一瓣，樽酒奠三傾。且揮淚歌蒿裡感精
> 靈。（《詩報》，32號，1932年4月1日，頁13）

莊怡華為林家花園林柏壽之表兄，來臺多年，不幸逝世。《御製詞
譜》：「三奠子，崔令欽《教坊記》有〈奠璧子〉小曲，此或即奠酒、
奠聲、奠璧為三奠，取以名詞也。」[11]詞中感嘆莊怡華的過世，有如
「天殞文星」，僅留詩傳世。「只添得平原賦子山銘。」平原賦指晉陸
機寫〈嘆逝賦序〉：「余年方四十，而懿親戚屬，亡多存寡，昵交密
友，亦不半在。或所曾共遊一塗，同宴一室，十年之外，索然已盡，
以是思哀。哀可知矣！」[12]「子山銘」是指庾信字子山，他也有〈歡
逝賦序〉：「昔每聞長老追計平生同時親故，或凋落已盡，或僅有存
者。余年方四十，懿親戚屬亡多存寡，昵交密友亦不半在」。此處用
陸機與庾信的典故表達聽到朋友亡逝哀痛的心情。下片寫奠祭三杯清
酒，揮淚唱蒿里之歌，連精靈都感動。

　　王覊雯尚有一首刊載在《詩報》的〈悼珍詞〉。珍是葉靜珍，為
旅菲華僑許經權的妾。許經權（1890-？）字書表，自幼隨父親赴菲
律賓經商致富後，將母親接到菲律賓奉養。因為許母不慣菲律賓水
土，沒住幾個月就吵著要回晉江老家。許經權左右為難只好到鼓浪
嶼，購地建房供養母親，以盡孝道。許經權的妾葉靜珍不幸過世，由

---

11 王奕清奉敕輯：《御製詞譜》，卷15，頁19。
12 〔晉〕陸機著、劉運好校注：《陸士衡文集校注》（南京市：鳳凰出版社，2007
　　年），卷3，頁180-181。

許經權友人在《詩報》廣刊徵詩文：

士果有才德可以傳世，令人愛之不忘歟。許君曰：「吾畧述其
行狀，珍八九歲時，學於華僑女學。課餘挾書吟哦，見他遊戲
不為動。其成績常為同班冠，稍長，延師課讀攻古文諸子，暇
則兼習女紅。性好勝，見新奇巧樣者，輒精心往學，凡作事井
井有條。父心鏡公器而愛之，訂盟三年，始成室。中間通魚雁
者，二百有餘，封均情文懇摯，好覽群書而於《紅樓夢》一
部，特饒興味，每閱至黛玉之亡，都為潛然淚下。其關心國
事，日閱諸報，見有無理處，則忿怒異常，指而示吾，勸吾升
學以中國今日社會窳敗。我等青年當努力教育上進，以救國為
懷，方不愧於心。其評論女界，以欲求平等而尚虛榮，學時髦
忘己身地位，致為經濟所迫淪落下流者，各由自取必也。勿趁
潮逐流，其道乃得。至於奉舅姑仁臧獲恤，窮乏等人無不嘖嘖
道之。余耳諸言喟然歎曰：「信乎此才此德，眞可為世楷範，
眞可愛至沒世不忘不得以。歲纔廿一而輕之也。天既不假年，
俾克大見施行為國家，造幸福而吾輩不可，無表彰致埋沒與草
木同朽。使許君之愛，無所於伸所望。海內外大文豪杼吐鳳之
章，揮雕龍之筆，無韻文則哀誄傳誌。有韻文則詞曲歌詩，各
隨己意，雖惜墨如金，而有關世道人心者。亦可代闡以拔俗。
余濫鐸英華學校，許君從遊有年誼，關孔李雖不文曷辭爰為啟

惠安印陶氏杜唐

如蒙惠賜詩文等件，可交鼓浪嶼龍坑井門牌號

讀者諸先生公鑑：

近人以戀愛日騰耳鼓，然必女子有才德可配，而後能結晶到底不渝，否則倏而結婚，倏而離婚，生前且然，何況死後，誰不以莊生鼓盆了之。若夫才德可以繫人留戀，則愛澈始終，雖沒猶存。潘岳之作悼亡，元稹之遣悲懷，正此道也。吾友許君書表客歲夏曆八月與葉女士靜珍同居，其愛之結晶有逾金石。今夏曆六月杪，誕一男，越日感冒至七月朔怛化。既聽呱呱之聲，淚與俱下。尤愛其才德，寢饋不忘。爰思集悼珍詞，以啟請余。余曰：「靜珍女士果有才德可以傳世，令人愛之不忘歟。」許君曰：「吾略述其行狀。珍八九歲時，學於華僑女學，課餘挾書吟哦，見他遊戲不為動。其成績常為同班冠。稍長，延師課讀攻古文諸子，暇則兼習女紅。性好勝，見新奇巧樣者，輒精心往學，凡作事井井有條。父心鏡公器而愛之，訂盟三年，始成室。中間通魚雁者，二百有餘封，均情文懇摯，好覽群書而於《紅樓夢》一部，特饒興味。每閱至黛玉之亡，都為潸然淚下。其關心國事，日閱諸報，見有無理處，則忿怒異常，指而示吾，勸吾升學，以中國今日社會窳敗，我等青年當努力教育上進，以救國為懷，方不愧於心。其評論女界以欲求平等，而尚虛榮、學時髦，忘己身地位，致為經濟所迫，淪落下流者，咎由自取。必也勿趁潮逐流，其道乃得。至於奉舅姑仁臧，獲恤窮乏等人，無不嘖嘖道之。余耳諸言喟然歎曰：「信乎！此才此德可為世楷範，真可愛至沒世不忘，不得以歲纔廿一而輕之也。天既不假年，俾克大見施行為國家造幸福，而吾輩不可無表彰，致埋沒與草木同朽，使許君之愛，無所於伸所望。海內外大文豪杼吐鳳之章，揮雕龍之筆，無韻文則哀誄傳誌，有韻文則詞曲歌詩各隨己意，雖惜墨如金，而有關世道人心者，亦可代闡以拔俗。余濫鐸英華學校許君，從遊有

年，誼關孔李，雖不文曷辭爰為啟。

惠安印陶氏杜唐

如蒙惠賜詩文等件，可交鼓浪嶼龍坑井門牌號許經權住宅可
也。（《詩報》，28號，1932年1月15日，頁1）

葉靜珍為許經權妾，為表彰葉靜珍的懿行，委託朋友刊登，請大家在
報上寫詩填詞哀悼。自己也寫六首詩〈悼珍詞‧為亡室葉靜珍作〉六
首之一：

> 少小攻書冠玉閨。華僑生號女廷珪。家藏海錄今猶在，不見卿
> 卿手跡題。隔水銀河鵲未填，郵筒往復兩纏綿。（《詩報》，28
> 號，1932年1月15日，頁14）

王霽雯和許書表根本不相識，他看到徵文啟事，寫下〈丁香結‧為許
君書表作悼珍詞〉：

> 文學深研，繡工精究，應是小鸞前世。沒恁般憐俐。嘆女界自
> 惹沉淪淵底。獨君能愛國，憂時政素懷烈義。憐貧扶弱，若此
> 才德宜留青史。　　聰慧。好黛玉生平，卻被蒼天妬忌。美滿
> 恩情，纏酊十月，早懸弧矢。無那疴染產褥，一病長難起。遺
> 桃箋二百，空剪相思舊字。（《詩報》，36號，1932年6月1日，
> 頁13）

根據《御製詞譜》：「〈丁香結〉調見《清真集》。古詩有「丁香結恨

新」，調名本此。」[13]詞中表彰葉靜珍不僅文學修養，又工於刺繡。他
對女界自惹沉淪感到不滿，業能憂國愛國，扶貧濟弱，感嘆如此美好
道德，竟遭天妒，才結婚十個月，生下男兒，就染病而逝，徒留下許
經權與她來往的書信兩百封，令人哀傷。

在《詩報》的包括葉國樞等七人步許書表〈悼珍詞〉韻，寫哀悼
詩。昭和七年（1932），許書表出版《悼珍詞》一書，由廈門風行出
版社印刷，現藏廈門圖書館，臺灣看不到此書。

5 誇耀學問

王霽雯喜愛填詞，從所存的七十五首詞看來，婉約詞較多，詞題
內容也都很狹隘。他有一首特別的〈柳含煙·以詞名填而成闋〉：

> 晴偏好，太平年。多麗春風嬝娜，洞庭春色向湖邊。柳含煙。
> 　孤館深沈梅弄影。催雪愁春未醒。小樓連苑碧雲深。鳳簫
> 吟。（《詩報》，28號，1932年1月15日，頁13）

〈柳含煙〉，本為唐教坊曲名。後為詞牌名。因毛文錫詞中有「河橋柳
占芳春映水含煙拂露」句而得名。[14]此詞一共使用以下十四個詞牌名：

> 〈晴偏好〉，《御製詞譜》云：明陳耀文《花草粹編》云：「西
> 湖雖有山泉，而大旱亦嘗龜坼。嘉熙庚子水涸，茂草生焉。」
> 李霜崖作〈晴偏好〉詞紀之，取詞中結句為調名。[15]

13　王奕清奉敕輯：《御製詞譜》，卷27，頁16。
14　王奕清奉敕輯：《御製詞譜》，卷4，頁86。
15　王奕清奉敕輯：《御製詞譜》，卷1，頁14。

〈太平年〉《御製詞譜》云：〈太平年〉見高麗史樂志。[16]

　　〈多麗〉《御製詞譜》云：「多麗一名鴨頭綠。周格非詞名隴頭泉此調有平韻仄韻兩體。」[17]

　　〈春風嫋娜〉《白香詞譜淺釋‧詞牌考原》云：

> 梁簡文帝〈贈張纘詩〉：洞庭枝裊娜，澧浦葉參差」。春風裊娜，謂在春風蕩漾中，柔枝嫩葉，搖曳生姿。調名取此。」調見〈雲月詞〉，為宋馮艾子（字偉壽）自度腔。[18]

《御製詞譜》「調見（雲月詞），馮艾子自度腔，注黃鐘羽，即般涉調。此調只有此詞，無別首宋詞可校」。[19]

　　〈向湖邊〉《御製詞譜》云：「江緯自製曲，因詞有向湖邊柳外之句，取以為名。」[20]

　　〈孤館深沉〉《御製詞譜》云：「調見宋黃大輿《梅苑》詞，此詞只此一體，無別首可校」。」[21]

　　〈梅弄影〉《御製詞譜》云：「調見丘崈集詠梅詞，因結句有巡池看弄影句取以為名。」[22]

　　〈催雪〉，此調始自姜夔，本催雪詞也，即以為名。[23] 〈采桑子

---

16 王奕清奉敕輯：《御製詞譜》，卷5，頁22。

17 王奕清奉敕輯：《御製詞譜》，卷37，頁20。

18 舒夢蘭編、徐迅釋：《白香詞譜淺釋》（南昌市：江西人民出版社，1995年），頁207。

19 王奕清奉敕輯：《御製詞譜》，卷36，頁35。

20 王奕清奉敕輯：《御製詞譜》，卷33，頁14。

21 王奕清奉敕輯：《御製詞譜》，卷8，頁29。

22 王奕清奉敕輯：《御製詞譜》，卷7，頁23。

23 王奕清奉敕輯：《御製詞譜》，卷27，頁24。

慢〉又名〈愁春未醒〉。[24]〈水龍吟〉又名〈龍吟曲〉、〈小樓連苑〉。
〈碧雲深〉是〈憶秦娥〉的別名。

〈鳳簫吟〉詞牌名，據《歷代詩餘》卷一百十四引《樂府紀聞》
韓縝有愛姬，能詞。韓奉使時，姬作〈蝶戀花〉送之云：「香作風光
濃著露。正惹雙棲，又遣分飛去。密訴東君應不許，淚波一灑奴衷
素。神宗知之，遣使送行。劉貢父贈以詩：「卷耳幸容留婉孌，皇華
何啻有光輝。」莫測中旨何自而出。後乃知姬人別曲傳入內庭也。韓
亦有詞云云。此〈鳳簫吟〉詠芳草以留別，與〈蘭陵王〉詠柳以敘別
同意。後人竟以芳草為調名，則《失鳳簫》吟原唱意矣。」[25]王霽雯
此詞中，以僻調當作詞的內容，完全是誇飾學問，毫無意義。

6 迴文詞

所謂迴文，亦稱回文、回環，是正讀反讀都能讀通的句子，亦有
將文字排列成圓圈者，是一種修辭方式和文字遊戲。王霽雯有〈菩薩
蠻·春郊迴文〉：

> 瘦煙迷野連雲岫。岫雲連野迷煙瘦。城外柳啼鶯。鶯啼柳外
> 城。　　院深春草蔓。蔓草春深院。斜日落飛花。花飛落日
> 斜。（《詩報》，31號，1932年3月15日，頁13）

又〈菩薩蠻·閨情迴文〉：

> 恨增徒惹相愁悶。悶愁相惹徒增恨。貪睡病厭厭。厭厭病睡

---

24 王奕清奉敕輯：《御製詞譜》，卷22，頁5。

25 沈辰垣，王奕清編：《御選歷代詩餘》，見《景印文淵閣四庫全書》，冊1491，卷
　114，頁2。

貪。　　茗香煎夢醒。醒夢煎香茗。潛淚暗眉彎。彎眉暗淚
潛。(《詩報》，31號，1932年3月15日，頁13)

所謂迴文是正反都能讀通的句子。在詞中是屬於文字遊戲，或誇耀學
問。王霽雯此春郊詞表明春郊花落與日斜。閨情也只是表示獨守空閨
的寂寞與憂愁，實在沒有很深的意涵。

(二) 唱和之作

王霽雯還未組巧社以前，就努力推廣填詞，並沒有資料顯示他如
何有詞譜，但是從目前所存的《漢臺日報》、《臺日報》、《詩報》可窺
知，所有巧社成員是王霽雯最早填詞，昭和六年（1931）底，他先與
周士衡、黃福林、鍾瑞聰等人以詞酬唱。日後再組成巧社。

周士衡（1900-1932），本名自然，以字行，別署閒雲野鶴，古亭
村人。[26]「為人磊落、奮發忠誠忍耐」，[27]參加基隆小鳴吟社。曾與艋
津諸同志組鶴社，繼與基隆、平溪諸詩友組鐘亭，亦為大同及貂山吟
社社員。大正十三年（1925）他曾在《臺灣詩報》，以野鶴之名發表
〈攤破浣溪紗・寄友〉。[28]據昭和六年（1931）《詩報》所載，他是第
一位「燈虎」者。他曾出有謎題如：

父母俱存，一樂也。詩經一。「莫怨具慶」
白首相知猶按劍。書經一。「朋家作仇」[29]

---

26 《詩報》，42號，2版，1932年9月1日，頁1。介紹他是古亭村士人之子。但《詩
報》，4號，1931年1月17日，頁6。介紹「鐘亭」時，又以周士衡為平溪人。

27 《詩報》，42號，2版，1932年9月1日，頁1。

28 許俊雅、李遠志編校：《全臺詞》，頁902。

29 黃文虎：〈臺北謎學史〉，見《臺北文物》，第4卷第4期，頁117。

他因為經營炭礦失敗，昭和七年（1932）五月中，自基隆遷回臺北古亭，為《詩報》編輯員。代《詩報》催收款項，徵輯詩稿，所到臨會賦詩，下筆矯健冠於儕輩，至者或舉為詞宗。同年八月十二日，溺於家門前池中，年三十三。[30]

王霽雯原本不認識周士衡，可能透過鶴社黃福林的介紹，（因為周士衡也是鶴社社友）[31]。在昭和六年（1931）的詩報刊載王霽雯的詞〈拂霓裳・呈周士衡先生〉：

> 控簾鈎。夜來風雨幾時休。輕羅扇滿階梧葉、月影自疎幽。砧聲生別恨，明月感離愁。夜悠悠。有心人能不惜清秋。　　光陰如矢，情易變，志難酬。還不若，放懷賞月會吟儔。詩詞相唱和，燈虎共探求。恨無由。識荊韓文字作先投。（《詩報》，22號，1931年10月16日，頁13）

《御製詞譜》云：「唐教坊曲名，《碧雞漫志》：〈拂霓裳〉般涉調，《宋史・樂志》：女弟子舞隊第五有拂霓裳隊。」[32]王霽雯以十二部平聲韻寫成此詞，表達夜間風雨不停，梧葉滿階，引人愁生，轉而愛惜清秋。下片感嘆光陰似箭，情感易變，心志難成，不如和友人去賞月吟詩與射燈謎。「恨無由，識荊韓文字作先投」，心中恨無由認識周士衡，先寫此詞投遞。同年十一月，王霽雯再有〈拂霓裳・呈周士衡先生疊韻〉：

> 月如鈎。蟬琴蛙鼓一齊休。深沉夜，花徑無人自清幽。臨流能

---

30 《詩報》，42號，2版，1932年9月1日，頁1。

31 賴子清：〈古今臺灣詩文社（二）〉，《臺灣文獻》，第10卷第3期，頁79。

32 〔清〕王奕清奉敕輯：《御製詞譜》，卷19，頁19。

洗慮，散步借消愁。水悠悠。漫多言，感慨是高秋。　　以文
會友，相唱和，共賡酬。容得我，逍遙自在白雲儔。繁華非我
願，富貴不堪求。勿來由。愛珠玉，故故把磚投。（《詩報》，
23號，1931年11月1日，頁15）

再次表明自己要以文會友，詩友唱和，而且表明自己性淡泊，「繁華
非我願。富貴不堪求」。檢視周士衡現存詩詞中，在這之前他沒填詞
過，因此在中秋節他寫下〈拂霓裳・中秋夜步王齊雯先生瑤韻〉：

下簾鉤。怕聞絲管鬧無休。欹孤枕（孤身客居基隆也），懶看
桂景弄清幽。濁醪難破悶，寒杵易生愁。思悠悠。怎當他，今
夜又中秋。　　當年舊雨，多星散，莫賡酬。最好向白雲深處
覓仙儔。一經聊討究，半偈細追求。悟來由。利名心，何況自
拋投。（《詩報》，23號，1931年11月1日，頁15）

周士衡當時住在基隆經營戾礦，所以他寫「欹孤枕，懶看桂景弄清
幽」，佳節人團圓，卻孤身在基隆，也可能事業經營不善，心中憂
愁，縱使喝酒也不能解悶。下片寫當時好友都星散，期待最好在生活
中白雲深處，能研精求道，頓悟生命之道，並拋投名利之心。黃福林
以前也沒有填過詞，在重陽之日也用同調同韻寫下〈拂霓裳・重陽日
敬步士衡先生瑤韻〉：

掛簾鉤。滿懷心緒幾時休。金風起，涼生戶內夜清幽。閨人驚
短夢，遊子怕長愁。憶悠悠。嘆良朋，客地過中秋。　　登高
作賦，難逢會，志何酬。愁了我，中心耿耿覓吟儔。文章重雅

契，曲賦喜精求。覺來由。寄詩書，意氣最相投。(《詩報》，
23號，1931年11月1日，頁15)

黃福林感嘆好友周士衡在異地度中秋，下片以良朋難相聚，而人生最
重要是文章相契合，只有精求曲賦，並寄上詩書，讓意氣相投。另有
鍾瑞聰〈拂霓裳〉：

> 下簾鉤。滿懷心緒幾時休。三更夜，萬籟無聲自靜幽。孤枕難
> 合眼，滑蓆易生愁。思悠悠。亂如麻，況是又深秋。　　絕好
> 良宵，故人杳，志何酬。虧了我，孤燈默默自凝儔。文章雖奧
> 妙，孜孜勿憚求。覺源由。璣珠玉，益益把心投。(《詩報》，
> 27號，1932年1月1日，頁23)

鍾瑞聰詞中表達故人杳渺，心志難酬。文章雖然奧妙，但只要認真追
求，一定對自己有益。王霽雯為提倡詞學，第二年又在詩報發表〈拂
霓裳・倒疊韻呈鍾瑞聰先生〉，想要鼓勵鍾瑞聰加入唱和行列：

> 志相投。神交萬里有來由，三生幸，文章知己最難求。良宵懷
> 酒伴，好景憶吟儔。共賡酬。閒日（作平）月、莫算幾春秋。
> 　　霓裳一曲，歌宛轉、韻清悠。應忘憂，萬般塵慮並煩愁。
> 院深能避俗，徑曲自通幽。事休休。沒人來、鎮日控簾鉤。
> (《詩報》，29號，1932年2月6日，頁13)

這首詞也是用〈拂霓裳〉詞牌，不過是倒疊上一首詞韻，也是賣弄文
字，可能技巧太深，可惜沒看到鍾瑞聰回應的詞。

王霽雯的〈拂霓裳〉，已經有周士衡、黃福林唱和。王霽雯又在

《詩報》寫〈少年遊‧呈周士衡先生疊韻〉：

> 忽看青鳥自西來。天際紫雲開。簫鼓漸聞，笙歌微度，王母下
> 瑤臺。　　金風著力齊相送，只是又疑猜。草舍無塵，茅廬肅
> 靜，迎迓怎徘徊。(《詩報》，23號，1931年11月1日，頁15)

周士衡〈少年遊‧中秋夜步王霽雯先生瑤韻〉：

> 一輪明月入簾來。疑是寶奩開。桂杖高拋，靈槎獨泛，更擬訪
> 瑤臺。　　紛紛素女爭相迓，慣未曾猜。仙樂重翻，霓裳酣
> 舞，俯仰樂忘回。(《詩報》，23號，1931年11月1日，頁15)

黃福林〈少年遊‧重陽日敬步周士衡先生瑤韻〉：

> 西風蕭瑟拂簾來。紈扇枉多開。桂蕊繽紛，楓櫪燭爍，香氣上
> 樓臺。　　重陽節日茱萸插，美景莫相猜。東閣藏書，西園置
> 酒，共待雅朋回。(《詩報》，23號，1931年11月1日，頁15)

周士衡〈少年遊‧重陽後感懷再步王霽雯先生瑤韻〉：

> 滿城風雨透簾來。愁思撥難開。籬菊未殘，江楓已落，曉起怕
> 登臺。　　韶華恁箇催人老，撫景費驚猜。詣闕請纓，渡江擊
> 楫，去去莫遲徊。(《詩報》，25號，1931年12月1日，頁13)

鍾瑞聰〈少年遊‧步王霽雯先生瑤韻〉：

誰家玉笛透簾來。疑是廣寒開。銀花錯落，愁緒難下，怎當再
登臺。　　荏苒韶華春易逝。鬱鬱自驚猜。馬齒徒加，請纓無
處，嗟我感無涯。（《詩報》，27號，1932年1月1日，頁13）

〈少年遊〉調見《珠玉集》。因詞有「長似少年時」句，取以為名。[33]
雖然這時巧社尚未成立，王但雯雯好像居於領導地位，都是他先寫一
首中秋詞，然後再要求黃福林、周士衡、鍾瑞聰和韻，以激發他們填
詞的意念，詞中黃福林期待「東閣藏書，西園置酒」，有友朋來相
訪。周士衡、鍾瑞聰都針對年齒徒增，卻無處自動請求擔當重任，心
中惆悵。

同年十二月，周士衡還有第二首〈少年遊·重陽後感懷再步王雯
雯先生瑤韻〉。經過這次唱和後，由周士衡先在《詩報》發表〈望江
南〉：

何處鴈，哀淚落沙汀。正念家山腸斷夜，裁書欲寄已南征。淚
眼望瞪瞪。（《詩報》，26號，1931年12月15日，頁13）

王雯雯也寫〈望江南·謹步周士衡先生瑤韻〉：

秋去矣，楓荻老寒汀。欲寄錦書千里外，簷前燕子已南征。盼
煞眼瞪瞪。（《詩報》，1931-12-15，26號，頁13）

黃福林〈望江南·謹步周士衡先生瑤韻〉：

---

33 王奕清奉敕輯：《御製詞譜》，卷8，頁7。

關外戍，連日涉煙汀。未得家鄉回見面，那堪出塞更南征。悵
淚目瞪瞪。（《詩報》，26號，1931年12月15日，頁13）

成為一組以〈望江南〉為題的唱和詞組。在同一號的《詩報》，還刊
載周士衡寫下〈歸國謠〉、〈搗練子〉，在年十二月《詩報》又有黃福
林〈臨江仙〉詞（25號，1931年12月1日，頁14），王霽雯仍有唱和
之作。

　　昭和七年（1932）一月，王霽雯寫〈六么令·再呈周士衡先
生〉：

　　　金風吹遍，滿地堆黃葉。空山更含殘照，秋水流嗚咽。背日寒
　　　鴉數點，又戀黃昏節。望穿仙闕。蓬萊非遠，只是雲山幾千
　　　疊。　　遙想閒雲野鶴，許我參同列。咱這翰墨因緣，確是三
　　　生結。早約逍遙世外，了悟長生訣。提壺長挈。煙霞相處，共
　　　對清風誦明月。（《詩報》，27號，1932年1月1日，頁23）

同號詩報中周士衡（埜鶴）也寫〈六么令·敬和王霽雯先生瑤韻並呈
黃福林先生郢正〉：

　　　蒼茫煙水。出沒舟如葉。斜陽數聲孤雁，臨去更哀咽。瀲瀲罛
　　　施遠浦，欲網珊瑚節。蜃噓樓闕。歸來鮫客，不怕滔天浪千
　　　疊。　　回首枌鄉俊采，隱隱星羅列。惟有吾輩交情，漆著和
　　　膠結。兩地郵筒遞唱，快索詞中訣。深相提挈。海枯石爛，莫
　　　改初心共明月。（《詩報》，27號，1932年1月1日，頁23）

六么令，唐教坊曲名，後用為詞牌。《碧雞漫志》：〈六么〉一名〈綠

腰〉一名〈樂世〉，一名〈錄要〉，或云此曲拍無過六字者，故曰：
〈六么〉。[34]。么是小的意思，因此調羽弦最小，節奏繁急，故名。其
詞為雙調九十四字，仄韻。王霽雯期望和周士衡所結的三生文字因
緣，兩人能逍遙海外，「煙霞相處」，共同吟誦風月。周士衡也寫在基
隆，「濊濊眾施遠浦」，水邊下網捕魚之聲，歸來的鮫客，已經不怕滔
天巨浪。下片寫「回首枌鄉俊采。隱隱星羅列」，出自王勃〈登滕王閣
序〉[35]，指故鄉傑出的人才如星星羅列。只有兩人交情最好。然而他與
王霽雯兩地相隔，只能透過郵筒傳遞心聲，兩人不改吟風月的初衷。

　　這年周士衡妻子生下第五個兒子，他很開心，寫下〈錦堂春‧弄
璋誌喜〉：

　　　　曙色遙分夾馬（門對兵營），祥雲遍繞蟠龍。懸弧張矢香孩
　　　　出，欣應夢維熊。　　　流眄幾疑閃電，啼聲恰似洪鐘。燕山五
　　　　桂齊騰馥（五索得男），奢望亢吾宗。（《詩報》，27號，1932年
　　　　1月1日，頁23）

王霽雯也有〈錦堂春‧謹次周士衡先生弄璋誌喜瑤韻〉：

　　　　錦室香連夾馬，嵩山神降盤龍。呱呱早試真英物，聲大似金
　　　　鏞。　　　竇氏勤培五桂，王郎早植三公。不妨跨竈應充閭，耀
　　　　祖又榮宗。（《詩報》，29號，1932年2月6日，頁13）

黃福林〈錦堂春‧再呈王霽雯先生〉：

---

34 王奕清奉敕輯：《御製詞譜》，卷23，頁19。
35 王勃著，何林天校：《重訂新校王子安集》（太原市：山西人民出版社，1990年），
　　頁85。「雄州霧列，俊彩星馳」。

蘭室香薰夾馬，岐山瑞護蟠龍。吉人天上麟兒送，昌葉卜飛
熊。　　彩闋高歌擊磬，錦堂誌喜鳴鐘。武功丹桂五枝秀，世
世顯文宗。（（《詩報》，29號，1932年2月6日，頁13）

在《御製詞譜》記載：

> 〈錦堂春慢〉：始見《青箱雜記》所載司馬光作。一百一字，
> 前後片各四平韻。[36]

從字數與押韻看，這首詞〈錦堂春〉應該是〈烏夜啼〉之別名。《御
製詞譜》：

> 〈烏夜啼〉唐教坊曲名。《太和正音譜》註：南呂宮，又大石
> 調。宋歐陽修詞名〈聖無憂〉，趙令畤詞名〈錦堂春〉。[37]

周士衡生下五個男兒很開心，所以不用〈烏夜啼〉名，改用〈錦堂
春〉。他在詞中寫「燕山五桂齊騰馥（五索得男）」，典出《三字經》
說：「竇燕山，有義方。教五子，名俱揚。」[38]五代竇禹鈞有五個兒
子，家教甚嚴，聘請文行之士為師授業。五個兒子聰穎早慧，文行並
優，均先後中進士。燕山好友馮道與曾贈詩贊曰：「靈椿一枝老，丹
桂五枝芳。」周士衡期待兒子能光宗耀祖。王霽雯與黃福林都祝賀他
兒子能光宗耀祖。
　　周士衡在基隆的礦坑經營不太如意，內心煩躁，所以王霽雯〈最

---

36 王奕清奉敕輯：《御製詞譜》，卷29，頁14。
37 王奕清奉敕輯：《御製詞譜》，卷6，頁21。
38 王應麟批註：《三字經批註》（廣州市：廣東人民出版社，1974年），頁11。

高樓・呈周士衡先生〉：

> 天下事，結果在心田。只怕少因緣。逢場且作逢場戲，心能知
> 足樂綿綿。莫思量，懷險詐，想私偏。　　修得簡、光明如水
> 月。豈有簡、高堂悲白髮。拘意馬，鎖心猿。勿求捷徑趨傍
> 道，為君指破這真詮。腎臍中，安祖竅，定玄關。（《詩報》，
> 28號，1932年1月15日，頁13）

詞中說明天下之事結果種在心田，只怕少因緣。勸勉周士衡能遇到機
會就要隨機應變，人生要知足常樂，不可心懷詭詐。下片說明凡事不
要心猿意馬，不求走捷徑。「為君指破這真詮」，要為周士衡道破人生
真理，能「安祖竅」，祖竅是在兩眼正中鼻根盡處向內一寸的空間，
並「定玄關」，解開深奧不容易理解的道理。王霽雯道理說得很好，
但周士衡所經營的炭礦失敗，自覺經濟的問題太大，昭和七年
（1932）五月中，自基隆遷回臺北古亭，為《詩報》編輯員。[39]代
《詩報》催收款項，徵輯詩稿。可惜工作不到三個月，就在同年八月
十二日，溺於古亭町家門前水池中，年三十三。他「遺下老母、妻子
及最長十一歲以下至二、三歲之幼小子女八人，家道蕭條，更可憐
也。」[40]
　　周士衡經營炭礦不善，可能積欠債務，因此投池塘自殺，王霽雯
甚感哀傷，寫一詩一詞哀悼，詩為〈輓周士衡先生〉：

> 交徧三臺風雅場。溫恭丰采擅文章。可憐詩筆天生妬，竟使才

39　《詩報》，42號，1932年9月1日，頁1。

40　《詩報》，42號，1932年9月1日，頁1。

人命不長。人世已無清淨土，水中豈有自由鄉。而君錯認登山路，華表歸來已斷腸。（《詩報》，43號，1932年9月15日，頁10）

指周士衡交遍全臺文人雅士，文章又擅長，可惜上天嫉妒，竟使才人命短，他疑惑水中豈有自由鄉？周士衡竟錯認人生登山道路，華表歸來已經令人斷腸。隔年王霽雯又發表〈水龍吟·輓周士衡先生〉詞：

水晶深處瓊樓，龍宮新築清涼界。雕梁畫棟，碧瓦朱戶，飛甍千態。王粲一篇，休文八詠，重增光彩。正再生李賀，是應赴召，銀波上靈妃待。　　靈耗傳來天外。恁傷情、驚疑難解。登堂惟見，素帷丹旐，能無悲慨。塵障秋風，宅荒夜雨，淚添江海。嘆而今屈子，汨羅招去，楚魂何在。（《詩報》，51號，1933年1月16日，頁4）

詞中寫周士衡投水的地方，是龍宮新築的清涼界，「王粲一篇，休文八詠」，經國如王粲寫登樓賦的才華，又如南朝齊沈約守東陽時，建元暢樓，並作〈登臺望秋月〉、〈會圃臨東風〉、〈歲暮湣衰草〉、〈霜來悲落桐〉、〈夕行聞夜鶴〉〈晨征聽曉鴻〉、〈解珮去朝市〉〈被褐守山東〉等詩八首，稱「八詠詩」，而重增光彩。周士衡正是李賀再生，是被龍宮招走的。又彷如屈原被汨羅招去。他突然的過世，讓人太傷情又無法解釋，帶給人無窮悲嘆與哀愁。

　　昭和七年（1932），日軍在上海挑釁，造成一二八事變。臺灣醫生廖煥章在上海寫下〈六醜·寒郊晚眺〉：

自重陽過了，漸滿期地。霜華堆積。慘黃御風，飄標如過翼。好景陳跡。剩古隄衰柳，荒林枯木，青失遙山色。凋年急景何

悽惻。馬迹郊原，燕泥巷陌。盛衰不堪追憶。自紅羊刼後，今
更蕭瑟。　　榮枯誰識。樹到春來日。芽吐花開蝶生蜂出。繁
華容易如昔。變後滄桑難藉東風力。明朝事，陰晴難測。望處
殘鴉噪影歸飛急，林空巢失。尋何處，可堪棲息。更哀鴻遍野
黃昏近，怎能受得。（《臺日報》，8版，1932年12月14日）

廖煥章（1883-1937），字寒松，生於光緒九年（1883）十月二日，卒
於民國二十六年（1937）[41]，臺灣雲林人，年五十五歲。臺北醫學校
畢業後，前往日本留學，兩年後，回到臺南、斗六行醫，再前往日本
深造，學成後，應中國講姓同學之邀，往中國南京醫院當外科主任，
兩年後自行在上海行醫。因為目睹一二八事變，上海慘遭砲火情形，
寫下此詞。不久後，王藹雯有〈六醜‧敬步廖寒松先生韻〉：

看霜郊草萎，暗地裡。年華空積。日馳月催，光陰如過翼。往
事陳跡。鴉亂斜陽影，淒涼曠野，正樹舍衰色。寒侵客袂增悽
惻。砲跡荒垢，彈痕古陌。傷心豈堪重憶。況疏林殘葉，風又
蕭瑟。　　無從結識。待歸來何日。詞客晏時賦由誠出。可憐
迷惑如昔。恁多情枉費挽回天力。榮枯事，誰能推測，應動念

---

41 蘇淑芬：〈日治時代臺灣醫生廖煥章在上海的焦慮書寫──以詩詞為例〉《東吳中文
學報》第28期（2014年11月），頁213。根據《臺日報》，5版，1939年12月8日，「西
螺に博士の家　一家庭から六名輩出」條下，記載廖煥章氏（二年前死亡）。推算
應為1937年逝世。還有《諸羅》（臺北市：羅山鄉友會，1940年出版），頁77。會
員名簿中，有廖煥章，並注：「昭和12年12月30日去世。」故林謹慎：〈廖丞丕翁〉
「論伊兄弟：廖煥章⋯⋯（可惜廖煥章博士，前年上海別世）」，臺灣教會公報第
653號，1939年8月。從1939年推算前年為1937年，皆可證明廖煥章卒於1937年。
而《臺灣歷史人物小傳──明清暨日據時期》著錄為「廖煥章1885-1944」，是錯
誤的。

悔報家山春信，芳心難失。天涯處豈無消息。數歸航不見先生面，幾時會得。（《臺日報》，8版，1933年1月26日）

據周密《浩然齋雅談》，周邦彥曾對宋徽宗云：「此犯六調，皆聲之美者，然絕難歌。昔高陽氏有子六人，才而醜，故以比之。」一百四十字，前片八仄韻，後片九仄韻。例用入聲部韻，諸領格字並用去聲。[42]王薈雯詞中表明「無從結識」，沒有機會認識廖煥章。想到上海因戰爭，而「砲跡荒垓，彈痕古陌」，一片蕭條，再如何多情，也難挽回天力，無人能推測有這種結果，期待他歸到臺灣來。黃福林〈六醜·敬步廖寒松先生韻〉想到上海受兵亂情形：

嘆郊原卉頹，遍地裡。風雲役積。烽煙散浮，霜禽驚落翼。佳景無跡。翠樹芳條影，凝霜宿露，盡帶含愁色。傷心惟有長憐惻。士隱吳江，農逃越陌。多情有誰追憶。悵繁華錦地，人更蕭瑟。　悵無結識。惟待回瀛日。置酒西園，觀書東閣。計言山海成昔。暗深斟，孤掌欲鳴無力。浮沈事，讓人推測。當效似，剪燭西窗聯詠，賞心無失。他響處尺書返息。恐斷鴻剩有相思字，何能遞得。（《臺日報》，8版，1933年1月26日）

黃福林也提到上海因為兵災，使得「霜禽驚落翼，佳景無跡」，大家四處逃難。整個繁華的上海變成人蕭瑟，而且「孤掌欲鳴無力」，期待廖煥章早日回臺灣。除了以上的詞外，王薈雯寫下詞譜中最長的〈鶯啼序·遊春〉；

---

42 周密：《浩然齋雅談》，見《景印文淵閣四庫全書》，冊1481，頁13。

鶯啼舊寒退了，況天晴氣暖。看郊外蜂蝶爭春，似催騷客遊伴。賞心事雙柑斗酒，尋芳信步隨谿轉。趁香塵花徑芬芳。柳絲蒼蒨。十里平蕪，韻事鬥草，逐香車路淺。任萋草留駐吟鞭，不如楊柳青眼。樂春陰鳩聲雁影，醉遊客煙遲雲懶。掩斜陽紅杏高牆，碧桃深院。花開靜閣，鳥噪閑庭，似說春已半。可正是幾分愁悶，小立何處，亞字闌邊，鬱金堂畔。玲瓏倚竹，拈花微笑，多情臨去秋波媚，不由人惹個心懷亂。盈盈脈脈，無言訴共東風，奈何語對棲燕。春歸柳外，蝶沒花間，怎珮環不見。莫道是、春光無跡，好景留連，一縷魂飛，九迴腸斷。無情落日，相思惆悵，芳洲縈念歸未得，對黃昏愁緒難消遣。鐘頻煙靄低迷，近市燈加，隔村路晚。（《詩報》，58號，1933年5月1日，頁3）

這是王翁雯生命中最後一首詞為〈鶯啼序〉，詞有四片，共二百四十字。本詞只是賣弄才學，表達春天景緻，美景讓人「一縷魂飛，九迴腸斷」，對黃昏與離別讓人很惆悵。

王翁雯對臺灣詞壇最大的貢獻，除了他組成臺灣最早的詞社巧社外，在還沒有巧社以前，他就努力推廣填詞，常填詞給周士衡、黃福林、鍾瑞聰，每填一首詞就要求對方和韻，這在日治時代，缺乏韻書、詞譜，漢文幾乎要被禁的時代，他仍堅持填詞，以保存一線斯文，這種精神令人感動。他也是全臺第一個填寫最長的詞牌〈鶯啼序〉，甚至影響了賴獻瑞，賴在六年後以〈鶯啼序〉祭張希袞先生。最可惜的是，他因家庭因素，跳海自殺，和周士衡一樣結束短暫的人生，更可悲的是，在臺灣文學史上也沒有人紀念他，甚至不知他的生平行為，以及努力推廣填詞的心意。

二　處敬天倫為樂事，榮華富貴不爭論[43]的黃福林

　　黃福林（1882-1944？），[44]又名福臨，臺北萬華人。本是瀛社成員。大正八年（1919），與艋舺施明德、周自然、黃坤維等設「鶴社」。社員別號皆以「鶴」為名，黃福林別號古鶴。大正十一年（1922），高山文社成立，黃福林也是社員之一。昭和四年（1929）起，旅居申江三年餘。昭和九年（1934）七夕，王霽雯、黃福林、賴獻瑞等成立巧社。黃福林的詩詞未曾出版。從《臺日報》、《漢臺日報》、《詩報》、《風月報》、《崇聖道德報》、《臺灣教育》蒐集，去除重複共存詩作一七〇首，[45]詞作二十五首，聯文四首，燈謎五首，詩鐘二首。黃福林善謎學，他曾出謎：

　　　　殘紅飛滿地，詞牌一，「滿路花」，相逢意氣為君飲，聊目一，「酒友」。「點綴丹青掛追風」，同一，「畫馬」。[46]

又從《詩報》中看到他的謎語：

　　　　玉樓歌未歇，明月已西斜，最是良宵短，庭前噪曉鴉。猜詞牌二，夜半樂烏夜啼。[47]

---

43 黃福林：〈家庭述懷〉，見林欽賜編輯：《瀛洲詩集》（臺北市：光明社，1933年），頁105。

44 黃福林最後一首詩〈攀桂〉，在《詩報》，309號，1944年1月19日，頁15。

45 對於詩的統計，黃福林常在《詩報》、《風月報》刊載相同題名的詩，內容僅改2、3個字。

46 黃文虎：〈臺北謎學史〉，見《臺北文物》，第4卷第4期，頁117。

47 黃福林：〈春燈謎〉，《詩報》，8號，1931年3月16日，頁13。

他寫許多謎語，在元宵、中秋等節慶使用。又有謎語：

> 牛郎織女各繫紅　　詞牌一鵲橋仙
> 咫尺銀河路未通　　左傳一雲星相離
> 烏鵲填橋成雅遇　　左傳一禽與助之
> 一年一度一相逢　　詞牌一會佳期（《詩報》，32號，1932年4月1
> 日，頁13）

從《詩報》的刊載中，黃福林最晚到昭和十九年（1944）還有參加高
山文社的詩作〈攀桂〉[48]發表，可見他至少活到這年。黃福林的生平
事蹟幾乎沒有書籍記載。從他在昭和十四年（1939）年所寫〈新年感
懷〉：

> 五八韶光轉眼過，無為馬齒又加多。年來旬喜身猶健，卻感飄
> 零鬢欲皤。（《風月報》，77期，1939年1月1日，頁36）

從詩中得知昭和十四年（1939）時，黃福林五十八歲，他出生在光緒
七年（1881），經過改朝換代，目前覺得雙鬢斑白，生活飄零。又從
他的〈家庭述懷〉詩中：

> 自修學計享家門。師課父培亦感恩。處敬天倫為樂事，榮華富
> 貴不爭論。[49]（《瀛洲詩集》，頁105）

黃福林對自己的家庭充滿感恩，享有天倫之樂，覺得自己有父親的栽

48　《詩報》，309號，1944年1月19日，「高山文社」，頁15。
49　林欽賜編：《瀛洲詩集》，頁105。

培，才能好好學習，而且自己不爭榮華富貴。黃福林曾在乙己年是昭和四年（1929）到上海去，〈寄內〉：

> 璿閨分手兩年深。報到家書抵萬金。博得開緘眉一展，膝前兒女近能吟。（《詩報》，17號，1931年8月1日，頁4）

他在上海一待就是三年，寫下一組申江旅懷的詩，〈乙己旅申江寄家書〉：

> 故鄉光景近如何。海上飄零感慨多。此日思親愁不見，夢魂時繞舊山河。（《詩報》，39號，1932年7月15日，頁13）

又有〈旅申江月夜聞鵑〉：

> 數聲杜宇徹窗紗。鄉夢醒來月已斜。莫向東風啼盡血，天涯有客正思家。（《詩報》，41號，1932年8月15日，頁14）

〈旅申江月夜書事〉：

> 申江荏苒過三春。詩酒未能慰此身。幸有嫦娥憐寂寞，一輪相照未歸人。（《詩報》，41號，1932年8月15日，頁14）

〈申江旅懷〉四首之一：

> 寄跡申江又一年。離懷旅思共纏綿。家鄉阻隔雲山外，身世飄

零海國邊。[50]（《風月報》，107號，1940年4月15日，頁27）

這組題為〈申江旅懷〉四首詩，發表在《風月報》，有三首與〈寄內〉、〈乙己旅申江寄家書〉、〈旅申江月夜聞鵑〉重複，而且詩發表的時間前後相差八年，可見〈申江旅懷〉組詩，是日後再投稿的。乙己年是一九三〇（年），黃福林可能是到上海工作，一待就是三年，浪跡上海，非常思念故鄉，連詩酒都無法慰藉遊子之心，只有家書抵萬金。以後他回到臺灣，也搬新家，又有〈結屋〉二首：

之一

　　結屋龍山裡，無求俗慮刪。舊書堆滿架，新瓦蓋三間。日出時才起，宵深或未還。得錢穀饌買。兒女共歡顏。

之二

　　安分隨緣好，何須說避秦。捫心無愧已，養拙亦如人。老共山妻篤，吟從社友親。利名渾不競，訏道葛天民。（《臺日報》，8版，1939年7月6日）

從這二首詩看，黃福林表達自己搬到龍山，不求名利富貴，也無俗慮，只有舊書堆滿書架，生活作息隨意，有如葛天氏之民，展現出他豁達一面。另有〈節米〉詩：

　　一穗嘉禾報國光，共同節約理當然。儉餐克己心無愧，惜穀奉公志益堅。玉麥混和防補缺，甘藷合煮計安全。怡民足食皆隆

盛，鼓腹承恩樂舜年。[51]（《臺灣教育》，456號，1940年7月1
日，頁109）

日本對外發動戰爭，以致臺灣經濟蕭條，詩中表達全民節約克己，愛
惜穀米之心。由於主食稻米不夠，有時加上麥子，有時加上甘藷補足
營養，詩末當然表達對日本政府的支持，說明吃飽喝足承恩好年光。
除了在巧社所寫的詞以外，他後期的詞大都是修改一、二句，以前在
巧社時所填的詞，所以真正的詞數目較少，他的詩詞有以下幾類：

（一）歌頌日本

　　昭和十二年（1937），中日戰爭全面爆發後，日本陷在戰爭泥淖
中，為擴大人力、財力的實質總動員，使臺灣成為輔助日本支配南洋
地方的控制。首要是統制組織的再改編，即臺灣青少年團的成立。昭
和十四年（1939），日本聯合青年團被改編為「大日本青年團」，去掉
「聯合」字樣，代表組織從中央到地方皆喪失原有的自治精神，取而
代之的是公權力的強化統制。昭和十六年（1941）一月，更進而將大
日本青年團、大日本聯合女子青年團、大日本少年團聯盟和帝國少年
團協會四組織合併，成立「大日本青少年團」。青年團體曾在日俄戰
爭中，如迎送出征軍人、寄送慰問袋及激勵的信件，甚至代士兵耕
作、照顧陣亡將士的遺族等，所謂的「銃後活動」（後方工作），獲得
各界一致好評。[52]臺灣亦隨後於同年的十二月三十日，將臺灣聯合青
年團與少年團合併改編為臺灣青少年團；臺灣青少年團完全是總督府
加強戰時動員下的產物。[53]因著臺灣青年團的成立，黃福林有〈賦贈

51　《臺灣教育》，456號，1940年7月1日，頁109。

52　楊鏡任：《日治時期臺灣青年團之研究》，中央大學歷史研究所碩士論文，2001年，頁
　　56、57。

53　楊鏡任：《日治時期臺灣青年團之研究》，頁56、57。

龍山寺町區青年團〉二首：

> 揚眉吐氣為團伍，竭力同防爆擊沖。宿露迎霜寒不怕，披星戴
> 月共和融。

之二

> 少年才學俊英名，立德誇功篤志成。義勇結團心不愧，他年定
> 卜表彰迎。（《臺灣教育》，465號，1941年4月1日，頁89）

黃福林寫詩贈給龍山町的青年團，詩中他讚嘆青年團能揚眉吐氣，竭
力來防止爆擊。在訓練過程中要迎霜露宿，但一點都不畏懼，訓練到
披星戴月也是一團和氣不抱怨。第二首讚嘆這些年輕人真是青年才
俊，能立德誇功，心中不愧疚。他又有〈國民學校改稱有賦〉三首：

> 絳帳高懸旭日紅，頒書奉詔啟童蒙。欲興家國憑賢課，教育推
> 來第一功。　　　大和國體認來真，自少薰陶造素因。授與杏壇
> 無異別，他年兒女盡才伸。
> 曲阜春風兩袖清。栽培桃李滿林榮。人間子弟多英俊。盡是良
> 師教化成。（《臺灣教育》，467號，1941年6月1日，頁151）

日本為了達成皇民化效果，在昭和十六年（1941）三月一日，《國民
學校令》公布，四月一日施行。二十七日，第三次《臺灣教育令》改
正公布，將小學校、公學校一律改稱為國民學校。[54]詩中讚揚國民學

---

54 經典雜誌編：《臺灣教育四百年》（臺北市：經典雜誌出版社，2006年），頁217。

校改稱，認為要復興家國需靠教育，「大和國體」指日本的教育，「授與杏壇無異別」，無分本國與殖民地，都一樣重視，毫無分別。日後兒女受教育，必能大申才華。

昭和十七年（1942），日本攻破新加坡，黃福林有〈祝新嘉坡陷落〉四首：

> 皇軍忠勇實無雙，蓋世英雄震萬邦。獲得昭南新領土，歡聲滿地喜盈腔。
> 聖戰高懸旭日幢，王師到處敵兵降。制空制海權歸握，國運彌興喜氣逢。
> 武威破竹勢頻伸，頌祝星坡屬帝民。今日南方開進展，八紘一宇仰皇仁。
> 大詔頒來破米英，頻傳捷報到皇城。聖朝自此多洪福，百姓嵩呼慶國榮。（《臺灣教育》，478號，1942年5月1日，頁87）

這場是戰役是同盟國與日本帝國在英屬馬來亞的戰事，從一九四一年十二月八日至一九四二年一月三十一日期間。日本以閃擊戰術打贏，由昭和十七年（1942）二月十五日新加坡海峽殖民地政府投降起，至昭和二十二年（1945）九月十二日在新加坡政府大廈舉行日軍無條件投降儀式為止。日本占領新加坡後，日軍將領「馬來之虎」山下奉文將之改名為昭南島（意指南方光明之島，或昭和天皇在南洋獲取的領土）。黃福林的詩中表現殖民地百姓的忠誠。他歌頌日本皇軍的威猛，得到新加坡新領土。軍隊已經大破美國與英國，日軍所到之處敵軍都投降。捷報紛紛傳來，百姓都額手稱慶。

（二）唱和之作

　　黃福林字古鶴，和鶴社社友周士衡字野鶴，在《詩報》中，有一組黃福林和野鶴周士衡唱和之作。昭和七年（1932），周士衡幽居在平溪經營炭礦，因此周士衡有〈平溪幽居〉：

> 結屋松林裡，清幽俗慮刪。扶筇看綠水，倚檻數青山。隔岸聞龐吠，前村叱犢還。夜來燈下語，兒女足歡顏。
> 領略林泉趣，平溪好避秦。牽蘿補書屋，剪葦織詩茵。抱膝吟梁父，何心續洛神。優遊忘歲月。純粹葛天民。
> 鎮日無塵事，詩詞煮茗刪。攜奴臨曲水，載酒看芝山。明月邀來去，白雲伴復還。閒閒多自適，雞犬盡怡顏。
> 隔斷紅塵遠，栽桃可避秦。庭前花似錦，門外草如茵。言少能培氣，眠多得養神。煙霞泉石裡，自在作閒民。（《詩報》，37號，1932年6月15日，頁15）

周士衡詩中以為結屋在平溪，能滌除俗慮，能「避秦」，報膝歌詠〈梁父吟〉，又能看青山，臨綠水，載酒吟詩，門外草地如茵，又不必有情感的糾葛，可以養神全真，自由自在成為葛天氏民。黃福林有〈平溪幽居次韻〉二首：

> 決策茅廬裡，高吟志不刪。園幽環秀水，戶雅映名山。日暖青牛臥，花香白鶴還。逍遙無限計，老少共歡顏。
> 尋得桃源處。清幽可避秦。崖光花放萼。澗麗草成茵。詩雅如梁父。賦優似洛神。閒娛多自趣。快樂勝天民。（《詩報》，37號，1932年6月15日，頁15）

黃福林覺得隱居名山，自感幽獨。有閒趣，快樂似神仙，只可惜日後
周士衡投江而死。黃福林在未加入巧社前，曾寫〈臨江仙〉一調請王
霽雯和韻：

> 鋤圃歸來無麗句，晨耕夜讀喜交親。逍遙快樂不沾巾。光陰催
> 易老，莫可作愁人。　　臥道山中思健貌，修名世上勝榮身。
> 花間飲酒不憂貧。朝朝吟友會，贏得百年春。（《詩報》，25
> 號，1931年12月1日，頁14）

王霽雯〈臨江仙‧謹步黃福林先生瑤韻〉：

> 文字結交應互惜，忘年契洽且相親。風騷一世誤儒巾。芒鞋尋
> 隱士，藜杖訪山人。　　自在窩中高臥枕，逍遙天外寄吟身。
> 清風明月不嫌貧。修來康勝少，養到氣如春。（《詩報》，28
> 號，1932年1月15日，頁13）

詞中一再強調兩人情感似漆，要珍惜兩人情感。黃福林居在山中，飲
酒不憂貧，又有友人來相聚，贏得百年春。王霽雯則持藜尋訪黃福
林，在清風明月中不嫌貧。黃福林又有〈臨江仙‧再呈王霽雯先生〉：

> 翰墨深交情似漆，金蘭雅契永相親。一簪華髮岸儒市，韻筌尋
> 釣友，策杖訪詩人。　　日暖青年歸臥渚，天寒丹鳳憶棲身。
> 西窗剪燭樂忘貧。盟心談腹事，握手共成春。（《詩報》，29
> 號，1932年2月6日，頁13）

還是再提到兩人友誼，常相約釣魚，或尋訪詩人，下面起句用對句，

寫天暖與天涼時兩人的生活情形。想到兩人西窗剪燭樂忘貧，交談心
事，兩人相握手，一切都似春天般美好。

（三）傷逝之作

昭和十三年（1938），瀛社社友林摶秋過世，黃福林有〈清商
怨·悼瀛社友林摶秋先生〉：

> 斯文共崇尚文雅。好結交詩社。慷慨生平，家康居美舍。
> 駕鶴登仙去也。痛吟友，無方覺迓。一瓣蒭香，哀詞和淚灑。[55]

〈長相思·悼瀛社友林摶秋先生〉：

> 淚似絲。心欲悲。暮雨淒風濕玓陘。西窗燭影吹。　　憶吟
> 期。數吟期。從此音容長別離。相逢永絕時。（《風月報》，74
> 期，1938年10月17日，10月號，頁27）

林摶秋（1860-1938），字狒鵬，號曉邨。福建泉州人，幼經名師傳
授，唯屢應試不售，十四歲即設帳講學。光緒十七年（1891）渡臺，
寓居臺北。日治後，擔任保正。設「種竹書房」於媽祖宮內，後徙於
龍山寺後殿講學達二十多年。為「瀛社」創社社員，與林湘沅、黃植
亭、謝汝銓交誼甚篤。明治四十四年（1911），偕瀛社社友歐陽朝煌
內渡至福州捐監。大正十三年（1924），受聘為「高山文社」名譽講
師。昭和十三年（1938）七月卒，年七十有九。[56]

---

55 《風月報》，1938年10月17日，10月號（下卷），74期，頁27。再引用時不再出注，
　　僅夾注日期、期數、頁碼。
56 參考黃文虎：〈艋舺舊文人回憶錄〉，見《臺北文物》，第2卷第1期（1953年4月15
　　日），頁35。

　　黃福林與林摶秋同是瀛社社友，為表達哀思，寫林摶秋好結詩社，以詩文會友。感嘆詩友遠離，無限哀痛。這首〈清商怨‧悼瀛社友林摶秋先生〉詞寫作很像二年前，黃福林寫〈清商怨‧輓巧社社友林嵩壽先生〉的詞，也押同一部韻，檢查詞句，僅變動幾個字。黃福林另有〈悼瀛社友林摶秋先生〉絕句四首，古詩一首哀悼；絕句為：

　　　　耿耿文星墜海疆，風雲暗澹月無光。悼君才學肝腸斷，淚滴西
　　　　江眼欲茫。
　　　　噩耗傳來淚似絲，因緣翰墨永無時。談心促膝稱知己，流水高
　　　　山失子期。
　　　　玉京一去永無還，暮泣朝悲淚欲潸。擊缽吟詩成往事，空留攝
　　　　影在人間。
　　　　西窗剪燭日黃昏，對飲無人欲斷魂。寂寞絳幃今不見，許多弟
　　　　子泣師恩。[57]（《風月報》，73期，1938年10月1日，頁17）

寫林摶秋是自己的知己，噩耗傳來肝腸寸斷，從此他失去若鍾子期般的摯友，擊缽吟詩成為往事，無人對飲，因翰墨而結的緣分也中斷，林摶秋弟子也哭泣師恩浩瀚，竟無法再見。

　　周士衡過世後，黃福林、施明德、黃坤維等鶴社成員，有一組傷逝詞〈望江怨‧悼野鶴周士衡〉：

　　　　西風急。秋水茫茫人悒悒。故友難重揖。傷心竟被蛟龍襲。每
　　　　思及。只誦大招詞，招魂江上泣。（《詩報》，44號，1932年10
　　　　月1日，頁6）

57　《風月報》，第3首第3句，「擊缽吟詩成往事」《詩報》寫為「繼晷陳書成往事」。第
　　4首《詩報》寫「西窗剪燭日黃昏。對賦無人欲斷魂。寂寞詩書空輾轉。傷心感觸
　　淚傾盆。」僅數字差異。

施明德〈望江怨‧悼野鶴周士衡〉：

> 身如璞。葬在澄清水晶閣。騎鯨登極樂。故人何處思量，淚頻
> 落。此日為招魂，傷心人溺漠。（《詩報》，44號，1932年10月1
> 日，頁6）

黃坤維〈望江怨‧悼野鶴周士衡〉：

> 秋風發。葉落梧桐影愁絕。青楓寒照月。淚添流水長哀咽。友
> 情切。剪紙為招魂，繫詞因賦別。（《詩報》，44號，1932年10
> 月1日，頁6）

詞中都是哀悼在秋天季節，周士衡溺水而死，有的誦大招，有的剪紙
招魂，都是對周士衡的不捨，以及內心傷痛。

三　與世推移閒自適，詩情畫意兩悠然[58]的賴獻瑞

　　賴獻瑞（1905-1948），[59]號書雲，臺北人，礪心齋門人，原隸天
籟吟社，少敏捷，精通經史，也曾加入鷺洲吟社。[60]大正十年
（1921）三月，再集門人創立「天籟吟社」，社址為今臺北市迪化街
一段一五四號，每星期六於礪心齋書房舉行擊鉢吟會。賴獻瑞也加入
天籟吟社。昭和九年（1934）參與巧社。昭和十一年（1936）十二月

58　賴獻瑞：〈駱子珊詞兄移居原韻〉，《詩報》，257號，1941年10月6日，頁8。

59　陳鷺癡：〈天籟吟社與林述三〉，見《臺北文物》，第2卷第3期，1954年11月，頁
　　77。記載「故賴獻瑞書雲於民國三十七年歿」。

60　蘆洲市公所編：《蘆洲市志‧文化篇》（臺北市：蘆洲市公所，2009年），頁634。

花朝之日三月，聚其門人施學樵、陳削峰等十二人，於其書塾臺北市
永樂町二丁目（現南京西路）設立「道南堂」樹立一幟，名曰「松鶴
吟社」，並於以林述三為顧問，每月三次與天籟吟社作詩競吟。並常
與天籟、北臺、高山等吟社連絡聲氣，開擊缽吟會。第二次世界大戰
時，因盟軍來炸臺灣甚急，諸社員為此各自疏散，因此停止吟會。

　　民國四十年（1951）春正月，賴獻瑞門人施學樵、施奕義、陳一
寰、林青松等廿餘人，重起旗鼓，設社址在寧夏路陳祖廟前（賴獻瑞
妻王蔥之宅），聘林述三夫子、曾今可、陳鏤厚三先生為顧問，社員
二十八名，皆是賴獻瑞學生，於同年二月花朝日，恢復亦照前例，每
逢週六之晚間，開擊缽吟會，民國四十四年（1955）三月二十日以創
立二十週年紀念柬邀臺北市內及近郊諸吟社友參加擊缽吟會。[61]

　　賴獻瑞生前並沒有出版詩詞集，從《臺日報》、《漢臺日報》、《詩
報》、《風月報》、《南方》、《天籟報》，輯得詩一三二首，詞九首，賦
一首。

　　賴獻瑞在參加巧社以前，也是沒填過詞，除了在巧社所填五首詞
外，他另有詞作：

（一）壽詞

　　賴獻瑞曾加入天籟吟社，所以當社長林述三五十壽辰時，他填
〈長壽樂・敬祝述三夫子五秩喜填〉：

　　　蟠桃獻瑞，把酒來，欲勸先生陶醉。長命杯中，介眉筵上，自
　　有翩翩雅致。況催詩擊，社中頓添韻事。當此日竊喜斯文未

---

61 潘玉蘭：《天籟吟社研究》（臺北市：國立臺灣師範大學在職進修碩士論文，2004
　　年），頁227。

墜。　　兼長壽，盡是天公所賜。剛半百，邀弟子。麵線豚蹄
同餌。雖是桃李門前，難雕朽木，予心都抱愧。（《風月報》，
46號，1937年8月10日，頁16）

〈長壽樂〉是柳永所創的詞牌，在宋詞中僅柳永填過二首，李清照一
首。柳永創此詞內容都是寫男歡女愛，沒有牽涉到生日之事。到李清
照才將此調寫成〈長壽樂·南昌生日〉詞中：「祝千齡，借指松椿比
壽。」[62]賦予此詞牌祝賀長壽之意。本詞中述三夫子，是指第一任社長
林述三先生（1887-1957），名纘，號怪星，以字行，著有《礪心齋詩
集》等書。幼學於廈門玉屏書院，十三歲返臺。廿六歲繼承父親主持
礪心齋書房。大正三年（1914），與張純甫、駱香林等人合創「研
社」，社址設於礪心齋書房，大正五年（1916），研社改組為「星社」；
大正九年（1920）（一說1921年），礪心齋門下高徒共組天籟吟社，被
推為社長。賴獻瑞原屬天籟吟社，以後另立「松鶴吟社」仍與「天籟
吟社」定號舉行聯吟活動。[63]因此當林述三五十歲生日時，賴獻瑞獻
上祝福。「社中頓添韻事」，指出詩社中常有擊鉢吟詩活動，述三夫子
的生日，實在增添是喜事一椿。更開心的是「斯文未墜」，靠先生維
繫斯文的傳遞，而且又長壽，只有自己難雕朽木，真忝為門人。

（二）嫁女詞

　　賴獻瑞有〈嫁女難〉等作品留存於《天籟報》。〈嫁女難〉以七言
律詩的形式，描寫父母為女兒的終身大事而忙碌，不僅託付媒婆留
意，也流露出其焦急的心情，〈嫁女難〉：

---

62 李清照：《李清照集箋注》（上海市：上海古籍出版社，2002年），頁134。

63 陳鷟癡：〈天籟吟社與林述三〉，頁75。

嫁女艱難困一場，寫真分付託媒娘。他嫌畜齒多逾婿，此拒生
辰不合郎。幾度供看佯買物，頻番被睹假行香。美人遲暮心猶
急，囑友為柯父母忙。[64]

寫出天下父母心，常擔心女兒日後的生活，以為嫁女兒很艱辛，把寫
真照片給媒婆撮合，可是媒婆嫌「畜齒多逾婿」，是指年齡的排序上
大於女婿，就被拒絕生辰八字不合。當父母的要去偷看，就假裝買東
西，父母擔心女兒年紀老大美人遲暮，只能忙著拜託親友作媒。等到
女兒要結婚時，他又寫〈鳳凰臺上憶吹簫〉：

之子于歸。桃夭吟詠，芳辰褵結衿施。聽爺娘申戒，幾句嚴
辭。向女叮嚀細囑，守內則慎汝威儀。梁鴻婦，釵荊裙布，舉
案齊眉。　　禧禧。室家宜汝，聊開那周南，朗誦關雎。感好
逑君子，荇菜參差。可是良緣夙締，何有異繡幕牽絲。牽絲
喜，已完六禮，百兩成之。（《詩報》，191號，1938年12月16
日，頁23）

《詞譜》記：〈鳳凰臺上憶吹簫〉引《列仙傳拾遺》：「簫史善吹簫，
作鸞鳳之響。秦穆公有女弄玉，善吹簫，公以妻之，遂教弄玉作鳳
鳴。居十數年，鳳凰來止。公為作鳳臺，夫婦止其上。數年，弄玉乘
鳳，簫史乘龍去。」宋詞始見於《晁氏琴趣外篇》。[65]賴獻瑞可能以為
女兒出嫁，好像弄玉要乘鳳而去，所以選用這詞調。詞中勸誡女兒要
慎守威儀，要像梁鴻之婦，舉案齊眉。下片用《詩經》之〈關雎〉讓
君子好逑，又像〈桃夭〉篇，能要宜室宜家，完成終身大事。「六

---

64 陳驚癡：〈天籟吟社與林述三〉，頁77。
65 王奕清奉敕輯：《御製詞譜》，卷25，頁13。

禮」是指由求婚至完婚的整個結婚過程。「六禮」即六個禮法，指納采、問名、納吉、納徵、請期和親迎。「百兩」出自《詩經·召南·鵲巢》：「維鵲有巢，維鳩居之，之子于歸，百兩成之。」[66]用百輛花車完成大禮。

（三）傷逝詞

賴獻瑞曾拜張希袞為師，張希袞不僅博學多識，且是名聞遐邇的大書法家。〈鶯啼序·哭張希袞老夫子〉：

> 泰山頹倒，難仰望教鞭指導。椎胸膈頓足呼天，斯文那可除掃。殘忍彼蒼曷其極，如何發此大麗暴。減鬼才神智，須向玉皇翻告。　未聽夢雞，不聞厄鵬，地下修文召。歲近龍蛇慘當然，鄭玄曾亦讖料。曼卿新主芙蓉城，故人邀賞神魂到。九三齡，鬼錄痛登，上堂追悼。　春風時雨，桃李門前先後栽培好。論易向臬比兀坐，大似橫渠貌。圯橋黃石，聞呼孺子，授書進履謙恭效。繼椎秦如虎聲長嘯。養生避穀心志抱。平子紹箕裘，作賦吟詩尤樂。　蓼莪長廢，誦到詩經，父母哀哀叫。更比樂天詩價，聲重雞林，幼識之無，採芹爭蚤。耳聰眼明，三餘勤讀，志堅強氣猶養浩。劍琴書筆墨稱奇寶。鐸聲存耳分明，苦奈云亡，泫然作弔。（《詩報》，198號，1939年4月1日，頁26）

詞中所寫張希袞（1846-1938），字輔臣。[67]先世由福建泉州同安縣來

---

66 屈萬里：《詩經釋義·召南·鵲巢》，頁9。
67 《瀛社會誌》著錄為（1849-1940），字輔臣。這是不正確的，根據《臺日報》標題為「盛大之八秩老儒　張希袞氏祝壽會」（4版，1926年11月18日），八十大壽是1926年，

臺，居士林，以農為業，父營商，移寓大稻埕普願街。少好學，從大龍峒孝廉陳樹藍遊，博聞多識，同治十一年（1872），以優等入泮。工書法，其筆勢蒼勁有渾，當時臺北市招其出手者，不乏其數。乙未割臺後，出任保良局。明治三十年（1897），任第十四區街長。三十三年，執教大稻埕公學校，退職後仍以課徒為樂。張希袞是瀛社社員。賴獻瑞也是瀛社社員，並曾受教於張希袞。根據《臺北縣志・張希袞傳》：

> 張希袞，字補臣（1853-1944），其先泉州南安人。清乾隆末葉，移居芝蘭一堡，世以農為業。希袞幼穎悟，喜讀書，及長，博學多識，經史百家，咸能發其旨要。同治中，入泮。上鄉試，不第。乙未之變，曾任保良局會員，嗣應召為十四區街，越三年，辭去。光緒二十七年（1901），大稻埕公學校聘為漢文教習，十載於茲，諄諄不倦，樹德達人，數以千計。及解綬家居，叩門求益者仍絡繹不絕。希袞工書法，有褚河南風貌。晚年病痺，握管戰慄，遂失神趣。民國三十三年（1944）卒，壽九十有二。[68]

賴獻瑞以長調〈鶯啼序〉來哀悼老師張希袞。〈鶯啼序〉是詞中最長的調子一共四片，第一片寫張希袞的過世有如泰山傾倒。第二片寫張希袞以高齡九十二歲離世，已經成仙，「芙蓉城」指古代傳說中的仙境。第三片寫老師的理想與心智，「授書進履謙恭效」，指出老師教學

推算生年應為1846年，墓碑寫「昭和戊寅」為1938年，見http://blog.yam.com/chbuliter&act=profile，在詩報中哀悼張希袞的詩，在1939年寫成。

68 王詩琅、王國藩主修：《臺北縣志・人物志》（臺北市：成文出版社，1983年），卷7，頁43-44。

認真又謙恭有理。「繼椎秦如虎聲長嘯」，形容反暴政聲音如虎嘯。「養生避穀心志抱」，寓意老師也懂得養身全性，與養生得宜。因張載是橫渠鎮人，世稱橫渠先生。他是程顥、程頤的表叔，北宋五子之一，理學家、哲學家。第四片寫老師的孝心、聰明與智慧，「劍琴書筆墨稱奇寶」，讚嘆老師才華橫溢，不管劍術、彈琴、書法、文章、詩書都是讓人稱奇。老師諄諄教誨，言猶在耳，無奈人已離世，讓人泫然而泣。

賴獻瑞除填詞外，他的詩極多，除了酬唱外，有一些比較有特色的詩，如歌詠：

（一）臺灣美景

昭和九年（1934），與林清敦、李聲元創蘆洲「鷺洲吟社」，賴獻瑞曾經是鷺洲吟社一員，他們社課時的課題〈鷺洲秋色〉，歌詠蘆洲景色：

> 洲前洲後景幽佳，秋水長天雁字排。對峙觀音如抹黛，非他絕物聳高崖。[69]

蘆洲原本是鄰近淡水河畔的一片低平沙洲。「蘆洲」和「鷺洲」是最近一百多年來使用最多的兩個地名，即源自於河畔沙洲上大片的蘆葦及成群的白鷺鷥。陰天時，從淡水河向上望去，觀音山景有如吞雲吐霧，因此最晚在十九世紀初期便有「坌嶺吐霧」的雅名，幽美的景色與「蘆洲泛月」同列為騷人墨客筆下的淡北內八景。[70]

---

69 蘆洲市公所編：《蘆洲市志・文化篇》，頁640。
70 蘆洲市公所編：《蘆洲市志・地理篇》，頁34。淡北內八景分別是：「坌嶺吐霧」、「戍臺夕陽」、「淡江吼濤」、「關渡分潮」、「屯山積雪」、「蘆洲泛月」、「劍潭夜光」、「峰崎灘音」，見陳培桂，《淡水廳志・封域志》，卷2，頁122。

詩中指出洲前洲後景色優美，秋天時有雁字排列，對岸的觀音山，有如抹上黛綠色，高聳在遠方。又有〈大貢尖山行〉：

> 突兀三千尋，斷崖百餘丈。松柏張翠華，藤蘿結密網。空谷互傳聲，與人相應響。南望五指山，流似仙人掌。北向虎頭巖，眈眈勢欲上。放覽大乾坤，風雲盡搖蕩。造化鍾精神，巨靈擘九壤。岱宗齊魯間，嵂崒皆瞻仰。此岑雖不然，躡屐心猶爽。寵辱還俱忘，頭腦變明朗。獨坐此層巔，浩然氣可養。羊祜登峴峯，今來悲古往。握管題石頭，墮淚輒悽惘。今我陟高崗，故事聊相倣。日暮下白雲，捷徑穿榛莽。行到乙股陂，忍棄化龍杖。夜宿悟禪堂，夢入非非想。(《風月報》，56期，1938年1月16日)

大貢尖山位於新北市新店區，又名塗潭山、大槓尖山，海拔五〇八公尺，背與獅仔頭山（又名小獅山）相連，山頂視野極佳，可以鳥瞰大臺北盆地。「大貢尖山古道是早期原住民『出草』常走的路徑」。[71]本詩為作者登臨大貢尖山除感慨人事有代謝，更能使自己「寵辱還俱忘，頭腦變明朗」。他指出大貢尖山極高，有斷崖千尺，山上種滿松柏。可以向南觀望五指山，好像仙人手掌。向北看看到虎頭巖，氣勢好像虎視眈眈要要飛揚樣子。大自然在此匯聚元氣。此山雖不高，但他在這山上，可以忘卻塵囂，也可培養浩然正氣。以前羊祜登峴山，還要哭泣人事的代謝，並且立碑。現在他來登高山，也是有同樣的感懷。夕陽西下時，走到山下，忍心丟棄「化龍杖」[72]，夜宿在禪寺，

71 臺灣文學館愛詩網。ipoem.nmtl.gov.tw/Topmenu/Topmenu_PoemSearchOverViewContent%3FCatID%3D647+&cd=2&hl=zh-TW&ct=clnk&gl=tw

72 范曄撰，李賢注，王先謙集解：《後漢書·方術傳》，頁978。「房辭歸，翁與一竹

還做了不切實際的幻想。另有〈臺北橋晚眺〉：

> 狐疑日色返戈頭。臺北橋中曳杖遊。水染臙脂群鴨喜，天懸靺
> 鞨一鴻愁。蒸雲鬢鬢觀音嶺，炊氣氤氳和尚洲。倚定欄杆無限
> 意，數峰江上獨凝眸。(《臺南新報》，11800期，1934年11月13
> 日，頁8)

臺北大橋是位於臺灣北部河川淡水河之上的橋樑，連結臺北市大同區
與新北市三重區。在夕陽西下時，持杖閒遊臺北橋。「天懸靺鞨一鴻
愁」的「靺鞨」，即紅瑪瑙，色紅，隱晶質，產靺鞨，故稱。指天邊
如紅瑪瑙有鴻飛過，遠方的觀音山嶺雲氣鬢鬢。在和尚洲（蘆洲）[73]
上炊煙裊裊，他倚在欄杆旁，獨自遠眺遠山，心中憂愁。寫出臺北橋
夕陽西下時的美感。

（二）詠物

賴獻瑞的詩中，有歌詠臺灣的水果，以及日治時代現代化的物
品。水果方面如〈屏東木瓜〉：

> 淡水溪頭一片賒。安期棗大味堪嘉。分苗手植雌雄樹，結果心
> 開姊妹花。偏似整冠成慣異，何將納履作疑差。盼投採用阿緱
> 種，報答瓊琚衛國誇。(《詩報》，283號，1942年11月10日，頁
> 18)

杖，日：『騎此任所之，則自至矣。既至，可以杖投葛陂中也。』又為作一符，
日：『以此主地上鬼神。』長房乘杖，須臾來歸，自謂去家適經旬日，而已十餘年
矣。即以杖投陂，顧視則龍也。」

73 蘆洲的舊名主要有河上洲、和尚洲、鷺洲、蘆洲、鹹草埔、中洲埔等蘆洲以名勝
「蘆洲泛月」著稱而得名。蘆洲市公所編：《蘆洲市志・住民篇》，頁410。

寫屏東木瓜非常美味，卻是分苗來的，彷彿傳說中的仙果。《史記‧封禪書》：「臣嘗遊海上，見安期生，安期生食巨棗大如瓜。」[74]後因有「安期棗」之稱。而《樂府詩集‧相和歌辭七‧君子行》云：「瓜田不納履，李下不正冠。」偏偏他們就在木瓜樹下整冠納履，期盼以後用阿緱種，即「旗山、屏東、潮州、東港、恆春等六郡」的品種，以報答《詩經‧衛風‧木瓜》：「投我以木瓜，報之以瓊琚」[75]，還報別人的厚禮。又有〈冷藏庫〉：

> 浮瓜沈李若嫌勞。消夏良廚倩我曹。匣裡憑君來檢點，寒梨雪藕共冰桃。（《漢臺日報》，12版，1935年6月28日）

冷藏庫相當於今日的冰箱，只要把水果藏入，就能消暑，冰箱可以收藏各式水果如梨、藕、桃等。又有〈注射針〉：

> 安堪善病比袁枚，療用尖端的法來。最好成春籤著手，醫同良相不凡才。（《漢臺日報》，1939年3月31日，12版）

注射針是指打針，說明善生病好比袁枚般，所以「療用尖端的法來」，用尖尖的針頭注射，讚美醫生如同良相都是不凡人才。他又有〈溫水龜〉：

> 湯騰百度吸全軀。守氣長宵被底趨。卜汝情懷分外暖，雪中同炭濟寒儒。（《詩報》，163號，1937年10月20日，頁17）

---

74 司馬遷：《史記會注考證‧封禪書》（臺北市：宏業書局，1972年），卷28下，頁493。
75 屈萬里：《詩經釋義‧衛風‧木瓜》，頁50。

所謂溫水龜是一種保溫器具，為扁圓形壺或水袋，內盛熱水放在被中、或置於椅背、腳下取暖，不至於過度寒冷。詩中指出把溫水龜加滿熱水，放在棉被裡，守著長宵，讓寒儒全身溫暖，有如雪中送炭。

　　昭和十一年（1936）三月三十日，臺北飛行場的正式開幕啟用後，「除了是臺灣第一個國際機場外，也是當時對於南支南洋航線的基點，以及帝國南方生產線軍事空防的據點，因此其地位及所擔負的使命，可說是極為重要。」[76]因此臺灣島內和福岡有飛機對飛。飛機對他們是很新鮮的事，因此有〈旅客機〉詩：

> 木鳶遊者馭，雲際唱驪聲。絕勝騰空術，何輸縮地情。鐵輪才北轉，銀翼倏南征。世界觀光日，泠然列子行。（《詩報》，175號，1938年4月17日，頁18。）

木鳶即風箏，這裡指飛機，被遊者駕馭，飛上雲霄。當鐵輪一轉動就向北轉動，「銀翼倏南征」，銀色的機翼如光般飛速往南方飛行。是世界觀光的日子，有如列子御風而行。

（三）論詩

　　賴獻瑞在「螺溪土曜吟會・論詩」徵詩中，他以一組詩來表達他的詩學思想：

> 韓潮蘇海說紛紛。宋艷班香出異聞。竊以詞源比涇渭，吟流清濁派當分。（《詩報》，283號，1942年11月10日，頁10）
> 窮則工詩未必然。三分人事七分天。任他爨下焦桐響，不遇中郎亦化煙。（《詩報》283號，1942年11月10日，頁10）

---

76 〈臺北飛行場開場式〉《臺灣遞信協會雜誌》，1936年1月，頁1。

騷壇評判理當差。自古詩狂幾百家。讀破葩經三百首，所思宗
旨在無邪。(《詩報》，284號，1942年11月25日，頁13)

從以上三首詩，賴獻瑞提到自己對詩的看法：

1 詩分豪放與富艷

論者應分清楚各家風格，「韓潮蘇海」是指唐代的韓愈與宋代蘇
軾所寫的文章，像海潮般氣勢磅礴。「宋艷班香」，是指宋玉和班固擅
長寫賦詞藻艷麗。每家詩人都有各自的特色。因此韓蘇和宋班兩者文
風，完全是涇渭相異。所以後世詩吟詩者，應將清濁派別分清楚。後
用蘇海韓潮形容文章風格雄偉豪放，他引用〔清〕孔尚任《桃花扇・
聽稗》：「早歲清詞，吐出班香宋艷；中年浩氣，流成蘇海韓潮。」[77]

2 須有賞識者

賴獻瑞不同意詩窮而後工，他認為三分人事、七分天命，有人賞
識吹捧比較重要。「任他爨下焦桐響」，是用《後漢書・蔡邕傳》：「吳
人有燒桐以爨者，邕聞火烈之聲，知其良木，因請而裁為琴，果有美
音，而其尾猶焦，故時人名曰：焦尾琴焉」[78]。如果不是遇到蔡中郎
識樂，桐被燒焦化成煙，都不會有人知道可製造出美琴。

3 詩重思無邪

「騷壇評判理當差」，他認為騷壇上對詩的批評，不甚高明。自古
至今詩狂有幾百家，當讀完詩三百篇，才會頓悟詩之宗旨在詩無邪。

---

77 孔尚任：《桃花扇・第一齣聽稗》(臺北市：文光圖書公司，1974年)，頁5。
78 范曄撰、李賢注、王先謙集解：《後漢書・蔡邕傳》，卷60，頁711。

從以上可看出賴獻瑞對詩壇的不滿，心中憤恨不平，覺得批評者不能就「思無邪」的宗旨評詩，詩壇只有居要位者賞識，可能就容易出名。

（四）社會詩

昭和十年（1935）四月二十一日清晨六時二分十六秒，新竹臺中地震發生芮氏規模七級大地震，因震央位於今天臺灣苗栗縣三義鄉鯉魚潭水庫及關刀山一帶，又名關刀山地震、后里地震、清水大地震或墩仔腳大地震，造成新竹州及臺中州（約今新竹縣市、苗栗縣、臺中市）三二七六人死亡，一二〇五三人受傷，房屋全倒達一七九〇七戶，半倒則有三六七八一戶，是臺灣有史以來傷亡最慘重的自然災害。[79]所以賴獻瑞有〈傷震災〉：

> 土裂兼山裂，篩搖動震強。泥牛身曷癢，歲豕性何狂。宅竦坤維倒，人隨地軸亡。大安溪上路，一掬淚溯滂。（《臺日報》，8版，1935年5月15日）

詩中地震時土裂山裂，好像泥牛身體癢，這年屬豬年，他問豬性為何這麼猖狂，使得「宅竦坤維倒」，坤維指西南方，房子都傾倒了，人也沒有倖存，大安溪一帶，災情慘重，使人淚眼滂沱。

他另有〈勸農〉詩：

> 治以農為本，全邦勖勵中。足開秧馬水，角扣飯牛風。易耨深

---

79 臺灣總督府編：《昭和十年臺灣震災誌》（臺北市：南天書局復刻本，1999年），頁43-44。

耕賞，大田多稼豐。及時倉乃積，有日濟哀鴻。(《南方》，184
期，1943年10月15日，頁41)

他認為治國以農為主，全國人民努力耕耘。耕田者腳踏秧馬灌水，也
餵牛吃草。期待苦力深耕，能獲得豐收，使倉庫糧食豐滿，有朝一日
能濟助窮苦百姓。他還有〈席上口號次韻〉：

> 杖頭錢買玉壺春。為喜他鄉遇故人。銃後大家防間諜，軍情不
> 准亂搖唇。
> 脫卻羊裘出富春。年來恨殺釣名人。夢殘把起生花筆。一闋詞
> 填點絳唇。
> 抗手騷壇卅八春。那堪打辦作愚人。家慈固執多無理。幾諫朝
> 朝受反唇。
> 聊傾二合甕頭春。醉眼看他捕虜人。大覺投降無面熱。齒寒定
> 必為亡唇。(《詩報》，294號，1943年4月23日，頁13)

詩中很寫實，提到「銃後」(じゅうご)後方沒戰爭下的人民，大家
要保密防諜，對於軍情不可胡言亂語，胡亂傳舌。第四首。寫到「捕
虜人」是從日語而來，捕虜(ほりょ，Prisoner of war)とは，指被
俘虜的人，如果投降的話，大家就臉上無光了。

　　賴獻瑞除了詩詞外，有一篇〈胭脂窟賦〉(以白鳥飛來也染紅為
韻)(《風月報》，111號，1940年6月15日)寫青樓女子的賦文。

四　世路崎嶇愧已愚，遑知成敗笑模糊[80]的林嵩壽

　　林嵩壽（1886-1934），[81]字絳秋，號賓卿，世人稱他為「桃仔舍」。[82]為林本源家族中林維得三子。漢學造詣深厚。一八九五年，隨家人西渡清國，一八九八年，與兄彭壽、鶴壽自廈門回臺，襄助林本源事務管理。樂善好施，嘉義震災時出錢出力。[83]明治三十五年（1902）曾到日本旅遊。明治四十一年（1908）一月，在廈門「與福州南臺楊合春、楊樸生侍讀之姪女公子成婚。」[84]林本源製糖會社在一九〇九年成立之後，擔任取締役（今稱「董事」）。明治四十四年（1911），任博愛醫院管理人，並掌理林家祭祀公業。[85]這年臺灣石鹼會社創立總會，林嵩壽成為取締役，即所謂的「董事」。[86]大正二年（1913）三月，與日人同創立臺灣印刷株式會社。[87]同年六月，也發展養蠶業，在「枋橋附近（今之板橋）及圓山一帶」植桑十餘萬株[88]。十二月擔任林本源製糖監事。[89]大正三年（1914），交由林柏壽管理，後赴上海辦理製糖會社事務。並與兄鶴壽創辦鶴木產業。大正

80　林嵩壽：〈元旦書懷〉《臺灣教育》，318號，1929年2月1日，頁124。

81　關於林嵩壽卒年是根據《臺日報》「林嵩壽氏逝」，7版，1934年11月10日。「林本源三房林嵩壽氏」，夕刊4版，1934年11月10日。

82　《臺灣風物》，第17卷第4期，頁7。

83　《臺日報》「林家美舉」，5版，1906年3月23日。「林家義舉」，5版，1906年5月17日。此類記載極多。

84　《漢臺日報》「貴冑聯姻」，3版，1908年1月11日。「議定舊曆本月二十七日在廈門成婚。月之三日楊家借廈門戶部林家房屋為行館。林叔臧京卿為預備聘儀甚厚。以鼓樂迎至女家行館。屆時盈門有爛，百兩爭輝，定有一番熱鬧也。」

85　林進發：《臺灣官紳年鑑》（臺北市：民眾公論社，1932年），頁48。

86　《臺日報》，5版，1911年10月6日。

87　《臺日報》，2版，1913年3月5日。

88　《臺日報》，5版，1913年6月1日。

89　《臺日報》，5版，1913年12月20日。以及上村健堂：《臺灣事業界と中心人物》（臺北市：臺灣案內社，1919年），頁78-79。

八年（1919）年後，成立臺華興產信託株式會社，並擔任社長，資本金為五十萬圓。據說一年貿易額高達三千餘萬元。[90]

　　明治四十五年（1912）五月，林嵩壽到廈門辦公，臨行前將貴重的物品，存放在枋橋舊宅，等到他回國發現，減少三小箱：

　　　　內藏純金四十四條，珍珠千餘個，其他珠玉首飾等，價值五萬餘圓。（《漢臺日報》，6版，1912年7月21日）

過兩天的《臺日報》又報導損失約十萬圓，因賊人自知員警極力查緝，法網難逃，把部分贓物送回警局。（《漢臺日報》，7版，1912年7月23日）可見他財力雄厚。

　　大正十年（1921），遇世界大恐慌關閉業務回臺，從事造林殖產及開拓事業。大正十三年（1924）二月，林嵩壽因為裕仁太子與良子的婚禮，所以在「御慶典當日，以社會事業功勞者，受表彰」。[91]昭和二年（1927），林嵩壽也打算籌設中醫院，據《臺日報》：

　　　　林本源家，林嵩壽自海上歸來後，對於慈善事業踴躍為之，近思本島人間尚都服漢藥，以袪病魔，爰籌畫於其所管理博愛醫院以外，別設一漢醫治療所，延名醫主其事，廣濟貧民，現在進行中。（《臺日報》，4版，1927年9月28日）

林嵩壽除想設立中醫院，平時熱心社會公益，在昭和三年（1928），贊助板橋幼稚園、捐獻建造板橋公會堂，翌年捐資倡建佛教會館等。

90　王國璠：《板橋林本源家傳‧林公嵩壽傳略》（新北市：林源祭祀公業，1985年），頁75。
91　《臺日報》，4版，1924年2月2日。

　　林嵩壽用錢最闊綽，愛收藏手錶，只要有好錶一定購買，而成為當時臺灣人經營最大的鐘錶店金生儀的重要客戶；[92]他又喜好戲劇，凡有戲班來臺，要求贊助，幾乎有求必應，如大正十四年（1925）：

> 大新演藝公司，鳩資萬二千圓，將往滬上聘劇，復再得辜顯榮、林嵩壽二氏贊成，再增資至萬五千圓。（《臺日報》，夕刊，4版，1925年12月22日）

《臺灣風物》記陳梧頭、林衡道對談〈五十年前臺灣風俗〉，新舞臺負責人陳梧頭云：

> 每年都有京戲來臺表演，民國八年，我曾和愛好正音的林嵩壽、辜顯榮商議，我們三人每人釀出五千圓，一共集了一萬五千圓之款，從上海聘請得勝京班來臺灣，在大稻埕的淡水戲館公演一段時期。[93]

可見林嵩壽熱愛戲劇出錢贊助。而且每年自元宵夜到十七日，林嵩壽就在花園自製燈謎懸賞，聘請魏清德、張純甫、劉克明等出題。[94]如昭和三年（1928），他在板橋庭園開慶典詩會：

> 臺北林本源嵩記主人林嵩壽氏，素耽吟詠，因今秋正值上陛下

92　林衡道口述；楊鴻博整理：《鯤島探源：臺灣各鄉鎮區的歷史與民俗》（臺北市：青年戰士報社，1985年），冊8，卷1，頁1682。

93　陳梧頭、林衡道對談：〈五十年前的臺灣風俗〉，見《臺灣風物》，第4期，1967年8月17日，頁7。

94　《漢臺日報》，4版，1903年2月19日，〈遊春樂事〉，舉一兩則燈謎以饗讀者，「不許爾見天日或可得一身乾淨」（雨傘）；彈丸脫手不聞聲（假銃）。

踐祚慶典，為賦詩紀念，用誌邦家盛事，爰訂來11月4日午前
九時，在板橋庭園，開擊缽吟會。(《臺日報》，8版，1928年10
月27日)

他也是瀛社成員，愛好吟詠，在板橋林家開擊缽吟會。昭和九年
(1934)，他與李鷺村先後加入巧社。這年因為林嵩壽與兄長林鶴壽
在財務上的糾紛，互提告訴。根據《臺日報》漢文版：

> 林鶴壽氏，久逍遙上海，資產稱四、五百萬元，此回為對於邱
> 木氏問題，依某氏之勸誘來臺。於是關於氏之債權者，多趁機
> 提出訴訟，鶴壽氏之曩在鐵道旅館，受差押事已如所報。聞氏
> 之胞弟嵩壽氏，最近亦推有水辯護士，於去十一日向臺北地方
> 檢查局，提出對鶴壽氏之告訴，告訴問題，及林糖株，一品樓，
> 及三千兩三者。((《臺日報》，夕刊，4版，1934年9月14日)

關於林糖株的問題，林嵩壽損失二十六萬圓。一品樓是廈門的樓房，
由彭、鶴、嵩三房共有，賣與旭瀛書院十八萬金，嵩壽請求分配六萬
圓。林鶴壽逍遙上海，不予理會。又《臺日報・三千兩》漢文版：

> 林嵩壽在上海，為劉純孝向某銀行保認，借出兩萬兩。其後月
> 數年間，利上加利，積至兩萬八千兩。銀行向保認人嵩壽氏索
> 取，嵩壽氏常支配人蔡梯氏到上海，欲與銀行接洽。比晤在上
> 海之鶴壽氏，則云汝可歸去，人地生疏，留亦無益，餘與銀行
> 內諸董事交厚，當代為緩頰。蔡氏聞言，引以為至理。即買棹
> 歸臺。其後鶴壽氏有電到嵩壽氏處，云前項之接洽，經得諸銀
> 行董事同情，母利許減一萬兩千兩。內一半許延至年末可先匯

一半，即六千兩來滬，以表示誠意。嵩壽氏接電，念兄弟間互相關心，果異外人，為金融一時籌備莫及，乃先匯三千兩，其餘三千兩，約以五日內交清，鶴壽氏接金後，亦有電到，云三千兩經已收入，乃不旋踵，而債權之某銀行，派安井辯護士來臺，差押嵩壽氏家宅，且云嵩壽氏至今，實未嘗一次，與銀行當事間，接洽該事。一面安井辯護士十分同情嵩壽氏之表示誠意，兩萬八千兩之母利，許減為二萬四千兩。其後嵩壽氏次第納清，惟前所匯往於其兄鶴壽氏處之三千兩，則囑安井氏歸滬後，向其兄索取。乃安井氏，自滬來電，卻云被鶴壽氏拒絕。其理由以右之三千兩，欲充別段計算。嵩壽氏至是愈益意外。

（《臺日報》，夕刊，4版，1934年9月14日）

兩兄弟因為生意虧損，財產分配以及財務糾紛對簿公堂，已經紛亂不已。這回林鶴壽被計誘回臺，林嵩壽請律師提告。可能是官司太勞累或是太憂心，經過兩個月，就在這年十一月，林嵩壽以心臟病卒於稻江私第，「有子五人，女二人，長子玉波君，年十七，在學臺北二中。次子海達君，年十五。在學臺北高校，餘二在學太平公校，一在學廈門旭瀛書院。」[95]林嵩壽詩詞作品刊登於《臺南新報》、《臺灣詩報》、《臺日報》、《漢臺日報》、《臺灣詩醇》等，一共存詩三十七首，詞二首。林嵩壽除了在巧社所寫二首詞外，他的詩，包括懷古、酬贈、傷逝、感懷之作。

林嵩壽會加入巧社應該是黃福林介紹進入，因為他們同是瀛社社友，加上從林嵩壽和黃福林有詩往來，昭和六年（1931）十月，瀛社在三仙樓有社集，剛好是黃福林值東，但林嵩壽不克前去，寫下〈吟

---

95 《臺日報》，夕刊，4版，1934年11月10日。

社在三仙樓例會值東為黃福林君等。本擬到會。因事不果，聞題為涼秋賦寄〉二首：

> 野寺多濃露，丹楓照眼明。天高肥塞馬，戍古咽笳聲。夢覺眠
> 邊鶴。愁添夜坐籧。拚將紈扇棄，秋士若為情。
> 蕭瑟西風起。關門雁送秋。山凋青草色。野迥綠煙浮。蘋老連
> 宵雨。江平漫釣舟。簟冰疑雪意。夜覺一燈幽。（《臺日報》，8
> 版，1931年10月2日）

兩首詩都極有秋涼之意，有野寺的蒼茫、丹楓的飄逸，加上鷗鷺的幽眠，加上有咽笳聲，營造出秋景蕭瑟，只有把紈扇拋棄，叫秋士情何以堪。第二首寫秋天雁不南飛，山青凋落，綠煙遠浮。第五、六句為對句，寫江平有人釣魚，連夜的雨好像使蘋草衰老，草席冰冷也彷彿下雪，在燈下夜中如此秋景感到清幽。

　　林嵩壽的詞僅存有兩首，都是在巧社社集填寫，不久他就死亡。所留下的詩，可分為：

（一）懷古

　　林嵩壽早年受漢文教育，詩學造詣佳，應該也是很有抱負的人。根據司馬嘯青《臺灣五大家族》：

> 日據時代第四任總督兒玉源太郎曾赴板橋林家花園，時值深
> 秋，西風蕭瑟。兒玉在大廳休息，嵩壽呈遞紙筆，乞其書法。
> 兒玉治臺的一項特色即是武備必有文事，文事必有武備，可謂
> 文武兼施。當場作了一首：「敬義功夫德自鄰，聖賢今古在吾
> 人，終身祇佩天皇訓，不許風翻海上塵。」言外之意似在提醒

林家應做馴民。當場的林嵩壽胸中千言萬語，如鯁在喉，很想
一吐為快，但是又不能隨心所欲，乃依韻答道呈詩：「雲鶴蕭
條失舊鄰，眷櫻人是灌園人。饒他歲朵新開菊，也染興亡一片
塵。」兒玉當場看了，頗有驚異色。[96]

從林嵩壽回應兒玉的詩，可以看出他的家國觀念與氣節，不想做馴
民，否則當初就不用內渡到廈門去了，然而時勢比人強，他的詩中還
有對日本長官唱和之作，這種氣節可能是早期才有。他曾在昭和六年
（1931），《臺日報》漢文版寫〈岳武穆〉：

牛頭山下戰雲深。護駕收京仗此心。可怪康王真負義。忍教玉
柱付消沈。
痛飲黃龍滿擬將。迎還二聖掛衷腸。飛來天外奸秦計。千古冤
沈岳鄂王。
因貪富貴不迎鑾。害殺忠臣媚北蕃。今日西湖湖上水。潺潺猶
似訴王冤。
大廈將傾一木撐。朱仙戰勝幾經營。欲酬素志忘辛苦。不及成
行已解兵。
潤庵漫評：南渡君臣輕社稷，中原父老望旌旗。遂令後世讀史
之人一同灑淚，是作亦憤慨詞氣，溢於紙上。(《臺日報》，4
版，1931年4月16日)

沒有切實的原因了解林嵩壽是什麼因緣下，寫這五首歌詠岳飛的詩。
可能是昭和六年（1931）剛好發生霧社事件，原住民被屠殺。讓林嵩

---

96 司馬嘯青著：《臺灣五大家族》（臺北市：自立晚報，1987年），頁54。

壽有所感受，藉岳飛愛國忠心，秦檜奸計，終至英雄沉冤。第三首指
責康王為貪圖富貴不迎接欽宗，還殘害忠良。第四首指國家將傾覆，
僅剩岳飛一人獨撐，謂僅岳飛是棟樑之材可任天下大事。「朱仙戰勝
幾經營」，在朱仙鎮戰勝想要努力好好經營，還未成行就已解散軍
隊。因此魏潤庵才會評說「是作亦憤慨詞氣，溢於紙上。」

（二）傷逝詩

　　林嵩壽的表兄莊怡華（1882-1931），在昭和六年（1931）過世，
各地友人都有輓詩。林嵩壽與莊怡華感情最佳，他分別在《漢臺日
報》、《詩報》寫〈輓莊貽華先生〉詩三首。《漢臺日報》所寫〈輓莊
貽華先生〉[97]：

　　一生憔悴困縑箱。際遇英雄逐鹿忙。避地冀能逃水火，保身悔
　　不學岐黃。風淒客舍冬鳴樹，月黑關山夜殞霜。消渴相如捐館
　　日，茂陵草色總愁傷。

之二

　　冷暖人情舉世然。思君徒喚奈何天。懷才永齎千秋恨，投筆長
　　悲萬選錢。悵望皐比新涕淚。蕭條卷帙□章篇。歸魂化鶴遼東
　　事。來慰知交了宿緣。

之三

　　為人恬澹厭繁華。覓句燈前手每叉。品似醇醪交可醉，詩兼綺

---

97 莊怡華有時寫「莊怡華」，有時寫「莊貽華」。

語思無邪。王前盧後推多士，宋艷班香自一家。今日哭君成永
訣，不堪卒讀賦懷沙。

潤庵漫評：瘦民君品學兼優。凡諸石交。聞訃皆痛不置。輓詩
字字沈痛。真不堪卒讀。（《臺日報》，8版，1932年1月30日）

寫莊貽華一生懷才不遇，憔悴不堪，因著戰爭，期待避地逃離水火，
來到臺灣。卻仍無所發展，最後因糖尿病而死，真後悔當初不學醫，
才可以保身。第三首寫莊貽華個性喜愛淡泊，常在燈下叉手吟詩覓
句，人品文才皆極佳，可惜不欲而逝。他又在《詩報》寫〈輓莊貽華
先生〉詩三首，前有詩序：「嗚呼！貽華老表竟以小恙釀成大變，噩
耗驚傳，一慟幾絕。溯自七月間，一面之後，即不復出。間或以女公
子為之傳言而已。僕因積弱之身，二豎纏綿，不離床席，不克親臨存
問。詎料從此永訣，竟先我而去。嗚呼哀哉。余之中表多人，惟君最
稱莫逆，亦惟君常親近，數年聚首，一病而沒，偶一思維，不禁悲從
中來，竟不知其是淚，是血也。於是口成三律，以代祭文，魂其有
知，尚祈求饗。」

一生憔悴困縹箱。際遇英雄逐鹿忙。避地冀能逃水火。保身悔
不學岐黃。吝忠可忽逢君意，肝膽無分結客腸。關塞淒涼悲月
黑，獻酬惟一瓣心香。

之二

冷暖人情舉世然。思君徒喚奈何天。懷才永虜千秋恨。投筆長
悲萬選錢。溝裡果眞翻舳艦，瀧頭忽聽血啼鵑。歸魂化鶴遼東
事，來慰知交了宿緣。

之三

> 性情高潔厭繁華。雅淡交人世足誇。腹笥經書寧說儉，胸藏邱
> 索豈云些。文宗昔已稱多士，詩鬼原來有一家。白戰場中星獨
> 殞，頻傾涕淚眼添花。（《詩報》，29號，1932年2月6日，頁3）

兩組詩其實相似度高，只不過改動幾個句子。此首有詩序，說明自己
在七月中與莊怡華分離後，沒想到莊怡華因小病竟然成永訣。自己也
因生病無法前去探視。第一首詩感嘆莊怡華一生憔悴困在書堆，無所
成就。為了避禍逃到臺灣，成為別人的西席，後悔要保身竟沒有學岐
黃醫術。第三首又說莊怡華性情高潔厭惡繁華。他「胸藏邱索」，秋
索指八索九邱，莊怡華飽讀上古典籍。被稱為有學識之士。「白戰場
中星獨殞」，「白戰」指莊怡華在考場上空手交戰中，獨自殞落，讓人
眼淚傾流。

（三）詠懷詩

林嵩壽貴為林家後代，讓人感覺他生活奢侈，嗜酒好樂，愛買名
表、聽戲，然而他也有發自內心的人生感受，如〈偶感〉：

> 偶讀前人詩句好，吟成乘興出無心。刻劃無鹽迷望眼，可憐拌
> 作火鎔金。
> 鼓瑟何為柱又膠，求魚緣木總嘵嘵。才庸不道逢迎拙，鼠嶽難
> 逃識者嘲。
> 無題詩算義山多，假託何妨設鳥羅。孔雀山難俱網得，鯤魚渴
> 鳳不教過。
> 多事陳王賦洛神，官家從此不親親。宮花自落無人問，不怨君

王怨別人。(《臺灣教育》,302號,1927年10月10日,頁8)

詩中寫到他的一些疑問與看法,他覺得前人的詩句實在美好,自己也
能乘興吟出句子,但是如果書中刻劃成一個迷人美女,你要自己判
斷,免得成為火來熔金。第二首寫到既要鼓瑟,為何要膠黏住絃柱,
緣木求魚總是不可能,卻又要再三叫囂,喋喋不休。才能平庸卻說自
己不擅長逢迎,鼠輩們難逃有識者的嘲笑。第三首說李商隱的詩常以
無題為名,既要假託何不設下網羅,使尊貴的孔雀與山雞都網羅,讓
那些鰥魚渴鳳一個也不放過。第四首指多事的曹植既然寫了洛神賦,
難怪曹丕不再親近他。就像宮花自己掉落無人過問,不去怪君王卻怨
別人。詩中之意是要人自省自勵。又有昭和四年(1929)〈元旦書
懷〉:

> 世路崎嶇愧己愚,遑知成敗笑模糊。時和最是優遊樂,醇酒婦
> 人亦太迂。

之二

> 卅餘年歲馳駒光,事事老來倍健忘。敢與人寰爭建樹,高衢騁
> 力總難望。《臺灣教育》,318號,1929年2月1日,頁124)

這時可能家中兄弟的財產問題,或是生意已經逐漸走下坡,所以他在
新年有許多感受。他自認世路崎嶇,對自己的愚蠢感到很慚愧。他認
為天時合宜是最好的事,不要一直靠近醇酒美人,那是愚蠢行為。第
二首寫到三十多年的時光飛逝,很多事讓人健忘。對社會有所建樹這
方面,是不敢與人相爭的。面對高衢,縱使想使力也使不上。詩中表
現出力不從心的感受。他還有一首〈座右銘〉:

殷盤周誥兩相宜。精一惟微慎厥思。摘要書銘敦夙夜。箴規勝
過友兼師。(《臺日報》，4版，1928年11月28日)

他認為做人處事要有座右銘常常自我提醒，再思小方面要謹慎思考，
常自我敦促，這些箴規因常在腦海中，及時提醒，有時是勝過老師與
朋友。

　　可惜林嵩壽因財務糾紛，以致兄弟鬩牆而英年早逝，所留下的詞
僅是巧社社集的二首詞作。

五　先生盛德不待頌，先生慈顏咸孺慕[98]的李騰嶽

　　李騰嶽（1895-1975），字鷺村、夢癡、夢星、敔園、木馬山人。
生於清光緒二十一年（1895）六月一日。臺北蘆洲人，十一歲入鄉塾
啟蒙，十二歲隨兄後遷居臺化。性敏嗜學，從蔡宜甫啟蒙。十三歲始
入大稻埕公學校，（今太平國小）。就讀大稻埕公學校時，復從張希袞
讀漢文。年十四，從趙一山遊，經傳而外，旁及子史，頗得其旨。大
正元年（1912），入總督府醫學校就讀，五年後畢業，進「總督府臺
北醫院」小兒科實習，大正八年（1919），於臺北開設宏仁小兒科醫
院，懸壺濟世。大正十五年（1926），李騰嶽插班改制的母校「臺北
醫學專門學校」四年級，次年以第六屆畢業生獲醫學士學位，並於昭
和八年（1933），續進臺北帝國大學（今臺大）跟杜聰明研究藥理
學，後續進臺北帝國大學藥理學教室，從杜聰明研究凡七載；著有醫
學論文十五篇。昭和十五年（1940），以「臺灣產諸種蛇毒對於含水
炭素代謝之實驗研究」等六篇論文，向「日本京都帝國大學」提出審
查，同年三月獲醫學博士。

98　《臺日報・奉祝恩師堀內醫專校長閣下在職四十周年》，12版，1936年3月20日。

　　李騰嶽暇時以詩文為娛，夭矯清健，俯視清流。大正四年
（1915），李鷺村與黃春潮等人創立「研社」，倡導詩學運動，大正六
年（1917），「研社」改組為「星社」。社員皆改「星」，李鷺村別號夢
星。[99]戰後又與黃純青、林熊祥組「心社」，曾任臺灣文獻會主任委
員，並主持臺灣省通志稿編纂，從事醫藥史研究。退休後，閒居士林
「九畝園」，悠遊田園。民國五十九年四月去世。

　　李騰嶽雅好音樂，尤工詩詞。平生吟詠，多有留存。歿後，經毛
一波整理編選，按詩體分為十類，得八六〇首，請杜聰明書署題《李
騰嶽鷺村翁詩存》[100]，內容多詠景、敘事、記物、懷人之作，詩如其
人，以篤實勝。所作以五言古詩、七言律詩與絕句最多，毛一波評其
「古風多樸實蒼勁，近體則清麗可喜」，詞有十首。又著有《李騰嶽
鷺村翁文存》[101]。他也曾將戚本《紅樓夢》人物當成病理診斷研究之
對象，寫下膾炙人口的《紅樓夢醫事：殊に其の諸人物の罹患疾病に
就ての考察》[102]。李騰嶽與夫人陳乖感情甚篤，育有三男五女。[103]

　　李騰嶽的九首詞除在巧社所填三首詞外，尚有六首是巧社結束後
所填，其中有：

（一）酬贈

　　李騰嶽雖是巧社社員，但他以關心其他詩社之事。如由許丙丁、
譚瑞貞所編《蓮心集》中，比較特別的是，有署名夢癡〈解花・贈瑤

99　賴子清：〈古今臺灣詩文社（一）〉，見《臺灣文獻》，第10卷第1期，頁95。

100　李騰嶽撰，毛一波編：《李騰嶽鷺村翁詩存》（新北市：龍文出版社，1992年）。

101　李騰嶽：《李騰嶽鷺村翁文存》（臺北市：李陳乖自印本，1981年）。

102　李騰嶽：《紅樓夢醫事：殊に其の諸人物の罹患疾病に就ての考察》（臺北市：臺
　　灣醫學會，1942年）。

103　參考曹甲乙：〈李騰嶽先生事略〉，見《李騰嶽鷺村翁詩存》，頁4。

仙〉的詞：

> 風吹荷蓋，雨滴蓮心，都把紅消也。燈殘夜永、人無那，
> 憂懷縷縷向誰語，閒愁莫寫。曉箭晨鐘，隔櫺兒、似勸早
> 休罷。　　回想當年作嫁。入笙歌臺榭，琵琶聲價。多情
> 處悄向東風罵。飄零歲月。長積恨、紅顏衰謝。不如歸，
> 歸去聲聲，杜宇啼花下。[104]

昭和五年（1930），嘉義第一樓通詩文的藝妲，名叫瑤仙。她曾經出版《蓮心集》。書中有署名夢癡者的贈妓瑤仙的詞。在臺灣文學史上有三位名「夢癡」者，一、李騰嶽（1895-1975）。二、王香禪（1886-？），名夢癡，本名罔市，號留仙，臺北艋舺人。三、陳木裕（1905-1934），字廕寬，號夢癡。陳木裕沒填詞的紀錄，且昭和五年（1930），王香禪當時人已在中國天津，跟謝介石的情感也起變化，比較不可能與臺灣歌妓來往。陳木裕早夭，留下詩極少。最有可能就是李騰嶽，因為李騰嶽也有寫給女給（侍應生）瑠璃子的詞。這首詞中以景起，寫到有個歌女夜半人靜，風吹雨下是何等無聊賴。心中有許多閒愁，無法排遣，時光流逝，青春易老，勸瑤仙早點休罷。下片回想當年進入笙歌臺榭，彈奏琵琶也有幾分身價，然而歲月飄零，紅顏易老，應在暮春三月杜鵑啼叫「不如歸去」，有所醒悟，早早歸去，不要再賣唱陪酒。這首詞應是規勸瑤仙早日從良。另有〈贈瑤仙校書〉詩：

> 此身應是謫遙天，俗氣塵心一切捐。好把清吟消永夜，那堪落
> 圍負華年。藍橋阻隔難歸去，孽海浮沉亦可憐。荏苒人生容易

---

104 林瑤仙：《蓮心集》（新北市：龍文出版社，2011年5月），頁81。

老。春風回首應纏綿。(《蓮心集》，頁60-61）

校書就是當時的藝妲，詩中稱讚瑤仙是被貶謫的天仙，俗氣塵心都消除。可是墮落風塵，浮沉在孽海中，實在可憐，而且青春易逝，人生易老，勸她早日回頭是岸。

（二）傷逝

李騰嶽有一首〈鳳凰臺上憶吹簫〉，有惑於瑠璃子自殺淒然以弔之：

> 燕羽差池，杜鵑泣血，暮雲晻靄江村。更淒風冷雨，催送斜曛。無限離懷別緒，回首看春夢無痕。傷情處，落紅片片片，委地灰塵。聲吞。名花乍逝，縱妙手華陀難返香魂。嘆柔腰婀娜，輕搊羅裙。一笑嫣然入抱，盡熨貼玉嫩香溫。從今後，重尋嘉會，誰共芳罇。
>
> 註：瑠璃子本某咖啡廳侍應生。(《李騰嶽鷺村翁詩存》，頁222）

瑠璃子是咖啡廳的侍者。而咖啡廳的侍應生，在日治時代叫女給。從昭和十年（1935），《臺日報》標題「臺北花選最後開票，舉賞品授與式」：

> 既報由花國豔影集發行所主催，得南方館大稻埕助成會協贊，各珈啡館及大菜館後援，始政四十週年紀念臺灣博覽會，臺北美人人氣獎，經二回開票選最後於去二十五日，午後一時，假蓬萊閣三樓，由各報記者及警官立會開票，結果發表中選花

　　榜，女給部，花狀元二一二八七票第一琉璃子，……授與賞狀
　　及賞品（《臺日報》，夕刊，4版，1935年12月27日）

　　這年臺北各珈琲館以及大菜館聯合舉辦花選，票選出「女給狀元第一
珈琲店琉璃子」，報上還附有她的寫真。所謂女給（じょ-きゅう）指
在餐廳、酒館、工作的女服務生。在昭和十五年（1940），臺南州令
第十四號。指「特殊接客營業取締規則」中，更狹義地將女給定義為
「在珈琲店客席之中從事陪侍接待的婦女」。[105]女給可以陪客人聊
天，甚至吟詩作對，當然也可以選擇客人「出場交易」，使「珈琲店
和情慾整合在同一空間內，成為提供食色消費場所。」[106]

　　對於女給，她們也渴望得到真正的愛情，但往往得不到真正的愛
情，情感失意下，瑠璃子最終走上自殺之路。李騰嶽雖貴為醫生，且
與他的妻子陳乖情感甚篤，但對於這樣一個女子，他公然填詞哀悼，
也可看出日治時代文人與女給的曖昧關係。詞中上片寫瑠璃子自殺的
傷情，下片寫到縱使是華陀再世，也無法使她復生，接著感嘆瑠璃子
有「柔腰婀娜，輕擿羅裙」，寫她的身材、衣著與姿態。「一笑嫣然入
抱，盡熨貼玉嫩香溫」，寫和女服務生摟抱的情形，香軟溫存。結論
是瑠璃子已經不在人世，如果他重回珈琲館又能與何人相親喝酒？

（三）節序

　　李騰嶽有三首蘭亭修禊詞，這在臺灣詞史上是絕無僅有的。民國
三十九年（1950），薇閣詩社於士林園藝館，邀集全國詩人一百零五

105　《臺南州報》，1940年8月23日，第千九百七十八號，臺南州令第十四號「特殊接
　　客營業取締規則」。
106　廖怡錚：《傳統與摩登之間日治時期臺灣的珈琲店與女給》政治大學碩士論文，
　　2010年，頁3。

位，舉行修禊，立石留念，名「新蘭亭」。李騰嶽有〈滿庭花〉庚寅上巳新蘭亭修禊：

> 楊柳風柔，桃花水媚，又值修禊嘉辰。右軍已邈，遺蹟恨成陳。且喜蘭亭繼起，蓬萊島韻事重新。幽庭裡，名流濟濟，未讓永和春。　　情真。欣此日高賢下士，花鳥宜人。儘裙屐聯翩，油壁雕輪。自笑書生壯志，搔望眼有淚沾巾。傷心事，神州血染，大地劫灰塵。

又

> 旖旎春光，氤氳花氣，把晤一室芝蘭。新知舊雨，談笑倚闌干。共此一觴一詠，應記詩酒聯歡。開懷處，留連忘返，勝會締吟壇。　　堪憐。痛此日河山破碎，赤燄滔天。信袞袞諸公，任重仔肩。生恐良辰難再，願共勉努力加餐。莫辜負，民心望切，歌凱大刀環。（《李騰嶽鷺村翁詩存》，頁221）

〈滿庭芳〉又名〈滿庭花〉。庚寅是民國三十九年（1950）。民國三十八年，黃純青、黃得時、陳逢源、林熊祥等人組設本土文人薇閣吟社。翌年，黃純青即與大陸來臺的于右任、賈景德等三老發起庚寅上巳新蘭亭修禊，全省名詩人薈集士林園藝所，極一時之盛，黃純青親撰《新蘭亭記》，由賈景德書冊、于右任題款額、《薇閣詩社》刻石，於同年十月立於蘭亭之左側。黃純青撰文記之，名之曰「新蘭亭記」[107]，共得詩一百五十二首、詞五首。李騰嶽也參與新蘭亭舉行修

---

107 黃贊鈞編：《庚寅上巳新蘭亭修禊集》（臺北市：出版者不詳，1950年），頁1-2。

禊活動。新蘭亭座落於士林官邸，又名「壽亭」，是每年設壽堂為蔣
公作壽的地方，故有此名。[108]李騰嶽這首詞，記載在蓬萊仙島的臺灣
所舉行的這場韻事，其盛況不輸給晉永和九年王羲之的蘭亭修禊盛
事。民國三十九年，國民政府已從大陸撤退到臺灣來，人心思想反攻
大陸，因此結論「自笑書生壯志」，想到神州血染，大地蒙受灰塵。
第二首寫到「痛此日河山破碎，赤燄滔天」，更積極提到民心向背，
期望擔負重任，收復河山大唱凱歌。

　　三年後，重陽九日，李騰嶽在新蘭亭再舉辦修禊活動，並有石碑
落成典禮，他寫下〈念奴嬌〉壬辰重九新蘭亭修禊碑落成雅集：

> 蟹肥菊秀，正龍山勝會登高佳節。入眼風光增感慨，上巳曾同
> 災祓。亭角飛觴，花前寫照，屈指三年別。如雲冠蓋，幽庭重
> 印車轍。　　比日石碑新建，歡呼裡朱幕看輕揭。瑜瑾髯于黃
> 與賈，三老同時人傑。韻事千秋，江山如畫，附驥名高列。明
> 年花笑，春風長與吹拂。（《李騰嶽鷺村翁詩存》，頁221-222）

壬辰是民國四十一年（1952），李騰嶽照樣來到新蘭亭，在歡呼中石
碑揭牌，冠蓋雲集。「瑜瑾髯于黃與賈」，髯于是于右任，黃是黃得
時，賈是賈景德，是由黃純青撰文，賈景德書丹，于右任題額「新蘭
亭記」：「又是春風修禊時，游觀所向盛於斯。自由觴詠人人樂，大宙
清和歲歲期。當世不殊諸子抱，其情或引萬流知。天隨浪跡亭林老，
俯仰之間一遇之。一中先生法家正之。」想到蘭亭韻事，江山如畫，
願明年春風仍常拂，花好人健。

　　這些詞都只是鋪敘文字，因為臺灣沒人寫過這樣的題材，除了見

---

108 http://pkl.taipei.gov.tw/ct.asp?xItem=140236&CtNode=46925&mp=106011

證民國仍有修禊活動外,也記載看到當時以文會友,一起吟詩過節之美好。李騰嶽的詩,較有特色的是,他不僅以醫學眼光診療《紅樓夢》諸角的疾病,也以詩來詮釋麻疹。他有〈麻疹盛行〉十首:

之一

> 痘麻疹出稟胎元,古說荒唐聽怪煩。西法今明傳染疾,可知俗論總無根。(自注:俗謂麻疹皆由骨髓而出乃本於古時胎元火毒之說,故以疹出多者為佳。)

之二

> 病為關厄說尤奇,未過痘麻不算兒。修短豈真前定在,爭將八字叩者(著)龜。(自注:算命先生有謂小兒生而帶麻痘關者,則厄於斯疾。)

之三

> 症候休論重與輕,病時安養攝其生。痘前麻後須斟酌,此語端堪許耳傾。(自注:痘前麻後要加斟酌,已為諺語。)

之四

> 相沿習俗莫如何,老輩尤難為指訐。深怪茅湯無限量,頻聽入勸飲多多。
> (自注:俗問兒家麻疹時,則以白茅根煎湯飲之,名「茅草根茶」,謂能解麻毒之用,故曰「飲愈多愈好」。)

之五

蔓延頗似火燎原，疹毒相傳逐日繁。贏得市場生意好，家家爭
買白茅根。（自注：查永樂市場賣白茅根共有五處，一處每日
約賣出四十至五十餘斤，云可知其消量之多。）

之六

茅湯多飲每傷腸，輕則衰殘重則殤。深嘆無知癡父母，癒麻返
惹獲兒殃。
（自注：多飲茅根湯之害，重者成急性腸胃炎，輕則消化不
良，亦有遺後慢性下痢，荏苒久而不之癒者。）

之七

曾把國中為統計，疹麻死率島人多。許多缺陷君知否，看護非
宜是首遭。（自注：統計全國麻疹率，則島人比於本邦，即在
臺內地人甚高，此由看護之不良也。）

之八

遑遑病苦未明時，疹出人家不問醫。誰識此間多急變，危時欲
治已成遲。（自注：島人以麻疹非病，故多不就醫。）

之九

疹當盛出熱高張，疹褪熱昇亦異常。胸喘氣難心力弱，可憐多
為肺炎亡。（自注：麻疹死亡以併發或續發肺炎者居多。）

之十

> 種痘功成晚世莫儔，旃邢姓氏自千秋。於今渴望防麻法，明哲
> 何人妙術籌。（自注：旃邢氏發明種痘法，已可為防痘，然無
> 法以防麻為可憾耳。（《李騰嶽鷺村翁詩存》，頁188）

這十首詩是身為小兒科醫生的李騰嶽提出科學的方法，以寫詩方式破
除當時人對小兒麻疹的看法，時人以為出疹越多越好，沒出過疹就不
算是小兒，出疹要多喝茅草根茶，以至於市場生意極好，而小兒喝多
茅草根茶卻傷身，成腸胃炎或是消化不良、下痢等。出麻疹時看護不
良也是死傷原因，有的家庭甚至以為麻疹不用送醫，提升死亡率，有
的延誤就醫，使小兒感染肺炎，實在是無醫學常識。最感佩旃邢氏發
明種痘法，可以防痘，可惜當時還無法防麻疹。可見他是關心小兒醫
學的醫生。

昭和十年（1935），李騰嶽以鷺村生筆名，在《風月報》寫下
「臺北竹枝詞」十首，寫盡當年臺北興衰，以下錄三首：

> 建昌街廢南街微，代謝何曾有是非？今日太平最殷盛，霓虹明
> 滅耀珠璣。

貴德街在清朝時期分為兩條街，北段的建昌街，南段的千秋街。光緒
十三年（1887），闢建「建昌街」與「千秋街」，今貴德街北段與南
段，作為外國人居留區。劉銘傳邀富商林維源和李春生投資興建新式
洋樓店舖，還有各國領事館、洋行、茶商漸聚集於此。因甲午戰爭而
由日本接管，建昌街、千秋街也因此改名成港町（此名稱有「港口、
碼頭市街」的含意）。當時建昌街已經式微，物換星移，盛衰代謝沒
有一定的是非，反而最盛之地的是太平，指太平町，今延平北路，是
大稻埕社交娛樂，霓虹閃爍最繁榮的地方。

　　　　萬華稍遜稻江優。城內居然占上頭。融協每成疏隔憾，三分長
　　　　似劃鴻溝。（《風月報》，10期，1935年6月13日，頁3。）

萬華已經沒落，而大稻埕鄰近淡水河是當時的貿易港埠區，並以茶葉
出口最為發達，大稻埕附近成為茶葉的加工製造重鎮，可稱為優於萬
華。沒想到「城內」，即今城中區，是為日本人盤據之地。想要融合
反變為疏隔，臺北城好像變為劃分三分的鴻溝。

　　　　茶業年來幾廢興。豪家相繼半頹傾。請看建泰珍春者，門面多
　　　　從換別名。（《風月報》，10期，1935年6月13日，頁3）

臺灣本地包種茶製造是光緒七年（1881），福建同安縣茶商吳福老
（源隆號）仿福建的製法開始製造。到明治二十九年（1896），「大稻
埕共有英元號、合興號、永裕號、震南號、永綿利號、福建昌號、錦
芳號、恭記號、芳成號、珍記號、福集興號、永順號、珍春號、廣盛
隆號、泉美號、建泰號等十六家包種茶商。（參考來源《臺灣總督府
公文類纂》，藤江勝太郎，〈包種茶調查報告〉。）[109]但是到這時已經
不再是全盛期，豪家相繼傾倒，像大稻埕中建泰號、珍春號的門面都
已經換其他的名字了。茶業的經營，要永久興盛是無法的。詩中有無
限的感傷。

第二節　小題吟會與題襟亭填詞會成員成員

　　小題吟會成立於民國三十二年（1943），成員包括賴惠川、賴柏
舟、譚瑞貞、林緝熙、張李德和、吳百樓、蔡水震等人。

---

109 許賢瑤著：《臺灣包種茶論集》（臺北市：樂學出版社，2005年），頁9。

一　老來猶帶書獃氣[110]的賴惠川

　　賴惠川（1887-1962），[111]本名尚益，字子受，號頤園，別署「悶紅老人」，取「綠悶紅愁」之意。文館因名「悶紅館」，為與詩友唱和吟詠並講課授徒之所。惠川為賴氏開基祖的第十七代子孫。渡臺祖賴恂行的第六代子孫。父親賴世英為清代臺灣歲貢生。賴惠川排行第四，是賴世英第二任太太鍾惜娘的獨生子。

　　賴惠川的詞集取名《悶紅詞草》，象徵落寞寡歡的一生。此書在民國三十九年（1950），與《悶紅小草》合訂出版。另賴柏舟編《詩詞合鈔》（1955）亦收有賴惠川詞九十四闋，經比對並去其重複，目前賴惠川共有一七六闋詞[112]。除了在詩社與詞社所創作外，還可分以下幾類：

（一）登臨懷古

　　賴惠川利用嘉義發生的史事來詠史，如〈醉春風‧過夫人墓（王

110　賴惠川：《悶紅詞草‧隔花陰》，頁241。

111　《嘉義市志》、《嘉義縣志》都寫賴惠川是（1887-1962），但根據癸巳年出版的《題襟亭填詞集》由張李德和親自所寫的會員名冊，賴尚義、林緝熙、吳文龍當年都是六十五歲，張李德和六十一歲（1893-1972）、吳文龍（1889-1960）《題襟亭填詞集》出書較早，根據此，所以更改。

112　賴柏舟：《詩詞合鈔》中，賴惠川：〈早梅芳‧過鄭王祠〉：「殿巍巍，人矯矯，落日悲孤島。強胡未泯，馨香俎豆荐。此身生以外，故國魂常繞。昔年興與廢，興廢已同渺。　　月華明，鵑聲叫，血洒思陵草。乾坤扳盪，愈覺孤臣寸心。浪翻鯨去急，氣淑開梅早。早梅芳，異芳流海嶠。」《詩詞合鈔》，17頁下，與《悶紅詞草》〈早梅芳‧過延平郡王祠〉：「祠宇尊。滄桑飽。兀兀悲孤島。強胡未泯。馨香俎豆戀殘照。此身生以外。故國魂長繞。昔年興與廢。興廢已同渺。　　月寧明。鵑夜叫。血灑思陵草。乾坤扳蕩。愈覺孤臣寸心皎。浪翻鯨去急。氣浩梅開早。早梅芳。異芳留海嶠。」頁217。明顯是同一首，賴惠川在出版《悶紅館詞草》自行修改過。

得祿嫂也）〉：

> 兀兀餘莩表。悲秋啼野鳥。崎嶇仄徑晚山迷，悄。悄。悄。一
> 品貞瑉，百年殘碣，尚銘封誥。　　小叔雄才飽。黃麻前德
> 報。綸音赫耀拜恩褒，嫂。嫂。嫂。曾幾何時，青燐黯淡，冷
> 煙衰草。（《悶紅館全集・悶紅詞草》，頁253）

〈醉春風〉又名怨春風。夫人指王得祿嫂。本名許月，人稱定舍娘，
是太子太保王得祿之長兄王得嘉的夫人。相傳王得祿幼年失怙，端賴
大嫂許氏撫育，照顧有加。嘉慶十八年（1813），王得祿居福建水師
提督之官銜、來臺閱兵，順道掃墓，感念許氏「扶持植立功，特請賜
封一品夫人」。賴惠川於《悶紅墨屑》「巨眼垂青」詩中註：「王得祿
嫂，人稱定舍娘，得祿少時，嫂善遇之。後封一品夫人，聲勢赫奕。
凡有所事，縣令不敢過問。及王文啟宰是邑，多年積案一時掃清，夫
人勢稍殺。」[113] 許太夫人原葬地已不詳，道光十九年（1839）時，才
由孫子王源懋等以及曾孫王國秉等人改卜築於羌母寮四十一號。[114]
　　賴惠川路經王得祿嫂的墳墓，對寵辱興亡、得時與否的感受。詞
首先點出在秋天時，高聳而光禿的墳墓，僅有野鳥啼叫，山路崎嶇，
晚山淒迷，小徑一片靜悄悄。一品夫人的封號，只剩殘碑尚存的誥
命。下片的「黃麻」是古代詔書用紙，因為小叔王得祿的功績而有這
樣的稱封。但曾幾何時，因年代變遷，已經少人紀念，只有冷煙衰
草。感嘆人在人情在，人世是現實的。又有〈輕紅・義民塔〉：

---

113 賴惠川：《悶紅館全集・悶紅墨屑》，頁312。
114 顏尚文總編纂、吳育臻編纂：《嘉義市志・人文地理志》，頁202。

寒潭水急，彌陀寺古。孤塔凄涼朝復暮。鋤餘俠骨，橫陳無
數。想不到，災貽荒土。　　風月依然，韶莘來去。問此日，
江山孰主。茫茫往事，不堪回顧。只一義，長存寰宇。（《悶紅
館全集・悶紅詞草》，頁255）

自注：「塔在彌陀寺，傍小岡上，臨阿彌陀佛潭。建於戊寅年，季秋
月。合祀昭忠義民公，五百三公，忠義十九公。寺廟發合時，三處塚
廟。亦在毀折之列，故築此塔，納其遺骨。義民，皆為地方殉難者。
而十九公之中，聞另一猛犬。亦同時從死去。」戊寅是昭和十三年
（1938），把乾隆林爽文之役犧牲的十九公、道光十三年（1834）張
丙之役的五百三公靈合祀，靈骨移至彌陀寺旁小丘，尊謂義民塔。祠
依舊，唯加刻十九公、五百三公神位同祀之。詞中點出塔的地點在彌
陀寺旁。前有寒潭水急。而日治後期，把這些忠肝義膽的俠骨藏在義
民塔內。年去歲來，江山誰當主人？對茫茫往事，實在是不堪回首，
惟有一個義字，長存在人間，不經時間而刷洗毀壞。

又有〈月下笛・登大山母〉，自注：山，在彌陀寺附近。他如旗
竿，向天獅、象鼻山，猛虎跳牆，貓兒洗面，倒插金釵，蛇仔崙，楝
郴山等，皆三百年來公塚也。甲戌年六月，當局忽議清塚。參議員
中，有奉承意指者，首贊其成，餘則默不敢言，當局因之決行鋤掘。
其時，朽骨殘骸，橫陳滿路，哭聲震天，傷心慘目，莫此為甚。聞欲
作球場，以供行樂之用。今則荒蕪置之。

荒草萋萋，寒煙縷縷，滿山殘照。沈沈悄悄。只昏鴉一聲叫。
連天榛莽高低路，廢穴裡，狐妖兔狡。忽南來溯拜。溪喧八
掌，四顧茫渺。　　臨眺。餘狂嘯。有塚歎全鋤，傷天不少。
遺骸塞道。孤魂無主誰弔。當時何忍襄斯舉，也不過、糊塗事

了。抑冥界，久承平，當受無端苦惱。(《悶紅館全集‧悶紅詞
草》，頁253)

甲戌是昭和九年（1934），詞序中指出這一年，日本政府突然要清理
彌陀寺附近的山，參議員裡面，有些奉承者就支持上意，以至於屍骨
滿野，哭聲震天，最後知道清理的目的是要建球場行樂，最後又荒廢
置之。詞特色是用疊字「萋萋」、「縷縷」、「沈沈悄悄」，表現這沈靜
的大山母，三百年來原本是公塚，在滿山殘照中，四顧渺茫，被相中
改高爾夫球場，就挖墳除草，讓無主孤墳塞滿道路，賴惠川覺得這是
糊塗事，或者是冥界中過的太平，要受此無緣如故的苦惱。詞中充滿
諷刺之意。
　　又有〈誤佳期‧馬嵬〉：

　　羅襪生塵之處。真是傷心萬古。不能庇一意中人，卻怪淋鈴
　　雨。　　　駐馬弔香魂，薄倖唐天子。綿綿此恨綿綿，只是憑空
　　語。(《悶紅館全集‧悶紅詞草》，頁230)

詞牌〈誤佳期〉，此調始見於明人楊慎《升庵長短句》，《詞律》附載
於《竹香子》後，云：「查舊詞無此體，或升庵自度……因其前段與
此〈竹香子〉同，附錄於卷。」[115]馬嵬在陝西。天寶十五年（西元
756年），安祿山攻陷長安，唐玄宗帶著寵妃楊玉環，逃亡四川，駐紮
馬嵬，民心怨憤，致有「馬嵬兵變」，楊貴妃被縊死，並草葬馬嵬。
這首詞下片有兩個仄韻，押第四部仄聲魚模韻，在「薄倖唐天子」，
子是要押韻的，但此處押第三部仄聲，是出韻的。詞中用洛神賦中的

---

115 萬樹撰、懶散道人索引：《詞律》（臺北市：廣文書局，1989年），卷6，頁112。

「羅襪生塵」，形容貴妃的神奇美麗。然而這一切讓千古傷心，貴為皇上的唐玄宗卻無法保護佳人，任她被縊死。卻只怪雨霖鈴的聲音。下片寫玄宗真是薄倖的天子，說什麼此恨綿綿，都是空話。諷刺玄宗荒唐昏憒，只愛美人，無能治理國家，導致國家衰亡。

（二）反映戰爭

賴惠川經過太平洋戰爭的可怕，但身為殖民地百姓，不敢明目張膽斥責戰爭，對於嘉義受盟軍轟炸，非常無奈。尤以戰火摧殘下，張李德和家的諸峰醫院與王殿沉的書房都毀於戰火，因此他懷著一種劫後餘生的沉痛，只能隱晦的提到空襲時的恐怖，與戰爭的可怕，血流如河，家破人亡的傷痛。賴惠川曾在〈乙酉元日〉詩：

> 雄雞振羽歲星驕，吭引狂雷地軸搖。烽燧幾年彌宇宙，不堪回首問冬朝。（《悶紅館全集・悶紅小草》，頁36）

自注：爆擊之始。乙酉指民國三十四年（1945），開始空襲時，天搖地動、烽火滿天的情形。歷來詩人較多表達戰爭的可怕，但詞人表達戰爭很少。賴惠川的〈雨中花・疏開〉：

> 今日疏開談匪易。深恐是，後來烽燧。人或疏開，境殊今昔，萬難伊胡底。　　第一甕中無粒米。況到處，盜風橫熾。進退維難，身心無主，只仰天而已。（《悶紅館全集・悶紅詞草》，頁257）

疏開，是日語する（ソカイ・スル）的翻譯，指疏散到郊區或鄉下，以躲避轟炸。他談到因為空襲，所以要疏開，使生活不容易，又擔心

因「疏開」後，盟軍來炸，會烽火連天。他覺得今昔景況迥異，「萬難伊胡底」，指這樣艱難的苦日子，何時能結束。下片寫甕中一粒米都沒有，而且到處有強盜，讓人進退兩難，而且「身心無主」，只有仰天嘆息，不知何時才能重見天日。他又有〈疏開〉詩：

> 家為疏開萬不聊，何當忍凍坐深宵。鶉衣欲補無針線，自向殘鐙結紙條。（《悶紅館全集・悶紅小草》，頁4）

他心裡覺得疏開是萬不得已，忍受凍坐到深宵，衣服破洞要補卻沒有針線，只有在燈下結紙條，祈求祝福。又有〈疏開中入嘉義〉：

> 晴既無多半是陰，人文淵藪感懷深。狸眠廢灶炊煙斷，鹿走荒臺霸氣沉。紅樹夕陽孤客淚，白雲親舍故鄉心。飛機過後餘生在，拼著悽惶一苦吟。（《悶紅館全集・悶紅小草》，頁29）

詩中寫道飛機炸過後還存活，然而對嘉義人文淵藪，卻好像廢墟成為狐狸安眠之處，而且炊煙斷，夕陽之下只有孤客的眼淚，淒惶苦吟。又在〈甘州・猛爆〉寫戰爭可怕：

> 歎悲豪，警笛一摧時，狂奔湧人潮。滿壕惟待斃，飛機來襲，暮暮朝朝。猛爆雷轟巨響，地軸感遙遙。風火急騰處，地赤天焦。　　慘淡頹垣敗瓦，夕陽蒼茫外，暮氣蕭條。山川嗟失色，金粉逐煙銷。問當年、歌臺舞榭，到此時，吠犬復鳴梟。紅羊刼、一番回顧，膽碎心跳。（《悶紅館全集・悶紅詞草》，頁57）

事情起因是昭和二十年（1945）三月底，嘉義水上鄉柳子林附近，日

軍射落盟軍飛機一架，隔一、二日後，日軍以火車運送炸藥，四月三
日停靠嘉義站，美軍轟炸嘉義站，車廂起火延燒西市場，多家商店，
爆炸聲與飛機轟炸一樣，市民多避災於防空壕中，以為飛機並未離
去，多被活活燒死。上片寫到當空襲警報一響起，人群恐懼狂奔，躲
到防空洞去，「滿壕惟待斃，飛機來時」，指出當盟軍飛機來時，百姓
的驚怕、無助，接著就是破瓦殘壁，天地震撼，屋舍等建築物被燒
毀。下片寫空襲後，一片破敗，暮氣蒼茫，山河變色。回想當年的舞
榭歌樓，都已煙消雲散。到如今一番蕭條，「紅羊刧」，是指戰禍，回
顧戰爭，實在讓人「膽碎心跳」。真實的記錄空襲、躲警報的可怕。

（三）風俗民情

　　賴惠川的《悶紅墨屑》寫許多風俗民情，但詞中較少有這類作
品，僅有如〈西江月‧雲馬〉：

> 烽火此時南北，干戈昔日東西。無非糜爛醃人醢。世事依然不
> 濟。　　詣闕好騎雲馬，酬神薄具雛雞。塵寰何日息征聲。煩
> 問玉皇上帝。（《悶紅館全集：悶紅詞草》，頁238-239）

自注：「雲馬乃紙印畫馬也。十二月廿四日以前，市上多賣之，俗謂
是日。灶神上天奏事，人家購此，祀灶時，焚而送之。名送神。」所
謂雲馬是民間習俗，用於迎神（臘月廿四日）、送神（正月初四），主
要燒給神使用的神馬、神的隨身將兵使用的甲冑等，以祈求祝福。詞
中提到以前干戈蔓延，此時戰爭仍然延續，四處都是兵災，使得生民
塗炭，人命不保，世事仍是不濟，人民非常痛苦。下寫具備簡單雛雞
來酬謝神明，祈求天神旁的雲馬，上到天庭宮闕請問玉皇大帝人間的
戰事何時能平息？此首詞句有反諷意味，人民心中痛苦，無法上達天

聽，只有請神旁的雲馬轉知，早日解除民怨。又〈一葉落・又來〉：

> 記歲暮。神歸去。問神近日宿何處。此時卻又來，簷前迎神
> 雨。迎神雨。陣陣留神往。（《悶紅館全集・悶紅詞草》，頁
> 248）

> 自注：俗謂十二月廿四日送神。有風為送神風。翌年一月初四
> 日迎神。有雨為迎神雨。

臺灣風俗十二月二十四日送神回天上。賴惠川提出問題，「歲暮時分
到翌年一月初四日，神都回天上去述職了，這幾天他們都住哪裡了？
簷前一直下雨，這些雨稱為迎神雨，又把神迎回的民間習俗。又有
〈春光好・鬥草〉：

> 欣鬥草，笑攜籃。覓宜男。便是輸郎願也甘。過蘭潭。　　苔
> 印靴痕泥淺，草籠袖影香含。玉指搓煙寒不覺，趁春三。（《悶
> 紅館全集・悶紅詞草》，頁250）

梁宗懍有《荊楚歲時記》：「五月五日，蓄蘭為沐浴，……又謂之端午
踏百草，即今人有有鬥草之戲也。」[116]鬥百草源於周人認為五月為惡
月，必須採集百草來解厄。六朝以後，鬥百草成為一種遊戲習俗。唐
以來，鬥百草成為婦女和孩童的專屬。也有男女借此機會，選擇心中
所屬的人。鬥草是比賽雙方，先各自採摘具有一定韌性的草，然後打
結，並各自使勁拉扯，以不斷者為勝。詞中寫少女很開心拿著籃子，
去鬥草，最好是找男子，若是輸給他也心甘情願。經過嘉義蘭潭，少

---

116 宗懍：《荊楚歲時記》，見《景印文淵閣四庫全書》，冊589，頁22。

女靴子踩在青苔上，手上提著草籠，衣袖留香。玉指相搓不覺寒冷，趁著春天三月來鬥草。林玉書〈蘇幕遮・鬥草〉：

> 杏花天，芳草地。十里春風，捲出韶光麗。草色連天青未了。
> 連袂佳人不脫春風外。　　戲題紅，爭拾翠。旖旎芳情乍接魂
> 先醉。興到濃時偏細膩。扭住纖腰，防卻金釵墜。（《臥雲吟
> 草》，頁91）

這兩首應是小題吟會時的作品，由賴惠川先寫，林玉書跟著寫。在杏花開的季節裡，芳草大地上，在春風中，佳人聯袂而行。下片寫出在紅花上題字，撿拾綠葉，美好時光，千萬不要一扭纖腰，使金釵掉落。

又有〈一葉落・又來〉：

> 記歲暮。神歸去。問神近日宿何處。此時卻又來，簷前迎神雨。
> 迎神雨。陣陣留神往。
>
> 自注：俗謂十二月廿四日送神。有風為送神風。翌年一月初四
> 日迎神。有雨為迎神雨。（《悶紅館全集・悶紅詞草》，頁248）

臺灣風俗十二月廿四日要送神，所以詞寫歲暮神要回去了，有風稱為「送神風」。他有趣的問神近日都住在哪？一月初四日要迎神，下起雨來，把神留在人間，稱「迎神雨」。

（四）詠物詞

　　賴惠川的詠物詞，都專注在當時臺灣流行的食物、衣服、器具上。

1 食物方面

　　日治時不管漢人或原住民，有許多人吃檳榔的習慣，賴惠川有
〈思帝鄉·檳榔〉：

> 栽荖葉，裹檳榔。細嚼聲流檀口，奏宮商。健胃生津止渴，有
> 餘香。準擬一宵情語，共郎嘗。(《悶紅館全集·悶紅詞草》，
> 頁246)

又有〈檳榔〉詩：

> 獨幹搖搖得氣生，繁枝不復趁春萌。自將巨帚揮塵外，雨露雲
> 煙掃太清。(《悶紅館全集·悶紅小草》，頁21)

根據臺灣文獻，檳榔最早紀錄，為康熙年間首任臺灣知府蔣毓英所修
之《臺灣府志·物產志》，以及郁永河的《裨海紀遊·竹枝詞》。孫元
衡同知的〈食檳榔有感〉詩二首；陳夢林主編的《諸羅縣志》，描述
檳榔待客之社會功能。首任巡臺御史黃叔璥也於《臺海使槎錄》中，
描述「倒吊子」及「唾如濃血」的文章。乾隆年間，臺灣海防同知朱
景英，記錄當時臺灣流行檳榔的盛況：「啖檳榔者男女皆然，行臥不
離口；啖之既久，唇齒皆黑，家日食不繼，惟此不可缺也。解紛者彼
此送檳榔輒和好，款客者亦以此為敬。」[117]《臺灣通史·風俗志》：
「檳榔可以辟瘴，故臺人多喜食之，親友往來，以此相饋。」[118]詞中
提到檳榔，是要有檳榔子及添加物荖花、荖葉、荖籐等等，所以先栽

---

117 黃叔璥：《臺海使槎錄》(臺北市：成文出版社，1983年)，頁123。
118 連橫：《臺灣通史·風俗志》，卷23，頁686。

剪荖葉，來包裹檳榔，吃後會「健胃生津止渴」，還留有餘香。還以
「準擬」，猜測之詞，肯定會和情郎共同品嚐且情話一宵。又有〈滴
滴金・地瓜〉：

> 鐙前讀到雞聲起。握霜毫，展冰紙。夜半點心好滋味。地瓜煨
> 鑪底。　　人言近日寒無比。我何知，斯為美。貧賤惟求適吾
> 志。短褐狐裘擬。(《悶紅館全集・悶紅詞草》，頁238)

〈滴滴金〉：「因漏由銅壺而出，用以紀刻記時也，故滴滴滴成金，有
惜時寶時之意。」[119]地瓜是臺灣農村社會的主食。上片寫天寒地凍，
讀書到半夜，天氣冷冽，手都僵凍，有地瓜在鑪底，散出香味，成為
最好的點心。下片寫最近天氣寒冷，別人相問「我何知」？作者指出
有「斯為美」，有溫暖甜美的地瓜，已能適其志，好比穿上「短褐狐
裘」般溫暖，抒發內心安貧樂道之心，歌頌臺灣地瓜的甜美與營養。
又有〈朝中措・糕餅〉：

> 分甘糕餅少餘財。孫幼戲安排。待到阿翁好運，黃金必自天
> 來。　　如今且耐，殘羹佐飯，落葉添柴。若是有錢便好，砌
> 邊無數蒼苔。(《悶紅館全集・悶紅詞草》，頁233)

這首詞是寫當時物資缺乏，因為錢財少，要分到糕餅就要等阿公好運
到，黃金從天掉下來，才能有錢去買。現在請孫兒多忍耐，吃點殘羹
剩菜，撿點落葉當柴火燒，期待如果有錢真好，但是看到砌邊蒼苔很
多，表示很少開伙。

---

119 聞汝賢：《詞牌彙釋》(臺北市：自印本，1963年)，頁628。

2　器物方面

　　日治時代臺灣人有吸食水煙的習慣，吸食時，會釋出尼古丁，使人上癮。賴惠川也寫到日治時的水煙壺，如〈臨江僊・水煙壺〉：

　　　　呼吸之間聞譟譟，一時香霧空濛。蘭芳滋味覺香濃。接餘嬌吻帶輕紅。　　水火吹噓纔一瞬，尚留彩焰微烘。灰寒合似唾殘絨。菸絲再撚入金筒。（《悶紅館全集・悶紅詞草》，頁206）

　　所謂水煙壺就是一種用銅或竹做成吸水煙的器具。當時的人喜愛抽水煙壺。當煙經水過濾，吸時發出咕嚕嚕的響聲。詞中寫吸水煙的聲音，頓時煙霧瀰漫，氣味香濃。下片寫水煙吸過會留下彩焰，煙絲灰好像殘絨一樣，在把新的煙絲放入金筒中。又如〈散餘霞・錢莊〉：

　　　　錢莊當日欣光復。暴珍窮徵逐。回首倒敗連天，只生逃死哭。　　　　人生溺於利欲。可足而不足。危在禍福之間，往來相倚伏。（《悶紅館全集・悶紅詞草》，頁226）

　　賴惠川寫到臺灣光復後，錢莊很開心的設立，但是不是人們的浪費奢侈，就是在政府的重稅徵斂下，一家家倒閉，只有生逃死哭。下片探討到人們沉溺於物欲，人生可以滿足卻不滿足，以至於禍福相倚。

3　衣服

　　日治時皇民化運動時，規定要穿和服，到日治末也有洋服的出現，賴惠川有〈繡帶兒・洋服〉：

　　　辜負一東風。意懶又情慵。為制流行洋服，分寸老裁縫。

　　　莫令帶兒鬆。好束住，春恨惺忪。其他刀尺，長長短短，寸步

　　相同。（《悶紅館全集・悶紅詞草》頁225）

日本服飾稱為和服，相對的西洋服飾就叫洋服。日治時代都是穿和
服，但因為一九一一年的一段報導中即提到：「本年斷髮之風潮忽
湧，雖服裝標榜為不改，而改之者過半。」[120]臺北的洋服店即生意鼎
盛，並且需要擴張規模以供應洋服的大量需求：「爾來斷髮之風日
盛，洋服之需要日增。臺北城內及大稻埕之新開洋服店及擴張業務
者，時有所聞。」[121]由「臺灣人的照片中，可以了解男性洋服在一九
二〇、一九三〇年代的臺灣社會中甚為常見。」[122]穿洋服是潮流與時
尚，加上臺灣天氣炎熱，穿洋服比較舒適。為了製作流行的洋服，老
裁縫要注意尺寸。下片寫到帶子不能太鬆，其他的刀尺長長短短都要
相同。

（五）抒情

　　賴惠川的詩作內容廣泛，詞作較少，在抒情詞方面，有：

1 思念雙親

　　他在詞中很露骨的表現對父母的思念。他自幼身體欠安，頗受慈
母呵護，他一生最感念親恩。他的〈踏莎行・思親〉：

120　〈發展之兆〉，《臺日報》，3版，1911年6月17日。

121　〈洋服商況〉，《漢臺日報》，2版，1911年8月4日。

122　吳奇浩：〈洋服、和服、臺灣服──日治時期臺灣多元的服裝文化〉，《新史學》，
　　　第26卷第3期（2015年9月），頁83。

> 凋盡椿萱，悲存莪蓼。親恩罔極天之昊。難將色笑覓窮泉，狂
> 號枉把蒼天叫。　　痛淚潛潛，憂心悄悄。風塵誰念兒年老。
> 分甘索餌憶當時，夢中空戀親懷抱。（《悶紅館全集・悶紅詞
> 草》，頁204）

他的母親過世，想到親恩是昊天罔極，心裡痛苦，無法和顏悅色的到
黃泉尋找，只能呼天搶地。下片用對句，說明自己「憂心悄悄」，常
常回憶當時，慈母把好吃的食物糕餅分給他，在夢中思念雙親懷抱。
他在〈思親〉詩也提到：

> 思親親不在，罔極報無期。欲待他生報，他生報已遲。（《悶紅
> 館全集・悶紅小草》，頁278）

都是哀感父母之恩浩瀚，欲報無期。他另有〈週年〉、〈三柱〉、〈父
母〉，[123]都是遙念父母之恩。他又在〈步林荻洲丁亥還曆韻〉四首詩
感慨身世，詩云：

> 往事回頭倒復顛，不情難問有情天。殘書價善誇能賈，凤負償
> 清痛鬻田。過去韶華惟我老，生床炙疾只親憐。毫尖寫到吟懷
> 苦，四壁蛩聲一劍縣。（《悶紅館全集・悶紅小草》，頁131）

這首詩是丁亥年，民國三十六（1947），步林緝熙六十歲生日所寫，
說自己還有些書，有好價錢，但為清償債務只能賣田。時間流逝後，
他自覺韶華老去，「生床炙疾只親憐」，在生病時只有母親的照顧，寫

123　賴惠川：《悶紅館全集・悶紅墨餘》，頁470-471。

到此心中感到傷痛。又〈憶秦娥・思親〉：

> 捨兒去。窮泉渺，無尋處。無尋處。百身莫贖，生男何補。
> 　彩衣無復堂前舞。親心應共兒心苦。兒心苦。孤鐙黯淡，一
> 宵風雨。（《悶紅館全集・悶紅詞草》，頁205）

他想念雙親捨棄孩子已逝去，在黃泉深處無法追尋，感嘆生兒子無
用，無法把雙親贖回。已經無法像老萊子一樣在堂前娛親。如果母親
地下有知，應該和兒子的心一樣悲苦。又〈清平樂・微雨〉：

> 淡雲微雨。哭倒墳前土。哭一聲人皆有父。哭一聲兒無母。
> 　哀哉見面為難。痛哉親可平安。想到親恩罔極，荒邱淚灑煙
> 寒。（《悶紅館全集・悶紅詞草》，頁221）

這首詞也是父母過世後，哭倒在父母墳前，想到天人乖隔，無法再見
面，心中悲痛雙親在九泉之下是否平安？淚水灑在荒煙的墳丘上。又
有〈更漏子・念雙親〉：

> 念雙親，辛苦備。罔極難酬今世。嗟惚惚，鬢如絲。愁懷悲更
> 悲。　親已去。孺空慕。不及慈鴉反哺。曷有極，問蒼天。
> 蒼天竟憫然。（《悶紅館全集・悶紅詞草》，頁227）

此詞仍如前首詞一般，想念雙親，父母恩昊天罔極，現雙親已去，自
己無法反哺的悲傷。他不僅思念父母，對身為人父，也是極盡職責。
他有〈阮郎歸・不廱〉：

人間菽水痛何曾。傷心淚暗傾。呼呼喚喚隔幽冥。親心忍此
行。　　風陣陣，雨聲聲。瞧樓已五更。魂來魂去不分明。難
將一夢爭。（《悶紅館全集・悶紅詞草》，頁222）

此詞題為不鷹，即不應。詞中菽水指豆和水，自己想承歡膝下，然而
他呼天搶地，哭喊父母，還是幽冥永隔，心中還暗怪父母怎忍心拋棄
他獨行。下片寫風吹雨打，樓上已經五更，自己仍無法成眠，無法在
夢中相逢，賴惠川對父母情深，詞中對父母的亡逝無法釋懷，與深深
思念。又〈憶少年・春盡〉：

天教春盡，天教人老，天教貧窶。搖頭向天問，老懷空淒楚。
　　所望如今天不許。覺人生，最難為父。吁嗟復奚怨。只吟
傷心句。（《悶紅館全集・悶紅詞草》，頁228）

詞一開始就連用三個「天教」，指老天使春天過去，老天使人蒼老，
老天也使人貧窮。雖然問天但天不回答，只讓人空懷淒楚。下片指出
既然天不從人願，感覺到人間最難為者是為人父，心中充滿感嘆。

2　對貧苦的無奈

賴惠川常在詩詞中嘆老怨窮，如〈琴調相思引・苦飢〉：

惻惻悽悽夜半風。孤吟長伴一鐙紅。病妻眠早，四壁寂寥中。
　　悶坐苦飢飢且耐，明朝沽酒劈錢筒。錢筒無底，微笑問天
公。（《悶紅館全集・悶紅詞草》，頁221）

《御製詞譜》：「〈相思引〉，詞牌名，又名〈琴調相思引〉、〈定風波

令〉、〈玉交枝〉等。此調有兩體，四十六字者押平聲韻，房舜卿詞名〈玉交枝〉，周紫芝詞名〈定風波令〉，趙彥端詞名〈琴調相思引〉。四十九字者押仄聲韻。」[124]這首詞是屬於趙彥端體，押平韻。詞中寫到半夜風冷，僅一燈相伴，病妻已將早睡，一切都在寂靜中。下片寫飢餓只能悶坐，明天想要買酒，只有劈開錢筒，錢筒中也沒錢，無奈只能微笑問老天爺，命運真苦啊！

又如〈菩薩蠻・無聊〉：

> 回頭暫覺人生苦。無聊歲月無聊度。銀樣蠟槍頭。糊塗春復
> 秋。　　固知貧且賤。差幸吟身健。萬事已全灰。何心問後
> 來。（《悶紅館全集・悶紅詞草》，頁223）

詞上片寫到回想人生感到都是辛苦，無聊的歲月只好無聊度過，本來就知自己又貧窮又卑賤，還好身體強健，目前萬事已看為灰，何必問日後的事。流露出無奈悲觀的心情。又如〈畫堂春・缾罄〉：

> 一春辜負望春心。春光消息沉沉。雨多情少畫陰。拼著孤吟。
> 　　辛苦緬懷當日，窮愁直到而今。滿天風露覺寒深。缾罄難
> 斟。（《悶紅館全集・悶紅詞草》，頁230）

《詩經・小雅・蓼莪》：「缾之罄矣，維罍之恥。」[125]缾，小的酒器。罍，大的酒器。罄，盡。缾罄罍恥，指小瓶沒有酒了，大瓶也引以為恥。詞中寫到春天消息沉沉，下雨白天陰沉，只有自己孤單沉吟。下片寫日子辛苦，窮愁到現今，心中也覺寒冷，風露多，天氣冷內心更

---

124 王奕清奉敕輯：《御製詞譜》，卷6，頁9。
125 屈萬里：《詩經釋義》，頁170-171。

冷，但酒器裡面沒有酒，無法斟來飲用，詞意淒苦。又有〈錦堂春・題捐〉：

> 隨喜心存訪勝，和南志在題捐。清遊自古叢林好，可惜我無
> 錢。　　老佛固稱大士，上人不是詩仙。世間何況文章賤，難
> 贈以詩篇。(《悶紅館全集・悶紅詞草》，頁231)

賴惠川想去尋幽訪勝，在叢林中清遊，可是友人卻志在捐獻，很可惜的是身上沒錢無法行善。下片用諷刺的手法說，上人不是詩仙，不懂得詩，自己本想題詩捐贈，但世上文章不值錢，所以很難送出詩篇。詞中充滿文人不遇與沒價值的諷刺。又〈雙調南鄉子・祖業〉：

> 聞道地均權。分付兒曹賣薄田。此日不容存祖業，天天。天有
> 榮枯大自然。　　今後啜寒饘。殘喘猶堪一息延。富貴長生不
> 老，仙仙。仙與村翁卻少緣。(《悶紅館全集・悶紅詞草》，頁
> 258)

他聽說政府要實施土地平均地權，趕快吩咐兒輩把薄田賣掉，不滿當時社會不容許祖業存留。呼天搶地，但老天也會榮枯大自然。下片指出從今以後只能吃冷粥，才能苟延殘喘。想要富貴長生不老，成仙得道。可惜仙人和村翁緣份少。詞中充滿無奈，政策由政府制定，人民只有接受的份。

(六) 禽言詞

　　賴惠川還有一組原題十三首禽言的詞，但裡面〈天仙子・春去了〉，重複一闋，故僅剩十二首詞。他用〈調笑令・破袴〉、〈天仙

子・春去了〉、〈風流子・不如歸去〉、〈訴衷情・麥熟鍛磨〉、〈相見歡・日蹉跎〉、〈歸國謠・春去了〉、〈蝴蝶兒・歸去來〉、〈霜天曉角・向前還好〉、〈梅花引・苦苦苦〉、〈昭君怨・布穀〉、〈醉公子・得過且過〉、〈女冠子・泥滑〉等十二個調，藉鳥鳴的聲音，加以發揮，來傳達對社會的不滿、生活的不順、貧苦，對政府政策的不滿。比如：

1 怨生活貧苦

賴惠川的土地可能多數被放領晚年生活，生活清苦，詞中藉鳥鳴抱怨，如〈調笑令・破袴〉：

> 破袴。破袴。塵篋已無餘布。秋來驟覺寒多。豈羨人間綺羅。羅綺。羅綺。況是晨炊無米。(《悶紅館全集・悶紅詞草》，頁211)

以布穀鳥的鳴聲「破袴」，來聯想篋中沒有餘布，只能穿破布。秋天時感到很寒冷。早上起來已經無米可炊了，怎敢去羨慕人家穿綾羅綢緞。詞中顯現窮苦的怨言。又有〈梅花引・苦苦苦〉：

> 苦苦苦。風和雨。屋漏衣單無米煮。掩柴扉。等爺歸。爺歸爺歸。依舊忍寒飢。　　眼前兒女誰憐恤。鍼黹辛勤聊度日。暗淒酸。淚空彈。一朝之計，更比上天難。(《悶紅館全集・悶紅詞草》，頁214)

〈梅花引〉：此調有兩體，五十七字者，《中原音韻》注「越調」。高憲詞有「須信在家貧也樂」句，名〈貧也樂〉。[126]但這首詞連用三個

---

126 王奕清奉敕輯：《御製詞譜》，卷5，頁6。

苦字，表達對生活的不滿，風雨中屋漏，衣服單薄，卻無米煮飯，只好掩住柴扉，等候爺歸，但爺歸後仍是無錢，依然要忍受飢餓。下片寫兒女跟著過窮苦的生活，辛勤作針線補貼家用。眼淚暗彈，每天的生計困難，真的比登天還難，抱怨生活貧苦。另有〈如夢令‧姑惡〉：

> 憔悴難堪姑惡。夫婿更逢輕薄。左右做人難。打罵不分清濁。姑惡。姑惡。今後此身誰託。(《悶紅館全集‧悶紅詞草》，頁216)

用怨婦的口吻表達做人艱難，遭婆婆嫌惡，而且夫婿輕薄，時常不分青紅皂白就打罵，不知日後要託付誰。

2 反對政策

當時政府實施三七五減租，讓耕者有其田，將地主的田，由佃農放領。賴惠川對此很不滿，他的〈昭君怨‧布穀〉：

> 南埔聲催布穀。未必民風敦樸。今日略移秧。有餘糧。　　瘦者無非業主。肥者是三七五。肥則任他肥。病難醫。(《悶紅館全集‧悶紅詞草》，頁214)

從聽到布穀聲，聯想到未必是民風敦樸。只要在田中稍為移秧插田，就有餘糧。可是三七五減租後，肥的竟然是佃農，瘦的反而是業主，因為土地都被放領一空。肥者任他肥，真是無可奈何，內心有對政策的不滿。他的〈新生〉一詩：

餘生碌碌已無求，豈恨封公未得侯。田園死鳥飛不過，毫厘都
願請徵收。[127]

想到自己的餘生勞苦窮忙，已經無所要求，豈是恨沒有封公得侯。但
政府推動耕者有其田、公地放領等政策，大量徵收地主的土地，再放
領給農民之事。對惠川而言，看著自己家中田產被徵收，心中的無
奈、愧疚與不滿，是可想而知的。又有〈霜天曉角‧向前還好〉：

> 向前還好。目的蓬萊島。此去蓬萊千里，平安路，無煩惱。
> 　戰爭知不到。安全生命保。更有好官堪做，昇官後，發財
> 了。(《閱紅館全集‧閱紅詞草》，頁214)

詞中表達每個人都想向前進，目的是蓬萊仙島，可是仙島離此千里，
只求平安路，無憂無惱。下片表達如果沒有戰爭，一切平安無煩惱，
生命有保障，還有好官做，更可發財。

3 抱怨文章無用

賴惠川感受在亂世，日子流逝，內心焦急煩亂，如〈相見歡‧日
蹉跎〉：

> 鬋鬒雪鬢雙皤。日蹉跎。金粉韶華回首，夢春婆。　　春夢
> 斷。婆心亂。感多多。直是文章無用，唱山歌。(《閱紅館全
> 集‧閱紅詞草》，頁212)

---

127 賴惠川：《閱紅小草》，頁7。

詞中寫道日益衰老，雙鬢斑白，每天蹉跎歲月，內心感慨甚多，好像
一事無成，所寫的文章派不上用場，真是「文章無用」，只好唱山歌
解悶。他又有日子得過且過的觀念，如〈醉公子・得過且過〉：

> 冠履休嫌破。得過時且過。淡飯復粗衣。年中煖且肥。　　試
> 看名利客。心中空戚。補短截其長。貧來卻不妨。《悶紅館全
> 集・悶紅詞草》，頁215）

詞中勸人不要嫌棄冠履破敗，日子得過且過，粗衣淡飯也可以肥飽溫
暖。看看那些求名得利的人，他們的內心空虛，所以只要截長補短過
日子，就算貧苦也不妨礙生活的樂趣。

　　賴惠川的詞作非常多元化，他忠實的記載時代人民的心聲、貧
窮、抱怨政策、思念親人等等，其中最特別的是用禽言來表達內心的
不滿與渴求。

二　頭已白，性猶孩[128]的林緝熙

　　林緝熙（1887-1962），號荻洲，生於嘉義市東門町。其父為清秀
才林慎修（1848-1923）。緝熙「狷介自潔，喜詼諧，有東方曼倩之
稱」。[129]自幼聰穎好學，善於文辭，明治三十八年（1905），畢業於臺
灣總督府國語學校師範部，為嘉義地區畢業於該校之第一人。旋被派
任於朴子公學校。其後轉入明治製糖會社，服務於總爺本社。其間並
歷經溪湖、南靖、蒜頭等糖廠，主持會計。因勤奮不懈，卓有績效，
而調升為會計主任。昭和十六年（1941），於糖廠退休。昭和十九年

---

128 林緝熙：〈壽樓春・自述〉，見《荻洲吟草》，頁16。
129 賴子清：〈鶴洲詩話〉，見《鷗社藝苑次集》，頁243。

（1944）冬，因戰爭疏散隱於鹿滿山，不履市井十年餘，但與賴惠川相唱和，詩筒往返，深夜在途而不厭。林緝熙與王殿沅為總角交，兩人同入羅山吟社。大正四年（1915），林緝熙與賴子清、賴惠川等創立玉峰吟社，大正十一年（1922），曾代表玉峰吟社參加霧峰萊園「櫟社二十年題名碑落成」。[130]同年，林緝熙參加南社在固園的大會，有〈南社大會固園〉[131]七言絕句二首。大正十二年（1923），又有〈祝南社十五週年紀念大會〉。亦曾加入嘉義小題吟會、題襟亭填詞會、玉峰吟社、鷗社等，常與時人王殿沅、賴惠川、張李德和、王甘棠、許藜堂等詩友共遊。詩作表於《詩報》、《臺南新報》、《臺日報》、《漢臺日報》等，亦收錄於《鷗社藝苑初集》（1951）、《鷗社藝苑次集》（1953）、《鷗社藝苑四集》（1955）等，集結出版為《荻洲吟草》（1966），同時收錄《荻洲墨餘》（又名《仄韻聲律啟蒙》），龍文出版社於民國八十九年（2001）出版復刻本，扉頁提要有云：「其詩皆近體，詞多小令，雖率意言情，然嚴謹典雅，一如其為人；稍耽禪悅，亦足見其心境」。[132]

昭和十六年（1941），林緝熙於糖廠退休後，常與時人王殿沅、賴惠川、張李德和、王甘棠、許藜堂等詩友共遊，吟詠五峰吟社、嘉社等。昭和十九年（1944），歸隱鹿滿山，其遺著有《荻洲詞話》、《荻洲吟草》、《仄韻聲律啟蒙》等，其中詞有五十八首，詩有一百八十多首。

林緝熙的詞，除了在小題吟會，題襟亭填詞會等詞社與諸吟友唱和外，他各用八個詞調來歌詠「諸羅八景」與「嘉義新八景」。民國三十七年（1948），由當時的嘉義市長宓汝卓召集地方仕紳與文人雅

130　傅錫祺：《鶴亭詩話・櫟社沿革志略》（新北市：龍文出版社，1997年），頁351。

131　《臺南新報》，7456期，1922年12月3日，頁5。

132　林緝熙：《荻洲吟草・提要》，頁1。

士黃文陶、林玉書、許藜堂等人，成立嘉義市的「新八景」評定委員
會，重新評選出嘉義地區具代表性之景觀。評選結果共評定出「八景
六勝」，所謂八景分別是：蘭潭泛月、檜沼垂綸、彌陀曉鐘、康樂暮
鼓、公園雨霽、林場風清、鷺橋跨浪、橡苑聽鶯等八處，六勝則分別
是顏墓懷古、王樓思徽、御碑紀績、芝亭崇勳、義廟揚仁、烈祠流芳
等六處。[133]這「八景六勝」具體描繪出嘉義市在戰後的城市景觀風
貌。林緝熙在鷗社時，曾各用八調來吟詠諸羅八景與嘉義新八景，
如表：

諸羅八景	詞牌	嘉義新八景	詞牌
玉山倒影	〈減字木蘭花〉	蘭潭泛月	〈烏夜啼〉
南浦草青	〈南浦〉	檜沼垂綸	〈卜算子〉
北沼荷香	〈踏莎行〉	彌陀曉鐘	〈謁金門〉
檨圃風清	〈賣花聲〉	康樂暮鼓	〈憶蘿月〉
蘭井泉甘	〈河傳〉	公園雨霽	〈柳梢青〉
萬山倒影	〈踏莎行〉	林場風清	〈朝中措〉
梅坑月霽	〈秦樓月〉	鷺橋跨浪	〈臨江仙〉
月嶺曉翠	〈山花子〉	橡苑聽鶯	〈宴西園〉

　　林緝熙在嘉義新八景序云：「舊時八景，今幾無存，余幼時猶及
見之，爰將所見，填此八闋，以存昔日風光，當時面目。」[134]有〈烏
夜啼・蘭潭泛月〉：

　　　　笛韻悠揚夜靜，波光瀲灩風纖。輕橈打破閒雲影，畫鷁戲銀
　　　　蟾。　　　長巷竹鄰短巷，後潭水接前潭。荷蘭人去留名勝，卻

---

133 顏尚文總編纂、吳育臻編纂《嘉義市志・人文地理志》，頁155。
134 林緝熙：《荻洲吟草》，頁22。

付與蘇髯。註：左近有長竹巷，而潭在短竹巷盡處。(《荻洲吟草》，頁23）

「蘭潭舊稱紅毛埤，位於嘉義市東南方；……相傳為十七世紀荷蘭人所開鑿，故漢人稱之紅毛埤，戰後改稱蘭潭。」[135]相傳為三百年前荷蘭人所鑿之埤塘，故稱「蘭潭」，是嘉義勝蹟之冠。每在月色之下，明潭似鏡，泛舟其中，「畫鷁戲銀蟾」，有如輕舟戲月，在笛音悠揚，可滌消塵煩，享神仙之樂。又有〈卜算子・檜沼垂綸〉：

> 潑剌羨杉池，笠影斜陽外。絕好生涯一釣竿，漫把漁翁怪。
> 蘋藻兩參差，水面文章在。不信魚兒不上鉤，且理絲綸待。
> (《荻洲吟草》，頁23）

檜沼是指日治時阿里山鐵路建造完成後，闢貯木池，以浸貯木材，其中以檜木居多，故又名檜池。詞中寫斜陽之下，在檜池四周之林下垂釣。檜池中長滿蘋藻兩水草。當清風徐來，檜香陣飄，垂著釣絲，等待魚兒上鉤，正是人生樂事。又有〈謁金門・彌陀曉鐘〉：

> 秋空闊，韻逗曉風殘月。斷續敲霜寒微骨。聲聲都是佛。
> 悟到不生不滅。萬斛塵心超絕。八掌溪邊閒曳屧，白雲封古剎。(《荻洲吟草》，頁24）

彌陀寺前臨八掌溪，綠水縈繞，白雲籠罩，晨鐘破曉中，體悟到人生如幻，塵心盡除。又有〈憶蘿月・康樂暮鼓〉：

---

135 顏尚文總編纂、吳育臻編纂：《嘉義市志・人文地理志》，頁179。

愁雲一抹。天際初三月。血雨蠻煙嗟毅魄。雖死千秋猶活。

　忽聞暮鼓鼕鼕。當年就義從容。誓石山頭長在，狉獉肅凜雄
風。（《荻洲吟草》，頁24）

〈憶蘿月〉原名〈清平樂〉。詞題下寫「弔吳鳳」。根據《嘉義市志》：
「康樂暮鼓位置現為中正公園，原為平埔洪雅族的諸羅山社公署所在
地，清朝闢為外教場，日治時代為公會堂，光復後闢為康樂區，設圖
書館等。」[136]吳鳳曾經擔任嘉義通事，「血雨蠻煙嗟毅魄，雖死千秋猶
活」，寫吳鳳為「為革除原住民出草的習俗而捨生取義」，其精神千秋永
存。「狉獉」指文化未開的原始景象。看到當時從容就義的石頭尚存，
在原始未開化之地，肅立凜然雄風。又如〈柳梢青・公園雨霽〉：

花殘春老。雨晴風定，夕陽鴉噪。幾曲清流，滿園新綠，儘人
吟嘯。　　香車金勒如梭，只知道，縱情歡笑。太子樓高，震
災碑古，又誰憑弔。（《荻洲吟草》，頁23）

這是指嘉義公園，暮春時節，風雨過後，園中花已凋謝。然而有幾道
清流，使林木吐出新翠，可供人隨意吟詠。下片指出周圍有車馬穿梭
不斷，人可在此縱情歡樂。「太子樓高，震災碑古」，指東門樓（原又
稱太子樓，紀念封為太子太保的王得祿）[137]，在明治三十九年
（1906）的大地震與大正元年（1912）的暴風雨中，遺蹟受創，其中
的舊建材曾一度保留，而在二次大戰後又移到嘉義公園裡並命名為太
保樓。[138]太子樓在震災中，石碑已蒼古，又有誰來憑弔。又有〈宴西

---

136 顏尚文總編纂、吳育臻編纂：《嘉義市志・人文地理志》，頁181。
137 戴震宇：《臺灣的城門與砲臺》（臺北市：遠足文化出版公司，2001年），頁82。
138 張志遠：《臺灣的古城》（臺北市：遠足文化出版公司，2007年），頁124。

園‧林場風清〉：

> 避暑人來園囿，涼味披襟消受。團扇不須揮，漫思歸。　　習
> 習好風吹過，笛韻鳥聲相和。萬木倚雲栽，育英才。（培育苗
> 木之處故云）（《荻洲吟草》，頁23）

詞牌〈宴西園〉：「朱敦儒詞詠洛妃，名〈洛妃怨〉；侯寘詞名〈宴西
園〉」。[139]林場風清，是指現在的嘉義植物園，裡面種植各種熱帶植
物，樹群挺拔高聳，自然陰涼。此詞中寫天氣酷熱大家都到此避暑，
清風送涼，不需要揮動團扇，有笛聲、鳥聲相唱和，涼風吹拂，此處
是培育苗木的好所在。又〈臨江仙‧鷺橋跨浪〉：

> 柳外長虹垂兩岸，三春綠漲山溪。水準影倒玉山低。吹簫明月
> 夜，飲馬下危隄。　　欲數流痕分八掌，渦迴浪捲還迷。參差
> 橋柱是誰題。寫諸羅在北，頂下六東西。（頂六下六村名）
> （《荻洲吟草》，頁24）

白鷺橋位於嘉義南邊，橫越八掌溪，清時為一小渡口。昭和六年
（1931），始建水泥橋，長約五百餘尺，高七丈多，油漆成白灰色，
遠遠望去彷彿橫空鷺陣掠水飛過，故名為白鷺橋。民國四十八年
（1959），八七水災，本橋被洪水沖毀，因為係由軍隊負責改建，遂
改名軍輝橋。[140]詞中寫到天晴時，楊柳岸有長虹垂掛，水中有玉山倒
影，橋下正是八掌溪分流，水渦浪捲迷人。每明月夜吹簫橋下，而橋

---

139 王奕清奉敕輯：《御製詞譜》，卷3，頁32。

140 顏尚文總編纂、吳育臻編纂：《嘉義市志‧人文地理志》，頁184。

柱下不知是誰的題字，這裡有地勢較高的頂六、與地勢較低的下六等村。他同時有〈過鷺橋〉詩，自注：嘉義新八景之一。其詩云：

> 一隄垂柳繫紅腰，九陌橫通角子寮。何處臨流堪飲馬，此間踏月好吹簫。鴨頭綠漲連朝雨，雁齒痕添昨夜潮。我愛城南新八景，日隨鷗鷺共逍遙。（《荻洲吟草》，頁13）

寫出鷺橋的地理四通八達，此間可踏月吹簫，也可臨流飲馬，更可每日隨鷗鷺逍遙，是讓人喜愛的風景名勝。又有〈朝中措‧橡苑聽鶯〉：

> 東風嬝嬝柳依依。何處囀鶯兒。青踏土城舊路，簧吹橡苑高枝。　　良辰好景，詩人鬥酒，公子金衣。趁著春光未老，莫教聲澀花飛。（《荻洲吟草》頁24）

「橡苑指博愛路橋北側一帶，因日治時期林業試驗支所曾在此試種橡膠樹，故稱橡苑，又因為是清朝北香湖的遺址，後來仍留一方塘，因此波光瀲灩，一片綠意」。[141]詞中寫春季時湖畔東風徐徐，楊柳依依，耳聽鶯鳥踏在橡苑上，高聲啼鳴。趁著春光未老，在此良辰美景下，詩人公子，可盡情飲酒吟詩，觀覽美景。

　　嘉義新八景推出後，引起很大的共鳴。許多鷗社同人紛紛寫詩唱和，唯獨林緝熙以詞吟詠。林緝熙除填詞外，也寫許多詩，如〈諸羅雜詠〉十首、〈竹崎鄉雜詠〉十首等詩，專歌詠嘉義的歷史人物、古蹟、風景，戰爭：

---

141 顏尚文總編纂、吳育臻編纂：《嘉義市志‧人文地理志》，頁184。

（一）歷史人物

1 白鷺卿

白鷺卿（？-1877），河南人，咸豐十年（1860）二月，知臺灣縣事，後署事嘉義。[142]林緝熙在〈諸羅雜詠〉十首之五：

> 風聲鶴唳盡皆兵，小丑跳樑戴萬生。記得當時賢令尹，白猿桃穴守孤城。

「小丑跳樑戴萬生」是指戴潮春事件。戴潮春，字萬生，因身為地主，家境十分優渥。清咸豐十一年（1861），戴潮春所在地的彰化縣知縣高廷鏡委由戴潮春組織鄉勇，以遏止當地盜匪。但他藉以發展為天地會組織，不到數月，團練人數擴充至十餘萬人，為了避免官府注意，改稱八卦會。[143]這團體發展過速，且成員四處滋事，因而清官府決定鎮壓戴潮春勢力。同治元年（1862），戴萬生舉眾，圍攻嘉義三年。「白猿桃穴守孤城」，白猿指當時白鷺卿縣令，矢志守城，清朝派福寧鎮總兵林文察自安平登陸，十一月二十日抵達嘉義。直到清同治四年（1865），事件才結束。

2 王得祿

王得祿（1770-1842），字百遒，號玉峯，諡果毅。清代臺灣府諸羅縣溝尾（今嘉義縣太保市）人，清治時期著名將領，能協助平定林爽文事件，擊潰朱濆、蔡牽等海盜勢力，並於第一次鴉片戰爭期間協

---

142 雷家驥纂修：《嘉義縣志・人物志》，頁9。
143 連橫：《臺灣通史》，卷33，列傳5，頁993-994。

防澎湖。王得祿生前為官至浙江提督，加太子太保銜。死後追封伯爵，並加太子太師銜，為清治時期官位最高的臺籍官員，林緝熙在〈諸羅雜詠〉十首之五：

> 布衣雄起建奇勳，提督名留一巷存。祇有當頭明月在，清輝曾
> 照舊朱門。（《鷗社藝苑初集》，頁222）

此詩歌寫清朝臺灣人的王得祿屢建奇功，榮獲最高官位，受封提督。而王得祿曾住過的提督宅，位在吳鳳北路向西進入光彩街南側一帶，昔日氣象顯赫，當時的明月曾照在朱門，而今只剩下一巷子存在。又有〈過提督巷〉：

> 甲第朱門昔日開，偶然策杖此徘徊。巷留提督名長在，更有何
> 人弔古來。（《鷗社藝苑次集》，頁128）

這首詩也是林緝熙自己寫偶然執杖路過提督巷，想到以前王得祿甲第朱門，現徒留一個提督巷，卻乏人來弔古。林緝熙另有〈諸羅懷古〉：

> 百里平原通大海，萬山遠郭壓孤城。斯庵老去詩仍在，瑄玿由
> 來政有聲。文物即今猶恍惚，風光依半生成。坤輿靈氣鍾於
> 此，天寵曾嘉義錫名。（《荻洲吟草》，頁26）

自注：周鍾瑄、張玿，康熙年間先後知嘉義縣，有政聲。周鍾瑄
　　　（1671-1763），字宣子，貴州省貴筑縣人。康熙五十八年（1719年），
　　　任臺灣府諸羅縣知縣。任內廣造糧倉、坤圳，農田得灌溉之利，民眾

因而富庶。[144]張玿，山西省代州崞縣人。生性恬淡，寡言笑，宅心忠恕，操行修潔，因此人皆視其為君子。康熙二十九年（1690），奉委擔任諸羅縣知縣。當時諸羅縣初創不久，土地多未開墾，到任後乃廣招四境游民拓墾田地，使其能安身立業。不到數年，諸羅農事大興，民眾日益殷，擔任諸羅縣知縣四年，政清賦簡，未嘗輕笞一人，輕辱一士。[145]此詩歌詠周鍾瑄、張玿等嘉義知縣。詩中首先說明嘉義平原通大海，城郭外有萬山羅列。這裡人文薈萃，曾住過的大詩人沈斯庵雖已逝，但詩情仍長存。上天鍾愛嘉義，派來張玿掌管臺南以北的臺灣政事，管轄區域涵蓋今嘉義、彰化、臺中、甚至臺北。周鍾瑄在諸羅縣共修埤圳共三十二處，以利農業，頗有治績。雖然文物目前沒完整保存，但風光是自然生成，上天鍾愛此地賜下嘉義美名。

3 施琅

施琅（1621-1696），字尊侯，號琢公，福建省泉州府晉江縣（今晉江市龍湖鎮衙口村）人。清康熙二十六年（1687年），福建水師提督加太子少保衛施琅引八掌溪水而興築的水利工程，灌溉面積約四百六十二甲。其後圳道被洪水沖毀，地方士紳黃嚴卿等十五人出資重修，為感念施琅首建水圳之恩，遂命名為「將軍圳」。[146]林緝熙在〈諸羅雜詠〉之六：

> 田疇水足稻花薰，秋熟黃金浪有紋。終古一圳存利澤，思源曾否頌將軍。（《鷗社藝苑初集》，頁222）

---

144 雷家驥纂修：《嘉義縣志·人物志》，頁10。
145 雷家驥纂修：《嘉義縣志·人物志》，頁9。
146 許雪姬：《臺灣歷史辭典》（臺北市：遠流出版社，2003年），頁1005。

將軍圳係嘉義的大圳，可以澆灌水稻，秋熟時如黃金波浪，將軍圳建於康熙二十六年前後（1687），創設者為施琅將軍。現在農民享受水利恩澤時，是否有歌頌開創者施琅將軍。

4　吳鳳

　　吳鳳故事在臺灣詠史詩中，是個重要的題材，書寫者不計其數，都是歌詠其「成仁取義」的精神。林緝熙在〈諸羅雜詠〉十首之七：

> 高山聚族舞婆娑，出草年年可奈何。大義有人甘作屬，至今阿里化民多。（《鷗社藝苑初集》，頁222）

嘉義是進出阿里山的門戶，阿里山上有許多原住民，以前稱的高山族人，他們相聚唱歌跳舞婆娑，可是有時也出草殺人，傳說中有吳鳳「為革除原住民出草的習俗而捨生取義」，至今阿里山上人民已多被教化過。

5　沈斯庵

　　沈光文（1612-1688），字文開，號斯庵，出生於浙江鄞縣，陸九淵門人沈煥的後裔，布政使沈九疇族曾孫。是一位南明時期的文人、官吏；後半生因故流寓臺灣，留下若干記錄當時臺灣風土民情的第一手資料，被譽為「海東文獻初祖」、「臺灣古典文學之祖」。林緝熙在〈諸羅雜詠〉之十：

> 福臺新詠沈斯庵，海外文章一脈涵。誰識閬紅詩思好，東山餘響出於藍。（《鷗社藝苑初集》，頁222）

寫嘉義沈斯庵來到臺灣。詩中指出來到臺灣的沈斯庵保存文章命脈，「誰識悶紅詩思好」，指在嘉義的賴惠川所寫的悶紅詩也是很優美，「東山」泛指名高望重的人，這裡是說明賴惠川的詩出於沈光文的餘風。

（二）嘉義建設與物產

林緝熙寫嘉義的景物，都懷著愛故鄉的情感。如〈竹崎鄉雜詠〉之九：

> 大小縱橫路幾條。輪蹄來往暮還朝。山谿驟漲渾無定。第一安全鐵線橋。（《荻洲吟草》，頁4）

寫竹崎鄉雖然有許多條道路，而車輛馬匹早晚都要路經竹崎，但是山谿潤水隨時因下雨而上漲，所以第一安全的是地方建設的鐵道。

嘉義境內水利建設完備，土地肥沃，以農產聞名，在林緝熙筆下，嘉義的水果豐富令人垂涎，如〈諸羅雜詠〉十首之：

> 杖藜扶步路三叉，桃李檳榔映晚霞。好是春風山子頂，半村半郭野人家。（《鷗社藝苑初集》，頁112）

詩中寫道走到嘉義的三叉路口，看到的是桃李纍纍，在夕陽斜照下，還有檳榔樹輝映晚霞，山風拂過山子頂，村子裡都是以務農維生。又〈竹崎鄉雜詠〉三首：

> 延綿十里樣花香。春在田家短短牆。貪看好山兼好水。灣橋橋外又埤塘。

富有堪稱第一流。深山天產足豐收。此間更有財源好。商賈爭
趨水道頭。

淺山十月尚溫和。地味肥饒果樹多。桃子斜陂柑橘好。秋風滿
載出諸羅。(《荻洲吟草》,頁4)

嘉義好山好水種植出香甜的檨仔(芒果),連綿幾十里的檨花香,象
徵春天已到,而橋外有許多埤塘,描繪地方特色。第二首寫道山中物
產豐富,使得財源滾滾,商人都來爭取水道源頭可以澆灌田地。之八
寫嘉義天氣好、果樹多,斜坡上種滿甜美的柑橘、桃子,等秋天收成
好,就載出嘉義賣個好價錢。

(三)嘉義地理

林緝熙〈竹崎鄉雜詠〉之一:

層巒嶂白雲間。竹崎仙鄉日月閒。寫入丹青愁小魯,一分平地
九分山。(《鷗社藝苑初集》,頁263)

竹崎鄉是臺灣嘉義縣所轄十八個鄉鎮市之一,位於嘉義縣東北近山地
帶,地名起源,由於當地均為山坡地形,且多竹林,經砍伐開墾後,
遍處留存竹頭,故稱「竹頭崎」。寫竹崎鄉是個山地,在層巒白雲
間。它的地理是「一分平地九分山」,當人登到竹崎鄉時,「寫入丹青
愁小魯」,指登高望遠而擔心足下為小。比喻學問高便能融會貫通。
〈竹崎鄉雜詠〉之二:

忽然劉阮入天臺。市界分明莫浪猜。變電所前車過後。山川高
下逐人來。(《鷗社藝苑初集》,頁263)

到竹崎鄉就好像劉阮到天臺山，林緝熙覺得鄉鎮和都市分得很清楚，
經過變電所後，山川彷彿追逐人而來。〈竹崎鄉雜詠〉之十：

> 登臨阿里路崎嶇。獨立螺旋墜道迂。溫熱兩般山下上。葛裘分
> 判糞箕湖。（《荻洲吟草》，頁4）

《大日本地名辭書第二部》載：「（大目根堡）糞箕湖，光緒初年有一
位名為林梓的人，為採集山產物品進入阿里山蕃地，偶然看到糞箕湖
地方值得開墾，乃召集夥伴移居此地，建立聚落。此地地形三面背
山，一方開闊，形狀恰似糞箕，所以稱為糞箕湖。」[147] 又有〈諸羅秋
望〉：

> 孤城人語白雲低，淺水蘆花入望齊。兀突萬三千尺嶽，紆迴一
> 十八重谿。秋深南浦猶青草，雨霽東山有斷霓。鄒魯遺風存古
> 邑，炊煙裊裊夕陽西。（《荻洲吟草》，頁6）

指出嘉義有高萬三千公尺的阿里山脈，沿途還有迂迴的十八重谿，秋
天時南浦仍然綠草如茵，雨停時東山有虹霓，諸羅古城仍存有鄒魯文
化昌盛的古風。

（五）控訴戰爭

林緝熙的詩比詞更寫實，他有〈晦冥〉詩：

> 慘澹烽煙晝晦冥，飛機來襲日無寧。火沖霄漢閭閻燼，風過山

---

147 吉田東伍：《大日本地名辭書第二部》（東京市：富山房書店，1909年），頁106。

河草木腥。亂世苟延殘喘息，天心直欲盡生靈。桃城浩劫沉淪後，親友行蹤費打聽。（《荻洲吟草》，頁11）

在二次世界大戰後，整個嘉義受到飛機轟炸烽火滿天，毫無寧日可言，房屋樓閣都被燒盡，連風吹過都有腥羶之味。老天真像要滅絕生靈百姓，嘉義在浩劫之後，苟活在亂世的人們，只能努力尋找親人的下落。又有〈步殿沉諸羅憑弔韻〉：

呼呼警笛雨濛濛，鶴唳驚心更怕風。性命攸關空襲下，精神全貫耳窩中。壕深未必災堪避，劫大難言禍已終。爭戰古來無此極，可憐焦土半沙蟲。（《荻洲吟草》，頁11）

寫在戰爭的空襲下，全神貫注聽飛機的聲音，警笛呼嘯又下著雨讓人驚心。縱使是壕溝也未必能避災，浩劫還未結束，從古到現今的戰爭沒有比這次更慘，可憐焦土中大半是遭殃的百姓。又有〈癸未歲暮〉：

劫歷紅羊歲欲殘，書生無力濟時艱。詩心更比冬心冷，鼙鼓曾如臘鼓閒。歐亞安危棋一著，林泉滋味屋三間。春風已漏梅消息，竚看昇平地運還。（《荻洲吟草》，頁11）

癸未是民國三十二年（1943）歲暮，世界大戰已經開始，詩中寫到因為戰爭，書生卻無力報國，詩心比冬天還冷，戰鼓聲有如臘鼓聲頻頻相催，歐亞的安危如下一盤棋，春天的腳步從梅可看出，期待天下太平。在〈乙酉四月三日即事〉中記載戰爭的無情：

西望諸羅戰火燒，病中聞警黯魂銷。晴天驟雨夷彈落。破屋乾
雷地軸搖。穸突幾人知浩劫，故園何處痛歸橈。可憐十萬罹災
者，今夜無從覓一寮。（《羅山題襟集》，頁73）

乙酉是民國三十四年（1945）四月三日嘉義市大轟炸，「連續數小
時。嘉義市火車站，因有運輸軍火汽油車輛靠站，起火轟炸，大通二
通所有商家店鋪房子全毀。全嘉義城一片火海延燒數日，煙霧瀰漫，
烏天暗地，嘉義城夷為平地。」[148]詩中描繪空襲情形，天地動搖，十
萬罹難者，突然來的浩劫，讓人今晚無安定的家可棲身。又有〈乙酉
端午感懷〉：

硝煙彈雨接蓬窗，故壘蕭蕭意氣降。僅有菖蒲過五五，竟無角
黍啖雙雙。驚聞古驛鳴宵柝，忍見殘糧貯破缸。安得赤靈符繫
臂，好銷兵革臥滄江。（《荻洲吟草》，頁12）

林緝熙在端午時節，感受良多，本來是要闔家團圓吃粽子，但只聽到
槍林彈雨聲，使人意氣消沉。端午佳節只有門外掛菖蒲，因為物資短
缺，沒有包粽子。晚上聽到巡邏的梆子聲，不忍見米缸缺米，如何得
到掛胸前避邪的赤靈符，才能消除戰爭，安靜的臥江水旁平靜生活。

---

148 嚴振興：〈烽火與鄉情〉，見《嘉義縣政府季刊》，第25期，2009年。

三　歎人生離合本無端，緣終幻[149]的譚康英

　　譚康英（1898-1958），字瑞貞，筆名恤紅生、冷紅生、浚南生、凌南生、蝶痕。祖籍廣東省番禺人。大正四年（1915），隨鄉親來臺南市外宮後街學商。少而好學不輟，富於創作之才，南社社員，旋往嘉義市開設合興鐵工廠。以後加入鷗社，小題吟社、題襟亭填詞會。為人寡言笑，有文才，篤於情。昭和五年（1930），曾任《三六九小報》編輯。工詩詞，尤擅香奩體。昭和十四年（1939），出版有《心弦集》，其中有詩二百多首、詞三十一首。這本書十之八九是記載他與瑤仙的愛情故事。另有《冷紅室詩鈔》，收於昭和十八年（1943）及收於民國四十年（1951）張李德和編《羅山題襟集》、民國四十四年（1955）賴柏舟編《詩詞合鈔》中，經比對，譚瑞貞現共存詩二八二首，詞五十三首。昭和五年（1930），譚瑞貞曾以「浚南生」之名，與許丙丁編輯《蓮心集》，[150]由嘉義蘭記書局出版，內容包括林瑤仙自作《瑤仙吟草》十五首，以及文人題贈之作二百多首。從《心弦集》與《蓮心集》的詩詞中，可以看出譚瑞貞戀慕歌妓瑤仙的情事。所記內容大都是對瑤仙愛慕與相思。在《蓮心集》中的〈瑤仙小史〉曾記：

---

149 譚瑞貞：《心弦集・滿江紅》（不詳：出版社不詳，1939年），頁10。臺南國家文學館有影印本，並無標注出版年地。從書中自序「己卯夏月風雨晦明之夕，恤紅生書于稻江旅次」，以及憫紅序文「己卯夏月」。以及綠珊〈重題心弦集〉四首，（《詩報》，197期，1939年3月18日），頁2，以及張篁川〈題浚南生心弦集〉（《詩報》，198期，1939年4月1日），頁2、蘇鴻飛〈題浚南生心弦集〉（《詩報》，200期，1939年5月3日），頁4，可見這書最快在昭和14年（1939）出版。

150 許丙丁、譚瑞貞編輯《蓮心集》，收於《臺灣先賢詩文集彙刊》（新北市：龍文出版，2011年），第8輯。

> 所謂瑤仙者，瑤仙姓林，小名來好，稻江人。甫生，即育於姑
> 母家，遂姓高，少時嬌憨修潔，眉目如畫。初日芙蕖，不加雕
> 飾。仙養父某，不請陶公術，所憶屢北，索逋盈門，方作仰屋
> 嗟，有鄰媼聞之唾曰：若家自有顏如玉，略一摒擋，行見面團
> 團矣。局促胡為者，仙養父逡巡數四，遂教瑤仙學琵琶作倚門
> 妝束，時仙僅十二齡耳。[151]

瑤仙即歌妓林來好，從小養育在姑母家，養父生意失敗，債主盈門，
十二歲時，就學彈琵琶，在酒樓賣唱，取悅賓客。瑤仙姣好的身段，
出眾的氣質，滄桑的身世，又能識字吟詩歌唱，引起文人的同情與共
鳴。其中譚瑞貞的追求最為熱烈。

譚瑞貞在〈心弦自序〉說：

> 憶昔少時，好為綺語。同人三五，結習未除，載酒看花，殆無
> 虛夕。曲睹黃河於壁上，歌聽金縷於花前。金粟如來，天花著
> 相。行雲忽止，仙籟微聞，剪綠裁紅之句，銷魂蝕骨之辭，靡
> 不情致纏綿。境由心造，藉芳草美人之意，寫黍離麥秀之悲，
> 蓋不如是，無以消磨壯志也。今老矣，沈腰潘鬢，熱念都灰。
> 蘇海韓潮。狂瀾莫挽。況復國家多難，身世流離，文字興戎，
> 笑啼護咎。獄成三字，愁結萬端，架上藏書，半罹秦火，烹老
> 龜以禍桑，焚瑤琴而煮鶴。瓜牽蔓引，蛇影杯弓，不獨於今日
> 為然也。是集埋藏故紙堆中，疊經幾番變故，不為時代淘汰，
> 其能完帙無缺，巍然獨存，譬諸瑜瑾，雖歷三燒所試煉，而其
> 毫光色采，仍未減其本來之精華。殊覺難能可貴也。錄而存

---

151 同上注。情網餘生：〈瑤仙小史〉，頁15-19。

之，以誌吾過。己卯（1939）夏月風雨晦明之夕。恤紅生書於
稻江旅次。（《詩報》，212期，1939年11月17日，頁19）

從序中看出昭和十四年（1939），譚瑞貞就已經寫好《心弦集》，他原
本是用綺麗之語，用「剪綠裁紅之句，銷魂蝕骨之辭」，又要「藉芳
草美人之意，寫黍離麥秀之悲」，如果不這樣，「無法消磨壯志」，但
如今「國家多難，身世流離，文字興戎」，架上的文書都因戰爭而銷
毀，自己所填的詞，還完好無缺，因此感覺難能可貴而出版，以記自
己之過。其實書中許多記載他愛戀歌妓瑤仙的情詞，瑤仙轉赴稻江賣
唱，他常往返稻江探視，所以序寫「書於稻江旅次」。書一出版，賴
柏舟寫〈滴滴金·題瑞貞兄心絃集〉：

朱絃婉曲鳴天籟。筆生花，珠遺海。古調淒涼雲漢外。合作風
詩採。　　銅駝離黍悲無奈。物華殘，居諸改。一片雄心憐尚
在。嘆滿頭霜緒。《鷗社藝苑初集》，頁42）

賴惠川〈一斛珠·題心弦集〉

英雄壯志。古今大半才難試。美人芳草豪情寄。一斛明珠，粒
粒傷心淚。　　世間榮瘁。回頭春夢餘春睡。異鄉孤客魂長醉。
離黍西風，未忍江山碎。（《悶紅館全集·悶紅詞草》，頁227）

兩人都說譚瑞貞的詞，是妙筆生花，賴柏舟指其詞「銅駝離黍悲無
奈」，賴惠川也以為「離黍西風，未忍江山碎」。但是讀罷《心弦集》
發現裡面是滿紙相思語，寫他追求瑤仙，滿紙相思煎熬，並沒有所謂
的禾黍之悲。

　　譚瑞貞對瑤仙展開一系列的相思與追求，大都收錄在《心弦集》中，如〈滿江紅・寄稻江某歌女〉：

> 地北天南，剛喜得，驀然相見。同攜手，傾談肺腑，情深繾綣。好夢匆匆偏易醒，前塵草草空追戀。數殘更，輾轉不成眠，肝腸斷。　　思往事，愁眉展。寫不盡，言千萬。膽情苗萬頃，殊難自譴。清夜溶溶看月，皎歸期渺渺憑欄盼。歎人生、離合本無端，愁分散。（《臺南新報》，10197期，1930年6月11日，頁6）

又有〈滿江紅・寄瑤仙之稻江〉：

> 十里紅牆，碧欄外，柳陰風輕。曾攜手，傾談肺腑，情深繾綣。好夢匆匆偏易醒，前塵草草空追戀。到如今，輾轉不成眠，肝腸斷。　　思往事，愁眉攢。寫不盡，言千萬。膽情苗萬頃，殊難自譴。清夜溶溶看月皎，歸期渺渺憑欄盼。歎人生、離合本無端，緣終幻。（《心弦集》，頁11）

　　這兩首詞應該是同一首，從詞寫作的日期可知，瑤仙在六月前應已經到臺北稻江。後一首則是八年後要出書才經過修改的。詞中上片寫兩人恩愛情深，然而好夢易醒，前塵往是只成空追憶，使他輾轉難眠。下片寫到瑤仙的歸期遙遙渺渺，只有在月下相思與惆悵憑欄，感嘆人生離合無端，情緣終將幻滅。譚瑞貞又有〈過秦樓〉：

> 司馬青衫，秋娘金縷，酒綠燈紅如故。羅紈未歌，翠袖先寒，憔悴長門獻賦。幾處淒咽虫聲，秋雨秋風，增入愁緒。問故鄉

何在，歸期何日，把離懷訴。　　猶記得，韻鬪羅山，歌徵北里，一點犀心相慕。玉泣珠啼，恨烟顰雨，無限撩人風趣。曾幾何時，舊燕歸來，門巷重尋何處。賸斜陽半壁，題箋試覓，斷腸詩句。（《心弦集》，頁11）

此詞仍是想念瑤仙，想到她仍在燈綠酒紅之處，何時才能歸回故鄉。下片想到兩人在羅山時鬪韻吟詩，在北里徵歌情形，兩人心心相印、相知、相慕，擔心她重回嘉義，已剩斜陽照半壁，只有重題斷腸句。

譚瑞貞曾是《三六九小報》編輯，漢詩底子佳，又擅長寫小說、詩、詞。日治時代，他的詞作量約有五十多首，算是豐富的，他更擅長寫詩，常一口氣寫許多如〈對話〉三十首，〈屑言〉六十首、〈卻寄〉三十首、〈即事〉三十首，最長的是〈囈辭〉並序九十首，其序：

> 傭餘小暇，偶寫風花，客次有懷，饒存綺思，賦閒情之亢亮，白璧何嫌，托錦瑟之義山，華年莫駐。長春心於紅豆，發秋思於青蓮，摭香草以忘憂，擷名花而寫照，捕風捉影。寧有公案可稽，東抹西塗。雅夫騷人本旨，故有寧拒兩廡之肉，不刪三（二）百風懷，得留一面之緣，又添幾重磨障。年來征塵滾滾，行役匆匆，瑤思瓊想，都莽輪蹄，綠意紅情，皆成夢影。聊陳寸志，敬告方家，佇看鸚鵡簾櫳，金經自懺，一任駕鴦池沼，風月長閒。（《心弦集》，頁16）

所謂「囈辭」的「囈」是指囈，說夢話。譚瑞貞這九十首詩，雖是說夢話，其實是他心底的真話。他引朱彝尊的〈風懷二百韻〉，是朱彝尊與自己妻妹壽常的愛情故事。丁紹儀《聽秋聲館詞話》所載，朱在晚年自編《曝書亭集》時，亦曾「欲刪未忍，至繞几迴旋，終夜不

寐。」¹⁵²可見他對這詩中，隱藏自己深邃複雜的情感，誠實面對。譚瑞貞也要忠實的記錄他與瑤仙這段刻骨銘心的愛情。

　　譚瑞貞常到臺北稻江看瑤仙，留下許多思念佳人的詩詞，包括〈稻江雜詠〉四首、〈稻江話舊〉六首、〈鳳凰臺上憶吹簫·稻江雜詠〉詞等，都是纏綿悱惻，相思相戀。無奈瑤仙身在紅塵，每天要面對多少恩客，笑往迎來，她沒有一首詩詞寫給譚瑞貞，可能是身分，也可能是譚瑞貞一廂情願，瑤仙只是在「工作」、應付而已。南北乖隔，自然會淡忘譚瑞貞，加上譚瑞貞被陷害，所經營的鐵工廠被燒，又被關進監牢，際遇悽慘。賴惠川曾有〈寄譚瑞貞〉詩，下注：「君彬彬佳（佳）士也，因時局關係，為日人所忌，竟至下獄，而所營工場被燬而盡，可嘆。」¹⁵³可知譚瑞貞曾因日人所忌，而下過獄，因此經濟下坡，他有〈獄中寄內〉詩：

　　　　家常七件賴支持，仰屋興懷實可悲。黑索橫施天外至。赭衣應
　　　　數命中奇。生於今日難為我，事到臨頭莫問誰，曉起偶忘身在
　　　　獄，關心長恐女兒飢。¹⁵⁴

譚瑞貞被陷害，經濟狀況日漸不佳，家中七事全仰賴妻子張羅，沒有餘力去追妓，因此較少聯絡。而瑤仙還是繼續操舊業，譚瑞貞有〈玉女搖仙佩〉：

　　　　古羅山上，再見雲英，依舊當年妝扮。洒洗腮紅，螺填黛綠，

152　丁紹儀《聽秋聲館詞話》，見唐圭璋編：《詞話叢編》（臺北市：新文豐出版公司，1989年），冊3，頁2591。

153　賴惠川：《悶紅館全集·悶紅小草》，頁121-122。

154　賴柏舟編：《詩詞合鈔》，頁52。

賺得秋波流盼。默默情無限。任蜂狂蝶戀。春鴻秋燕。絆不住
斜陽一抹，燦爛春光，風狂似箭。望小園紅紫，心上黃昏，花
飛撲面。　　側想春深銅雀，雲斷巫山，不少風流放誕。幾度
規卿，話難出口，背地長嗟短歎。恐執迷難返。相憐又相惜，
情終難遣。便想起湖州杜牧，嫣紅一樹，尋春恨晚。芳心遠。
桃花浪逐東風軟。（《心弦集》，頁77）

瑤仙可能重回嘉義，譚瑞貞看到她，跟當年一樣裝扮，勾起許多柔情
蜜意。也曾幾度規勸她從良，可是話語難出口，僅能背後長吁短嘆，
怕她執迷不悟，越墮落越深，對她相憐又相惜，雖還有往日情意，只
能恨尋芳去晚，芳心遠離，無限悵然。

南部花柳嘉義最盛，年來不景氣，室內店鋪，倒閉爭出。惟旗
亭二十餘處，日夜車馬，倍加紛紜，如西廓外松子腳，素稱鬼
穴，每當夕陽西下，至者戰慄。自設萬花閣，即漸繁昌，未幾
西薈芳，第一樓，文明樓，接踵新築，各據一樓，概屬洋樓。
今春宜春樓，又見三階，已居然別開一都市。……今日之豔
冶，胡知來日之不衰退，美人黃土，名士青山，千秋遺慨。鷗
社乃籌刊銷魂集，以誌泡影曇花。由數百妓女，精選三十，概
攝小照於集內，下添詩傳，及諸文藝。再託全島諸大家三十
名，揮毫裡面，兼留鴻爪，入選者三十名，各贈大小金釵一
枝。（《臺日報》，夕刊，4版，1930年8月26日）

自稱嘉義花柳最盛，因為不景氣，商店都倒閉，還好因有歌樓才漸繁
昌。但擔心美人遲暮，不知何日會變蒼老，所以在數百名歌妓中選出
三十名，拍攝小照，並添加詩，再請書法家揮毫，入選之歌妓還有金

釵等獎品。鷗社很當一回事在舉辦，《臺日報》還廣加報導，可見這是當時的一種物化女性的文化。〈金明池・花選題辭〉舊作：

> 研露調脂，盟香嚼蕊。寫遍南朝佳麗。二十四橋頭明月，總難遣詩情畫意。杜樊川十載揚州，祇贏得，一覺青樓夢寐。歎流水年華，斜陽巷口，空憶舊時門第。　商女琵琶天尺尺。任塞外（故國）烽煙，鼓鼙聲起。春無賴談兵說劍，愁裡過嫣紅姹紫。記小名鴛牒閒披，問畫壁雙鬟，昭陽第幾。溯曲院笙歌，綺懷歷歷。枉自儂儂爾爾。（《詩報》，317號，1944年7月7日，頁3）

譚瑞貞這首詞極有可能是一九三〇年，他為鷗社所刊《銷魂集》所寫的題辭的作品。上片寫杜牧十年揚州浪遊，只贏得青樓薄倖名，感嘆時光流逝，只能空憶舊時門第。下片寫商女咫尺天涯，春天百無聊賴，管他有戰爭風烽火，在憂愁中過眾美女叢。記住她的小名，但無法有緣成夫妻的名冊。想到往事歷歷，徒然有以前的相親愛。

譚瑞貞初到臺南時，曾與南社社友來往：

> 憶筆者旅居崁南時，曾與當地名士，如劍花、南溟、雲石、蕉麓、諸前輩，及南社仝仁，觴詠過從，時相請益。其間軼事遺聞，閒情逸史，偶有所獲。筆之於書，以備遺忘，久積成帙。意謂今日之遊驂，可作他年之坐聽。[155]

他所交往的對象包括連雅堂、胡南溟、趙雲石、林湘沅，以及南社的

---

155 譚瑞貞：〈冷紅室叢話自序〉，見《鷗社藝苑四集》，頁172。

友人，相互吟詠，並時相請益。日後他也參與《三六九小報》的編輯。曾因為日軍忌妒他的工廠，使他下監，他說：

> 殊料軍興以後，災患頻興，三字含冤，兩番入獄。家人不察，認文字為罹禍之媒，悉數搜羅，付之龍祖。自今思之，未常不飲恨而長太息也。[156]

他說沒想到戰爭以後，禍患頻生，兩番下到監牢，家人以為是文字獄，把他的書與作品全燒了，現在回想內心沒有不遺憾而且飲恨嘆息。賴惠川在〈寄友二十六首之五・譚瑞貞〉寫：

> 論交已久羨彬彬，底事陰房閱歷新。觸目烽烟彌此日，傷心縲絏禍斯人。白圭可玷塵方積，黑鐵能灰火不仁。榮瘁早知關氣運，會當明鏡獨懸秦。（《悶紅館全集・悶紅小草》，頁115）

詩下有注：「時局關係為日人所忌而入獄，其鐵工廠燒毀無餘。」賴惠川認識譚瑞貞已經很久，認為他文質彬彬，對他因日本當局嫉妒，而被抓去關感到惋惜。他認為一個人的興衰榮瘁，應該是和氣運有關，相信有一天會水落石出。

四　讀書餘，詩畫堪親[157]的張李德和

　　張李德和（1892-1972），字連玉，號羅山女史、琳鄉山閣主人、題襟亭主人、逸園主人、連玉等；出身雲林西螺望族，是臺灣嘉義市

---

156 同上注。
157 張李德和：〈行香子・感興〉，見《琳瑯閣吟草》，頁80。

詩人、畫家。為清朝水陸都督李朝安後代、儒學訓導李昭元長女。幼年時從其父親和活源書房的表姑母劉氏學習五年，又入西螺公學修業四年，最後畢業於臺北第三高女。後任教於斗六、西螺、嘉義公學校。年二十，於歸嘉義張錦燦醫生，育有兩子七女。她勤於習藝，擅長詩文，且諳音律、繪事，復精刺繡。平日除協助丈夫處理繁雜醫務。持家教子之餘，曾加入西螺蔡社、羅山吟社為社員，與嘉義文士擊鉢聯吟，馳騁藝苑，扢揚風雅。曾組琳瑯山閣詩會、鴉社書畫會、題襟亭填詞會、連玉詩鐘社、小題吟會等，故有「十全女子」之稱，「詩」、「書」及「畫」三絕之譽，是戰前臺灣《紳士錄》少數的女性中，唯一具有女教師經驗者；戰後曾任臺灣省臨時參議員。她的作品有《琳瑯山閣題襟集》、《琳瑯山閣唱和集》、《羅山題襟集》、《題襟亭填詞集》、《連玉詩鐘會集》等。民國四十二年，其夫婦還曆紀念，女婿顏滄海輯其三十年來所詠，釐為四卷，名為《琳瑯山閣吟草》，題簽則作《琳瑯山閣藝苑》，於是年二月在嘉義印行。[158]

張李德和創立題襟亭填詞會，也加入許多詩社，未從政前熱心填詞，目前存詩約一千五百多首，詞六十一首。除在詞社的唱和詞外，她的詞像大多數女詞人一樣，格局稍窄，比較多應酬詞，可分為：

（一）親情詞

張李德和育有二子七女，身為一個母親對兒女的愛與期待，在詞中表露無遺，她的〈一七令・示兒〉：

> 兒。兒。似靜，如癡。性本慧，志毋移。陽春有腳，烏兔難覊。孟母經三徙，鶺鴒獲一枝。面壁莫辭茹苦，囊螢宜效勤

158 參考顏尚文總編纂、黃金山撰：《嘉義市志・人物志・張李德和》，頁253-260。

書。試看蘭桂呈芳日，費盡心機寒暑時。(《琳瑯閣吟草》，頁
20）

當母親的最了解兒子的個性，她說：「兒。兒。似靜，如癡。性本
慧」，兒子的個性屬安靜、聰慧。勸兒子要愛惜光陰，意志要堅定，
因為時光容易流逝。孟母為了孩子都要三遷，「鷦鷯獲一枝」，指人要
獲得一個安身立命之處。所以鼓勵孩子要不辭辛苦的努力向上，要費
盡寒暑的自我充實，才能有富貴顯達的一天。她同時有寫詩〈偶興示
兒女〉之二，勸勉孩子：

　　讀書底事怕人聽，平仄字音怎得清。吟嘯書聲皆有節，須知句
　　讀要分明。(《琳瑯閣吟草》，頁19）

教導孩子讀書時，要大聲朗誦，才能聽清楚平仄，吟讀詩書時要有節
奏，要知道句讀分明。等到兒女大後，對兒子女兒出國留學，也都寫
詩期勉，如〈長男兒雄留學東都賦此壯之〉，〈長女女英留學日本女子
大學臨別賦示〉，一再期勉「無限前途須自重，學成歸顯故山坳。」
(《琳瑯閣吟草》，頁37）二次大戰時，兒子被日軍派去出征，三年多
未歸，她寫〈民國三十五年五月二十八日即興〉：

　　一聲電報吃心驚，展看旋教喜氣呈。軍旅吾兒身健在，迷蒙三
　　載得分明。(《琳瑯閣吟草》，頁70）

家中突然接到電報，實在令人心驚，不知兒子的安危？一看原來是日
本投降後，兒子平安歸來，當母親的心何等寬慰，喜極而賦詩。她又
有〈民國三十五年中秋感作〉中秋感作：

戰地兒歸月已三，晨昏不復望瀛南。團圓骨肉逢佳節，玉鏡當頭興倍酣。（《琳瑯閣吟草》，頁70）

兒子歸來已經過三個月，每天早晚不用倚閭而望，在此佳節骨肉團圓，圓月又當頭，讓興致高昂，說不盡的喜悅。表現出母親愛兒的心。

（二）祝壽詞

張李德和以詞為社交、應酬的工具，她常用詞祝福別人的生日，內容大都不離俗套，祝福對方長壽、富貴等。如〈揚州慢·蔡北崙先生稀古之慶〉：

> 萬里江山，一窗明月，讀高士傳驚奇。出生鯤島上，向祖國魂馳。擅才德，涵多逸藝。律師醫卜，酬世怡怡。志先憂天下，懷崇伊尹誰如。　　板輿奉母，歎塵寰，飄泊堪悲。熱血灑神州，雞群鶴立，榮顯偏辭。不媿那淵明叟，當然是、壽享期頤。祇今安桑梓，丹心猶望崑眉。（《詩詞合鈔·琳瑯閣詞集》，頁48）

稀古指七十大壽。蔡伯毅（1882-1964），字北崙，號頑鐵道人，臺灣臺中人。日本早稻田大學畢業，中國同盟會會員，曾赴廣州參加革命。嗣以母老多病，返臺省親。一九二四年，母逝後再赴大陸，旅居滬、杭、南京各地。曾任勞動大學、法政大學及文化學院教授，並曾在上海執律師、醫師及相士之業。光復後返臺，在臺中執業律師。民國五十三年卒，年八十三。[159]

---

159 張子文、郭啟傳、林偉洲編：《臺灣歷史人物小傳──明清暨日據時期》，頁706。

　　〈揚州慢〉是姜夔所創作的曲調，其詞序云：「淳熙丙申至日，予過維揚。夜雪初霽，薺麥彌望。入其城則四顧蕭條，寒水自碧。暮色漸起，戍角悲吟。予懷愴然，感慨今昔，因自度此曲。千岩老人以為有〈黍離〉之悲也。」[160]張李德和竟用這詞調來祝壽。詞中表達蔡伯毅雖然生在臺灣，卻是心向祖國。他有許多才能，一下子當律師，一下子又當相士，占卜算命。他是一個先天下之憂，心中懷抱著像賢相伊尹一般的志向，可是又有誰知道他的心志呢？下片寫到蔡伯毅居官在位時心中很孝順，孝養母親。母親過世後，因此漂泊海外，實在可悲。他的熱血灑在神州大陸上，他在榮顯時，像鶴立雞群般，卻又辭官，真是不愧陶淵明啊！現在他又回到故鄉來了，期望他長壽健康，安居在故鄉。她又有〈拂霓裳·祝林玉書先生古稀榮壽〉：

笑春天。老椿花綴露珠圓。壽星耀，桂子蘭孫舞堂前。笙歌和玉管，桃李滿城妍。進酒船，一聲聲，齊頌九如篇。　　南山東海，崇齒德，古稀年。歡醉日，銀花火樹燦華筵。白髮還綠鬢，矍鑠儼神仙。樂心田。待杖朝，海屋共陶然。（《羅山題襟集》，頁296）

這首詞寫於辛卯春端（1951），詞前有序：「先生字臥雲，號香亭，奕代懸壺濟世。曾長嘉義青年會、醫師會、嘉社主事，為我嘉醫界嚆矢，活人活國，方便待人，不媿功同良相，素性恬靜和平。現齒德俱尊，為羅山騷界元老，造就青年學子不少，貢獻文化良非淺鮮也。」林玉書（1882-1965），臺灣總督府醫事專校畢業，返鄉行西醫，而喜談玄理，好蘭藝、圍棋，詩書畫俱佳，尤善繪松竹。性喜吟詠，參加

160 姜夔：《白石道人集》（臺北市：中華書局，1984年），頁1。

嘉義各種詩社。與張李德和同為詩社社員。全詞是向嘉義醫師林玉書
祝壽，祝他壽比南山，福如東海。稱讚他精神矍鑠，道德崇高，每天
歡樂過活。又有〈畫堂春‧敬祝碩卿宗兄臺還曆〉,〈慶千秋‧祝施舉
人景琛老詞長八旬晉一華誕〉、〈慶千秋‧張立卿賢同學七十雙壽志
慶〉、〈喜春來‧王殿沅先生八秩榮壽誌慶〉。

（三）題贈

　　張李德和這類題贈詞，也都是詩社、詞社友人出書時，寫賀詞相
贈，屬於應酬式的詞章，如〈風入松‧題事志齋詩集〉:

> 淡交社契因緣。翰墨鮮妍。潛心扢雅揚風化，盈腔熱血堪憐。
> 妙擅才華魁楚，宏開絳帳燈傳。　　江山印跡留連。嘯咏雲
> 烟。奚囊滿貯珠璣麗，這災梨棗聯篇。鐵板銅琶氣，千秋閃爍
> 鯤巔。(《詩詞合鈔‧琳瑯閣詞集》,頁51)

《事志齋詩集》是洪大川（1907-1984）所著，洪大川，本名洪龍
波，號西疇逸老，嘉義新港鄉人。曾參加淡交吟社、亦曾參加鷗社，
民國五十五年出版此書。詞中上片寫出兩人的因緣是都參加淡交吟
社，筆墨之交，都有心發揚文化。詞中說他在詩壇上才華洋溢，以設
帳授徒，維繫中華文化。下片寫他的足跡遍滿各地，在遊山玩水中吟
詠，詩意豪放，有鐵板、銅琵琶的豪氣，必能閃爍詩壇。又如〈行香
子‧黃傳心先生劍堂詩集序附詞一闋〉:

> 古調詩仙。人世流連。好賓朋、慷慨心田。浮名浮利，未敢因
> 緣。樂只明花，賞明月，弄明鈿。　　放浪狂歌，舞躍翩躚。
> 頭等樂、草軟茵綿。雙柑斗酒，處處年年。笑一吟箋，一支

笛，一蘭泉。（《張李德和詩文集》，頁235）

黃傳心（1895-1979），本名法，以字行，號劍堂，筆名雍銘，出生於東石。從小聰穎活潑，師承澎湖趙鵬沖秀才，領悟力極高，結婚後遊學於新港林維朝秀才，漢學詩文青出於藍，是當地「猿江三才」之一。嘉義名儒賴惠川每遇見他，都會撫其背讚歎：「可愛哉！才人！」長成後宏揚漢學不餘遺力，是跨越日治與戰後兩大時代的「二世文人」，同時創作新舊文學的大詩人。黃傳心雖然學識豐富、精通各項技藝，但是他並不驕傲，個性詼諧，慈祥豪爽，人緣奇佳，所以有「全方位怪才」之美譽。[161]民國四十三年（1954），黃傳心出版《劍堂吟草》。[162]

　　詞的上片說黃傳心愛彈古調，如詩仙下凡，喜愛交朋友，心胸慷慨。不愛追逐名利，只喜愛賞花、賞月、賞明鈿，而他的詩文題材包羅萬象，文筆豪放不拘。下片繼續說他愛狂歌、跳舞，常舞姿翩翩，又愛喝鬥酒，並笑他以吟詩、吹笛、遊蘭泉為人生樂事。

　　張李德和另有〈行香子‧題漱齋詩草〉，是澎湖人省議員陳文石先生的詩作《漱齋詩草》。張李德和所寫的題詞，內容是讚他人品高潔，「兩袖清風，不較錙銖」，也讚美他文辭優美，「漱齋慧稿，分類嘉謨」，寫作用心。

（四）感懷

　　張李德和少部分詞作，從心中發出感慨，比較真實的情感。如〈陌上花‧暮夏〉：

161　雷家驥纂修：《嘉義縣志‧人物志》，頁211。
162　黃傳心撰：《劍堂吟草（附續集）》（新北市：龍文出版社，2006年）。

炎威赤帝，行權似欲，言歸未晚。卻願西風，催迫柳陰槐館。
滿腔熱血何須說，局促惹儂腸斷。正邦家多事，彈冠無分，歡
情不散。　　縱守這銃後，還如前線，苦澀辛酸分半。喜聽雄
軍，捷報中心欵欵，戰爭畢竟無人道，天地肯容橫悍。看飛
鴻，豈怕烽煙炮火，汗流無算。（《琳瑯山閣吟草》，頁65）

這首詞收在民國四十二年出版的《琳瑯山閣吟草》，詞中寫到炎炎夏
天的感懷，期望西風吹來。懷有滿腔熱血不用說，局勢不安惹人腸
斷。這正是邦家多事的時候，也做官無分，但歡情不散。[163]下片指縱
使戰後，還好像處在前線一般緊張，有苦澀、有辛酸。雖然聽到雄師
已經戰勝，但是戰爭畢竟無人道，天地豈肯容下蠻橫的事。看天上的
飛鴻，豈是怕烽煙砲火，在烈日中一直汗流。

　　她又有〈行香子・感興〉：

久厭囂塵。松竹為鄰。讀書餘，詩畫堪親。浮名浮利，莫漫勞
神。歎鏡中花，水中月，夢中身。　　風雨飄搖，世道沉淪。
看難慣，花樣翻新。遊心藝苑，作個閒人。對一畦萱，一籬
菊，一池雲。（《琳瑯山閣吟草》，頁80）

張李德和在詞中道出心聲，她厭煩喧囂的塵世，喜愛和松竹為鄰。讀
書之餘，就與書畫相親，不會浪費精神在浮名虛利中。感嘆人生像鏡
中花，像水中月，像夢中身。下片感嘆世道沉淪，國家不安，看不慣
花樣翻新，只求對著花草，優由於藝苑中，做個閒人。

---

163 「彈冠」語出《漢書・王吉傳》，卷72，頁1366。「吉與貢禹為友，世稱『王陽在
　　位，貢公彈冠。』言其取舍同也。」比喻準備出仕做官。

五　玩石興酣嘗嘯傲，好耽詩酒遣閒情[164]的吳文龍

　　吳文龍（1889-1960），字水雲亭，號百樓、山櫻，清光緒十五年（1889）三月二十四日，出生嘉義廳大慷榔東頂堡北港街。五歲多即因故與未及周歲之次弟甘棠，同時入籍嘉義廳嘉義西堡嘉義街東門外王楊鄉戶內；翌年二月二十五日，甘棠即由王楊鄉收為養子而改姓王。惟文龍仍與弟同住，且由王楊鄉撫養並接受漢塾教育。以後就讀嘉義公學校（現崇文國小）。明治四十年（1907）三月，十九歲畢業後，被選就學臺灣總督府醫學校。在學期間因擅長漢日詩文，且成績優異，深受日籍老師堀內次雄醫學校長讚賞，譽為其得意門生。

　　明治四十四年（1911）十一月，與張平之長女結婚。明治四十五年（1912）三月，畢業於醫學校第十一屆，成為嘉義第五位西醫，即返鄉任嘉義醫院助手，以後自行開業。其間曾輾轉遷居於北港、新營、六甲等各地。

　　吳文龍熱愛漢詩吟詠，為明治四十四年（1911）十一月創設之羅山吟社社員。並加入臺灣文化協會，積極參與社會運動。大正十五年（1926），張李德和在西市場前創設「詩仔會」，吳文龍與林玉書、賴尚遜（德馨）共同參與，號稱「三山國王」。昭和二年至四年（1927-1929），張李德和邀請林玉書及吳文龍成立「鴉社」書畫會及自勵會。昭和五年（1930）四月，張李德和敦請吳文龍、林玉書、蘇孝德、賴尚遜等人，組織「連玉詩鐘會」。

　　昭和七年（1932）三月，《新民報》改為《臺灣新民報》發刊，不久即被邀擔任該報記者。昭和十年（1935）六月二日，其妻張粉，因流產引發急性腹膜炎，而遺留五男五女逝世。戰後曾擔任商船船

---

164 黃水文：《黃水文詩選》（高雄市：麗文文化公司，2002年），頁209。

醫，藉以遨遊世界。[165]以後續娶，共生有十男八女。

　　民國三十五年（1946）三月十九日，吳文龍醫師接任光復後樂生第二任院長，次年並在院中題字「以院為家，大德曰生」[166]的石碑，他擔任樂生療養院院長直至退休，著有《水雲亭夢草》，已經亡佚。

　　吳文龍愛石成癡有〈對石吟〉稱：「買田官課稅，蓄石免徵租。提督巷何在，水雲靜一區。人間茲小住。泉石足清娛。人醉黃金屋，我歌怪石隅。黃金或易得，怪古重難扶。」（《羅山題襟集》，頁29）所以黃水文有〈懷石癡儒醫百樓吳文龍前輩〉：

> 仁心仁術活蒼生，濟困扶危盡至誠。玩石興酣嘗嘯傲，好耽詩
> 酒遣閒情。[167]

　　張李德和也有〈水雲亭賞奇石作歌贈主人百樓、無涯賢昆仲〉：「石怪癖奇遇亦詭，山阪海笯窮搜彙。主人胸富五車書，日日此間蒸浩氣。……」（《羅山題襟集》，頁303）吳文龍熱愛奇石，熱愛吟詩。他曾參加小題吟會，現存詩近二百五十首、詞十一首、聯文一首，聯吟二首。吳文龍有五首詞，都是在題襟亭填詞會所寫，他的詩大部分是酬贈唱和之作，但也有部分有意義的。

（一）關懷社會

　　吳文龍身為醫生，經濟環境應該極佳，但因他愛好吟詠，比較不顧慮到生活。醫院常常門可羅雀，生活還要靠弟弟王甘棠接濟，所以他比較了解貧者之心。

---

165 參考顏尚文總編纂、黃金山撰：《嘉義市志・人物志・吳文龍》，頁331。
166 http://library.taiwanschoolnet.org/cyberfair2010/t801/02-1.htm
167 黃水文：《黃水文詩選》，頁209。

又有〈農民天〉：

> 負郭平居田舍郎。前庭黃稻後池塘。一雞爭啄魚腸走，群鴨分
> 饗菜屑忙。竹笠欹斜鋤野草，扶犁晴雨作文章。提燈花豔紅牆
> 角，玉粒飯成頓頓香。（《鷗社藝苑三集》，頁108）

寫農夫的辛苦耕作，前庭曬黃稻，後院有池塘，雞爭著叼漁腸走掉，
群鴨忙吃菜屑，農人頭戴斗笠勤除草耕作，好不容易等稻成熟，化為
米飯粒粒香。又有〈歲暮即景〉：

> 年關經濟豈秦刑。市虎民聲鬧不停。措大有詩將致祭，何曾想
> 到五侯鯖。（《鷗社藝苑三集》，頁156）

〈歲暮即景〉是鷗社的課題，一共有十三人寫。過年應該是除舊布
新，大家歡喜才是，可是因為經濟欠佳，所以詩中說過年難道是一種
酷刑懲罰嗎？「市虎民聲」，市本無虎，是比喻流言蜚語大家都謠傳
物價哄抬等等。「五侯鯖」[168]原是漢代婁護合王氏五侯家珍膳而烹飪
的肉和魚的雜燴，但「措大」指他這種貧窮失意的讀書人，只能寫詩
療飢祭祀，哪能想到魚肉等美味。又〈雨中看耕田〉：

> 康樂鄉關願豈違，臺灣民力未為微。汗光裸體揮鋤起，煙雨空
> 濛白鷺飛。（《羅山題襟集》頁26）

---

168 葛洪：《西京雜記》，見《景印文淵閣四庫全書》，冊1035，卷2，頁2。《西京雜
記》：「五侯不相能，賓客不得來往。婁護、豐辯，傳食五侯間，各得其懽心，競
致奇膳，護乃合以為鯖，稱五侯鯖，以為奇味焉。」

　　作者看到臺灣農民的生命韌度，在煙雨白鷺紛飛中，裸身流汗賣力的耕田，這是美好圖畫，也是臺灣的生產力。又〈米荒〉：

> 米荒情勢捲波瀾，節食人人抱寸丹，歸到老加薪警惕，看誰雪裡認袁安。（《羅山題襟集》頁31）

戰爭時候糧米缺乏，人人都縮衣節食，有的出外覓食，有的期待加薪，詩中引用「袁安」典故，是指漢時洛陽下大雪，地面積雪，袁安卻不外出覓食，縣令問，袁安回答道：「大雪人皆餓，不宜干人。今以為賢，舉為孝廉。」[169]此時作者期待有如此長官，能慧眼識英雄。〈野眺〉：

> 白水青山綠野田，加圍寶島彩虹天。先民一種三年食，米貴如今太可憐。（《鷗社藝苑次集》，頁2）

抱怨以前一年種米可吃三年，現在米價太貴，百姓真可憐。又在〈雨中於新營楊君慶祥家宴席上〉：

> 爛藷貴米雨淋淋，時局身邊感慨深。多謝楊君開麥酒，情同款白汪倫心。（《鷗社藝苑次集》，頁282）

楊慶祥，不詳何人。詩中以老天不斷下雨以致甘藷都爛掉，米價很貴，加上時局險惡，內心很感慨，朋友大方開麥酒請客，兩人情感真像李白與汪倫一樣深。

---

169 范曄撰、李賢注、王先謙集解：《後漢書・袁安傳》，頁543。

　　吳文龍的農村詩都展現對農民與社會失意的貧窮人關懷，詩中充滿對社會的期望。

（二）閒適

　　吳文龍寫農村生活，能表現出閒適精神，如〈學圃〉：

> 生活今鏖戰，栽蔬自供需。灌師齊仲子，植學魯樊須。豆架蟬
> 吟月，瓜棚蝶弄鬚。桔梗隨俯仰。秔穄蔭賢愚。橘冀千頭樹，
> 桑思八百株。菜根真道味，私淑篤農區。（《羅山題襟集》，頁
> 26）

雖然要跟生活鏖戰自給自足，但齊之仲子學習灌溉，與魯之樊須學耕田，院子的豆架瓜棚有蟬與蝶穿梭其間，希望能種出橘與桑，嚼食菜根有真味道，他表明真喜愛「篤農」（とくのう），即熱心於農業生產。又〈同蘇觀瀾秀才村外眺望即事〉：

> 赤日奇峰映野塘，子規聲裡插秧忙。山村一角牛羊返，閒共詩
> 人看夕陽。（《羅山題襟集》，頁30）

蘇觀瀾曾當過嘉義安溪區長。[170]吳文龍與蘇觀瀾在村外，看到農民在子歸啼聲中忙著插秧。山村一角的牛羊也緩緩歸家，在夕陽下閒看此景。

---

170 臺灣總督府編：《臺灣總督府職員錄》：「蘇觀瀾，大正二年，1913，嘉義廳安溪寮
　　區區長」，頁244。

（三）懷古

　　吳文龍有歌詠古時有氣節之士，包括、屈原、文天祥、五妃，如〈屈靈均〉：

> 孤清獨醒苦精神，詩賦忠言諤諤陳。且問汨羅嗚咽水，肯投魚腹幾詩人。（《鷗社藝苑三集》，頁93）

詩中歌頌屈原是個眾人皆醉我獨醒的人，他的詩賦都表現出正直忠心請問一些愛的詩人，幾個肯為愛國投入魚腹中？他又有〈讀正氣歌題後〉：

> 三百言傳獄裡成，通篇只為表忠貞。宋家鼎覆山河破，信國歌留日月明。慷慨行行肝膽壯，豪雄字字鬼神驚。勝朝贈諡終何用，烈士從頭抵死爭。[171]

文天祥在南宋滅亡後，企圖自殺，未死下監，在獄中作〈正氣歌〉，短短三百個字，通篇表達對朝廷的忠心耿耿，宋雖滅亡而正氣歌卻與日月爭輝，字字驚鬼神，以後明朝追諡忠烈又有何用，其實烈士爭的是國家的完整。

（四）詠物

　　落花生，俗稱花生，因其開花後，子房柄伸長入土中，發育成莢果的特性，故一般又稱為土豆。吳文龍歌詠〈落花生〉：

---

171 曾金可編：《臺灣詩選》（新北市：龍文出版社，2006年），頁61。

果是長生種出群。三農爭植日殷勤。天廚和宴鹽梅佐。花落仁
成獨有君。

又

扶桑佳穀夙馳聞。製果成仁獨美君。賞識曾邀曹植賦。燃枝箕
語有餘薰。(《詩報》,286期,1942年12月21日,頁21)

寫落花生又稱長生果,長於滋養補益,有助於延年益壽,所以農夫殷
勤地耕植。接著他用天庭御廚擺宴時,把花生和鹽梅來當佐菜開胃。
第二首寫到寶島出產的花生遠近馳名,可製作成花生果仁。曹植曾經
賦七步詩,在燃豆萁中,還留下餘薰。

六 偷閑便是小神仙[172]的許然

　　許然(1892-1975),[173]字藜堂,四歲時父母雙亡,其兄省三攜往
廈門同住;十一歲時,其兄竟客死異地。於是與兄嫂返臺,發覺父兄
所遺留數十萬財產已為他人所占,以至於無居住之所。十二歲時,於
《臺南新報》募集詩集時,感於身世之飄零而寫出詩句,獲得第一
名。其詩云:

魚泥雁杏階音毌,旅舍淒涼淚濕衫。客佇故人心轉達,來年春

---

172 許然:〈壽樓春·五十自壽〉,見《嘉義文獻·嘉義縣詩苑》,頁79。
173 《嘉義市志·人物志·許然》記為(1880-1975),明顯錯誤。根據《羅山題襟亭詞
　　集》出版時,會員名錄按照生辰排列,他六十二歲,張李德和六十一歲,張李德
　　和生於1893年,因此改為1892年。

燕附歸帆。[174]

說明自己客居他鄉心中淒涼。「悟」是指遇，寫他鄉遇故人，希望傳達想早歸鄉的心願。他在就讀公學校時自修有關政治、經濟方面之知識。明治四十一年（1909），公學校畢業後，任職水上莊役場，並任水上莊長之家庭教師。大正七年（1918），被僱任職於東洋製糖會社，由於表現良好，才華受到肯定，升任為職員，而得以居住於與日人比鄰之職員眷舍。

大正七年（1918），因處於戰時而遭逢不景氣，社會財產也經濟受影響。許然研究戰後和平之來臨，必能促進經濟之繁榮，景氣之復甦，於是大舉投資股票。大正九年（1920），將所購置土地，而成為資產之雄厚者。昭和三年（1928），為調養身心之疲勞，乃辭去糖廠工作。[175]

許藜堂「為人有俠骨，交遊廣闊」[176]。嘉義文人詩集中經常出現他的序跋，見解卓特，評議精省有力，擲地有聲。他為林玉書〈臥雲吟草〉作的序：

> 若徒以吟風弄月，作遣興之吟哦，戛玉敲金，盡雕蟲之能事，是僅詩之末技已耳，吾臺沈淪於異族統治下，臺元十年，然能維持道德文化，保存民族正氣於不墜者，實賴詩學之力也，已光復矣，猶宜發揚光大，以作振聾之木鐸，啟睛之洪鐘，是乃

---

174 參考顏尚文總編纂、謝三榮撰：《嘉義市志・人物志・許然》（嘉義市：嘉義市政府，2004年），頁332。

175 參考顏尚文總編纂、謝三榮撰：《嘉義市志・人物志》，頁332。

176 嘉義縣文獻委員會：《嘉義文獻・學海網珊》，創刊號，頁214。以下所引《嘉義文獻・學海網珊》，皆此版本，僅夾注頁碼。

合乎詩學之本旨，詩人之使命也。[177]

許藜堂認為詩詞如果是吟哦風月，僅為末流。他以為臺灣沈淪在異族統治下，詩能維持道德文化，保存正氣，現在臺灣已經光復，更應發揚光大詩學，這種以詩為維持正義的觀念，是傳統讀書人的心情。參與治世的襟懷和理念，驅使他就參選嘉義市參議員，並當選議員。他為議事廳寫〈參議會為民意代表機關態度要持公正議論要主正義余以參議冠首撰一聯懸於嘉義市參議會議事廳以勗勵諸同志〉：

　　參有偏心終是慘，議無正義只空言。《嘉義文獻・嘉義縣詩苑》，頁214。）

可見他覺得當參議員，心思不正最後還是悲慘，如果議會中不講正義，也只是空言而已，他心願為民喉舌。可惜他沒有詩集存世，從《臺日報》、《漢臺日報》、《詩報》、《臺南新報》、《臺灣時報》、《羅山題襟集》、《嘉義文獻》《小題吟會詩抄》等書，現共存詩九十多首、詞十三首、序三篇、對聯二、詩鐘一、散文八篇。

　　許藜堂是小題吟會最早填詞者。他在大正十二年（1925）就開始在《臺日報》填〈沁園春・玉峰吟社十週年誌感〉。現存的十三首詞中，除前面所討論的小題吟社與題襟亭填詞會所寫的十首外，另外三首詞都是酬贈，如〈沁園春・玉峰吟社十週年誌感〉：

　　朗朗秋高，濟濟士多，裙屐翩躚。集宜春樓上，忘形老少，誼

---

177 許然：〈臥雲吟草序〉，見林玉書：《臥雲吟草》（新北市：龍文出版社，2009年），頁1。

敦師友，翰墨良緣。擊鉢催詩，攤箋分韻，塵海琴樽慶大千。諸君子，為玉峰吟社祝十週年。　　嘉賓翠袖當筵。莫辜負佳人誤拂絃。要掄元奪錦，猶須鬥酒，澆澆華蕊潤潤心由，奮勇爭先，騷壇詩幟，留待先生手自搴。天長節願大家文運同綿綿。（《臺日報》，日刊，4版，1925年11月17日）

玉峯吟社，由賴惠川、許藜堂、林緝熙等，創始於大正四年（1915），至大正十四年剛好十週年紀念，在九九重陽節後的第五日，開紀念大會，邀請嘉社全員參與。[178]聚會的地點事嘉義宜春樓為詩社舉行慶祝大會，有佳人拂絃，也有擊鉢催詩，分韻寫詩，諸君子祝福玉峰吟社十週年紀念。更有鬥酒，期待自己奪取桂冠。天長節之名源自中國唐玄宗的生日，出自《老子》「天長地久」[179]一詞。傳入日本後，日本天皇生日也稱為天長節。大正天皇生日為八月三十一日，然而時值暑假，大正二年（1913）七月，宮內省告示訂十月三十一日為「天長節祝日」。宮內神殿的祭典維持不變，其餘各種行事皆延期至「天長節祝日」。[180]結句祝福大家在天長節文運昌盛。

　　許藜堂又有〈東風第一枝・賦呈嘉市聯吟會席上諸君子〉：

碧漢星迴，玉山雪霽，盼春來恨春晚。梅寒猶鎖芳心，柳慵倦舒青眼。春來何處，山城二月花難見。只一幅、明媚溪山，吩咐騷人月旦。　描不得、吟情繾綣。開不盡、筆花燦爛。銷磨恨海文通，蹉跎虎頭定遠。胸中壘塊，都付與、琴樽鶯燕。管城欲擲又躊躇，兩鬢星霜堆滿。（《鷗社藝苑初集》，頁303）

---

178 賴子清：〈古今臺灣詩文社（一）〉，《臺灣文獻》，第10卷第1期，頁94。
179 王弼注：《老子》（臺北市：世界書局，1961年），第7章，頁4。
180 《臺灣教育》，138號，1913年10月，頁1-2。

《白香詞譜‧詞牌考源》:「呂聖求,名渭老,有聲宣和間。其詠梅
〈東風第一枝〉,先輩以有與坡仙〈西江月〉並稱。」[181]〈東風第一
枝〉原本詠梅。這首詞是嘉義春季聯吟時,許藜堂所寫的賀詞。詞用
許多典故如中「虎頭定遠」,是記載在《後漢書‧班超傳》:超詣相
者,曰:「祭酒,布衣諸生耳,而當封侯萬里之外」超問其狀。相者
指曰:「生燕頷虎頸,飛而食肉,此萬里侯相也。」[182]後來班超率軍
平定西域匈奴,被封為定遠侯。江淹(西元444-505),字文通,濟陽
考城(今河南蘭考)人,他曾有恨賦。「管城欲擲又躊躇」,管城指
筆。《世說新語箋疏‧文學》:「孫興公作天臺賦成,以示范榮期,
云:「卿試擲地,要作金石聲。」范曰:「恐子之金石,非宮商中
聲。」然每至佳句,輒云:「應是我輩語。」」[183]整首詞表達二月的嘉
義,玉山雪停,寒梅猶寒,可謂春來恨晚。大家相聚把胸中塊壘,都
付給琴聲與鶯燕,盡力把詩詞寫到擲地有聲。同樣賴惠川也和許藜堂
的詞〈東風第一枝‧庚寅古曆一月三日聯吟會席上賦呈諸公步許藜堂
韻〉:

錦繡乾坤,煙華世界,題紅時節非晚。山翁矍鑠精神。浪吟不
爭詩眼。庚寅今日。群儇抗手欣相見。翻樂譜同詠霓裳。沉醉
蓬萊元旦。　　和氣一堂情婉孌。韶光到處花燦爛。尋常旨酒
盈樽。最難有朋自遠。催詩擊鉢。寒料峭歸雙燕。與君共慶歲
華新。覺四座春風滿。(《悶紅館全集‧悶紅詞草》,頁198-
199)

181 舒夢蘭編、徐迅釋:《白香詞譜淺釋》,頁161。
182 范曄撰、李賢注、王先謙集解:《後漢書‧班超傳》,卷47,頁564。
183 劉義慶著,余嘉錫箋疏,周祖謨等整理:《世說新語‧文學》,頁267。

賴惠川詞收在《鷗社藝苑》初集，同時收在《悶紅詞草》中，在詞草中的序明確點明時間為「庚寅古曆一月三日」，即民國三十九年（1950）舊曆一月，約國曆二月。詞中寫同道喜相逢，大家按譜填詞，有酒盈尊，最喜的事有朋自遠方來，大家「催詩擊鉢」，覺得滿座春風得意。賴惠川很看重許藜堂。許藜堂填長調，賴惠川都想要步他的韻，有一別高下的感覺。賴惠川在民國三十二年（1943）年出版《悶紅小草》，許多鷗社有人都寫題詞，其中許藜堂以〈鶯啼序·題悶紅小草〉，（《詩報》，96期，3版，1943年5月25日），賴惠川等半年才有以同調自題，（《詩報》，305期，2版，1943年11月1日）。而以上二首詞〈壽樓春〉〈東風第一枝·庚寅古曆一月三日聯吟會席上賦呈諸公步許藜堂韻〉。賴惠川還有〈乳燕飛·步許藜堂見示韻〉（《悶紅詞草》，頁199）。可惜許藜堂原詞已經不見。許藜堂甚至還為賴惠川寫〈續悶紅墨屑序〉說明賴惠川的詩：「足以解放高深幽獨之詩學，而進入普遍大眾化之分野，乘時代之潮流，收興群之功效。其貢乎采風文獻之功績尤大焉。」[184]

許藜堂又有〈壽樓春·題壽峰詩社十週年社員詩集〉：

> 記拈韻攤箋。共催詩擊鉢，開社當年。都是吟懷瀟灑，逸興纏綿。揮健筆，據騷壇。在壽峰、憑眺流連。有隱醉劉伶，傷時阮籍，不讓竹林賢。　　風景異，歲時遷。歎星霜十易，滄海桑田。多少曲中人杳，響絕牙絃。鴻爪地，雪泥天。輯編些、餘稿殘篇。算劫後文章，留供紀翰墨因緣。[185]

---

184 許藜堂：〈續悶紅墨屑序〉，見賴惠川：《悶紅館全集·續悶紅墨屑》，頁665。

185 壽峰詩社編：《壽峰詩社詩集》，《臺灣先賢詩文彙刊》（新北市：龍文出版社，2009年），第7輯，冊14-15，頁1。嘉義縣文獻委員會：《嘉義文獻·學海網珊》，創刊號，頁213。

民國四十二年（1953）端午節，王天賞與王隆遜、鮑國棟等人，發起
成立，以「壽山之峰」為名之「壽峰詩社」，出任社長達十四年之久，
熱中推動漢語文言詩。本詞詞題為「題壽峰詩社十週年社員詩集」，
可見詞是民國五十二年（1963），許藜堂為慶賀玉峰吟社十週年所寫。
上片寫回憶十年前，在詩社吟詩擊鉢情形，開社時大家都瀟灑揮毫，
在高雄壽山山峰憑欄遠眺，社員中有的似劉伶，有的傷時如阮籍，都
不輸給竹林七賢。下片寫時光飛逝，十年後滄海桑田，社員有的已經
物化，曲中人杳，編輯些剩稿殘篇，算是劫後存下的筆墨因緣。

　　許藜堂除了詞外，另存有九十多首詩，詩中除社友唱和外，有部
分是：

（一）歌詠鄭成功

　　許藜堂有〈辛卯年詩人節懷鄭成功〉：

> 歲次逢辛卯，詩人節序迎。追懷屈漁父，兼憶鄭延平。兩島孤
> 臣淚，三湘怒水鳴。楚辭難啟楚，清操豈降清。民意多哀汨，
> 天心不祚明。千秋家國恨，一例古今情。投筆傳焚服，從戎繼
> 請纓。反攻期可待，霸氣滿臺瀛。（《嘉義文獻・嘉義縣詩
> 苑》，頁79）

辛卯年是民四十年（1951），在詩人節（五月五日）這日，除追懷屈
原外，還緬懷鄭成功。「兩島孤臣淚」，指鄭成功之孫鄭克塽降清遷居
北京後，上疏表示「念臺灣遠隔溟海，祭掃維艱」，請遷內地。康熙
皇帝對此下詔：「朱成功係明室之遺臣，非朕之亂臣賊子。敕遣官，
護送成功及子經兩柩，歸葬南安，置守塚，建祠祀之。」並提贈輓

聯：「四鎮多貳心兩島屯師敢向東南爭半壁；諸王無寸土一隅抗志方
知海外有孤忠」。[186]「三湘怒水鳴」，三湘指湖南，屈原在此投江，汨
羅水怒鳴嗚咽，所以人民多對汨羅江哀怨，無奈老天不福祚明朝。千
秋以來的家國恨事，人心都同憤慨，所以有的請纓殺敵，霸氣滿臺
灣。又有〈鄭王復臺三百年祭紀盛〉：

> 花甲周翻五。人心拜益崇。功開鯤島史。威振鹿門風。朝野衣
> 冠盛。丞嘗俎豆豐。海疆存正氣。民族仰英雄。(《嘉義文獻·
> 學海網珊》，頁214)

民國五十年四月二十九日為延平郡王鄭成功復臺三百週年紀念日，[187]
各界代表於上午在臺南市延平郡王祠隆重舉行祭祀典禮。由臺灣省政
府主席周至柔主持，臺灣省議會議長黃朝琴、司法行政部部長鄭彥棻
等人出席。典禮後鄭彥棻率領鄭氏宗親，以古禮舉行家祭。全國詩人
大會因應鄭氏復臺三百週年而集會，共同定題寫古典詩。街頭有廟會
遊行活動，拍攝舞龍、舞獅、神將遊行、花車遊行等。[188]

　　詩中的花甲指六十，六十的五倍是三百，詩中表明經過三百年，
人心更加崇拜鄭成功，開發臺灣，威震鹿耳門，雖如今只剩衣冠塚，
但是祭祀仍是鼎盛，民族英雄的正氣仍長存在臺灣。

(二) 詠臺灣風景

　　玉山海拔三九五二米，為臺灣第一高山，[189]位於南投縣信義鄉、

---

186 陳錦昌：《鄭成功的臺灣時代》(臺北市：向日葵文化，2004年)，頁301-302。
187 民國五十年適逢鄭成功「復臺」三百週年。
188 《聯合報》，2版，1961年5月1日。
189 臺灣省文獻委員會：《重修臺灣省通志·土地志·勝蹟篇》，頁288。

高雄市桃源區及嘉義縣阿里山鄉交界處，日治時稱為新高山。玉山一直是臺灣詩人歌詠的山脈，許藜堂有〈秋日登新高山〉：

> 登臨眞欲破天荒，嶽雪皚皚勢插空。樹杪路迴迷鳥跡，雲間秋冷鎖麗叢。（《臺日報》，8版，1926年9月6日）

「玉山」是臺灣最高峰的名字。日本領臺後，發現玉山竟比代表日本精神的富士山還要高，明治三十年（1897）六月二十八日，明治天皇親自賜名為「新高山」。[190]詩中讚嘆新高山山勢巍峨，連鳥跡都消失，在山上如入雲霄，白雪皚皚秋色寒冷。又有〈玉山晚眺〉：

> 山腹空濛山頂明。斜陽欲下放晴，置身遠在浮雲上。疑是登仙入太清。（《嘉義文獻・嘉義縣詩苑》，頁78）

又〈玉山秋色〉：

> 霏霏絕頂雪頻拋，南國秋深爽氣交。峰接天衡眠落月。樹浮雲海起騰蛟。洪崖曬玉諸仙窟。環檜成林太古巢。勝景蓬萊推第一。未容富士擅前茅。（《嘉義文獻・嘉義縣詩苑》，頁79）。

第二次世界大戰之後，民國三十六年十二月一日，政府宣布山名訂為玉山。「玉山」之名首次出現於蔣志《臺灣府志》卷十「古蹟」中，他是這樣說的：「玉山，在鳳山縣。山甚高，皆雲霧罩於其上，時或

---

190 經典雜誌編：《赤日炎炎：臺灣一八九五～一九四五》（臺北市：經典雜誌出版，2005年），頁34。

天氣光霽，遙望皆白石，因名為玉山。」[191]玉山因長年積雪，晶瑩似玉，因而得名。此二首詩中都是歌詠玉山高聳，是蓬萊勝境的第一高峰。山峰遠接天橫，使落月長眠，山上雲海翻騰，「洪崖曬玉諸仙窟。環檜成林太古巢」，運用《列仙全傳》典故，[192]如此玉山成為仙人洪崖曬玉之所在，而環抱的檜木自成一個天然的「太古巢」[193]（同治舉人大龍峒士紳陳維英晚居別墅名，取其太古巢父之居之意），而登玉山簡直是登入仙境，其勝景直與富士山爭鋒。又有〈招櫟園君及諸友游關仔嶺詩以代柬〉：

> 溫泉關嶺久傳聞。養靜兼能滌俗氛。知己不傳青鳥使，洗心好集白鷗群。一壺天地堪容膝，四面雲煙正待君。莫道蕭條無別物，漫山秋色許平分。（《臺日報》，8版，1918年8月27日）

櫟園不詳其人。雖然這是一首招友人到關仔嶺旅遊的詩，詩中詠頌關仔嶺的溫泉傳聞已久，能養靜，也能洗滌俗氣，期望好友相聚，加上山上景色美好，又能泡茶，滿山雲煙，不要說山中蕭條無他物，要享受滿山秋色。

---

191 蔣毓英：《臺灣府志》（南投市：臺灣省文獻委員會，1993年），頁15。
192 王士禛輯：《列仙全傳》（石家莊市：河北美術出版社，1996年），頁197。洪崖先生，或曰黃帝之臣伶倫也，得道仙去，姓張氏。或曰堯時已三千歲矣。漢仙人衛叔卿在終南絕頂與數人博，其子度世問卿曰：同與博者為誰？叔卿曰：洪崖先生輩也。洪崖曾隱居於豫章郡境內的西山，此山又稱「伏龍山」，因先生之故，又稱「洪崖山」。
193 陳培桂修：《淡水廳志‧園亭》，卷13，頁278。記載太古巢：「在劍潭前圓山仔頂，陳維英建。」陳維英並有〈題太古巢〉詩。

（三）感懷詩

　　二次戰爭時，許藜堂在詩中常表達其真實情感，如〈太平洋戰興，臺灣各地受轟炸，殆遍中以嘉義為最烈。乙酉年春正月，家族於轟炸前疏開，余獨留守，內子珊瑚挈子女往柳林，長媳秀梅負襁褓之白芒，臨行口占送之，觸景生情脫口而出，工拙非所計也。〉：

> 一家分作兩三家，聚散從權莫怨嗟。有命尚留他日會，無錢難
> 度此年餘。守巢老鶴應憐我，拜歲香蘭又茁芽。空襲四圍災害
> 遍，天心長否眷吾嘉。（《嘉義文獻・嘉義縣詩苑》，頁79）。

乙酉為民三十四年（1945），剛好是太平洋戰爭。詩中感嘆戰爭的悲慘。戰爭時因躲避空襲而疏散到鄉間。因為春天有美軍前來轟炸，所以跑空襲，妻子攜帶子女往柳營逃，媳婦跑到嘉義郡中埔莊白芒埔，自己留守。全家要分開兩三地居住，但是心中不要怨嘆，命保留就好。身上又沒錢，這年應是很難熬過。他求老天可憐他，看見拜歲蘭吐嫩芽，彷彿看見希望，希望天能眷顧。詩中吐露卑微百姓小小的願望。又有〈乙酉夏，白芒疏開中，柏舟君見訪留奕並以蕃芝薦客，即景賦呈〉：

> 大家今日餐蕃芝，何必仙蕃判別之。適口便成延年品，相逢況
> 值亂離時。席中魚肉難羅致，甕底油鹽靡孑遺。請試菜根風味
> 好，遣懷同下一盤棋。
>
> 自注：君善奕。乃祖國華先生。父玉屏先生，亦斯界巨擘，君
> 得其真傳歟。（《羅山題襟集》，頁93）。

蕃芝即蕃薯。詩中寫到在一片白芒花，疏開的戰亂時間，魚肉很難買到，甕底的油鹽也都缺乏，請賴柏舟來苦中作樂——下棋，只有吃蕃薯，不僅甜味佳，又能延年益壽，在下棋中排遣心靈。許藜堂另有〈元旦書懷〉：

> 醉飲屠蘇歲又更。寒中花訊最關情。銷磨清景千金值。拋卻春愁一縷輕。君子心懷原坦蕩。聖朝文物際昇平。采風本是詩人志。好進周南雅頌聲。（《臺日報》，8版，1931年1月1日）

因為是日治時代且刊登在《臺日報》，內容就平和許多，只說新年要拋卻憂愁，在「聖朝」「昇平」時，希望能「采風」，採集民間歌謠，來進貢如〈周南〉、〈大小雅〉、〈頌〉等歌聲。他另有〈歸隱〉詩中：

> 浮沉身世有餘哀，曠達何妨妨笑口開。書劍無成違遠志，蓴鱸正美賦歸來。但教草澤容居士，不願風雲會帝臺。藜藋自甘清夢穩，生逢昭代亦休哉。（《嘉義文獻·嘉義縣詩苑》，頁79）

他覺得沉浮在世是悲哀的，所以應以曠達面對人生。既然讀書學劍不如意，正好蓴鱸肥美，正高歌歸去來，寧可居草澤，也不願會見帝闕。所以歸隱也是一種選擇，雖在盛世，但自甘平淡，這些就與我無相干。他另有〈送寒衣〉：

> 刀尺聲催九月天，戰袍親製寄郎邊。許多密意隨針入，無那柔情帶線牽。萬里霜風寒蜀錦，一團閨思貼吳綿。妾心厚薄憑衣認，溫軟應堪慰獨眠。（《臺日報》，8版，1934年8月27日）

當時日本徵召臺人赴戰場，這首詩則藉婦女口吻表達對遠方郎君的關愛。戰爭時，婦女為縫製戰袍寄給戰場上的郎君。許多深情蜜意，隨著針線逢入戰袍，希望能安慰在戰地的郎君。也表達對付意欲也表達對遠赴異域的臺人同情與不捨。賴子清曾評其詩：「許藜堂，玉峰吟社詞友也。其詩細膩熨貼，早有定評。」[194]

七　寓世蜉蝣，奚須浪得浮名[195]的賴柏舟

賴柏舟（1904-1972？），[196]號秋航，嘉義人，九歲喪母，十四歲喪父，父祖皆嘉義縣庠生。自幼受其薰陶，因而克紹書香，畢業於嘉義商工，[197]曾任職街役場、昭和五年（1930）當過「《臺日報》嘉義通信員、通訊社記者，[198]以及省立嘉義醫院文書等職。他擅長詩棋音樂，曾自印《淡香園吟草》外，亦編有《嘉義縣詩苑》、《鷗社藝苑》一至四集，又編有《詩詞合鈔》等。日治時代嘉義文壇之詩詞能流傳，全靠他蒐集編輯。當他參加小題吟社時，因為沒有詞譜，靠他油印，才能有填詞事。

大正八年（1919），方輝龍成立了「尋鷗吟社」。大正十三年（1924），改名鷗社。賴柏舟、蔡明憲、陳崑山等創立「無名吟社」亦加入鷗社。昭和十二年（1937），抗日肇起，社員星散。昭和二十年（1945）秋，改稱鷗社，後曾出版《鷗社擊缽錄》、《鷗盟月刊》。民國三十八年（1949）復會。戰後賴柏舟、蔡明憲招募新生，分班教

---

194 賴子清：《鷗社藝苑次集・鶴洲詩話》，頁133。
195 賴柏舟：〈高陽臺・懷古〉，見《鷗社藝苑初集》，頁103。
196 民六十一年（1972），賴柏舟還編輯過《嘉義縣詩苑》。
197 《臺日報》，4版，1927年6月6日。
198 《臺日報》，夕刊，4版，1930年4月15日。

導，廣納後起。民國四十年（1951），賴柏舟編輯《鷗社藝苑》，網羅嘉義重要詩人之詩詞作品，惜經費不足，只得四集，[199]到民國六十一年（1972），賴柏舟編輯《嘉義縣詩苑》，[200]可見當時還存活。賴柏舟外祖父是嘉義著名漢詩人張元祿，也是張李德和公公張元榮之兄長。張李德和稱賴柏舟「即家伯公元祿先生之外孫」，「凡騷壇吟稿，多由其慫恿，或予督造，始克成軼，蓋不忍吉光片羽，歸於煙沒，有功文教，確非淺鮮」。[201]賴柏舟蒐集其父祖遺稿，加入自己的詩詞作品，在昭和十四年（1939），就有賴國華、賴玉屏、賴柏舟三人作品名《淡香園吟草》手寫油印本，到民國四十四年出版《詩詞合鈔》，又收《淡香園吟草》，其中賴柏舟詩一百四十二首、詞三十首。詩歌的類型，大都以近體詩為主，有社集時的擊缽吟唱、題贈，以及閒詠之作。此書有賴子清、賴惠川、李德和等人的題詞。賴柏舟並主編《鷗社藝苑》，後因經費見絀，僅續成四集，賴柏舟詩作三百四十四首，錄於書中。從《臺日報》、《詩報》、《琳瑯山閣吟草》、《南方》、《鷗社藝苑》共輯得賴柏舟詞四十九首。[202]

賴柏舟除前述詞社課題所填之詞外，他的詞尚有〈高陽臺·懷古〉

古往今來，爭王定霸，幾多推轂干城。暴露沙場，寄身劍戟刀槍，功勳尚未圖麟閣，良弓藏走狗遭烹。儘興亡成敗，空貽無數犧牲。莫誇頭角崢嶸。　　悟這三不朽，是陷人坑。寓世蜉蝣，奚須浪得浮名。書焚未了秦何在，喚馬牛總沒關情。月明

199　參考賴柏舟：《鷗社藝苑初集》，頁1。

200　賴柏舟編：《嘉義縣詩苑》，見《嘉義文獻》，頁592。

201　張李德和：《琳瑯山閣吟草·題淡香園吟草》，頁73。

202　《全臺詞》收錄五十首，其中頁1016〈夢江口〉與頁1031〈江南好〉，兩者是同調異名，內容完全一樣，是重複收錄，所以僅49首。

中一斗鵝黃，醉矣休醒。(《鷗社藝苑初集》，頁103)

賴柏舟以懷古為題，感嘆從古至今許多協助保家衛國之士，暴露在沙場上，常要在沙場上，躲避劍戟刀槍。功勞還未被圖畫在麒麟閣上被表彰，就已被冷凍甚至狡兔死走狗烹，白白犧牲。下片勸人勿誇耀頭角崢嶸，要體悟人生立德立言立功三不朽，是陷人坑，人生在世苦短蜉蝣，不要浪得浮名。書尚未燒完秦已經亡國了。抬頭看月色中一點鵝黃，寧可選擇沉醉不用清醒。詞中表現對人生爭名奪利的消極觀無奈感。

另有〈醉蓬萊·對鏡〉：

把菱花頻照，似我旋疑。豈真吾貌，問汝當初，胡為乎顛倒。命與時乖，偏多執拗，賺滿腔憂惱。壯不如人，豪情猶抱，鬢霜雙遶。　難迪前光，天生頑腦。書畫琴棋。韶華虛耗。今是昨非，一回頭垂老，擲下菱花。拋殘儒帽。仰蒼穹長嘯。渺渺塵寰，如何是好，臨風微笑。(《鷗社藝苑初集》，頁41)

此詞寫對鏡，其實是抒懷。面對鏡子懷疑真的是自己。他自覺命運乖舛，個性偏拗。贏得許多煩惱。年輕時不如人，現在已經是雙鬢斑白，仍然懷抱胸襟。下片寫自己天生頑固，花太多時光浪費在琴棋書畫當中。自認現在才是正確的人生態度，以前錯就算了。突然一回頭就已經老邁，丟下明鏡，拋開儒帽，仰天長嘯。在茫茫人海中，反而不知該如何是好，只有臨風微笑。

八　生前富貴應無份，死後文章合有名[203]的朱木通

　　朱木通（1904-1977），號苦亭、虛秋，嘉義市人。苦即樹木枝幹、莖葉幼小的樣子。《詩經・召南・采蘋》:「蔽苦，甘棠，勿翦勿伐。」[204]他曾經營金飾店、印刷廠、中藥房。工詩書，曾自習摹芥子園畫譜以為樂事，擅南宗畫，有「詩、書、畫三絕」之稱。

　　他曾往江南學畫，也是嘉義第一代接受新美術的東洋畫家，畫作在日治時期數次入選臺展、府展，戰後入選省展，為春萌畫會、墨洋社、鴉社會員。[205]林玉書的〈畫中八仙歌〉稱讚他:「苦亭潑墨求推陳，畢竟憂藝不憂貧，毋須設色稱奇珍。」[206]稱他「不憂貧」，他的水墨畫自有意境不虛設稱奇。朱苦亭除繪畫外，加入鷗社，亦與嘉義地區詩文有所唱和，他也加入過小題吟會。六十三歲考取中醫師執照，著有《中醫臨床二十年》。

　　昭和十九年（1944），朱苦亭出版《苔岑集》，他有〈《苔岑集》告竣偶成〉詩:

> 敝箒千金只自珍。尚欣吾道未沉淪。風騷絕業雙肩仔，師友深
> 情一卷新。小技獨慚先禍棗，後來誰更解傳薪。籠紗覆瓿他年
> 事，轉為斯文一愴神。《詩報》，308期，1944年1月1日，頁9）

朱苦亭自覺肩負文化責任，欣喜儒道未沉淪，而且師友之情深厚才能完成此新書。最慚愧的是印刷時要砍伐許多棗木，以後誰能了解傳薪

203　朱侃如:〈生前富貴應無份，死後文章合有名──寫我的祖父朱苦亭〉，此　　兩句為白居易詩。

204　屈萬里:《詩經釋義・召南・采蘋》，頁11。

205　朱苦亭:《雨聲草堂吟草・提要》（新北市:龍文出版社，2011年），頁1。

206　林玉書:《臥雲吟草・畫中八仙歌》，頁37。

的意義。萬一日後書成為糊燈籠或覆瓿，都是為了延續斯文。等書出版後，得到讀者的喜愛，他又有〈《苔岑集》刊後索讀者踵至〉：

> 一卷蕪詞信手成。居然南北竟風行。珠璣竊望雞林貴，湖海猶傳鶴警聲。草草棗梨酬薄技。區區心血待真評。家絃戶誦知何敢，且任傍人笑此儋。（《詩報》，308期，1944年1月1日，頁9）

自己都意想不到書竟然南北風傳，可惜此書已經亡佚。在朱芾亭書畫方面，「特別傾慕襄陽米家（宋米元章體），所臨運筆瀟灑，有韻有神，頗有造詣，晚年大有接近米法之妙諦。」[207]朱芾亭除繪畫外，亦好吟詠，加入嘉義詩社「鷗社」，亦與嘉義地區文人時有往來，作為前輩畫家及嘉義地區代表性詩人，其子女收集遺稿、交由詩人黃鷗波編輯《雨聲草堂吟草》，[208]民國一百年由龍文出版社出版，可惜此書沒有收詞。目前《全臺詞》收有三首詞，都是參加詞社時所填寫。

昭和十年（1935），朱芾亭曾前往江南學畫，有〈將之江南留別諸知友〉詩：

> 此去南華與北華。吮毫行作畫生涯。一身獨往同征鷹，五月離愁似亂麻。客路關山忙裡過，故鄉雲樹望中賒。自憐蹤跡飄零慣，艾綠蒲香又別家。（《臺日報》，8版，1935年6月9日）

朱芾亭寫五月時，自己如孤鷹前往江南，離愁如亂麻。從他的《雨聲草堂吟草》中，可以看到他的足蹤，他有〈將杭遊留別上海周

---

207 林玉山：〈雨聲草堂吟草序〉，見朱芾亭：《雨聲草堂吟草》，頁33。
208 王富敬：〈感情濃厚憶斯人——朱芾亭先生詩賞析〉，見《嘉義文獻》，第15期（1985年3月），頁182-189。

夢花畫伯〉、〈過嘉興驛〉、〈與陳天送泛舟西湖〉、〈登孤山放鶴亭〉、
〈西湖泛舟晚歸聚英旅社〉、〈呂西湖作畫二十餘日將回滬上悵然而
作〉、〈將之蘇州寫生賦呈賀天健畫伯〉、〈松江舟次遇雨〉、〈蘇州雜
詩〉四首〈申江旅次寄懷維揚喻嘯夫〉、〈閩江偶成〉[209]等詩，可知他
到上海學畫，還到過杭州作畫，接著又到蘇州等地，最後到福建。詩
中寫到他到過虎丘、金馬門、寒山寺等等。林玉山說：

> 苗亭兄卻獨往上海旅遊，亦到過蘇杭二州各地寫生不少江南名
> 勝古蹟，返上海時拜訪國畫大師賀天建及劉海粟先生等，以寫
> 生集面呈請教，蒙兩位大師讚譽，即席賜以題跋，這是一件難
> 得之藝壇逸事。[210]

朱苗亭寫生集獲得名家讚賞，即席賜以題跋。回臺後朱苗亭還有〈自
題江南記遊卷〉：

> 半年鴻爪印江南，名勝全憑彩筆探。收拾六朝歸畫本，杏花春
> 雨卷中酣。[211]

他從江南回臺後，心中仍很想念江南，還寫〈夢重遊西湖醒來情景歷
歷〉四首之二：

> 落葉寒蕪滿白堤，湖心亭畔水雲低。飢鳥別有恨亡興，飛向荒
> 涼深處啼。（頁113）

---

209 朱苗亭：《雨聲草堂吟草》，頁110。
210 林玉山：〈雨聲草堂吟草序〉，見朱苗亭：《雨聲草堂吟草》，頁34。
211 朱苗亭：《雨聲草堂吟草‧自題江南遊卷》，頁113。

當時正處於八年抗戰中，朱苣亭回到「祖國」，想到飢鳥的興亡恨，何況是處在被日本統治的臺灣人，感受更多，在詩中與家國之恨相連結。

九　隨緣且醉今夕[212]的黃振源

　　黃振源（1905-1978），字鑑塘，生於嘉義縣水上，為富農之後裔，因先代經商失敗，家貧又喪父，以致無法求學。十四歲，隨其祖母遷居嘉義西門街楊家舅父開設之寶春銀樓，習作金飾戒環技術。十八歲，在嘉義經營小型銀樓。經商之餘，尚奮發獨力勤學。日治時期，而受聘私塾教授漢文。

　　珍珠港事變後，日本政府禁止民間之金器買賣，以致銀樓生意一落千丈，被迫關閉，改行經營文具兼茶葉。戰後重拾舊業，經營銀樓。由於當時政府遷臺後對黃金管制之嚴厲，稅負苛重。民國四十一年（1952），再次放棄經營多年的銀樓生意。幸宿研岐黃之術，在安寮里吳鳳南路改營「成春中藥房」，亦受聘晉安製藥廠執行中醫業務，至民國五十三年（1964），才結束中醫藥業務。他曾經是張李德和創設之連玉詩鐘社、題襟亭填詞會，也是鷗社社員。北上定居之後，始設帳九思軒授徒。[213]著作有《天真浪漫》，《九思軒》、《臺灣一週遊記吟草》等十餘種，是多產作家，民國六十一年出版的《臺灣一週遊記吟草》專吟誦臺灣景點，一共收一百零七首詞，另有二首〈天淨沙〉是曲，詩有二百六十三首。目前他總共存詩有六百多首，詞有一一○首。他在《臺灣一週遊記吟草》自序說明寫作目的：

212　黃鑑塘：《臺灣一週遊記吟草·念奴嬌》（新北市：龍文出版社，2011年），頁39。
　　凡所引用黃鑑塘詞詩詞，皆為此版本，不再出注，僅夾注書名、頁碼。
213　顏尚文總編纂、謝三榮撰：《嘉義市志·人物志·黃振源》，頁268-269。

臺灣光復二十餘年，臺灣全島之繁榮，因余不善唱悲歌之故
耳。祇以眼前風光陶情萬斛，處處可狀。舉目盡悅心之境，有
懷皆賦性之慈，暮年無事，聊以自樂。[214]

寫這本書的原因有三：一、因為臺灣光復已二十多年，全島繁榮，萬
事蓬勃，一定有文字紀錄，二、他的個性，不擅長寫悲歌，只能寫臺
灣美好風光。三、臺灣景色宜人，賞心悅目，心有所感一定要用詞陶
寫。所以他周遊寶島，以詞記遊。他又在〈自跋〉中說：

是編既以記遊序事、記、記方言、遊、遊玩事為主體，自不免
於鄙陋離俗之旨趣。……遊戲文字，無關得失，計為點首微
笑，一切敬謝而已。（頁387）

全書讀來真如遊戲文字，只是記景，缺乏較深度的意義，如他以〈漢
春，春遊陽明山〉：

山上陽明。賞奇花異卉，娛目怡情。邀得騷人墨友，結伴尋
盟。攤箋鬥句，唾珠璣滿紙晶瑩。消永夕何須秉燭，滿街紅綠
遊燈。輸與青山不老，嘆韶華易逝，雙鬢星星。　　為歡休教
錯過，暫駐吟旌。樽罍綺席，更清歌妙舞娉婷。任笑我徘徊不
去，酡然醉臥前楹。（頁37）

詞譜上並沒有〈漢春〉詞牌，〈漢春〉其實是〈漢宮春〉。可能作者顧
名思義，詞牌有春字，就適合填寫春天的陽明山的景色。詞的上片寫

---

214 黃鑑塘：《臺灣一週遊記吟草》，頁5。

陽明山奇花異卉，景色宜人，賞花之餘也「攤箋鬥句」，感受郊遊的
樂事，結論感嘆韶華易逝。下片以歡歌曼舞，勿錯過好時機，歡然醉
臥為結。又有〈綠蓋舞輕風‧南海學園〉：

> 樹木欝成行，畫圖飛簷，隱扶疏深處。綠葉濃陰、蓋清幽環
> 境、氣氛微度。異卉奇葩、更分類都加標註。是栽培熱帶園
> 林、植物苗圃。　　　無數。科學圖書、和藝術機關、珠聯星
> 布。社教中心、助經營研究進光明步。碧草如茵、君休問、綠
> 波南浦。請觀光、南海在城南路。（頁55-56）

〈綠蓋舞風輕〉調見《蘋洲漁笛譜》，周密詠荷花自度曲也。此詞有
序：「臺北植物園在南門外南海路，占地五萬坪。……」詞意只是說
明南海學園地址，裡面有哪些機關，像極一篇散文。又如〈望雲涯
引‧霧社〉

> 群峰寧碧似屏嶂還圍峭。峻隘山途、霧罩雲封縹緲。危崖斷
> 澗、地勢天成十分顯要。抗暴英靈、化哀月猿嘯。　　　旌忠碑
> 在、永供後人憑弔。緋白櫻花，依舊向東風笑。國步艱難、憂
> 心悄悄。往事沉吟、都是傷心資料。（頁195-196）
> 附序
> 距埔里東北二十公里、由埔里站成功路班車即達、在仁愛鄉大
> 同村、為合歡山西南稜線與水社大山東北稜線互相延伸的交叉
> 點、海拔一一四八公尺、地當攀越能高山的要衝、四周群峰列
> 屏、高下錯落、形勢極為壯偉、危崖陡峭、山麓峻隘、中途僅
> 一小道勉可一人通行、故有（人止關）支撐、又有溪谷千仞、
> 溪流奔瀉而下，驚險萬分，霧社為泰雅族山胞部落，設有衛生

所、山林管理所、國民學校等，下車就可望見，民國十九年
（日昭和五年）十月設，因山胞不堪日人暴虐凌辱，而在校中
起義之謂霧社事件，曾震聞中外。山胞雖奮勇善戰，地勢雖險
峻難攻，終於屈服于日人爆炸之下，被迫無路，集體自殺，至
為壯烈。光復後在霧社入口之觀櫻臺邊，建立霧社起義殉難紀
念碑，供人瞻仰憑弔。陽春三月，山上花事之勝，不下陽明
山、緋櫻、白櫻同時怒放，花圍錦簇，燦爛奪目，蜿蜒山麓有
關因瀧、瀑布三條高達三十公尺，距霧社東約五公里處，有盧
山溫泉為鹹性碳酸泉泉溫五十二度，可治氣喘。

〈望雲涯引〉，詞牌名，調見《樂府雅詞》。霧社環山峻嶺，常有雲霧
繚繞，危崖斷澗，地勢顯要。昭和五年（1930），在霧社發生賽德克族
原住民抗日事件，地點位於今南投縣仁愛鄉霧社。原住民因不滿日本
當局長期以來苛虐暴政而聯合起事，於霧社公學校運動會上襲殺日本
人，最後莫那魯道飲彈自盡，數百位原住民也寧死不屈。這些抗暴英
靈都化為「哀月猿嘯」。表示旌忠的紀念碑還在，供後人憑弔，霧社
的櫻花在風中微笑，想國家艱困，就憂心悄悄，沉吟往事都是傷心。

　　全書所記載到臺灣各地的旅遊，大約都是記景，比較少有寄託，
或深度的意義。

十　佳詩恰宜雅俗賞[215]的蔡水震

　　蔡水震（1905-1988），字明憲，嘉義人。出生時因遇大地震，故
命名為震。公學校畢業後，立志從事教育工作，乃應試臺北師範學

---

215 蔡水震〈千秋歲引〉，見《羅山題襟亭詞集》，頁5。

校，然事與願違，因體弱而未被錄取，只好到營林所貯木場當工友，一個月後入嘉義街役場當工友，因工作勤奮負責，晉升為書記。從大正十一年（1922）七月至昭和十六年（1941）三月，共歷十八年八個月。由於對中國文學頗有興趣，公餘歷訪宿儒求學，攻讀《論說啟蒙》，讀《孟子》及《商業新尺牘》、《四書》、《秋水軒尺牘》，受到賴雨若先生賞識，組織「花果園修養會」，深造詩書諸經，品學因得造就。年屆五十又從於賴惠川先生深造詩學，所作收於《題襟集》、《鷗社藝苑》、《明憲吟草》、《詩詞合鈔》等書。

昭和十六年（1941）四月，赴海南島經商，同年十一月轉往上海，遊覽西湖及名山大川，轉九江仙遊廬山五老峰、鄱陽湖、南昌、漢口等地，然後在九江與人合股經自新民醬油廠，頗具規模。民國三十六年（1946）四月返回故鄉，本擬整理家財，攜帶妻子，重往九江，料理事業，卻因中共渡江，所有財產盡歸烏有。經濟又形拮据，承賴柏舟先生薦入省立嘉義醫院任職至退休。業餘以義務為後輩講學，諸如花果園修養會之復興、仁武修養會、濟陽義塾等，並傳授四書五經，竭力尊孔。而以「園如我有，經之營之」為號召，發動其學生及部分早覺會會員，群策群力從事美化孔廟四周環境。嗣擔任嘉義縣長市文獻委員會委員，貢獻所學，義務推行發揚中華華文化。

蔡水震於日本昭和五年（1930）與黃玉女士結婚，育有二男二女，蔡水震先生在民國六十九年因為車禍，引腦出血，在榮總治療，因為經醫生細心治療，加上教會弟兄姊妹同心禱告，僅五天便痊癒出院，經此奇妙經歷，在民國七十年十一月受洗歸入基督教，成為虔誠基督徒。[216]

---

216 以上生平參考蔡來儀：〈蔡水震生生平略歷〉，見《嘉義市文獻》，第5期（1989年8月），頁56。

　　蔡水震存詩二五七首、詞九首，除二首在題襟亭填詞會所寫，三首在鷗社所填，其餘都是酬唱作品，包括二首賀人新婚、二首賀人當選。如〈喜遷鶯·祝黃啟顯、張為築兩學兄中選縣議員〉：

> 官民協，意志通。闔縣喜融融。宏才碩學兩同窗。一處榜懸同。　　痛癢關，完厥責。秕政可期全革。惟精惟一為家邦。復見古風良。《鷗社藝苑初集》，頁24）

這首詞是屬應酬性，祝賀兩位同窗高中縣議員。期待官民協力，意志相通，關切人民的生活痛癢，完成人民託付的責任，改革不好的政治，「惟精惟一」是出自《尚書·大禹謨》，只要繼承道統，處理家邦，最精粹也獨一無二的方法，就是信守中庸之道，才能復見古風。又有〈贊成功〉祝張李德和女士、黃宗焜先生中選省議員：

> 女中豪傑，詩政兼工。從今為國表經忠。省垣壇上，擊鼓擊鐘。揚清去濁絕島春風。　　歷任推事，法律精通。鵬程萬里正無窮。一朝飛起，為眾前鋒。扶傾濟弱立論唯公。（《鷗社藝苑初集》，頁203-204）

民國四十年（1951），張李德和及黃宗焜同時當選臺灣省臨時省議會第一屆省議員，兩人極力鼓吹女子教育的重要性。蔡水震以〈贊成功〉詞牌來祝賀。〈贊成功〉是唐朝詩人毛文錫的作品之一。其作品是屬於閨情，與成功沒關係。詞中贊張李德和是女中豪傑，在省政府要為民喉舌，揚清去濁。說黃宗焜懂得法律，正鵬程萬里，要為民前鋒，扶傾濟弱。

　　戰後鷗社在社集的課題中，有特別的詩：

（一）歌頌臺灣實施自治

　　在嘉義聯吟會第一期的課題〈祝臺灣省實施地方自治〉，其中曾參與詞社的作者有賴惠川：

> 茫茫人海網遺珊。自治精神化百蠻。瑞日朗瞻新樂土。敦風暢把古臺灣。清源正本民生重。履薄臨深庶政艱。韞櫝英才欣大用。蓬萊曝玉耀三山。（《鷗社藝苑初集》，頁96）

有蔡水震：

> 民權深喜具吾曹，萬姓欣然擊壤歌。一日九遷官釋弊，三年有就政融和。用耽鄉土人情美，許選賢能德意多。聞道地方頌自治，先教瀛島浴恩波。（《鷗社藝苑初集》，頁98）

賴柏舟：

> 風動旌旗淑氣催。歡聲鼎沸禹門雷。蓬瀛日暖三山麗。樂土春融萬象開。自治紀綱孚眾望。拾遺珊網慶英才。洪鈞郁郁浮祥靄。到處笙歌醉玉杯。（《鷗社藝苑初集》，頁97）

吳百樓：

> 畢竟人生愛自由。臺灣依憲法新修。政還民手分層隸。官舉琴堂共選優。應革應興遵讜論。為公為國奠嘉猷。漫言單父絃重操。治策多增賈誼謀。（《鷗社藝苑初集》，頁97）

譚瑞貞〈祝臺灣省實施地方自治〉：

> 青天錦幟遍塵寰。土地宏施見一斑。義創三民功絕代。權行五
> 憲法先頒。完成自治行仁術。長抱精神化野蠻。縹緲神仙新氣
> 象。蓬萊春色望中還。（《鷗社藝苑初集》，頁97）

黃鑑塘〈祝臺灣省實施地方自治〉：

> 鯤島重光歷五年。地方自治著先鞭。民權秉政開初步。國策扶
> 農制限田。公僕儘須遵道德。私心未許誤才賢。神州啟發資模
> 範。正氣長存海外天。（《鷗社藝苑初集》，頁98）

民國三十九年（1950），臺灣實施地方自治，除行政區劃分為五個
市，十六個縣以及陽明山管理局，成立地方自治機關以及選舉體系。
詩人們歌頌臺灣光復五年後，百樓說：「政還民手分層隸」，還政於
民，要分層負責。蔡水震說：「要選賢與能」，善用美好的鄉土人情。
瑞貞說：「義創三民功絕代。權行五憲法先頒。」要創造三民主義立
下功勞，行五權憲法自治精神可以教化人民，可以選賢與能，而公僕
們必須遵循道德，看重民生，使天氣正氣長存海內外。

（二）讚美耕者有其田

林緝熙在戰後仍不斷寫詩，表達對國民政府政策的贊同，如〈癸
巳立春〉：

> 盼到迎春歲已殘。韶華逝水且加餐。一天紫氣來仙關，四野和
> 風入繡鞍。南浦乍添新草色，泥牛不見舊農官。徵田放領行民

政，耕者何愁稼穡難。(《荻洲吟草》，頁13)

癸巳指民國四十二年（1953）的立春，他感受到時光流逝如水。南浦上因為春天乍添新的草色。泥牛是指古人風俗於立春時以泥土製牛，用此象徵春耕開始。田地上要春耕了，卻不見政府設置的農官。因為在民國三十八年實施三七五減租，解決部分租佃問題。民國四十年起實施公地放領，放領對象以原承租公有耕地之現耕農民為主。民國四十二年一月公布「實施耕者有其田條例」及「臺灣省實物土地債券發行條例」，[217]將地主出租之耕地徵收後，放領給現耕佃農或僱農。在鷗社的課題有〈田家樂〉詩，林緝熙寫：

> 膏腴二頃田，陂隈美甘蔗。三七五減租，溫飽餘光借。經營重經營，生活滲文化。雅陋兩相宜，新籬舊茅舍。四月日清和，野老親命駕。田頭田尾間，時聞笑相罵。餂彼南畝來，粗茶消炎夏。年年社公靈，金風翻稷稊。牧童信口歌，水牛背倒跨。高聲誦學而，臥考脩以暇。衣食綽有餘，男婚又女嫁。日暮謀老妻，村沽勿論價。[218]（《諸羅詩苑》，頁113）。

又有賴惠川：

> 白酒與黃雞，今日酬田祖。對飲呼鄰翁，恣口談今古。話到稱心時，足踏而手舞。醉後語兒曹，兒曹宜聽取。人生勿讀書，讀書有何補。枯死案頭螢，爭得儒時腐。躡足入商場，不過瞿

217 徐實圃：《臺灣實施耕者有其田經緯》（不詳，徐實圃，1964年），頁205。
218 邱奕松輯：《諸羅詩苑》上，見《嘉義文獻》，第19期（1989年6月），頁113。

塘賈。所較僅蠅頭，有時喪資斧。臨淵偶羨魚，堪笑老漁父。盡瘁日垂綸，鞠躬於南浦。回首遇樵夫，塵汗如囚虜。跋涉入深山，臥石疑伏虎。凡此小營生，處身非樂土。曷若我田家，穩恃三七五。稻秫非所宜，雜穀盈倉庚。雜穀利全收，獨享不尤愆。囊裡既有錢，何有於租戶。夏屋築渠渠，望衡而對宇。甘旨供盤飱，三餐肥且臕。冬夏葛與裘，寒暑何所苦。六畜有餘糧，百器無粗窳。耕者有其田，更待分沃土。此去萬斯年，老天長錫祜。樂哉我田家，則莫余敢侮。（《悶紅館全集‧悶紅小草》，頁267）

譚瑞貞：

一家溫暖得天和。女織男耕樂趣多。善政宏施三七五，豐功無日不高歌。篝車預祝日晴和。秋獲冬藏積聚多。擊壤幾曾憑帝力，家家鼓腹樂清歌。（《鷗社藝苑三集》，頁72）

賴柏舟：

處處農村擊壤歌。平均政策惠偏多。香秔滿廩牛盈廄，勝似寒窗鐵硯磨。（《鷗社藝苑三集》，頁72）

蔡明憲：

倉盈玉粒惠偏多。蠶繭如山織綺羅。滿眼兒孫都衣錦，三農蔗境樂佗佗。（《鷗社藝苑三集》，頁72）

這組鷗社社集月課題目為田家樂，寫於民國四十三年，正是國民政府
施行三七五減租。所謂三七五減租的定義為「耕地最高租額不得超過
主要作物正產品：全年收穫總量千分之三百七十五，減租前原約定地
租超過千分之三百七十五者減為千分之三百七十五，不及千分之三百
七十五者依其約定，不得增加，非主要作物正產品及一切農作物的副
產品均不計租」。這個方案等陳誠於一九四九年一月接任臺灣省省主
席之後，才確實地執行。[219]四個人的詩都歌頌政府德政三七五減租，
使得土地平均，農人有自己的田地，秋獲冬藏穀糧滿倉，耕者有其
田，大家樂豐年。這些歌詠三七五減租，讚頌政府推行耕者有其田，
使百姓得溫飽，在田頭田尾，都聞到農民笑罵聲，農田也豐收，有牧
童倒騎在水牛背上的歌聲，也有吟頌《論語》的聲音，老人則好整以
暇，大家衣食無缺，男婚女嫁和樂融融。

（三）正視社會問題

雖然鷗社社集時會歌詠政策，但也提到百姓貧窮的狀況，〈貧婦
吟〉為鷗社課題，能體會貧婦的辛苦，有吳文龍〈貧婦吟〉：

> 龜手勞勞換一餐，牛衣夜對冷漫漫。甑塵歌墮糟糠淚，未忍琵
> 琶別調彈。（《鷗社藝苑初集》，頁31）

這首詩詮釋出當時的貧婦，每天辛苦的工作手都皸裂，才能換得一
餐。面對寒冷夜晚僅能牛衣對泣。瓶甑中都是灰塵，妻子見無米可炊
都流出淚來，不忍心聽琵琶彈奏出淒清樂調。另有明憲〈貧婦吟〉：

---

219 徐世榮、蕭新煌：〈土地改革再審視──一個「內因說」的嘗試〉《臺灣史研究》，
　　第8卷第1期，頁96。

家徒四壁最難支。有子成名待異時。阿堵不愁空似洗，阪田遺
穗足充飢。(《鷗社藝苑初集》，頁31)

黃鑑塘〈貧婦吟〉：

薄命紅顏太可憐。蓬門未識綺羅天。歲除非是清明日，何事廚
中亦禁煙。(《鷗社藝苑初集》，頁32)

賴柏舟〈貧婦吟〉：

荊釵木櫛嘆秋風。憔悴荒廚甑久空。彩筆生花窮莫療，兒夫真
是可憐虫。(《鷗社藝苑初集》，頁32)

都是寫貧婦的窘狀，巧婦難為無米之炊，既不是寒時節，為何廚房要
禁煙？對照三七五減租的富庶，人民真實的面目卻是貧困。另有林緝
熙〈典衣〉：

買醉壚邊計已非。僅餘貼體一鶉衣。豪情脫與人將去，且待秋
深贖汝歸。(《鷗社藝苑初集》，頁69)

蔡明憲〈典衣〉：

區區鶴俸贍旬餘。硬把春衫質肆如。不是江頭貪一醉，為供兒
女買圖書。(《鷗社藝苑初集》，頁69)

吳百樓〈典衣〉：

揚州襟上酒留痕。告貸何妨暫別君。紅友縷金兼不得，贖還增
麝桂籠薰。(《鷗社藝苑初集》，頁69)

賴柏舟〈典衣〉：

春羅夏葛兩關情。貰酒何堪篋屢傾。都為重重慈母線，去留斟
酌到天明。(《鷗社藝苑初集》，頁69)

黃鑑塘〈典衣〉：

生成酒癖老名儒。典盡春衣又錦襦。不管寒來猶未贖，罋頭問
有舊醅無。(《鷗社藝苑初集》，頁70)

之二：

終日醺醺學醉侯。春衣質盡復羔裘。轉愁寒到難追贖，割愛情
深繫去留。(《鷗社藝苑初集》，頁70)

這組典衣，幾乎都是因喝酒才要典衣，只有蔡明憲與眾不同，他因為
區區的俸祿，僅供活個十來天，只好把春衫典當，不是為江邊貪醉，
而是為幫兒女買圖書。賴柏舟寫到因為衣服是母親手縫，所以要典當
時，還再三斟酌。

十一　獨羨幽蘭物外心[220]的汪敬若

汪敬若（1919-？），[221]並沒有其他相關資料。他除了在題襟亭填詞會的時期的二首詞外，從《鷗社藝苑初集》中看出，他還有〈品花〉詩：

> 萬紫千紅扶杖尋。百花叢裡少知音。桃嬌柳嫩海棠醉。獨羨幽蘭物外心。（《鷗社藝苑初集》，頁151）

從詩中可見他在百花叢中，但是知音好少。有桃嬌柳嫩，還有海棠令人陶醉，但他最欣賞的是蘭花的物外心。《琳瑯閣唱和集》中又有〈聯吟‧庚寅正月直逢集臺灣第一回新兵〉、〈聯吟‧圍棋吟詩即景〉、〈聯吟‧庚寅二月十五夜〉，汪敬若各吟上四句，〈聯句‧題襟亭同人〉，汪敬若也有一句「題襟此日記吟哦」。[222]張李德和也有〈和汪敬若先生韻〉：

> 雨聯新舊快如仙，正似池魚波下穿。千里苔岑緣翰墨，汪倫情緒逸青蓮。（《琳瑯山閣吟草》，頁83）

兩人因為筆墨姻緣，可能是汪敬若在千里外，仰慕張李德和才名而來參加題襟亭填詞會，所以留下作品不多。

小題吟會的成員幾乎是與題襟亭填詞會、鷗社的成員重疊，因此不另闢篇章介紹。

---

220 汪敬若：〈品花〉，見《鷗社藝苑初集》，頁151。

221 參考張李德和：《羅山題襟亭詞集》中所記錄會員年齡。

222 張李德和編：《琳瑯山閣唱和集》（臺北市：詩文之友出版社，1968年），頁183-184。

第五章
臺灣詞社的現象與意義

第一節　詞社稀少之因

　　臺灣長期受到荷蘭、清領與日本統治，以致影響漢文學發展，清領時代文盲極多。日治時代，臺灣為殖民地，大多數人生活貧困，只求三餐溫飽。能學習漢者，都是少數環境較佳，或是有漢學背景之家庭，如巧社成員李鷺村「幼從蔡宜甫啟蒙，就讀大稻埕公學校時，復從張希袞讀漢文」，[1]本身是小兒科名醫。林嵩壽（絳秋）是板橋林家林維德之三子，家世顯赫，曾創辦醫院、信託公司。賴獻瑞是「礪心齋」的門人。[2]如小題吟會的賴惠川，其父是清朝本土歲貢生，其家三代書香，「賴家三代相承的事業是傳統文學的創作」。[3]又張李德和是雲林西螺清儒訓導李昭元長女，[4]才有機學習漢文，後嫁給醫生。賴柏舟也是出身書香世家，「父祖皆嘉義縣庠生，先生克紹書香」，[5]外祖父亦嘉義著名漢詩人張元祿，張李德和之尊翁。林緝熙父親為遜清秀才林慎修（1848-1923）。自幼秉承庭訓，聰敏好學。這些人都因為家庭因素，才有機會學習詩詞，大多數人是無能力讀書識字的。

1　李騰嶽撰、毛一波編：《李騰嶽鷺村翁詩存》（新北市：龍文出版社，1992年），頁1。

2　林正三總編輯、臺灣瀛社詩學會：《續修臺灣瀛社志・社友小傳》（新北市：臺灣瀛社詩學會，2017年），頁437。

3　王惠鈴撰：《臺灣詩人賴惠川及其《悶紅墨屑》》（臺北市：文津出版社，2001年），頁11。

4　張李德和：《琳瑯閣吟草》，頁2。

5　賴柏舟編：《詩詞合鈔》，頁1。

　　日治時代許多臺灣學者為存一線斯文，都認真傳承漢詩，廣設詩
社，但是詞社卻很稀少，全臺僅有二詞社，而詞社創設者，大都沒有
詞集。少部分有詩集者，詞作便附錄於詩集後，其中如巧社王霽雯、
黃福林、賴獻瑞等，在《詩報》中，寫詩甚多，詞作亦不少，卻連詩
集都未整理出版，詞集更是遑論，僅能從他們當時所發表在報章中，
窺知一二。其他如嘉義詞人僅賴惠川的《悶紅全集》，以及張李德和
的《琳瑯閣吟草》、《羅山題襟集》等書，而林緝熙、吳文龍、許然等
人作品皆無印刷出版，幸民國四十四年，賴柏舟倡議籌編《詩詞合
鈔》，收集眾人作品，並在當年刊行，否則詞作必淹沒無存，因此想
要探討詞人與其作品，常因資料不足，而難以一窺全豹，無從下手。
臺灣詞在文學史上發展，實在備受冷落，探討詞社稀少之因，有：

一　詞創作不易

　　清領臺灣時，詩社雖然林立，但寫詩者仍占全人口之少數，且填
詞需講究格律，按譜填詞，相較之下更顯困難。《漢臺日報》曾記載：

> 詞之一道。專尚平仄能調。平仄不調。則音節不諧。失之遠矣。
> 故填詞曰倚聲。倚聲者。依傍其聲音而為之也。詞意不可依
> 傍。音調則不得不依傍。一不依傍。則差之毫釐。謬千里矣。[6]

填詞要先認識詞牌的調性、詞譜、押韻，且詞譜及韻書取得不易，
「至於詞律一道，蓋寥寥焉。」[7]張李德和〈詩詞合鈔序〉亦云：「蓋

6　《漢臺新報‧拾碎錦囊》，3版，1906年11月22日，「詩話」一闋。
7　賴惠川：《詩詞合鈔‧序》，見賴伯舟：《詩詞合鈔》，頁2。

以臺灣小小彈丸之地，孤懸之海嶼，詩道未臻妙境，況詞道乎？」[8]
創作依譜合律的古典詞，實在困難。以後嘉義林緝熙編有《狄洲墨餘・仄韻聲律啟蒙》，乃仿康熙時，邵陽、車萬育《聲韻啟蒙》而作。由賴惠川在書後〈附言〉說：

> 老友荻洲林緝熙先生，耽詩而工於詞，當其隱鹿滿山時，日以吟詠為事，著《荻洲吟草》，詩詞各若干卷，餘既序之，而尚未盡其所蘊，筆硯之餘，又著仄韻聲律啟蒙，七十有六韻，對仗工整，運典自然，較諸古人所著平韻啟蒙，實無遜色。[9]

此書名啟蒙者，乃是要開啟時人對詞律之蒙昧，講究對仗技巧。然僅編仄聲，列有上聲二十九個韻目，去聲三十個韻目，入聲十七個韻目。每韻目下皆有對句例句，如一董下，有「禹對湯、顏對孔」等例句，如「豹一斑對龜五總」，賴惠川在例句下加注：

> 豹一斑，《晉書》：「王獻之門人輕之曰：「此郎管中窺豹，時見一斑耳。」言未見其全略有所得。
> 龜五總，《唐書》：「賀知章博通經史，問無不知，時號為五總龜。（案龜所以問疑者。）

《狄洲墨餘・仄韻聲律啟蒙》不像《詞林正韻》分十九部，是寫給當時懂詩韻者閱讀，因為韻目下，都沒有韻字，無法查閱。古典詞的創作，詞韻、詞譜缺一不可，因此詞社會員社集時：

8　張李德和：《詩詞合鈔・序》，見賴伯舟：《詩詞合鈔》，頁3。
9　林緝熙著：《狄洲墨餘・仄韻聲律啟蒙》，見賴伯舟編：《詩詞合鈔》，頁107。

平日詩會詩詞並行，當時苦無詞譜，未有著手，所幸賴柏舟索
得詞譜一部，遂由柏舟逐期抄錄詞譜及題目，分給會員，每星
期集合交稿，互相傳閱，不分甲乙，抄錄保存。[10]

詞作上引用太深典故，不僅讀者不懂，創作者亦無法知道原意，可見
當時創作極為艱辛，先有詞譜傳鈔，典故解說，方能下筆成詞，以致
詞創作無法普及。

二 學校廢漢文

日治時代要普及日語，進行同化，故壓抑漢文。因此在臺灣原有
的府、縣儒學等官學全遭廢絕，書院亦多荒廢，或轉以其他形式存
在。其中只有培養學生基礎漢文的書房仍然存在，但也因其數量與學
生人數超過日本公學校，形成日本同化教育的最大障礙，總督府遂採
漸進的方式，逐步以法令約束，進而以質變引起量變，以改變書房教
授的學科與教材，使書房難以生存，最終則禁絕之。一八九八年，
〈公學校規則〉規定，[11]漢文只在讀書、習字、作文等課程中教授，
教材有三字經、孝經、四書等，並延聘一些書房教師及學者擔任教
席。將漢文併於讀書課中，每週十二小時。一九〇三年，修改公學校
規則，漢文獨立為一科，上課時數五小時，教學時必須用日語解釋。
一九〇七年二月二十六日，「公學校規則中改正」發布。五、六學年
的漢文課授課時數，縮短為每週四小時。一九一八年三月三十一日，

---

10 賴子清：〈古今臺灣詩文社（二）〉，見《臺灣文獻》，第10卷第3期，頁97。
11 明治卅一年（1898）臺灣總督府頒布「臺灣公學校規則」，見臺灣教育會編：《臺灣
　教育沿革志》（臺北市：南天書局，1995年），頁202。

公學校規則中改正」發布。妄稱為減輕學生的負擔,將漢文課的時間,一律縮短為每週二小時。

　　大正十年(1921)總督府公布〈書房義塾教科書管理法〉,規定各書房所用的教科書需經各廳長的批准。翌年,〈新臺灣教育令〉公布,公學校的漢文被改為選修科,此時許多公學校趁機廢除漢文科,許多書房皆遭取締或禁止。昭和十二年(1937),中日戰爭爆發,公學校正式廢除漢文科,書房教育全遭廢絕。[12]由於漢文教育不斷的縮減,學習機會少,更缺少創作園地。這時在臺灣報紙中出現的「詞林」、「文苑」、「漢文欄」,更成了日本官紳、臺灣臺灣文人發表作品的園地,也是舊文人交流、切磋文藝的地方。文人紛紛在當時所創辦之報紙、雜誌發表作品。當時臺灣詞即多刊於《漢臺日報》、《臺日報》、《臺灣新民報》、《詩報》、等漢文報章雜誌上,這是清代時期未見的現象。據魏潤庵在《詩報》發刊詞揭示:「改隸以來,臺灣詩學之所以維持者為詩,道德所賴以維持幾分者,亦惟詩。」[13]又依《詩報》創刊號〈本報趣意〉第四條云:「學校已廢漢文,書房不容易設,鼓舞讀漢文,惟此詩社詩會可以自由,故不可無發表機關。」[14]《詩報》創設為要維持漢文、漢詩之不墜。漢詩、漢文之維持已是大不易,何況困難度更高的詞。

三　提倡新文學

　　日治時代,在臺灣的漢文被廢,已是壓抑古典文學的發展,加上文人們熱衷提倡新文學。大正十二年(1923)四月十五日,在日本創

---

12 臺灣教育會編:《臺灣教育沿革志‧臺灣教育年表》,頁202。
13 魏潤庵:〈臺灣詩報發刊詞〉,見《詩報》,創刊號,1930年10月30日,頁2。
14 《詩報‧本報趣意》,創刊號,1930年10月30日,頁3。

刊的《臺灣民報》，就有一篇標題「欲啟發臺灣文化，唱（倡）設白
話文研究會，做創刊本的紀念事業」：

> 白話文是照著口裡所說的話，直接寫出來的。文言文是就口裡
> 所說的話，加以一番改造潤色的功夫，再寫出來的。但是改造
> 潤色之後，他人往往不能明白。白話文卻沒有這種難處……，
> 臺灣雖然割給日本有二十七八年了，但是社會上所用的書信，
> 仍然是古式的文言。不但使現在讀日本書的青年難看，就是那
> 些老人家亦未必盡會。若長此以往，恐怕一個區區的小島，你
> 寫的我不懂，我寫的你亦不懂。豈不是下情不能上達，上情不
> 能下傳。……本報因感著這個苦痛，所以提倡白話文要作社會
> 教育的中心。[15]

《臺灣民報》大聲疾呼，希望大家都用白話寫作，才能完整表達心
意，還設立臺灣白話文研究會的宗旨，是「研究白話文，以普及臺灣
之文化」。

大正十一年（1924）十月底，張我軍從北京回到臺灣，隨即進入
《臺灣民報》擔任編輯。「五四」運動爆發後，賴和立即從廈門返
臺，和黃朝琴、張我軍一起在臺灣掀起了白話文學運動。大正十二年
（1925），賴和為呼應白話文寫作，發表了處女作散文〈無題〉，被譽
為「臺灣新文學運動以來頭一篇可紀念的散文」。大正十三年
（1926），賴和在《臺灣民報》上發表了新文學運動以來最早用白話
文寫作的第一篇小說〈鬥鬧熱〉，從此進入了創作的旺盛期。臺灣新
文學經過這些推動，逐漸蓬勃，相對的古典詞的發展更覺困難。

---

15 《臺灣民報》，創刊號，1923年4月15日，頁29。

四　詞保存困難

　　日治時代雖詩社林立，但能創作漢詩者，就人口比例而言，已是少數，能創作詞者為鳳毛麟角，受關注的程度更是「曲高和寡」，大都是附在詩集中（如《無悶草堂詩餘》一書，原附在《無悶草堂詩存》）。先賢中能創作者，生前不一定有錢、有能力出版其書，如《豁軒詩集》是陳貫先生歿後十四年才出書。[16]一旦作者離世，子孫不識先人遺作之可貴，不是棄之如敝屣，便是分不清是詩或是詞，把先賢集中之詩、詞、對聯混為一談。巧社詞人李鷺村是當時名醫，執業三十年，也是臺灣省文獻委員會主任委員，主持臺灣文獻工作，完成《臺灣省通志稿》。[17]但他是在歿後才有詩集出版，毛一波序云：「鷺村先生歿後四年，其夫人陳阿乖女士乃出所遺詩文稿全部，囑余編選。」[18]因此有《李騰嶽鷺村翁詩存》一書，其中附詞八首。其他如賴獻瑞、王薈雯、林嵩壽、黃福林，皆沒有詩集、文集傳世，至為可惜。

　　小題吟會的賴惠川（1887-1962）、張李德和（1893-1972）算是最幸運的，生前都有出書。賴惠川有《悶紅館全集》存世，其中民國三十九年（1950）《悶紅詞草》與《悶紅小草》合訂，民國一〇六年出版的《全臺詞》又蒐集《臺日報》、《鷗社藝苑次集》的詞，共存詞一七六闋。張李德和有《琳瑯閣吟草》、中，存詞計五十二闋。至於林緝熙《荻洲吟草》存詞五十七闋、譚瑞貞《冷紅室詩鈔》存詞闋、賴柏舟《淡香園吟草》存詞三十闋，則靠賴柏舟編輯的《詩詞合鈔》，才能保存小題吟會詞人之詞作。

---

16 魏德清：〈豁軒詩集序〉，見陳貫撰：《豁軒詩草》（新北市：龍文出版社，1992年），《臺灣先賢詩文彙刊》第2輯，冊12，頁1。

17 曹甲乙：〈李騰嶽先生行略〉，見林騰嶽《騰嶽鷺村翁詩存》，頁3。

18 毛一波：〈騰嶽鷺村翁詩存序〉，見林騰嶽《騰嶽鷺村翁詩存》，頁8。

五　詞解讀艱難

　　臺灣先賢大都致力於漢詩寫作，至於填詞僅是餘力所及，所留詞作，大都未編年，其生卒年、生平事蹟與交往情形，大多不詳。發表在報刊中的詞作，常有錯誤，或有漏字，如昭和七年九月一日，王霽雯發表在《詩報》四十一號之〈夏初臨〉詞，誤植為〈夏物臨〉。[19]又如昭和八年九月一日，發表在《詩報》五十一號，詩餘欄〈輓周士衡先生〉之詞，就缺寫詞牌，經再三比對詞譜，才知是〈水龍吟〉詞。又有賴惠川〈三峰麗・玉峰吟社十週年誌感〉：「玉峰巔，翰墨緣。任他世事推遷。」[20]〈三峰麗〉詞牌，諸譜未見，不知根據何種譜式。再來有的詞缺詞牌，有時用詞牌別名，有時一首詞少片數的情形下，若詞中使用典故或寫作背景，缺乏註明，皆使後世讀者，難解讀詞中涵義。

　　林緝熙有鑑於填詞者之困頓，編《狄洲墨餘・仄韻聲律啟蒙》，以期後學者有所啟發，然而小題吟會仍未清楚典故、格律，因此要求賴柏舟加註，賴柏舟在〈狄洲墨餘・仄韻聲律啟蒙・附言〉說到，他看完此書云：

> 余愛之，朝夕諷誦，稿本置余家數月，嗣因悶紅館同人皆欲得為衿式，因其所用故事，多有未解。責余註釋，自顧淺陋，難於下筆，固辭而已，而同人再三言之，爰就所知，略加點綴，而荒疏已久，恐不免乖謬也。[21]

19　《詩報》，41號，1932年9月1日，頁5。

20　《臺日報》，4版，1925年11月17日。

21　賴柏舟編：《詩詞合鈔・仄韻聲律啟蒙》，頁107。

小題吟會同人「因其所用故事，多又未解」，可見詞中典故，讓詞本解讀不易，有時詞作者為遷就格律、押韻，詞句會顛倒或省略，若無註解，實難知曉詞作者本意，更何況當時漢文程度受抑的群眾，以致填詞、讀詞者日益稀少。

第二節　創作現象

一　調、韻問題

　　詞是講究音韻與格律的，必須按詞譜填詞。但臺灣地處海隅，在歷史上，閩方言區內書院、學堂的教學用語多是方言，如曾憲輝《林紓》一書記：

> 清季福建在北京身居尚書、侍郎、御史、翰林者不下二十餘人，為方便子弟入學，光緒丁未（1907），公議設立閩學堂，校址在宣武門閩會館，首任監督為莆田江春霖。……林紓在閩學堂授國文課，每週四小時，全用福州方言，朗誦古文手舞足蹈。

又如陳榮嵐、李熙泰《廈門方言》記：

> 中國學校歷來有「官學」和「私學」之分，「官學」又可分為「國學」（京師官學）和「鄉學」（地方學校）兩種。在共同語尚未達到普及程度時，……這樣的文白兼用的方式來教學，就是官方辦的學校（尤其是設置於本地的學校）也難於排除官話和方言同時作為教學語言的情形。[22]

---

22 引自陳榮嵐、李熙泰：《廈門方言》（廈門市：鷺江出版社，1994年），頁56。

　　臺灣方言包存相當多的古語、古音的遺存，故用臺灣方言可以吟
唱、誦讀乃至教學文言作品。延續到一九四五年臺灣光復、延續到臺
灣的國語運動興起之時。從《漢臺日報》、《臺灣詩報》、《詩報》看，
臺灣的文言文作家有相當部分是透過方言學習文言、又用方言吟唱或
誦讀文言作品的，但是受到日治影響，所講之言語，又有日本語的交
雜。賴惠川在〈詩詞合鈔序〉中云：「至於詞律一道，蓋寥寥焉。」[23]
表達臺灣在日治時代韻書之缺乏。都指出臺灣詞人填詞之艱辛，在用
調、用韻、格律使用上，有得探討的現象。

　　臺灣詞社發表在《漢臺日報》、《臺灣詩報》等詞所使用的詞調，
有小令、中調、長調，其中所使用的詞牌，也都符合所吟詠的內容，
直到與昭和八年（1933）二月十五日，《詩報》五十三號，由廖寒松
填寫〈六醜・寒郊晚眺〉一詞，並由善明王霽雯、古鶴黃福林次韻。
王霽雯最愛用長調，他是最早用長調〈鶯啼序〉[24]寫「遊春」的人。
昭和十四年（1939）《詩報》一九八號，賴獻瑞也用〈鶯啼序〉寫
「哭張希袞老夫子」，這都是巧社中愛用長調者。

　　昭和十八年五月二十五日中，小題吟會的許藜堂在《詩報》二九
六號，也用〈鶯啼序〉，詞譜中最長的調子為賴惠川的《悶紅小草》
作序：

　　　　惠川雅友。稽族譜潁川舊籍。託身海外古諸羅。成性喜弄文
　　　　墨。朗月和風擬襟度。湘蘭沅芷懷心跡。費半生吟詠。草就悶
　　　　紅詩集。　　　班固留香。江淹寄恨。妙倩生花筆。格調琳瑯韻
　　　　鏗鏘。金斯聲玉其質。寫香奩過雨行雲。抒綺情繪神描色。最

23　賴惠川：〈詩詞合鈔序〉，見賴伯舟編：《詩詞合鈔》，頁1。

24　王霽雯：〈鶯啼序・遊春〉《詩報》，58號，1933年5月1日，頁18。

銷魂。筆底黛痕。紙中蘚澤。　　溫柔無那。藻采紛披，縫月
裁雲客。磨歲月蹉跎鬱抑。不落文章魄。銅琶鐵板。酒酣耳
熱。毛錐叱吒鋒鎧迫。挾雷霆慷慨淋漓極。枉拋心血成滴瀝。
任膴馥殘膏。委棄篋中堪惜。　　尚存微脈。漢學維持。算匹
夫有責。稿本付諸編輯。文字因緣。豈敢炫才。求無慚德。毀
之譽之。匪關榮辱。雪泥中印些爪跡。昭和癸未季春三月。隱
桃城舊東門。綠樹陰中。藜堂拜泐。（《詩報》，296號，1943年
5月25日，頁3）

賴惠川過了半年亦有〈鶯啼序·自題悶紅小草〉步許藜堂先生韻，運
用詞調中最長的長調二百四十個字寫序，完全失去歌唱功用，而達到
逞能鬥強的程度。

2　押韻情形

臺灣詞人因為欠缺韻書與詞譜，所以偶有出律、出韻的情況，但
不是很嚴重，大約可分為以下幾類：

（1）詩韻取代詞韻

在詩韻同一部的「灰」——到詞韻就分為第三部與第五部。巧社
賴獻瑞有〈虞美人·述懷〉：

風光月霽胸襟谿，仰視秋天闊。男兒義氣自雄豪。鎮日檢書看
劍舉杯高。　　斬兵殺將中原久。逐鹿人奔走，掀天揭地競奇
才，勝敗於今難決更含枚。（《詩報》，94號，頁14）

按〈虞美人〉詞牌，每兩句一換韻，最後兩句要叶平聲韻，但是

「才」是屬第五部平聲韻，「枚」是屬於第「三」部平聲韻。在詩韻
中韻目「灰」，到詞後有一半在第三部，一半在五部。因為收音都是
「i」，在當時詞韻不通行，容易三、五部混押。又如《詩報》同期有
絳秋〈虞美人・閨情〉：

> 楊花柳線傷離別，耐到秋時節。小樓人靜獨徘徊。喜見雙雙相
> 識燕歸來。　　韶光倏忽催人老，共訴相思苦。從今聚首勝鴛
> 鴦，舊恨銷除長樂未央宮。（《詩報》，94號，頁14）

本詞第三句第四句要叶平韻，但是「徊」是第三部平聲韻，「來」是
第五部平聲韻。五、六句要押韻，「老」第八部仄韻，「苦」第四部仄
韻。七、八句要押韻，「鴦」第二部平聲韻，「宮」第一部平聲韻，基
本上是出韻。

（2）出韻問題

　　詞社詞人填詞常有出韻問題，如《詩報》昭和六年三月十六日，
八號「詞源」欄，有王霽雯〈蝶戀花〉：

> 二十五絃彈夜月。際此中秋，一曲珠簾下。寶篆香勻蟾影射。
> ㄚ環報道來也。　　手亂心荒音不雅。暗問靈犀，何事深牽
> 惹。故意發嗔私語罵。良辰美景能孤寡。（《詩報》，94期，
> 1934年12月1日，頁14）

這首〈蝶戀花〉的格律是上下片各四仄韻，「月」是十八部入聲韻，
「下」、「射」、「也」是第「十」部，「月」是出韻。
　　又如張李德和〈卜算子〉：

鴻藻見離技，詞源三峽擬。短句長章出苦心，應未肯焦桐許。

　　鼓吹振騷風，記否災梨棗。一點靈犀萬載通，漫作尋常語。（《琳瑯山閣吟草》，頁51。）

這詞應一韻到底，但「擬」為第三部仄韻，「許」為第四部，「棗」為第八部，此首是出韻。

3 格律問題

（1）不合格律

　　因為詞譜取得不易，所以有些詞作家，所填的詞作，格律是不合乎詞譜的。如王霽雯〈送入我門來・除夕〉：

> 芊葉燈新，梅花酒熟，高堂列上辛盤。爆竹聲中。送歲又迎年。明朝春到還無計。笑今夜年終猶未闌。聽鼕鼕臘鼓。屠蘇稱壽，綺席團圓。　　天上偏留此夕，人間共添一歲，不別愚賢。互祝霞杯，福壽等南山。風送入蓬門暖。更紫氣東來草舍歡。早焚香拜日，晨雞頻叫，冬盡同還。（《詩報》，50號，1933年1月1日）

根據《御製詞譜》只載一體：

> 〈送入我門來〉調見草堂詩餘，宋胡皓然除夕詞，有「東風盡力，一齊吹送，入此門來」之句，取以為名。雙調一百四字，前後段各十句，四平韻。

王霽雯〈送入我門來・除夕〉，明顯少於詞譜一字。

　　除了以上情形外，臺灣詞壇，有時是不管「過片」問題，詞的創作，因為音樂譜的亡佚，只剩下文字譜，所以過片等於是音樂的彈奏，必須有空格，但所發表的詞過片是被忽略的。

（2）片數不齊

　　臺灣詞人比較特別的是片數問題，有些雙調詞是要寫上下二片，但填詞者僅填一片，而且最後兩句句式應該三、五句，但此處寫四、四句。如賴惠川〈連理枝・採茶〉：

> 是採茶天氣。且任郎調戲。萬種相思。褒歌婉轉。十分滋味。願似連理枝。百年皆老。山盟海誓。（《悶紅館全集・悶紅詞草》，頁218）

林緝熙〈連理枝・採茶〉：

> 捲起羅衫袖。似惜柔荑手。過了清明，尚遲穀雨，悶人時候。一樣相思苦，暗藏春葉，調郎病口。（《鷗社藝苑初集》，頁100）

譚瑞貞〈連理枝・採茶〉：

> 雨過溪山暖，採擷層崖遠。雲葉宜紅，旗槍吐綠，抽來苔短。蔽芾千株潤，毛巾條芥，餘香尚戀。（《鷗社藝苑初集》，頁100）

賴柏舟〈連理枝・採茶〉：

> 十里茶山鶚。纖手輕輕采。笠襯雲鬟。嬌歌寄意。聲聲天籟。
> 願自今朝起。大家偕老。心兒不壞。(《鷗社藝苑初集》，頁
> 100)

這首詞是在民國四十年七月鷗社社課時，由賴惠川、林緝熙、譚瑞
貞、賴柏舟所填。《御製詞譜》:「(連理枝)雙調七十字，前後段各七
句，四仄韻。」[25]這首詞格律原本要有兩片，此詞少下片。

二　一詞多詩的表現

臺灣詞人都是詩人，詩人不一定會填詞。但詞人都是詩人，因填
詞比作詩困難，詞人大多填一首詞，卻意猶未盡，同時寫多首詩的現
象。昭和九年重陽節，巧社詞人在北投新薈芳雅集，《詩報》昭和九
年(1934)十二月一日刊載，他們雅吟之詞，如鷺村李騰嶽〈滿庭
芳・甲戌重陽於北投新薈芳旗亭雅集〉:

> 雨灑疏籬，風侵簾幌，薄暮驟覺微寒。北投形勝，佳節共登
> 攀。最喜吟朋接席，舉杯看紗帽雲鬟。秋燈下硫煙嬝娜，環珮
> 聽珊珊。　　盤桓。當此日茱萸遍插，菊藥堪餐。嘆斯世何人
> 能駐朱顏。此會明年應再。莫空負花謝香殘。魂銷處凝脂洗
> 罷，羅帶試輕寬。(《詩報》，94號，1934年12月1日，頁8)

李鷺村又在昭和九年十二月十五日，發表在《詩報》〈九日北投雜
詠〉六首，如:

---

25 王奕清奉敕輯:《御製詞譜》，卷16，頁5。

之一

盤山硫氣隔深青，繞屋峰巒障翠屏。風物此間消受得。笑他名
利逐羶腥。

之二

一浴靈泉百慮消。香江九日避塵囂。知心別有風情在。誑語無
端泛早潮。

之三

紗帽峰頭夕照移，七星山下晚風吹。歸來偶作閒行客。絕勝人
前笑展眉。（《詩報》，95號，1934年12月15日，頁2）

另有王霽雯在昭和九年十二月一日九十四號刊載〈滿庭芳·甲戌重陽
於北投新薈芳旗亭雅集〉：

煙冷黃花，霜然紅葉。梧桐落盡空林。寒蟬聲咽，日暮急秋
砧。屈指西風幾度，重陽節少見霜禽，薈芳館曲江學士今日盡
來臨。　　而今。填就了新詞舊曲，戞玉敲金。安排著花前月
下同斟。聊把三杯兩盞，便銷得磊落胸襟。難辭卻殷勤翠袖，
中酒臥花陰。（《詩報》，94號，1934年12月1日，頁14）

又《詩報》在昭和十年一月一日，王霽雯有〈秋日北投雜詠〉八首：
之一

靈泉試浴去偷閒，約伴重陽日暮間。只恐遊人看了了，輕車暗上北投山。

之五

薈芳旅社向公園，樹色蒼茫入酒樽。樓閣清幽花解語，從無遊客不銷魂。

之八

盛會吟朋旅舍過，雕瓊鏤玉共高歌。館娃似解詞中意，木箸敲觴擊節和。（《詩報》，96號，1935年1月1日，頁20）

賴獻瑞有〈滿庭芳・甲戌重陽於北投新芳旗亭雅集〉：

過了中秋，又迎九月，城頭風雨重陽。茱萸插鬢，賞識好風光。料想山中兄弟，登高去渠亦思卬。故園菊今開也未，佳節最思鄉。　　柔腸。愁欲斷蓬窗蕭瑟。露井淒涼。怎階下梧桐葉盡秋霜。東壁圖書萬卷。西園內翰墨猶香。記今日避災桓景，好個費長房。（《詩報》，94號，1934年12月1日，頁14）

昭和十年一月一日，賴獻瑞有又在《詩報》發表四首〈秋日北投雜詠〉：

之一

冒雨重陽赴北投，登高聊學舊風流。靈泉更比香醪好，一浴能消萬斛愁。

之二

　　玻璃窗外樹了叉，秋雨牆頭宿暮鴉。小約吟朋同雅集，茱萸差鬢醉流霞。（《詩報》，1935年1月1日，頁20）

寫秋日北投泡湯，巧社社員也是一詞多詩現象。小題吟社也有一詞一詩現象，如賴惠川的〈雨中花·疏開〉：

　　今日疏開談匪易，深恐是，後來烽燧。人或疏開，境殊今昔，萬難伊胡底。第一甕中無粒米，況到處，盜風橫熾。進退維難，身心無主，只仰而已。（《悶紅詞草》，頁69）

又有〈疏開〉詩：

　　家為疏開萬不聊，何當忍凍做夜宵。鶉衣欲補無鍼線，自向殘燈結紙條。（《悶紅小草》，頁36）

寫家中疏開的無奈，衣服都穿破，只有在殘燈下結紙條。又如賴柏舟〈臨江山·送寒衣〉：

　　宵深樓上忙刀尺。吳棉細貼頻加。腰圍寬窄算年華。踟躕窗下手輕叉。　　愁絲萬縷隨針度。妾情疏密堪查。丁寧驛使付天涯。歸期夜夜卜燈花。（《鷗社藝苑初集》，頁291）

另有〈送寒衣〉二首：

　　夜夜窗前促剪刀。關山孤影怕秋高。三軍又說重移節。覓使還

須口舌勞。驛使相逢意氣豪。叮嚀千里一征袍。深閨密緒憑君
認。機杼燈前手自操。（《鷗社藝苑三集》，頁54）

都是寫戰爭時，要給遠方戰士添冬衣，在燈下縫補的情懷。其他如民
國四十一年鷗社賴惠川、林緝熙、譚瑞貞、賴柏舟以〈河滿子〉詞調
吟詠五妃墓，其中賴惠川、譚瑞貞、賴柏舟又用詩歌詠五妃墓。可見
當時一詞多詩，或一詞一詩的表現，是詞社中課題，有的在填詞後又
寫詩，成為特有現象。

三　緣題賦情

　　《花庵詞選》選李珣〈巫山一段雲〉調下注語云：「唐詞多緣題
所賦，〈臨江仙〉則言仙事，〈女冠子〉則述道情，〈河瀆神〉則詠祠
廟，大概不失本題之意。爾後漸變，去題遠矣。如此二詞，實唐人本
來詞體如此。」[26]其實宋人填詞已出現詞與詞牌名背離。然而日治時
代的臺灣詞人，仍堅守詞牌本意，緣題而賦。如譚瑞貞追悼大陸旅臺
詩人莊怡華，有〈三奠子・輓莊怡華先生〉（《詩報》，32號，1932年4
月1日，頁13），所使用的詞牌〈三奠子〉，根據《御製詞譜》：

　　三奠子，調見元好問《錦機集》。按，崔令欽《教坊記》，有
　　〈奠璧子〉小曲，此或即奠酒、奠聲、奠璧為三奠，取以名
　　詞。[27]

　　又王鷽雯〈高山流水・如呈鍾瑞聰先生〉：

---

26 黃昇：《花庵詞選》（臺北市：文馨出版社，1980年），頁13。
27 王奕清奉敕輯：《御製詞譜》，卷1，頁345。

月明萬里撫焦琴。況春宵、銀漏寒侵。三弄試梅花，驚鴻暗落
花陰。其聲壯，鐵騎齊臨。悠揚處、遠是晴空鶴唳，虎嘯龍
吟。忽低來一跌，沒海幾千尋。　　而今。欣逢子期在，能解
得、素志雄心。流水奏何慚，天涯有箇知音。奈芳晨興致難
禁。瑤徽外、應是陶潛寄意，白傅沾襟。看人情世態，誰似咱
交深。（《詩報》，30號，1932年2月24日，頁15）

根據《御製詞譜》：

調見《夢窗詞》。吳文英自度曲，贈丁基仲妾作也。妾善琴，
故以高山流水為調名。[28]

詞中上片指彈琴之聲壯如「鐵騎齊臨」，悠揚如「晴空鶴唳，虎嘯龍
吟」。今欣遇鍾瑞聰如「子期」在，如知音般，能了解自己志在高
山，志在流水心意，感嘆人情中，只有兩人交情深厚。詞末三句句式
應四，三，三句。此處句末不按詞譜。

又如譚瑞貞〈過秦樓〉：

司馬青衫，秋娘金縷。酒綠燈紅如故。羅紈未歌，翠袖先寒，
憔悴長門獻賦。幾處淒咽蟲聲，秋雨秋風，增入愁緒。問故鄉
何在，歸期何日，把離懷訴。　　猶記得，韻鬪羅山，歌徵北
里，一點犀心相慕。玉泣珠啼，恨烟顰雨。無限撩人風趣。曾
幾何時，舊燕歸來，門巷重尋何處。膪斜陽半壁，題箋試覓，
斷腸詩句。（《心弦集》，頁11）

---

28 王奕清奉敕輯：《御製詞譜》，卷25，頁24。

〈過秦樓〉：調見《樂府雅詞》，作者李甲。因詞中有「曾過秦樓」句，遂取以為名。[29] 據《詞譜》考證，周邦彥《片玉詞》，後人把他的〈選官子〉詞刻作〈過秦樓〉。這首詞署恤紅生，原本刊在《三六九小報》一一九號（1931年10月16日），再收入《心弦集》，是紀念他的歌妓女友瑤仙，這時瑤仙已經到稻江青樓賣唱，譚瑞貞常到臺北探望她，就寫這首詞。

四　夾雜日語

清光緒二十一年（1895），滿清依據馬關條約，割讓臺灣，因此臺灣受日本統治長達五十一年，到第三期皇民化政策下，在公共場合強制使用日文，不准在公共場合說臺灣話或客家話；在如此嚴厲政策下，因此臺灣文人的漢字書寫，就雜有日語，或許到最後連詩人、詞人也分不清這是漢文或是日本語，如：

（一）疏開

「疏開」（する），指疏散，遷徙，遷移。戰爭中為躲避炸彈，將都市的人或物疏散到鄉下去。詞社中有賴惠川的〈雨中花・疏開〉：「今日疏開談匪易。深恐是，後來烽燧。人或疏開，境殊今昔，萬難伊胡底。」（《悶紅館全集・悶紅詞草》，頁69）許藜堂的〈乙酉夏白芒疏開中，柏舟君見訪留奕，並以蕃芝薦客，即景賦呈〉（《羅山題襟集》，頁93），又有賴惠川的〈疏開〉：「家為疏開萬不聊，何當忍凍坐深宵。」（《悶紅小草》，頁4）又有〈甲申除夕〉：

29　王奕清奉敕輯：《御製詞譜》，卷35，頁14。

> 黯黯寒鐙黯自傷，<u>疏開</u>情緒倍淒涼。他鄉有母<u>疏開</u>夜，應向他
> 鄉念故鄉。（《悶紅小草》，頁35）

在黯淡的燈火下，情緒已經淒涼，何況母親也疏開到他心，應該在她
心懷念故鄉。張李德和也有〈乙酉夏<u>疏開</u>中紀夢〉：

> 母在瀛之南，兒在壕之北，忽地見兒歸，狂喜醒猶樂。（《琳瑯
> 山閣吟草》，頁68）

「疏開」使家庭四散，母親在南，兒子在北，是恐怖的生活經驗，真
實的呈現戰爭的可怕，所以在夢中看見兒子歸來狂喜，縱使醒過來，
心中還是很快樂。

（二）爆擊

「爆擊」（ばくげき）指轟炸。日治時代常有戰爭，如太平洋戰
爭時，飛機盤旋上空丟炸彈，百姓要常躲警報。黃福林〈賦贈龍山寺
町區青年團〉：

> 眉吐氣為團伍。竭力同防<u>爆擊</u>沖。宿露迎霜寒不怕。披星戴月
> 共和融。（《臺灣教育》，465號，1941年4月1日，頁85）

希望龍山寺青年團要揚眉吐氣，同心防止爆擊的衝擊，縱使餐風露宿
遇到寒冷也不怕，在星月下一片融合。賴惠川曾在〈乙酉元日〉詩：

> 雄雞振羽歲星驕，吭引狂雷地軸搖。烽燧幾年彌宇宙，不堪回
> 首問冬朝。（《悶紅小草》，頁36）

自注：爆擊之始。乙酉指民國三十四年（1945），開始空襲時，天搖地動，烽火滿天的情形。歷來詩人較多表達戰爭的可怕，但詞人很少表達戰爭的情形與可怕。賴惠川就有〈蘇幕遮・鹿滿山訪林處士〉，前面有小序：「處士姓林氏，號荻州，字緝熙，嘉之望族也。爆擊時，避難鹿滿山，後遂家焉。」（《悶紅詞草》，頁204-205）詞序中也提到因為「爆擊」，林緝熙才避難鹿滿山。賴柏舟〈乙酉夏月，盟機轟炸中，出差白芒山莊，宿許藜堂先生疏開處，蒙賜珠玉，即和原韻〉：

> 大好溪山尚有芝。蕃風風味飽餐之。人間浩瀚沉淪日。雲外狂雷爆擊時。不數哀鴻憐欲盡。無多知己忍相遺。醉餘便是明朝別。珍重同看此後棋。（《鷗社藝苑初集》，頁314）

詩中指民國三十四年，大戰末期，他出差到白芒山莊，借宿在許藜堂疏開的地方，聽到雲外爆擊有如狂雷轟響，炸彈降下時死傷累累，都指出爆擊的可怕，明朝分別，請老友要珍重再見了。

（三）銃後（じゅうご）

　　銃後（じゅうご）指沒有戰爭的後方。日治時代，前方戰事吃緊，後方人民也要勤於捐助與保密防諜，共擔國事。賴獻瑞〈席上口號次韻〉四首之一：

> 杖頭錢買玉壺春。為喜他鄉遇故人。銃後大家防間諜。軍情不準亂搖唇。（詩報，294號，1943年4月23日，頁13）

詩中很寫實，提到「銃後」（じゅうご）指戰爭時後方的人民，大家要保密防諜，對於軍情不可胡言亂語，胡亂傳舌。又如張李德和〈陌

上花‧暮夏〉：「縱守這<u>銃後</u>，還如前線。苦澀辛酸分半。」（《琳瑯山閣吟草》，頁65）這首詞寫暮春時節，正是邦家多事，縱使是守在這「銃後」的大後方，沒有戰事，仍要像在前線一樣，分擔辛酸苦澀的事。心中期待收到捷報的好消息，但戰爭畢竟是慘無人道的事。又黃鑑塘〈奉仕作業有感次韻〉：

> 皇師一舉震西東。<u>銃後</u>吾人力奉公。負耒田園增菽麥，懸燈阡陌引蛾蟲。武勳前線忠堪仰，文弱中堅志更雄。誓掃米英圖大業，共榮圈建獲全功。（《詩報》，306號，1943年11月20日，頁11）

指皇師一出征就震動四方，後方的人民要努力奉公守法，耕田除草增加收成，還要掛起燈籠引出蛾蟲，除掉農害。又如黃鑑塘的〈敬和周鴻濤詞兄原玉秋日書懷十絕〉之三：

> 浩蕩王師正破邪，旌旗指處拓疆加。硝煙彈雨懷前線，慰問遙輸<u>銃後</u>茶。（《南方》，189期，1944年2月25日，2月號，頁18）

後方的百姓對浩蕩的王師在槍林彈雨的前線，開拓疆土。後方的人民努力捐輸後方的茶，慰問前線官兵。又有嘉義詩人黃傳心〈次劍滄弟見寄韻〉：「關心釣月又耕雲，報國寧辭<u>銃後</u>勤。」（《詩報》，241號，1941年2月4日，頁4）為了報效國家，寧可辭掉後方的工作。又有瀨川陽一〈感皇恩〉上片：

> 宣戰大東亞，頻傳捷報。忠勇皇軍冒寒燠。人民<u>銃後</u>，樂業安居無擾。皇威揚海外，歡非小。（《詩報》，第263號，1942年1月1日，頁10）

全詞讚嘆日軍為宣傳大東亞，冒著寒冷出征，頻傳捷報，使人民在後方，可以安居樂業，不受攪擾。

（四）捕虜

捕虜（ほりょ，Prisoner of war）とは，指被俘虜的人。如賴獻瑞〈席上口號次韻〉：

> 聊傾二合甕頭春。醉眼看他捕虜人。大覺投降無面熱。齒寒定必為亡唇。（《詩報》，294號，1943年4月23日，頁13）

詩中寫傾倒初熟美酒，在醉眼中看「捕虜人」，是從日語而來。捕虜是被俘虜的人，都覺得投降的話，大家就臉上無光了，唇亡一定會齒寒，兩者有密切關係的。臺南珮香的〈占領奉天次植亭原韻〉其二：

> 戰征殘局等絲戀。北望沙河有黑煙。埋鐵空勞千里外，構兵寧悔十年前。　斷頭屢折沖霄劍，捕虜爭加得意鞭。一部歡欣一部哭，春風秋雨陣中天。（《臺日報》，1905年3月24日，1版）

日軍占領奉天後，身為殖民地的臺灣百姓，因為身處後方，心中很欣喜，讚美曾殺敵很多所以屢屢折斷沖霄的寶劍。英勇的軍隊捕捉俘虜，更加得意的揮鞭，一方很歡欣，失敗的一方卻痛哭，在兵陣中吹著春風秋雨。

（五）奉仕

奉仕（ほうし），指不計報酬而服務，效勞，效力。日治時代，

日本為占領他國，鼓勵軍民義務為國獻。黃福林〈賦贈龍山寺町區青年團〉二絕，之二：

> 克己奉公為國家。壯年勤職實堪誇。而今未得行頒賞。他日榮名德澤加。修身報國賴丁年。奉仕團員鐵石堅。奮發關心勤勵敏。萬民共頌樂無邊。（《臺灣教育》，464號，1941年3月1日，頁89-89）

寫青年要修身報國，奉仕團員要意志堅定，要奮發努力，為建設東亞共榮圈而努力，他日就有榮名與德澤。又有長谷德和〈震災吟〉，前有序：「昭和十六年，歲次辛巳，臘月十七日，寅刻諸羅一帶地忽大震，鯤身簸蕩欲翻騰，眾生出夢中，驚起駭奔，□時地顛動，立足不牢，逃避無處，惟有聽天由命，死生置之度外。已耳震後，寒家老幼幸無恙，惟家屋器物破壞而已，亦不幸中之幸。此番震災嘉義、新營二處為最甚，計死傷千餘人家，屋倒壞大小計六萬六千餘棟。誠為近代稀有之浩劫，目擊心傷，因作長篇聊當哀吟。」詩云：

> 浩劫幻諸罹，瘡痍滿桑梓。……救助急集團，衛生赤十字。疴癢濟同胞。黽勉動奉仕。人存砥礪心，眾擎誠易舉。資材集五州。群力振廢弛。（《南方》，147期，1942年2月15日，頁30-32）

昭和十六年（1941），嘉義大地震，死傷慘重，所以張李德和呼籲大家自動自發服務群眾，有錢出錢，有力出力，重建荒廢倒塌的地方。又如吳文龍〈金菊對芙蓉·月下懷人〉：

南浦揚航，西窗剪燭，別來雁訊沉沉。正樓簾拂露，籬菊浮金。驪歌記唱東皋路，相思樹，鈴子風吟。月明猶是，未歸誤我，冷枕孤衾。　　遙憶潭畔青岑。想玉人艷影，憔悴難禁。念天涯纏綣。白盡鬚眉，難忘一夕衣香戀，多虧伊，奉仕誠忱。添香煮茗，到今獨自，捶胸傷心。（《羅山題襟亭詞集》，頁158）

這首詞是題襟亭題填詞的課題，吳文龍在上片寫到兩人分別後消息全無，已是秋菊浮金的季節。遊子卻未歸鄉，耽誤歸青春，以致冷枕孤衾，孤單寂寞。下片寫回憶玉人的佳容艷貌，讓人憔悴。至今鬚眉已白，還是難忘她一晚的衣香，「多虧伊，奉仕誠忱」，還好有她甘心情願的自我奉獻，添香煮茶勤勞服務。到現今我一想起她，仍獨自捶胸傷心。

以上所舉例子，不管詞社、詩社都是無意中在詩詞中夾雜日文，而且是漢文被禁之後，這些日文文句更容易出現在詩詞中。

第三節　詞學意義

詞社是文學社團的一種，以詞人間的唱和來創作詞。臺灣詞社原本稀少。日治時代僅有臺北的巧社以及嘉義的小題吟會，不過他們維持的時間均不超過二年。臺灣光復後，題襟亭填詞會，是最早成立的詞社。鷗社雖是詩社，但社員與題襟亭填詞有重疊，所以填詞亦相當踴躍。雖然詞社唱和時題目、詞調大都有所限制，作者較難自由抒發情感，但這可訓練詞人們的寫作技巧，因此也有正面作用，其所表現的詞學意義如下：

一　彰顯鄉土，有意識的命名詞集

　　張李德和出版《羅山題襟集》，所主持的題襟亭填詞會，出版詞集名《羅山題襟亭詞集》，此二書皆取名為「羅山」，是嘉義古名「諸羅山」之意。因「康熙二十三年，設縣治於諸羅山，因以命名，取諸山羅列之義也。[30]「林爽文亂平，乾隆御錫嘉義而名焉。」[31]取名羅山有意識的彰顯嘉義，對嘉義詞壇的發展，有積極促進的作用。其詞社活動，弘揚嘉義詞風。在詞中也都特意彰顯鄉里的名稱與景緻，如吳文龍〈千秋歲引·題襟亭雅集〉：「月霽天心，梅飄遠邇。振筆題襟<u>國華裡</u>。……同淘古井<u>蘭泉水</u>」，指出題襟亭在嘉義市西區的國華裡，而蘭泉是舊嘉義八景之一，喝蘭泉水可以避瘟疫。又譚瑞貞〈千秋歲引·題襟亭雅集〉：「裙屐齒留米粉井。」註：米粉井在題襟亭之西角，水清而淡，昔時無水道，造米粉業者皆取此水用之。

　　詞社課題又歌詠阿里山檜，詞中指出嘉義地名、特色。如「樑棟巨材，託根處，是<u>山阿里</u>」（賴惠川的〈蕙蘭芳引·阿里山檜〉，「搬入<u>桃城</u>待市」（許藜堂〈蕙蘭芳引·阿里山檜〉），嘉義亦名桃城，以其古城形如桃而名。又「泛一葉蘭舟，遙向<u>女牀</u>望去。」自注：「女牀山為玉山舊名。」（吳文龍〈蕙蘭芳引·阿里山檜〉）又如鷗社一整組〈蘭潭訪秋詞〉，全是步譚瑞貞之十二部平聲韻，以及林緝熙用八個詞牌，歌詠「諸羅八景」的聯章體，這在臺灣詞史上是絕無僅有的。

　　在文學的發展演變過程中，志同道合的文人相聚集，共同致力於詞學創作，其影響力通常會大於單獨的個體。因此題襟亭填詞會解散後，鷗社詞人仍繼續填詞。

30　周鍾瑄主修，臺灣史料編輯委員會編：《諸羅縣志·封域志》，卷1，頁76。
31　雷家驥纂修：《嘉義縣志》，頁163。

二　誘掖後學，增進詞學交流

　　題襟亭填詞會成員間，在填詞上常交流切磋，取長補短，這能提高自身創作技巧，優於閉門造車。因著《羅山題襟集》、《羅山題襟亭詞集》與《鷗社藝苑》的出版，讓詞人有彼此切磋觀摩的機會，又能誘掖後學，增進彼此交流。魏清德〈羅山題襟集序〉：

> 幸羅山吟社，嗣響有人。後起之勁，其含芳摘豔，以詩、古文、書畫鳴者，尚林林總總，歷滄桑而不替。近而諸峰醫院德和李先生女士，有羅山題襟集之輯，屬序於余。……世之覽者，其亦知山川鍾毓，地以人傳，承先啟後，則沈盧遺老，暨先輩提倡之功，有不得掩焉者也。（《羅山題襟集》，頁2）

　　魏清德認為羅山吟社嗣響有人，土地以人傳，凡事都要承先啟後，所以沈光文與盧若騰二位遺老的提倡詩學，實在功不可沒。張李德和女士出版的《羅山題襟集》，實在是前輩提倡之功。張李德和也寫出版目的：

> 然而累牘聯篇，徒事韞櫝而藏，或祇束諸高閣，何若一災梨棗，以公同好。傳與不傳，固未敢自信，毋奈慘淡經營，又不許視同雞肋，任其湮沒耶。者番鄙人有鑑及此，爰藉騷壇聯絜為宗旨，編作《羅山題襟集》。（《羅山題襟集》，頁262）

　　她說怕這些詩人詞人的作品湮滅，也怕作品徒然束之高閣，或藏在木匣裡，等待高價出售。她決定慘淡經營，「以公同好」，把它們出版，希望藉著出版來聯繫騷壇情感為宗旨，藉機詞壇交流。

張李德和《羅山題襟亭詞集》的跋：

> 臺灣為保持一線之斯文而發揚和民族之精神，是以書房義塾，
> 隱焉，現焉。仆而復起。……但於填詞一道之鼓勵，尚賦缺
> 如，故吾輩同仁，爰感及此，約以課題，月聚一次，名曰題襟
> 亭詞填詞會。（《羅山題襟亭詞集》，頁178）

張李德和明白指出，臺灣為保一線斯文，書房有時隱焉，有時現焉，
既仆復起。卻沒人鼓勵填詞，所以她倡設填詞會，期望能保存斯文，
並鼓勵後進。

尤其《鷗社藝苑》一集至四集中，收集不僅是當代詩作、詞作，
也有前輩遺稿、遺墨，修禊之照片，當代詩作又分社友的擊鉢、月
課，以及其他詩社的投稿，由詞宗評選等。每一期附〈代柬〉一欄，
刊布消息，如下一期月課題目、地方聯吟會舉辦時地、婚喪喜慶等
等，係詩人互動的管道之一。而且詞社的雅集，更使文人絞盡腦汁，
如黃文陶〈鷗社藝苑四集序〉：

> 每當雅集、必著新詩、網珊琢玉、美不勝收。間有詠花鳥風月
> 者、有記山水煙霞者、且常有借題刺諷、發洩鬱抑未舒之氣、
> 亦有纏綿寄意、流露懷戀故國之情。（《鷗社藝苑四集》，頁5）

可見雅集時，寫詩內容除藉題諷刺、抒發抑鬱不平之氣外，更可「網
珊琢玉」，互相切磋。填詞時亦能增進詞藝，使之「美不勝收」。賴惠
川在〈題淡香園吟草〉寫到：「柏舟君，祖琢其先生，父玉屏先生，
年皆十九遊泮。者番，君集其遺稿，及君佳作彙纂成冊，名淡香園吟
草。三代書香後皆媲美。雖人事變遷，道範長存，彝倫足式，故並誌

之。」賴惠川認為賴柏舟三代書香，又出版書籍，足以獎勵，故為他寫序稱讚。賴子清在《鷗社藝苑四集・序》：

> 此諸羅在政治上，具有偉大之歷史，有清一代，人文薈萃，而鴻篇巨著，散佚不傳，割臺後迭遭兵燹震火，更蕩然無存矣。名山事業之要，可以想見。鷗社社長……創刊藝苑，載社課及名家遺作，歷年有所，由油印而至活版，逐月不懈，得未曾有，誘掖後學，有功詩教。(《鷗社藝苑四集》，頁6)

賴子清認為清一代鴻篇巨著都已亡亦不傳，臺灣割讓日本，又屢受兵災，書籍也蕩然無存，幸好有鷗社的努力，賴柏舟將社課的詞作以及名家遺作，努力編纂成《鷗社藝苑》，由油印到活版印刷，每月不懈怠，前所未有，真是誘掖後學，有功詩教。

三 協振文風，保存詞學文獻

臺灣第一個詞社——巧社，大部分詞人之詞作都沒有搜集成冊，且詞人生平皆不詳，殊為可惜與遺憾。張李德和出版《羅山題襟集》外，又出版《羅山題襟亭詞集》，成為臺灣詞社第一個擁有詞集者。其中吳文龍、許藜堂、譚瑞貞、黃鑑塘等人，都沒有詩集或詞集留世，朱木通雖有《雨聲堂吟草》[32]存世，卻沒有收其詞。《羅山題襟集》、《羅山題襟亭詞集》、《詩詞合鈔》，可謂保存詞作最好的文獻。

張李德和出版的《羅山題襟集・自跋》云：

---

32 朱蒂亭撰：《雨聲堂吟草》(新北市：龍文出版社，2011年)。

胺集狐裘，續玉臺之新詠，榮攀驥尾，附漱玉之舊吟。庶幾聲
斐藝苑，並價重於儒林，纂修彤管，標塵外之幻想，僉收宏
細，發韞櫝而揚輝。……用申宿願，藉以協振文風，為鴻雪之
紀念云耳，是為誌。(《羅山題襟集》，頁308)

張李德和出版書籍，為的是集眾人所作如《玉臺新詠》一書般，又想
要如李清照的漱玉詞，能聲斐藝苑，價重儒林。也能藉此協振文風，
是她出書的主要目的。

　　鷗社由賴柏舟刊行《鷗社藝苑》一至四集，「可以說是當時臺灣
最具規模、最有意義的詩刊。」[33]張李德和說：「有此藝苑之編，心聲
不致湮沒。俾後來一讀。」[34]不僅心聲不致淹沒，亦能保存古人詞
作。吳文龍〈鷗社藝苑四集序〉：

顧吾鄉古諸羅，昔有沈斯菴之東吟社，為毘舍耶風雅之鼻祖。
然欲求其吟詠文獻，卻散佚無多，因少編刊遺產。前人縱有唱
玉聯珠亦難現於後人眼簾，今之視昔猶如後之視今，如斯怨
嘆，奕代無休。今觀鷗社藝苑，……人氣之趨向，詩泉之汪
洋。可謂空前矣。(《鷗社藝苑四集》，頁2)

可見《鷗社藝苑》的保存文獻，不用像前人「因少編刊遺產」，故
「散佚無多」，「難現於後人眼簾」，此書的保存文獻，可謂空前。又
如賴惠川〈鷗社藝苑四集序〉：

---

33 江寶釵：《嘉義地區古典文學發展史》(嘉義市：嘉義市立文化中心，1998年)，頁
　333。
34 張李德和：《鷗社藝苑四集‧序》，頁3。

文風淪陷之臺灣。尚有今日之鷗社。尚有今日鷗社之藝苑。一
縷文光。輝爭海外。言念及此。欣慰奚似。(《鷗社藝苑四
集》,頁1)

因有《鷗社藝苑》一至四集的出版,可以窺見嘉義文風鼎盛,以致能
使「讀者得窺古人梗概,用資參考,闡發幽光」,[35]不僅有保留詞作,
日後參考,亦能保留文獻闡發幽光。黃文陶更言《鷗社藝苑》的編輯:

不獨可作永久紀念、並可為後人採風問俗指針、其為國家民族
之文化計、可謂無微不至、殊令人欽佩。(《鷗社藝苑四集》,
頁1)

《鷗社藝苑》四集完整保存詞人之心血,不至於湮滅無存,使嘉義地
區的傳統文學保存完整,也使後人能一窺先賢的創作,以及保存美善
風俗的心意。賴子清在〈詩詞合鈔序〉也云:

吾鄉為詩禮之邦,東山嗣響,代有其人,……余於詩詞為門外
漢,固不敢妄讚一辭,因有感於臺灣文獻之泯滅失傳,貽藝林
羞,茲值斯編既成因,先獲我心,因率爾序之如此。(《詩詞合
鈔》,頁1)

賴子清感受臺灣文獻之泯滅失傳,幸好有這些詞社的設立與《詩詞合
鈔》等圖書的編成,才能保存詞學文獻。

---

35 賴柏舟:《鷗社藝苑四集・序》,頁8。

第六章

結論

　　雖然從日治到戰後，臺灣詞社寥寥無幾。所謂詞社是指一群熱愛填詞的詩人，以詞的創作，彼此唱和吟詠為創作形態的文學社團組織。臺灣詞社數目比不上詩社繁多，而且也沒有比較嚴謹的組織，包括明確的社規、社章、詞人資歷、定期集會等等。詞社大都是詩社中詩人，因熱愛填詞，而另組詞社。雖然臺灣詞社數目不多且因各種因素，而且維持時間極短，但詞人對臺灣詞壇的貢獻是有目共睹的。

　　臺北的巧社，成立在昭和九年（1934）農曆七月七日，是全臺第一個詞社。社員有王霽雯、黃福林、賴獻瑞、林嵩壽、李騰嶽，其中黃福林與賴獻瑞、李騰嶽都是瀛社成員，最後志同道合成立巧社。巧社雖僅成立兩年，但是社員積極的填詞，在《漢臺日報》、《臺日報》、《詩報》發表詞作，引起眾人注意，又時常舉辦燈謎等活動，希望擴充社員人數，吸引同道填詞。王霽雯不斷地以詞贈人，期望其他詩人能唱和，他們的心願都是要保存斯文之不墜。可惜填詞非易，既要講究音律，卻又缺詞譜，以致推展困難，加上巧社社員發生變故，如林嵩壽因為去世，讓巧社失去經濟支援，也減少成員。不久最熱愛填詞的王霽雯，又因經濟變故，竟然跑到基隆跳海自殺。巧社頓時失去填詞主力，以後賴獻瑞及黃福林，又相繼去世，巧社馬上瓦解。巧社社員不僅沒有生平資料，所寫的詞也沒有經濟能力出版，更缺乏專人收集，只存在《漢臺日報》、《臺日報》、《詩報》、《風月報》、《南方》、《天籟報》中，殊為可惜。只有李騰嶽因為是醫生家世好，經濟能力強，不過他也在歿後四年，才由其妻陳阿乖女士出版全部文稿。

　　巧社的詞作內容比較狹隘，或許是與日治時期有關，他們的詞作沒有反映民生社會，或慷慨激昂，果真都是吟弄風月，作品內容是傷逝詞，因為林嵩壽的病逝，剩下的四名社員全以〈清商怨〉來輓巧社社友林嵩壽先生。由他們詞社創立在七夕，社集時間在重陽節，所以詞作有節序詞，如全部社員以二首〈菩薩蠻〉來歌詠七夕，又在重陽節社集，社員五人各以〈滿庭芳〉歌詠重陽節。他們的詞作也有詠懷詞，如「甲戌重陽於北投新薈芳旗亭雅集」，所有社員都各填一首詞，〈虞美人〉來述懷。

　　從巧社現在所存的詞作看來，雖然他們立志「不趁時尚而別樹一幟的」，他們也不願意被「看作是標奇立異」，而也不願被「看作是一種推行填詞的小運動」，他們希望「抱存地方色彩的文藝風尚，嗜好表現的每一個角度之史實上」。巧社理想很高，期望推動填詞，也期望表現史實，可是時代因素，以及詞人家庭、健康因素，這個願望沒有完全實現，詞社僅是曇花一現，讓人無奈。

　　嘉義也有一群熱愛填詞的文人，昭和十八年（1943），賴惠川在嘉義成立小題吟會。社員包括賴惠川、賴柏舟、譚瑞貞、林緝熙、李德和、吳百樓、蔡水震、許然等數十文人參加，名為小題吟會。起初小題吟會是詩詞並行，從民國三十四到民國四十年，其中因為大戰盟機轟炸，會員星散暫停社集。小題吟會是「每週聚首交稿」，而且每份詞作都「互相傳閱」，「不分甲乙」。

　　小題吟會的名稱，並無確切資料。原本明清時期的科舉考試，「於四書文中，任擇一句為題」，指運用小題目寫作，並引申為以後的「小題大作」。從賴惠川〈悶紅小草序〉所言「凡所題詠皆小庭花木」，都為「興懷之作，語無倫次」。因此書出版，既然詩都是興懷，語無倫次，詞更是末流小道。所以便將詞社命名為「小題吟社」。他其實是自謙在詞社中的酬唱，是以小題目來吟詠、遣興之意，不是十分看重。

　　小題吟會從昭和十八年（1943）創立以來是每星期聚會，填詞、交稿。起初是詩詞並行，可惜並沒有出版專書，所以詞作內容也是從《詩報》或是日後詞人出版個人詞集中收集而來。他們的詞作內容有詠懷、題贈、懷古、壽詞等。其中最驚人的是題贈詞，凡是出版新書，詞人都相互題贈，其中有三組題贈詞，包括賴惠川的《悶紅小草》、賴柏舟的《淡香園吟草》出版，以及許藜堂的花朝雅集，都有許多詞人唱和。尤以賴惠川的《悶紅小草》出版時，題辭者最多，一共有九人包括許藜堂〈鶯啼序‧悶紅小草〉、譚瑞貞〈賀新郎‧題悶紅小草〉、賴柏舟〈金縷曲‧題悶紅小草〉、蔡漁笙〈念奴嬌‧題悶紅小草〉（《詩報》）、李笑林〈多麗‧題悶紅小草〉、林荻洲〈霓裳中序第一‧題悶紅小草〉、朱芾亭〈解珮令‧題悶紅小草〉、王芷汀〈歸朝歡‧題悶紅小草〉、張李德和〈最高樓‧題悶紅詩草〉，除了朱芾亭外，全用長調。雖然鬥才逞能意味極為濃厚，但是能增進詞學交流與進步。

　　題襟亭填詞會是小題吟社的延伸，因為昭和二十年（1945）盟機轟炸劇烈，會員星散，到各鄉下避難，吟詠中輟。直到日本投降，臺灣光復才由李德和在自家逸園之題襟亭創題襟亭填詞會。

　　題襟亭填詞會每期專為填詞，不課律絕，而且「約以課題，月聚一次」，「互相批論」，仍由賴柏舟逐期油印，詞譜，分發各會員。可是因「遇戒嚴令施行，遂集合中止」。這裡的戒嚴令是二二八事變，題襟亭填詞會是受戰爭戒嚴令，大家要被迫中止集會。

　　題襟亭填詞會詞作內容，包括題詞、懷古、詠物。社員共用八個詞牌吟詠，包括〈千秋歲引‧題襟亭雅集〉、〈惠蘭芳引‧阿里山檜〉、〈金菊對芙蓉‧月下懷人〉、〈搗練子‧紙鳶〉、〈摘得新‧秋雨〉、〈瀟湘神‧萱草〉、〈早梅芳‧過延平郡王祠〉、〈驀山溪‧觀海〉等詞題。其中只有〈千秋歲引‧題襟亭雅集〉，由十一位社員全都吟詠，社員中只有賴惠川、林緝熙兩人，把八個課題全都吟詠，其他社員僅吟詠

部分課題。

　　臺灣的詞社幾乎沒有專書出版品，但題襟亭填詞會有自己的出版品。民國四十年（1951），題襟亭填詞會的張李德和先出版《羅山題襟集》，其中有詩有詞。書前的序都是「庚寅」寫的，「庚寅」為民國三十九年（1950）秋，張李德和就打算出書。

　　民國四十二年（1953），張李德和又自印《羅山題襟亭詞集》，書中共分五部分：第一部分有題襟填詞會會員十一人名字、雅號、年齡，接著有「福鹿八十一叟」施景琛的〈羅山題襟詞集序〉。第三部分是社員所填寫的詞，共十六首詞。

　　第五部分為李德和的二十四詞。封底註：「就中有圈點者，乃從李德和琳瑯閣藝苑抄出也」。最後有張李德和的跋。

　　民國三十八年，鷗社復社，詞人追求淡泊名利，藉詩詞來陶冶性情，藉以頌持節之高風。經賴柏舟出版《鷗社藝苑》一集至四集，保存詩詞人作品，並藉以溝通詞人情感與消息傳遞。題襟亭填詞社與鷗社的詞作，包括題詞、詠物、懷古、寫景等主題，內容豐富。因為鷗社是詩社，所以常會出現，是一詞一詩的現象，對寫景詞也以聯章體表現，詞人間常步韻聯吟，在修辭上也講究類疊。當時臺灣詞律與韻書缺乏，因此詞韻十七部、十八部會混押，而且有些詞格律不按照詞譜填寫。在詞學的意義上：一、彰顯鄉土，有意識的命名詞集：出版《羅山題襟集》、《羅山題襟亭詞集》，嘉義古名羅山，詞中有意識的表彰鄉里景致與特色，二、誘掖後學，增進詞學交流：題襟亭填詞會與鷗社成員間，舉辦雅集，使詞作互相交流切磋，取長補短，提高創作技巧。舉辦多社聯吟，增進情感與詞藝。三、協振文風，保存詞學文獻：當時出版書籍，必須花費大筆經費，詞人作品大多未收集成冊並出版，因著《羅山題襟集》、《羅山題襟亭詞集》、《詩詞合鈔》與《鷗社藝苑》的出版，始完整保存詞人作品。

參考書目

一　專書（以詞社人物先後排列）

李騰嶽撰、毛一波編：《李騰嶽鷺村翁詩存》　見《臺灣先賢詩文彙
　　　刊》，第1輯　新北市：龍文出版社，1992年

賴惠川：《悶紅館全集》　見《臺灣先賢詩文彙刊》，第4輯　新北
　　　市：龍文出版社，2006年

譚瑞貞：《心弦集》　不詳：出版社不詳，1939年

林緝熙：《荻洲吟草》　見《臺灣先賢詩文彙刊》，第3輯　新北市：
　　　龍文出版社，2001年

張李德和編：《琳瑯山閣唱和集》　臺北市：詩文之友出版社，1968年

張李德和：《琳瑯閣吟草》　見《臺灣先賢詩文彙刊》，第1輯　新北
　　　市：龍文出版社，1992年

張李德和撰，江寶釵編：《張李德和詩文集》　臺北市：巨流圖書公
　　　司，2000年

張李德和編：《羅山題襟集》　見《臺灣先賢詩文彙刊》，第7輯　新
　　　北市：龍文出版社，2009年

張李德和編：《張李德和詩文補遺四種‧羅山題襟亭詞集》　見《臺
　　　灣先賢詩文彙刊》，第8輯　新北市：龍文出版社，2011年

賴柏舟：《詩詞合鈔》　見《臺灣先賢詩文集彙刊》，第5輯新　北
　　　市：龍文出版社，2006年

賴柏舟編：《鷗社藝苑初集》　見《臺灣先賢詩文彙刊》，第7輯　新
　　北市：龍文出版社，2009年

賴柏舟編：《鷗社藝苑次集》　見《臺灣先賢詩文彙刊》，第7輯　新
　　北市：龍文出版社，2009年

賴柏舟編：《鷗社藝苑三集》　見《臺灣先賢詩文彙刊》，第7輯　新
　　北市：龍文出版社，2009年

賴柏舟編：《鷗社藝苑四集》　見《臺灣先賢詩文彙刊》，第7輯　新
　　北市：龍文出版社，2009年

林玉書：《臥雲吟草初集》見《臺灣先賢詩文集彙刊》，第2輯　新北
　　市：龍文出版社，1992年

林玉書：《臥雲吟草續集》　見《臺灣先賢詩文集彙刊》，第6輯　新
　　北市：龍文出版社，2009年

朱芾亭：《雨聲草堂吟草》　見《臺灣先賢詩文集彙刊》，第9輯　新
　　北市：龍文出版社，2011年

黃鑑塘：《臺灣一週遊記吟草》　見《臺灣先賢詩文彙刊》，第9輯
　　新北市：龍文出版社，2011年

黃傳心：《劍堂吟草》　見《臺灣先賢詩文彙刊》，第4輯　新北市：
　　龍文出版社，2006年

胥端甫編輯，洪棄生：《洪棄生先生遺書・寄鶴齋詩集》　臺北市：
　　成文書局，1980年

清・張景祁：《張景祁詩詞集》　見《清代宦臺文人文獻選編》，第7
　　種　新北市：龍文出版社，2012年

清・朱景英：《海東札記》，　見《臺灣文獻史料叢刊》第7輯　臺北
　　市：大通書局，1981年

清・六十七：《使署閒情》　見《臺灣文獻史料叢刊》，第8輯　臺北
　　市：大通書局，1987年

清・劉家謀:《劉家謀全集彙編》　見《清代宦臺文人文獻選編》,第
　　6種　新北市:龍文出版社,2012年

清・丁紹儀:《聽秋聲館詞話》　見唐圭璋:《詞話叢編》,冊3　臺北
　　市:新文豐出版公司,1988年

清・謝章鋌:《賭棋山莊詞話》　見唐圭璋編:《詞話叢編》,冊4　臺
　　北市:新文豐出版公司,1988年

林癡仙著:許俊雅校釋:《無悶草堂詩餘校釋》　臺北市:國立編譯
　　館,2006年

清・唐壎撰:《蘇庵詩餘》　見《晚清四部叢刊》,第5編　臺中市:
　　文听閣圖書公司,2011年

許俊雅、李遠志編校:《全臺詞》　臺南市:國家文學館,2017年

林欽賜編輯:《瀛洲詩集》　臺北市:光明社,1933年

曾金可編:《臺灣詩選》　新北市:龍文出版社,2006年

施懿琳:《全臺詩》　臺南市:國立台灣文學館,2008年

王詩朗:《日本殖民體制下的臺灣》　臺北市:眾文圖書公司,1980年

司馬嘯青著:《臺灣五大家族》　臺北市:自立晚報,1987年

島田謹二:《華麗島文学志:日本詩人の台湾体験》　東京都:明治
　　書院,1995年

江寶釵:《臺灣古典詩面面觀》　臺北市:巨流出版社,1999年

龔顯宗:《台灣文學家列傳》　臺北市:五南出版社,2000年

施懿琳:《從沈光文到賴和:臺灣古典文學的發展與特色》　高雄
　　市:春暉出版社,2000年

郭怡君:《風月、風月報、南方、南方詩集總目錄專論著者索引》　臺
　　南市:南天書局,2001年

王惠鈴撰:《臺灣詩人賴惠川及其《悶紅墨屑》》　臺北市:文津出版
　　社,2001年

黃美娥：《重層現代性鏡像：日治時代臺灣傳統文人的文化視域與文學想像》　臺北市：麥田出版，2004年

東海大學中文系：《日治時期台灣傳統文學論文集》　臺北市：文津出版社，2005年

黃美娥：《古典臺灣：文學史・詩社・作家論》　臺北市：國立編譯館，2007年

廖雪蘭：《臺灣詩史》　臺北市：武陵出版社，1989年

連橫：《臺灣通史》　南投市：臺灣省文獻委員會，1992年

江寶釵：《嘉義地區古典文學發展史》　嘉義市：嘉義市立文化中心，1998年

劉登翰、莊明萱主編：《台灣文學史》　北京市：現代教育出版社，2007年

盧德嘉纂輯，詹雅能點校：《鳳山縣采訪冊》　見《臺灣史料集成》，冊33　臺北市：遠流出版社，2007年

葉石濤：《臺灣文學史綱》　臺北市：春暉出版社，2010年

張子文、郭啟傳、林偉洲編：《臺灣歷史人物小傳──明清暨日據時期》　臺北市：國家圖書館，2003年

朱德慈：《近代詞人考錄》　北京市：中國社會科學出版社，2004年

聞汝賢：《詞牌彙釋》　臺北市：自印本，1963年

王奕清奉敕輯：《御製詞譜》　臺北市：洪氏出版社，1980年

萬樹撰，懶散道人索引：《詞律》　臺北市：廣文書局，1989年

二　方志

賴子清等纂修：《嘉義縣志稿》　嘉義縣：嘉義縣文獻委員會，1963年

賴子清編纂：《嘉義縣志》　嘉義縣：嘉義縣政府，1976年

余文儀主修、黃佾等輯：《續修臺灣府志》　臺北市：成文出版社，
　　1983年

王詩琅、王國藩主修：《臺北縣志》　臺北市：成文出版社，1983年

臺灣省文獻委員會編：《重修臺灣省通志》　南投市：臺灣省文獻委
　　員會，1992年

顏尚文總編纂、吳育臻編纂：《嘉義市志》　嘉義市：嘉義市政府，
　　2002年

高拱乾纂輯、周元文增修：《臺灣府志》　臺北市：文建會，2004年

六十七、范咸纂輯：《重修臺灣府志》　臺北市：文建會，2005年

陳淑均總纂：《噶瑪蘭廳志》　臺北市：文建會，2006年

周鍾瑄主修、臺灣史料集成編輯委員會編：《諸羅縣志》　臺北市：
　　遠流出版社，2005年

鄭用錫纂輯、臺灣史料集成編輯委員會編：《淡水廳志》　臺北市：
　　遠流出版社，2006年

雷家驥纂修：《嘉義縣志・教育志》　嘉義縣：嘉義縣政府，2009年

三　期刊論文

賴子清，〈古今台灣詩文社一）〉，《臺灣文獻》，1959年9月，10卷1期

賴子清：〈古今臺灣詩文社二）〉，《臺灣文獻》，1959年9月，10卷3期

林文龍：〈賴惠川先生手抄小題吟會詩稿〉，《嘉義市文獻》，1989年
　　5期

蔡來儀：〈蔡水震先生生平略歷〉，《嘉義市文獻》，1989年5期

歐宗智：〈嘉義琳瑯山閣主人張李德和政治詩詞小論〉，《中國語文》，
　　2004年，95卷6期

歐宗智：〈嘉義琳瑯山閣主人張李德和詞作探珠〉，《國文天地》，2005
　　年，21卷7期

賴麗娟：〈道、咸年間寓台詞人黃宗彝在台詞作考〉，《成大中文學報》，2006年6月，14期

李嘉瑜：〈殉國殉夫淚有痕——臺灣古典詩對殉節五妃的詮釋〉，《成大大中文學報》，2006年6月，14期

黃美娥：〈臺灣古典文學發展概述1651-1945〉〉，海峽兩岸臺灣史學術研討會論文，2007年

何晉勳：〈六十七兩種《采風圖》及《圖考》之關係考察〉，《臺灣學研究》，第六期，2008年12月

蘇淑芬：〈清領時期游宦人士張景祁筆下的臺灣——以張景祁臺灣詩詞為例〉，《輔仁國文學報》，2009年10月，29期

蘇淑芬：〈日治時代臺灣詞社初探〉，《東吳中文學報》，2009年11月，18期

蘇淑芬：〈日治時代《臺灣日日新報》所刊載之詞研究〉，《東吳中文學報》，2011年5月，21期

蘇淑芬：〈戰後題襟亭填詞會與鷗社詞作研究〉，《東吳中文學報》，2011年11月，22期

蘇淑芬：〈日治時代臺灣醫生廖煥章在上海的焦慮書寫——以詩詞為例〉，《東吳中文學報》，2014年11月，28期

吳毓琪：〈傳媒時代的臺灣古典詩壇—日治時期「全臺詩社聯吟大會」的社群文化與文學傳播〉，《臺灣文學研究集刊》，2014年2月，15期

王偉勇：〈析論清領、日治時期臺灣文人填詞之若干問題〉，《國文學報》，2016年6月，59期

三　學位論文

王文顏：《臺灣詩社之研究》　政治大學中文所碩士論文，1979年

柳書琴：《戰爭與文壇——日據末期台灣的文學活動1937.7-1945.8）》　臺灣大學歷史研究所碩士論文，1994年

黃美娥：《清代臺灣竹塹地區傳統文學研究》　輔仁大學中文系博士論文，1998年

楊鏡任：《日治時期臺灣青年團之研究》　中央大學歷史研究所碩士論文，2001年

潘玉蘭：《天籟吟社研究》　臺灣師範大學在職進修碩士論文，2004年

林翠鳳：〈施梅樵及其漢詩研究〉　中山大學中國文學系研究所博士論文，2008年

林素霞：《賴惠川《悶紅詞草》研究》　東海大學中國文學系碩士論，2009年

王慧瑜：〈日治時期台北地區日本人的物質生活1895-1937）〉　臺灣師範大學臺
灣史研究所論文，2010年

廖怡錚：《傳統與摩登之間日治時期臺灣的珈琲店與女給》　政治大學碩士論文，2010年

高嘉凰：《嘉社研究》　靜宜大學臺灣文學所碩士論文，2012年

林美里：《鷗社藝苑研究》　中正大學臺灣文學研究所碩士論文，2013年

潘美芝：《日治時期嘉義文人詞作析論》　臺灣師範大學國文系碩士論文，2017年

四　報紙雜誌

《臺灣文藝叢誌》　臺中市：臺灣文社　1919-1924年

許廷魁編輯：《崇聖道德報》　臺北市：臺北崇聖會出版部，1943年

《三六九小報》影印本　臺北市：成文出版社，1991年

《臺灣日日新報》影印本　臺北市：五南出版社，1994-1995年

《詩報—日治時期臺灣傳統文學大成（1930-1944）》　新北市：龍文
　　　出版社，2007年

吳青霞總編輯：《臺南新報》　臺南市：國立臺灣歷史博物館，2009年

風月俱樂部、南方雜誌社編輯：《風月、風月報、南方、南方詩集》
　　　臺北市：風月俱樂部，1935-1936期（昭和10年5月—昭和19
　　　年3月）

陳曉怡總編輯：《臺灣新民報》　臺南市：國立臺灣歷史博物館，2015
　　　年

五　網站

《臺灣漢詩數位典藏資料庫》　嘉義縣：中正大學臺灣文學研究所，
　　　2007年《《臺灣日日新日報》清晰電子版》　臺北市：漢珍
　　　數位圖書股份有限公司，2008年

《漢文臺灣日日日報》　臺北市：漢珍數位圖書股份有限公司，2008
　　　年

《《臺灣新民報》檢索系統》　臺南市：國立臺灣文學館，2010年

《日治時期期刊全文影像系統》　臺南市：國立臺灣文學館，2011年

《全臺詩博覽資料庫》　臺北市：漢珍數位圖書館，2014年

文學研究叢書・詞學研究叢刊 0805002

臺灣詞社研究

作　者　者	蘇淑芬
責任編輯	楊婉慈
特約校稿	林秋芬

發 行 人　林慶彰

總 經 理　梁錦興

總 編 輯　張晏瑞

編 輯 所　萬卷樓圖書股份有限公司

　　　　　臺北市羅斯福路二段 41 號 6 樓之 3

　　　　　電話 (02)23216565

　　　　　傳真 (02)23218698

發 　 行　萬卷樓圖書股份有限公司

　　　　　臺北市羅斯福路二段 41 號 6 樓之 3

　　　　　電話 (02)23216565

　　　　　傳真 (02)23218698

　　　　　電郵 SERVICE@WANJUAN.COM.TW

香港經銷　香港聯合書刊物流有限公司

　　　　　電話 (852)21502100

　　　　　傳真 (852)23560735

ISBN 978-986-478-148-5

2018 年 3 月初版一刷

定價：新臺幣 520 元

如何購買本書：

1. 劃撥購書，請透過以下郵政劃撥帳號：

　　帳號：15624015

　　戶名：萬卷樓圖書股份有限公司

2. 轉帳購書，請透過以下帳戶

　　合作金庫銀行 古亭分行

　　戶名：萬卷樓圖書股份有限公司

　　帳號：0877717092596

3. 網路購書，請透過萬卷樓網站

　　網址 WWW.WANJUAN.COM.TW

大量購書，請直接聯繫我們，將有專人為

您服務。客服：(02)23216565 分機 610

如有缺頁、破損或裝訂錯誤，請寄回更換

國家圖書館出版品預行編目資料

臺灣詞社研究 / 蘇淑芬著. -- 初版. -- 臺北
市：萬卷樓, 2018.03
　　面；　公分. -- (文學研究叢書)
ISBN 978-986-478-148-5(平裝)

1.臺灣文學史 2.詞史 3.詞論

863.093　　　　　　　　　107004084